W0289475

STEFAN THOMMA

Das Mündel des Apothekers

ANNO DOMINI 1620 Nachdem die Ehe des Apothekers Riesinger kinderlos blieb, nimmt der Witwer ein Mündel an, um seinen stattlichen Besitz vererben zu können. Das Mündel, Katharina, wird im zarten Alter von 16 Jahren mit dem geldgierigen und machthungrigen Wilhelm Hofmeister verheiratet. Ihr Traum Ärztin zu werden platzt. Als der Apotheker ermordet aufgefunden wird, begibt sie sich auf die Suche nach dem Verbleib ihres Gatten, der im 30-jährigen Krieg auf mysteriöse Weise verschwunden ist. Da Katharina ihn zwingend zum Erbantritt benötigt, entscheidet sie sich dazu, mit ihrem Jugendfreund Simon ins ferne Augsburg zu reisen. Aber jemand scheint alles daran zu setzen, dass sie ihr Ziel nicht erreichen. Katharina hat nur zwölf Wochen Zeit, um ihren Ehemann zu finden, anderenfalls geht das Erbe an die Stadt. Eine Odyssee beginnt.

© Margret Engel

Stefan Thomma wurde 1970 in Oberstdorf im Allgäu geboren und wuchs als Sohn des Museumspflegers auf, was seine Affinität zu Historischem früh prägte. Geschichten und Erlebtes erzählte er seit seiner Jungend schon gerne und schmückte sie reichlich aus. Nach seiner Meisterprüfung im Heizung-Sanitär-Handwerk veränderte er sich räumlich und lebt heute mit seiner Familie in Thannhausen im Mittelschwaben und leitet eine Niederlassung im Fachgroßhandel für Haustechnik. Bei der Recherche für einen Tagesausflug stieß der Autor auf alte Aufzeichnungen der ehemals freien Reichstadt Nördlingen, die ihn fesselten und zum Schreiben eines historischen Romans animierten.

STEFAN THOMMA

Das Mündel des Apothekers

Historischer Roman

GMEINER

Immer informiert

Spannung pur – mit unserem Newsletter informieren wir Sie regelmäßig über Wissenswertes aus unserer Bücherwelt.

Gefällt mir!

Facebook: @Gmeiner.Verlag
Instagram: @gmeinerverlag
Twitter: @GmeinerVerlag

MIX
Papier aus verantwortungsvollen Quellen
FSC® C083411
FSC www.fsc.org

Besuchen Sie uns im Internet:
www.gmeiner-verlag.de

© 2021 – Gmeiner-Verlag GmbH
Im Ehnried 5, 88605 Meßkirch
Telefon 07575/2095-0
info@gmeiner-verlag.de
Alle Rechte vorbehalten
1. Auflage 2021

Lektorat: Claudia Senghaas, Kirchardt
Herstellung: Mirjam Hecht
Umschlaggestaltung: U.O.R.G. Lutz Eberle, Stuttgart
unter Verwendung eines Bildes von: © https://commons.wikimedia.org/wiki/File:Vermeer_Lady_Maidservant_Holding_Letter.jpg und https://commons.wikimedia.org/wiki/File:Noerdlingen-1643-Merian.jpg
Druck: CPI books GmbH, Leck
Printed in Germany
ISBN 978-3-8392-0009-4

Personenverzeichnis

Personen in Nördlingen:

Katharina Riesinger, Mündel des Apothekers

Benedikt Riesinger, Apotheker und Ratsmitglied

Elfriede Breitenbach, Haushälterin der Riesingers

Simon Mühlbichler, Zimmermann

Eberhard Widmann, Pastor

Erich Stracke, Stadthauptmann

Mathilda Holzinger, Hebamme

Georg Schillinger, Bürgermeister

Wolfgang Gundelfinger, Ratsmitglied

Jakob Seefried, Richter des Stadtgerichts

Nepomuk Fromme, Bader

Hans Griebel, Totengräber

Jörg Egger, Scharfrichter

Wilhelm Hofmeister, Kaufmannssohn

Josef Hofmeister, Kaufmann und Vater von Wilhelm

Heidrun, Base der Bäckerin aus der Judengasse

Elena Rittmeister, Hübschlerin

Erzherzog Ferdinand*, König von Ungarn, Kroatien, Böhmen. Ab 1637 als Ferdinand III. deutscher Kaiser

Heinrich, Söldner

Timo, Söldner

Luise Furtner, Gewürzhändlerin aus Heidelberg

Helmut Furtner, Gewürzhändler aus Heidelberg

Personen in Augsburg:

Martha Stützle, Hebamme

Engelhard Metzner, Stadtmedicus

Michael Metzner, Doktor und Sohn des Stadtmedicus

Sigismund Franz von Habsburg*, Bischof von Augsburg

Personen in Saint Hubert:

Vinzenz von Hüttenstein, Abt

Ferdinand I.*, Kurfürst und Erzbischof von Köln, Hildesheim, Lüttich und Münster

Schwester Judith, Krankenschwester

Personen in Florenz:

Francesco de Manzoni, Händler aus Neapel

* historisch belegte Personen

Vorwort

Nach dem »Prager Fenstersturz« begann am 23. Mai 1618 der Große Krieg, der erst wesentlich später als der »30-jährige Krieg« in die Geschichtsbücher einging. Kämpften anfangs noch Protestanten gegen Katholiken und standen sich die Landsknechte noch aus Überzeugung gegenüber, änderte sich das im Verlauf des Krieges. Nicht selten wechselten Söldner mehrmals die Seiten und kämpften für den, der mehr bezahlte.

Die entscheidende Kampfhandlung und die mit den meisten Opferzahlen in kürzester Zeit war wohl die Schlacht bei Nördlingen. Die protestantische und damals Freie Reichsstadt sympathisierte mit den Schweden zum Erhalt ihres gemeinsamen Glaubens.

Nach der Rückeroberung Regensburgs zogen die kaiserlich-bayerischen Truppen Richtung Nördlingen, um die Schweden endgültig aus Süddeutschland zu vertreiben. Mehrere Hundert Bürger unterstützten ihre Glaubensbrüder und trafen Vorkehrungen, um eine Belagerung der Stadt zu erschweren. Häuser und Hütten außerhalb der Stadtmauern wurden abgerissen, um den Angreifern die Deckung zu nehmen. Dunghaufen vor den Toren sollten die Geschosse abbremsen und die Feuergefahr dezimieren. Selbst die St. Emmeranskirche auf dem Friedhof wurde niedergebrannt und Grabsteine entfernt.

Hunger und Not der einfachen Bevölkerung bereits vor dem Krieg ist für uns moderne Menschen kaum vorstellbar. Die erwirtschafteten Mittel reichten in den wenigsten Familien aus, um alle zu ernähren. An den Erwerb von Kleidung und Alltagsgegenständen war kaum zu denken. Die marodierenden Söldnerheere zogen durch das Land und nahmen sich noch von dem, was ohnehin nicht ausgereicht hatte. Der Krieg ernährte den Krieg. Es wurde gebrandschatzt, geraubt, erpresst, geplündert, vergewaltigt und gemordet. Im Schlepp der Söldner zog der Tross, der oft größer war als das eigentliche Heer. Frauen begleiteten ihre Männer im nicht enden wollenden Krieg, gebaren ihre Kinder im Feldlager und zogen weiter von Schlachtfeld zu Schlachtfeld. Marketender* belieferten die Kämpfer mit Alltagsgegenständen und Hübschlerinnen** sorgten sich um Männer, die keine Frau hatten. Mit Krankheiten und Seuchen im Gepäck, infizierten sie die bereits ausgezehrten Menschen. Etwa ein Drittel der damaligen Bevölke-

* Ein Marketender begleitet und versorgt Soldaten und Truppen mit Waren und Dienstleistungen des täglichen Bedarfs.
** Früherer Name für Prostituierte.

rung überlebte dies nicht. In Nördlingen waren von 4.000 Einwohnern nur noch 800 übrig. Am 3. Februar 1635 fanden zeitgleich 25 Hochzeiten statt, da es nach der Belagerung eine große Zahl von Witwen gab. Unverheiratete wurden dazu genötigt, den Bund der Ehe einzugehen, um geschäftsfähig zu werden oder es zu bleiben. Im reformierten Glauben wurde die Ehe gestärkt und als von Gott gewolltes höchstes Gut gepredigt.

Frauen waren während dieser Zeit rechtlose und bevormundete Geschöpfe. Bis zu ihrer Heirat unterstanden sie dem Vater, der das Oberhaupt der Familie bildete. Danach war der Gatte ihr Vormund. Das Erbrecht war regional unterschiedlich geregelt. In den meisten Fällen konnten weibliche Nachkommen ohne ihren Ehemann keine Erbansprüche stellen, auch wenn es sich um Nachlässe ihrer eigenen Eltern handelte. Wie sich das Ganze im Adoptivfall verhalten hatte, lässt sich heute nur noch schwer nachvollziehen.

Allein der Beruf, und somit der Stand der Eltern, entschied über die Zukunft der in die Familie hineingeborenen Kinder. Die unterste Gesellschaftsschicht bildeten die Unehrenhaften. Das waren zum einen jene, die als unehrlich galten, wie Schäfer, Müller, Türmer*, Leineweber, und zum anderen Menschen, die Berufe ausübten, die mit Schmutz oder Tod in Berührung kamen, wie beispielsweise Henker, Abdecker,

* Turmwächter.

Bader, Totengräber, Prostituierte, Gassenkehrer oder Büttel. Als ebenso unehrenhaft galt das »fahrende Volk«. Hausierer und Schauspieler wurden nicht selten als »gott- und herrenloses Gesindel« beschimpft. Wer einmal unehrenhaft war, der blieb es sein Leben lang. Heiraten von Angehörigen unterschiedlicher Stände war zwar möglich, allerdings verlor der Bessergestellte dadurch seinen Stand. So heirateten Henker meist untereinander, weshalb sie sich auch gegenseitig »Vetter« nannten.

Da auch in größeren Städten wesentlich weniger hingerichtet wurde, als man vermuten könnte, übten Scharfrichter viele weitere Tätigkeiten für den täglichen Broterwerb aus. Sie leerten Abortgruben, waren für die Sauberkeit in der Stadt zuständig oder unterstützten bei Bedarf den Totengräber oder Abdecker. Der Verkauf von »Glücksbringern« in Form von abgetrennten Daumen eines erhängten Diebes oder von Seilstücken vom Galgen brachte so manchen Kreuzer in die Familienkasse. Ihre medizinischen Kenntnisse standen dem Fachwissen eines studierten Medicus oft nicht nach oder übertrafen diese sogar. Durch die Versorgung der gefolterten Delinquenten und das Sezieren von Gerichteten, woran kaum jemand Anstoß nahm, erlangten sie ihre heilerischen Fähigkeiten.

Betäubungsmittel im heutigen Sinne gab es nicht. Es soll sogenannte »Schlafschwämme« gegeben haben, eine Mixtur aus verschiedenen Kräutern, die auf einen Schwamm oder ein Tuch geträufelt wurden. Allerdings war die Dosierung äußerst schwierig und führte nicht selten zum Tod. Als Pflanzen zur Herstellung werden oft Bilsenkraut, Stechapfel, Tollkirsche und Alraunwurzel genannt. Letztere wuchsen laut Aberglauben am besten auf dem Schindanger direkt unter dem Galgen. Genährt von Blut, Sperma und Exkrementen der Gehängten, würden sie prächtig gedeihen.

Der Aberglaube der unwissenden Bevölkerung war so weit verbreitet wie der christliche Glaube selbst. Alles, was nicht rational erklärt werden konnte, wurde dem Teufel zugeschoben und musste Hexerei sein. Nahm sich jemand selbst das Leben, wurde er automatisch zu einem Wiedergänger. Dieser könne, wenn er auferstanden war, allein durch Berührung Menschen töten. Selbstmörder wurden geköpft, mit Gesicht und Bauch nach unten begraben, damit die schädigenden Kräfte ins Erdinnere abgeleitet wurden und so keinen Schaden anrichten konnten. Teilweise wird berichtet, dass Pfähle durch die toten Körper getrieben wurden, um ein späteres Auferstehen zu verhindern. Ein Dornengestrüpp erfüllte aber in der Regel auch diesen Zweck.

Prolog

Augsburg, 10. November Anno Domini 1620, abends

Im flackernden Schein des Talglichts erschien der Gebärstuhl wie ein Folterinstrument, auf dem die völlig entkräftete Frau schon seit Stunden saß. Ein Sturm von Schmerzen fegte wie Hagelschlag über ihren Körper hinweg, als die Wehen erneut einsetzten. Ihr Atem quoll in weißen Schwaden aus dem Mund, den sie für einen weiteren Schmerzensschrei aufgerissen hatte.

Die Lehrmagd der Hebamme kniete weinend und vor Kälte zitternd am Boden und betete. Ihre erste Geburt hatte sie sich bei Gott einfacher vorgestellt. Wenn die erfahrene Geburtshelferin jetzt nicht bald käme, würde der Tod der Gebärenden und ihres Kindes unausweichlich eintreten.

Schweiß tropfte der Wöchnerin aus dem Haar. Trotz geschlossener Fenster spürte sie einen Windstoß, als der Novembersturm wieder Fahrt aufnahm. Elena war die Kälte jedoch gewohnt. Seit Kriegsbeginn lebte sie in einem Zelt und zog mit dem Tross der kaiserlichen Truppen. Im letzten Winter kam sie mit etwas Glück beim Augsburger Stadtmedicus unter. Er überließ ihr eine spartanisch eingerichtete Kammer, die über einen separaten Eingang zu erreichen war. Bei seinen wohlhabenden Freunden konnte sie sich einiges verdienen. Doch nachdem der feiste Tuchhändler ihr beiwohnte, blieb das Monatsblut aus. Er versicherte ihr, sie zu unterstützen, und bezahlte im Voraus ihre Unterkunft.

Elenas kraftlose Schreie wichen einem Wimmern, als die Türe krachend aufgestoßen wurde und die Hebamme hereinstürmte. Mit ihr drängten sich dutzende Schneeflocken in die Kammer.

»Heilige Maria und Josef sei Dank! Sie ist da!«, rief die Magd und wischte sich die Tränen von den Wangen.

»Ich hoffe, ich komme noch nicht zu spät!«, keuchte Martha Stützle. »Die Wege sind kaum passierbar.«

»Sie hat keine Kraft mehr, sich noch länger auf dem Stuhl zu halten. Das Kind will aber einfach nicht kommen!«

»Ist es ihre erste Geburt?«, erkundigte sich die Hebamme, während sie den Bauch von Elena abtastete.

»Ja. Und ich hab extra eine Axt unter den Gebärstuhl gelegt, um böse Geister zu vertreiben und ihre Entbindung zu erleichtern.«

»Die mag wohl die Geister vertrieben haben, aber gegen eine Steißlage hilft sie halt nicht.«

Mit wenigen Handgriffen hatte die erfahrene Geburtshelferin die Lage des Ungeborenen korrigiert.

»So, und jetzt pressen!«, wies sie die Wöchnerin an.

Elena nickte mit geschlossenen Augen fast unmerklich. Mit fest aufeinandergepressten Lippen folgte sie den Anweisungen von Martha, die schon Hunderte von Frauen entbunden hatte. Immer wieder forderte sie die Gebärende auf, zu pressen.

»Ich kann nicht mehr!«, stöhnte Elena.

»Wenn du jetzt aufgibst, stirbst nicht nur du, sondern auch dein Kind. Reiß dich zusammen! Und noch einmal!« Ein letztes Mal sammelte die Hübschlerin all ihre Kräfte. Das Greinen eines Neugeborenen erklang. Erschöpft nahm Elena ihr Kind entgegen.

»Es ist ein gesunder Junge.« Wieder setzten die schon bekannten Schmerzen ein.

»Bekomme ich noch ein Kind?«

»Nein, das ist nur die Nachgeburt. Gleich hast du alles überstanden.« Doch erneut erklang das Greinen eines Kindes, das schnell in Leinen gepackt, Marthas Lehrmagd übergeben und aus der Kammer geschafft wurde.

»Wo ist mein zweites Kind?«

»Du hast nur eines auf die Welt gebracht, meine Liebe. Ich habe dir doch erklärt, dass die erneuten Wehen von der Nachgeburt ausgelöst wurden.«

»Aber ich habe es doch gehört! Was habt ihr mit meinem Kind gemacht?«, schrie Elena panisch und versuchte aufzustehen.

»Du bleibst schön sitzen!« Martha drückte sie wieder zurück in den Gebärstuhl.

»Die Strapazen der Geburt haben dich ja total verwirrt. Jetzt schlaf erst einmal und ruh dich aus. Morgen sieht die Welt schon wieder ganz anders aus.«

Am darauffolgenden Abend peitschte der Schneeregen gegen die Butzenglasscheiben, die kaum noch Licht in das Haus ließen, als das Pochen an die Türe der Nördlinger Stadtapotheke immer heftiger wurde.

»Jaja«, murmelte die Haushälterin Elfriede Breitenbach, während sie in Richtung Hauseingang schlurfte. Ihre Gelenke machten sich seit langem durch ihr Übergewicht schmerzhaft bemerkbar, wodurch alles etwas langsamer ging. Viele Jahre war sie nun schon in Diensten des ehrwürdigen Apothekers Benedikt Riesinger. Seit dem Tod seiner Frau lebten die beiden allein in dem großen Patrizieranwesen nahe dem Rathaus. Knarzend öffnete sich die Türe zur Offizin*. Triefend nass stand eine schwarze Gestalt auf den Stufen.

»Hochwürden? Was verschafft uns die Ehre eines so ungewöhnlichen Besuchs?«

»Hier ist euer Mündel** und ich muss dringend den Apotheker sprechen«, erwiderte Pastor Eberhard Widmann und übergab Elfriede das kleine Bündel.

»Ein Mündel?«, wiederholte die Haushälterin verblüfft.

»Das hat schon seine Richtigkeit. Riesinger weiß, dass ich heute komme.«

»Aha. Er ist oben in seinem Arbeitszimmer am Kamin. Ich werde Euch gleich bei ihm ankündigen. Kann ich Hochwürden etwas anbieten?«, fragte sie der Höflichkeit halber nach.

»Macht Euch keine Umstände, ich bin in Eile«, murrte der hagere Kirchenmann im Vorbeigehen und war schon auf der Treppe, die in das obere Stockwerk führte. Seine knochigen Hände hielten sich bei jedem Schritt am Treppengeländer fest und hievten den dürren Körper Stufe um Stufe empor. Schmunzelnd blickte die Haushälterin in das zufriedene Gesichtchen des Neugeborenen.

»Mein Gott, bist du ein süßes Kind. Jetzt werden wir uns erst einmal um dich kümmern.«

»Mein lieber Benedikt«, begann der Pastor im

---

* Werkstatt, Arbeitsraum mit angeschlossenem Verkaufsraum.
** Unmündige Person, die eines Vormundes bedarf.

Vieraugengespräch mit dem Apotheker, »es hat besser geklappt, als ich befürchtet hatte. Nur der Rückweg war sehr beschwerlich. Ich hoffe, der Herrgott wird uns verzeihen.«

»Mit Sicherheit, Hochwürden. Danke für Eure Hilfe. Ich werde mein Wort halten. Die St. Georgskirche soll ihre Seitenorgel bekommen, wie Ihr es euch gewünscht habt. Und ich hab einen Erben und jemanden, der sich um mich kümmert, wenn ich alt und krank bin. Ach, noch etwas, Hochwürden. Ich brauche ja nicht zu betonen, dass unsere Unterhaltung hier nie stattgefunden hat. Und das Kindlein hat ein grausamer Mensch einfach in der Kälte vor der Kirche abgelegt.«

»Ich unterliege der kirchlichen Schweigepflicht. Das versteht sich doch von selbst, werter Riesinger. Gehabt Euch wohl!«

Kapitel 1

Nördlingen, 9. Juli Anno Domini 1634
14 Jahre später.

Ein heisser Luftschwall blies Katharina ihre strohblonden Locken ins Gesicht, als sie die Türe des Schulhauses öffnete und ins Freie hinaustrat. Die Sonne hatte ihren höchsten Stand bereits erreicht und verwandelte die Freie Reichsstadt in einen Backofen. Schon um 5 Uhr begann der Unterricht, als es noch kühl und der Gestank in den Gassen erträglich war. Der Stadtrat hatte zwar einige Verbote erlassen, doch es wurden nach wie vor die Inhalte der Nachtpfannen in den Gassen entleert und verendete Tiere mussten oft tagelang auf ihre Abholung warten.

»Psst«, vernahm sie von der Seite.

»Simon? Hast du etwa auf mich gewartet?«

»Ja, ähm, ich wollte dich fragen, ob wir nicht später zur Eger … ich meine, ob wir uns nicht abkühlen sollten bei der Hitze«, stotterte Simon Mühlbichler mit hochrotem Kopf. Der sonst recht redegewandte Junge brachte gegenüber Katharina kaum einen ganzen Satz über die Lippen. Seit Wochen hatte er sich vorgenommen, das hübsche Apothekermündel anzusprechen, hatte es aber im letzten Moment immer wieder verschoben, weil er sich fürchtete, eine Abfuhr von ihr zu bekommen.

»Mein Stiefvater ist am frühen Nachmittag meistens beim Bader, um Heilmittel auszuliefern. Da könnte ich mich eine Weile davonschleichen.«

Sichtlich erleichtert stapfte der Zimmermannssohn neben seiner Angebeteten über das bucklige Kopfsteinpflaster, als sich ihnen hinter der nächsten Hausecke vier Halbwüchsige in den Weg stellten.

»Na, was haben wir denn hier für ein hübsches Paar«, spottete ihr Rädelsführer. Katharina kannte ihn. Es war der Kaufmannssohn Wilhelm Hofmeister. Seine Eltern gehörten zu den reichsten Patriziern in der Stadt. Mit seinem feuerroten Haarschopf und der blassen Haut wirkte er kränklich, war aber von kräftiger Statur. Im Gesicht wuchs ihm nur ein leichter roter Haarflaum, obwohl er einige Jahre älter war als Katharina und Simon. In seiner Handfläche zappelte eine einbeinige Spinne und kämpfte gegen ihren bevorstehenden Tod an.

»Die schöne Apothekerstochter und das hässliche Holzwürmchen. Weiß dein Vater, dass du dich mit bettelarmen Handwerkern herumtreibst, die sich nicht mal eine ordentliche Kleidung leisten können?«

»Das geht dich nichts an. Lasst uns in Frieden!«

Wilhelm trat einige Schritte auf Simon zu, packte ihn an seinem Hemdkragen und kam ihm dabei so nahe, dass sich ihre Nasen fast berührten.

»Pass auf, was du tust, Holzwürmchen. Such dir das Weibsvolk unter deinesgleichen aus. Hast du mich verstanden? Und jetzt verschwinde, bevor wir dich windelweich prügeln.«

»Hört sofort auf damit!«, schrie Katharina und stürmte auf Wilhelm zu. Sie ergriff seinen Arm, der noch immer Simons Hemdkragen zuschnürte, und biss mit aller Kraft in sein blasses Fleisch. Sofort ließ er von Simon ab, sprang einen Schritt zurück und brüllte laut auf:

»Ah! Du elendes Miststück! Da meint man es gut mit euch Weibern und das ist dann der Dank dafür! In der Hölle sollst du schmoren! Los, kommt! Soll sie doch mit Bettlern ihr Nachtlager teilen!«, schimpfte er und verschwand so schnell, wie er aufgetaucht war.

»Geht es dir gut, Simon?«

»Geht schon wieder. Der Kerl hätte mir die Kragenweite beinahe auf null gestellt. Sollen wir trotzdem noch zur Eger heute?«

»Gerne, ist ja keinem etwas passiert. Mit Mädchen in meinem Alter komme ich ohnehin nicht klar. Die sind neidisch, weil ich als Einzige auf die Lateinschule darf.«

»Das hat bestimmt dein Stiefvater eingefädelt, weil

er im Rat sitzt. Stimmt's?« Katharina nickte und strich sich ihre Haarsträhne hinter das Ohr.

»Am Baldiger Tor ist links ein kleines Waldstück. Da ist der beste Platz. Beim schiefen Baum. Ich werde auf dich warten«, versprach er und lief nach Hause.

Wie Katharina geahnt hatte, packte Apotheker Riesinger nach dem Mittagessen einige Kräuter und Heilmittel in einen Korb.

»Ich bin eine Weile außer Haus. Der Bader Fromme erwartet dringend meine Lieferung.« Katharina wusste genau, dass es ihm nicht um die Lieferung ging. Dazu hätte er auch sie schicken können. Vielmehr sehnte er sich nach einer Unterhaltung unter Fachleuten, und beim Bader traf man eben diesen und jenen.

Kaum war Benedikt Riesinger außer Sichtweite, schlich sich das Apothekermündel aus dem Haus. Als sie die Stadt am Baldiger Tor verlassen hatte, blickte sie sich mehrfach um und fand schnell die Stelle, die Simon ihr beschrieben hatte. Doch sie war allein.

Hat Mühlbichler kalte Füße bekommen nach dem Zusammentreffen mit Wilhelm?

»Psst, hier oben!« Über sich sah sie Simon aus dem Fensterausschnitt eines Baumhauses auf sie herabschauen. Seine Gesichtszüge erhellten sich, als ihre Blicke sich trafen. Mit ein paar gekonnten Schwüngen hangelte er sich vom Baum.

»Schön, dass du da bist, Katharina. Das Wasser ist so herrlich erfrischend, lass uns gleich hineinspringen.«

»Ich setze mich nur ans Ufer und kühle meine Beine ab.«

»Wie? Bist du wasserscheu?«

»Ich kann nicht schwimmen! Ist deine Neugierde jetzt befriedigt?«

»Das tut mir leid, aber warum kannst du nicht schwimmen? Jeder kann das.«

»Ich glaube, es war ein Fehler, hierherzukommen.«

»Na, wenn das kein Zufall ist«, spottete Wilhelm Hofmeister, der diesmal ohne seine Freunde durch das Gebüsch schlüpfte. »Und wieder in so reizender Begleitung.«

»Himmelherrgott, was willst du ständig von uns? Wer bist du? Ein Büttel? Der Bürgermeister oder der Pastor?«, fragte Katharina wütend.

»Hör auf zu fluchen und halt dein vorlautes Maul, Weib!«, schrie Wilhelm. Er bückte sich, riss einige kniehohe Brennnesseln aus dem Unterholz und peitschte damit auf Simons Rücken ein.

»Und du verkaufst mich wohl für blöd! Das ist meine letzte Warnung!«

»Bist du von Sinnen? Hör sofort auf damit!«, schrie Katharina und stürzte sich auf Wilhelm. Es entstand ein wildes Handgemenge. Gemeinsam überwältigten sie Hofmeister und warfen ihn in die

Eger. Die Strömung trieb ihn rasch einige Meter flussabwärts.

»Das werdet ihr mir noch büßen!«, schrie der Kaufmannssohn und ruderte heftig mit den Armen. Simon und Katharina mussten unweigerlich lachen. Als sie sich etwas beruhigt hatten, strich sie ihm über den Rücken.

»Das sieht böse aus. Gib mir dein Hemd.« Sie tauchte es in den Fluss und legte Simon das tropfnasse Stück Stoff über die Schultern.

»Das tut gut, danke!«

»Ich muss wieder nach Hause. Wenn mein Stiefvater vor mir zurück ist, gibt es mächtigen Ärger.« Katharina drückte seine Hand und verschwand im Unterholz.

Kaum hatte sie die Türe zur Offizin hinter sich geschlossen, kam ihr Stiefvater nach Hause.

»Wo steckst du denn schon wieder, Katharina«, rief die Haushälterin. »Dachte ich's mir doch. Kind, du sollst lernen, wie man einen Haushalt führt, anstatt dich für Kräuter und Salben zu interessieren!«

Katharinas Interesse lag mehr an den Heilmitteln und den Geheimnissen der Medizin als an Putzen und Kochen. In der Offizin ihres Stiefvaters herrschte akribische Ordnung, was nicht zuletzt auch Katharinas Verdienst war. In den Regalen aus gewachsenem Nussbaumholz standen irdene Töpfe und Glasbehälter sorgfältig aufgereiht und mit deren Inhalt beschriftet. An der Decke hingen Sträuße von Kräutern und Heilpflanzen zum Trocknen, bis sie weiterverarbeitet werden konnten. Der massive Verkaufstresen, auf dem eine Waage und verschiedene Mörser bereitstanden, war noch von Benedikts Eltern, die das Geschäft aufbauten. Die Riesingers hatten in den letzten Jahrzehnten durch den Handel mit Barchent und anderen Tuchwaren einen stattlichen Reichtum erwirtschaftet. Benedikt schwenkte dann auf den Verkauf von Heilmitteln um, als die Pfingstmesse in Nördlingen immer mehr an Bedeutung verlor.

»Elfriede hat recht«, mischte sich jetzt auch ihr Stiefvater ein. »Du wirst schon bald heiraten und Kinder bekommen, da nützt dir das Apothekerwissen nichts. Dein Mann wird für euch sorgen.« Entsetzt blickte Katharina zwischen Elfriede und Benedikt hin und her.

»Herrgott, ich will aber nicht heiraten, vor allem wüste ich ja nicht mal, wen.«

»Hör auf zu fluchen! Und das lass mal meine Sorge sein. Ich finde schon den Richtigen für dich.«

»Ihr wollt mich verschachern wie ein Stück Vieh?«

»Katharina, es ist doch nur zu deinem Besten«, erklärte ihr Stiefvater. »Merkst du denn nicht, wie die Kerle, allen voran dieser Zimmermannssohn Mühlbichler, dir hinterherstellen wie brunftige Hirsche? Ich kann dich nicht ewig vor Übergriffen schützen.«

Ohne ein weiteres Wort rannte Katharina aus dem Apothekerhaus. Schnellen Schrittes marschierte sie in nordwestlicher Richtung durch die Stadt. Dicke Wolken schoben sich vor die Sonne. Der auffrischende Wind blies Katharina den Straßenstaub in die Augen. Beim Brot- und Tanzhaus kam ihr Mühlbichlers jüngerer Bruder entgegen.

»Michel, lauf schnell zu Simon und sag ihm, ich muss ihn dringend sprechen. Ich warte am schiefen Baum auf ihn«, bat Katharina den Dreikäsehoch und verließ die Stadt am Baldiger Tor.

»Ist der Teufel hinter dir her, Mädchen?«, lachte ein Wachmann und seine Kameraden pfiffen ihr hinterher. Vor der Brücke, unter der die Eger floss, bog sie links zum bewaldeten Flussufer ab. Einen Steinwurf entfernt, verdeckt durch Büsche und Sträucher, stand der schiefe Baum. Die Baumkrone der Weide ragte fast bis zur Mitte des Flusslaufs. Zusammengekauert saß sie in einer Ecke des Baumhauses und wickelte sich in eine löchrige Decke. Regen setzte ein. Dicke Tropfen klatschten auf das Laub der Bäume und in den Fluss.

»Was ist denn passiert?«, fragte Mühlbichler außer Atem. Katharina erzählte, was ihr Stiefvater vorhatte.

»Der Tag musste ja irgendwann mal kommen. Weißt du denn schon, wer der Glückliche sein wird?«

»Nein, aber allein die Tatsache, dass ich heiraten soll, ist schon schlimm genug. Somit platzt auch mein großer Traum, die erste studierte Ärztin von Nördlingen zu werden.«

»Du willst Medizinerin werden? Keine Universität dieser Welt lässt ein Weib studieren!«

»Da irrst du, mein Lieber. An der Medizinschule von Salerno sind auch Frauen zugelassen.«

»Ach, daher warst du erst beim Stadtmedicus. Zuerst dachte ich, du wärst krank.«

»Du spionierst mir nach?«

Simon wurde rot und senkte seinen Blick.

»Nun ja. Du bist kein Mädchen, das man als Junge einfach so anspricht. Ich wusste nicht, wie ich es anstellen sollte, und bin dir gefolgt.«

»Hm. Ja, ich war dort. Aber auch das erste und letzte Mal.«

»Warum? Was ist denn passiert?«

»Ach, dieser aufgeblasene Neunmalklug. … ›Das Gehirn eines Weibes ist nicht in der Lage, die komplexen Abläufe im menschlichen Körper zu erfassen. Denn das weibliche Gehirn ist erwiesenermaßen kleiner als das des Mannes …‹ Eine Unverschämtheit war das.«

»Schließt die Tore! Wir werden angegriffen!«, rief ein Wachmann.

»Was zum Teufel ist da draußen los?«, fragte Simon, während er und Katharina durch den kleinen Fensterausschnitt auf das Baldiger Tor blickten. Regungslos beobachteten sie, wie berittene Soldaten mit Hellebarden* und Schlachtschwertern die Egerbrücke überquerten.

»Warum verriegeln die das Tor nicht? Mein Gott, das sind ja Hunderte«, stellte Katharina fest. Die Wachen schafften es nicht mehr rechtzeitig, das Tor zu schließen. Die ersten Soldaten waren schon auf der anderen Seite der Stadtmauer.

Als die beiden ans Baldiger Tor schlichen, wunderten sie sich, dass es immer noch offen stand. Auch von kriegerischen Handlungen war nichts zu hören. Stattdessen waren Männer damit beschäftigt, einen Erdhügel aufzuschütten, um die Brücken vor den Toren zu blockieren.

»Was waren das für Soldaten?«, fragte Katharina den Wachmann am Tor.

»Schwedische Kämpfer, die uns helfen, die kaiserlichen Truppen zu vertreiben. Es wird nicht mehr lange dauern und die Katholischen werden uns belagern. Seht ihr die Häuser vor den Stadttoren? Die werden heute alle noch abgerissen, damit die kaiserlichen Truppen keine Deckung haben. Selbst die St. Emmeranskirche auf dem Totenhügel wird heute noch niedergebrannt. Macht lieber, dass ihr heimkommt.«

Entsetzt blickten Simon und Katharina sich an.

---

* Speerartige Stoß- und Hiebwaffe im späten Mittelalter, die aus einem langen Stiel mit axtförmiger Klinge und scharfer Spitze besteht.

»Ich bringe dich nach Hause«, flüsterte Mühlbichler und legte seinen Arm um sie.

Bürger rannten besorgt durch die Straßen und verschwanden in ihren Häusern. Ein Bub zerrte ein quiekendes Schwein in den Stall. Manch einer vernagelte die Fenster oder verbarrikadierte die Haustüre.

Katharina und Simon schauten verwundert, als sie Soldaten vor der Apotheke sahen.

Kopfschüttelnd kontrollierte Riesinger währenddessen die langen Zahlenkolonnen in seinen Geschäftsbüchern.

»Da stimmt doch etwas nicht!« Die Haushälterin stürmte mit ihrem Wäschekorb ins Haus, dass die Türe, vom Wind angetrieben, ins Schloss knallte. Riesinger erschrak und zuckte zusammen.

»Herrgott, Elfriede! Jetzt kann ich von vorn anfangen!«

»Irgendetwas scheint in der Stadt los zu sein«, berichtete sie außer Atem.

»Was wird schon los sein? Anderen wird der Wind auch Türen und Fensterläden zuschlagen.« Im selben Augenblick stürmten Soldaten in die Offizin. Die Eingangstüre krachte gegen die Wand, dass ein Stück Putz herausbrach und auf den Dielenboden bröselte.

»Einquartierung!«, rief der Stadthauptmann Stracke.

»Wie bitte?«, erwiderte der Apotheker entgeistert.

»Wir haben 500 schwedische Soldaten zu versorgen. Diese sind unter der Führung von Oberstleutnant Deubitz in die Stadt eingezogen. Ich selbst habe das Kommando über 600 Nördlinger Bürger. Habt Ihr nicht gesehen, dass an allen Ecken und Enden Vorbereitungen auf einen Angriff der kaiserlichen Truppen laufen?«

»Ähm, nein.«

»Wie Ihr wisst, sind die schwedischen Besatzer Protestanten wie wir. In Regensburg konnten sie die kaiserlich-bayerischen Truppen nicht mehr aufhalten. Vor vier Tagen wurde die Stadt Regensburg übergeben und wir sollen das nächste Ziel sein. Um weiterhin evangelisch zu bleiben, mussten wir die Hilfe von unseren schwedischen Freunden, Feldmarschall Horn und Herzog Bernhard, annehmen. Erste Dörfer im Ries wurden von den Katholischen bereits geplündert.«

»Und warum erfahre ich das als Ratsmitglied erst jetzt? Wir sollen uns gegen Tausende Kaiserliche stellen?«, entgegnete Riesinger.

»Ich führe nur die Befehle aus! Unsere Stadt ist nahezu uneinnehmbar. Vergesst das nicht. Und in einigen Tagen erwarten wir 25.000 Mann zur Verstärkung. Das sollte wohl reichen, werter Herr Apotheker. Ihr werdet zwei Offiziere bei Euch aufnehmen!« Nachdem ihn der Apotheker nur anstarrte, fuhr er fort: »Ich kann bei Euch auch vier verlauste einfache Soldaten einquartieren, wenn Euch das lieber ist.«

»Nein, das ist schon in Ordnung. Sie sollen hereinkommen. Meine Haushälterin wird ihnen ihre Unterkunft zeigen.«

Elfriede führte die Soldaten die Treppe hinauf, während Katharina und Simon die Offizin betraten.

»Ah, der junge Mühlbichler hat unsere Tochter ausgeführt«, spottete der Apotheker. Seine Augen formten sich zu schmalen Schlitzen und musterten den Burschen.

»Für dich ist es besser, du gehst jetzt. Und lass die Finger von Katharina!«

»Aber er hat doch niemandem was getan. Im Gegenteil, er hat mich beschützt.«

»Ich denke, wir haben uns verstanden.«

Die junge Frau ballte ihre Fäuste, dass ihre Knöchel weiß hervortraten.

Kapitel 2

MIT EINEM GEWALTIGEN KNALL schlugen die ersten Kanonenkugeln der kaiserlichen Truppen in der Stadtmauer ein. Mütter zerrten ihre Kinder nach Hause und verbarrikadierten sich. Jeder wehrfähige Bürger war in Alarmbereitschaft oder bereits auf dem Wehrgang. In einer nächtlichen Aktion gelang es den kaiserlichen Truppen, die Eger umzuleiten. Die Kornmühle stand dadurch still und Brände konnten nur noch schwer gelöscht werden.

Nachdem Katharina mit Hilfe von Simon einige Fässer mit Wasser befüllt hatte, eilten sie ins Gerberviertel, um ihrer Freundin, der Hebamme Holzinger, zu helfen.

»Wir müssen uns beeilen!«, trieb Mühlbichler sie an. »Es ist nur noch ein klägliches Rinnsal im Flussbett.«

»Ja, und die Leute wühlen den ganzen Dreck auf beim Abschöpfen. Hoffentlich ist das Wasser noch genießbar, bis wir bei Mathilda sind.«

»Die Felder außerhalb der Stadt sind auch komplett verwüstet. Überall sieht man Laufgräben und Geschützstellungen.«

»Glaubst du, die Tore halten den Geschützen stand?«

»Die Schweden haben direkt vor die Stadteingänge Hügel aus Erde und Kuhmist aufgeschüttet. Das soll die Geschosse so weit abbremsen, dass sie keinen Schaden mehr anrichten.«

»Auf Ideen kommen die«, staunte Katharina.

Das Gerberviertel hatte wesentlich stärker unter den Angriffen gelitten als die Mitte der Stadt. Mathilda lief schimpfend um ihre kleine Kate*.

»Schaut nur!«, rief sie zu Simon und Katharina, »die haben mir doch glatt ein Loch ins Dach geschossen. Na, denen werde ich jetzt helfen. Auf alte Weiber mit Kanonen schießen.«

»Was hast du vor, Mathilda?«, fragte Katharina.

»Den katholischen Herren da draußen werde ich jetzt ein leckeres Süppchen kochen!« Achselzuckend sahen sich Simon und Katharina an. Über Mathildas Feuer hing ein Kessel, in dem eine Mischung aus Harz, Öl und Tierfett brodelte.

»Kommt her und helft mir!« Gemeinsam schleppten sie den schweren Kessel die Treppe zum Wehrgang hinauf. Frauen warfen mit Steinen nach den Belagerern, die mit Sturmleitern versuchten, die Stadtmauer zu überwinden.

»Macht mal Platz für ein schweres Geschütz!«, bat Mathilda die Steinewerferinnen. Nachdem sie

---

* Hütte, einfaches Haus.

den Kessel abgestellt hatten, rief die Hebamme zu den Angreifern: »Seht mal her, ihr Hübschen!«, und walkte ihre großen Brüste unter ihrem Kleid. »Schaut es euch genau an! Ihr werdet es nur einmal sehen!«, spottete sie und kippte den Inhalt des Kessels auf die Soldaten hinab. Brüllend vor Schmerz wälzten sich die Getroffenen auf dem aufgeschütteten Dunghaufen. »Und das ist für das Loch in meinem Hausdach«, schimpfte sie weiter und schleuderte einen faustgroßen Stein hinunter. Sie traf einen Soldaten am Brustbein, der atemringend zusammenbrach. »Kommt, wir machen noch mal eine Mischung an«, lachte Mathilda und stapfte mit ihrem Kessel die Treppe hinab.

»Was ist los mit dir, Mathilda?«, fragte Katharina besorgt, als sich die Hebamme, geplagt von Schwindel, am Türstock festhielt.

»Es geht bestimmt gleich wieder«, beschwichtigte sie. »Ich bin schließlich keine zwanzig mehr. Der Kessel war mir wohl zu schwer.« Mathilda tropfte der Schweiß von den Haaren, die unter ihrer Haube herauslugten.

»Du bist blass, als hättest du dich übergeben! Leg dich lieber etwas hin.« Simon reichte ihr einen Becher Wasser, den sie in einem Zug austrank.

Katharina wischte mit einem Tuch den Schweiß von ihrer Stirn. Erschrocken zog sie die Hand zurück, als hätte sie sich verbrannt.

»Du hast ja Fieber! Und was ist das für eine Schwellung an deinem Hals?«

»Mir geht es seit heute Morgen schon nicht so gut.«

Ein junges Mädchen stürmte in die Kate, dass alle drei erschrocken hochfuhren.

»Wir brauchen eine Hebamme! Dringend!«, rief sie.

»Bist du nicht die Kleine vom Bäcker aus der Judengasse?«, fragte Katharina.

»Ja. Meine Mutter liegt seit gestern Nacht in den Wehen.«

»Seit gestern Nacht? Und warum braucht ihr dann erst jetzt eine Hebamme?«

»Der alte Geizkragen wollte sich bestimmt wieder meinen Lohn sparen!«, krächzte Mathilda. Das Mädchen blickte beschämt zu Boden und stocherte mit ihren nackten Füßen in den Binsen. »Sag ihnen, ich mach mich gleich auf den Weg.«

»In deinem Zustand kannst du unmöglich dort hin!«, schimpfte Katharina.

»Dann wirst du das erste Mal allein ein Kind auf die Welt begleiten.«

»Ich?«, entrüstete sich das Apothekermündel. »Ich bin doch keine Hebamme. Ich hab dir zwar schon öfter mal geholfen, aber allein kann ich das nicht!«

»Wenn ihr meiner Mutter nicht helfen wollt, wird sie sterben«, schluchzte das Mädchen.

»Und was wird aus dir?«, fragte Katharina die Hebamme.

»Keine Angst, ich hab schon Schlimmeres mitgemacht. Und Simon ist ja auch noch da.«

»Er wird den Bader für dich holen! Versprich mir das!«

»Ja, und jetzt verschwindet, bevor es zu spät ist.«

»Dann musst du mir aber zur Hand gehen!« Die Bäckerstochter nickte eifrig.

»Und wenn es die Kaiserlichen zu bunt treiben, werde ich ihnen ordentlich den Hintern versohlen«, kicherte die Hebamme.

Gebückt, als könnten sie sich somit vor den kaiserlichen Kanonen schützen, huschten die beiden durch die Straßen. Gesteinsbrocken der geborstenen Mauern erschwerten ihr Vorankommen. Mehrfach erschraken sie, wenn weitere Einschläge der Geschütze zu hören waren. In den Gassen saßen Bauern und Handwerker aus den umliegenden Dörfern, die vor den Soldaten in die Stadt geflüchtet waren. Schon wenige Tage nach der Belagerung Nördlingens waren ihre Vorräte aufgebraucht. Hunger war jetzt ihr ständiger Begleiter.

Der Bader Nepomuk Fromme sägte vor der Baderstube einem verletzten Soldaten ein Bein ab. Dieser wurde von den Schmerzen bewusstlos und bekam von all dem nichts mehr mit. Frommes Bademägde versorgten die Verwundeten im überfüllten Haus.

»Zunächst brauche ich heißes Wasser und Leinenstreifen«, wies das junge Apothekermündel die umherstehenden Frauen an. Die nassgeschwitzte Bäckerin war geschwächt und stöhnte. Die Tochter hielt ihre Hand und wischte den Schweiß von der Stirn ihrer Mutter. Nachdem Katharina den Bauch der Gebärenden abgetastet hatte, erklärte sie:

»Das Kind liegt falsch herum. Aber ich hab Mathilda schon mal zugeschaut, wie sie das im Leib gedreht hat.«

»Sie hat schon mal zugeschaut«, wiederholte Heidrun, die Base der Bäckerin, abwertend. »Ich hab's ja gleich gesagt, dass ein so junges Ding keine Ahnung hat.«

Katharina schmierte sich die Hände mit Gänsefett ein und ertastete die Lage des Kindes. Mit Hilfe eines Stockes führte sie eine Schnur ein und befestigte eine Schlinge um ein Beinchen des Ungeborenen. So sollte die Steißlage aufgehoben und das Kind mit den Beinen voran das Licht der Welt erblicken.

»So, und jetzt pressen!«, forderte Katharina die sichtlich geschwächte Frau auf, während sie sanft an der Schur zog. Sie bekam das Beinchen zu fassen.

»Gleich habt Ihr es geschafft.« Mit letzten Kräften bäumte sich die Bäckerin noch einmal auf.

Die Anwesenden starrten auf das Neugeborene. Das Gesicht war blau angelaufen. Der Körper leblos. Katharina tätschelte seine Wange und gab ihm mehrmals einen Klapps auf den Hintern. Vergebens.

»Bäckerin, Euer Kind ... es atmet nicht. Die Nabelschnur hatte sich um den Hals gewickelt und es erstickt«, berichtete ihr Katharina voller Mitgefühl.

»Kindsmörderin!«, schrie Heidrun.

»Hätte ich nicht geholfen, wären jetzt beide tot«, versuchte sie sich zu rechtfertigen.

»Du hast dem Kind beim Drehen im Leib die Nabelschnur um den Hals gewickelt. Hexe!«

»Ich bin mir sicher, sie hat ihr Möglichstes getan«, beschwichtigte die Wöchnerin. »Hab Dank für deine Hilfe.«

»Nein, nein! So einfach kommst du mir nicht davon, Kindsmörderin! Scher dich raus hier! Du wirst noch von mir hören!«, prophezeite ihr Heidrun.

Aufgewühlt und den Tränen nahe schlich sie in die Offizin, um einige Heilkräuter und etwas zu essen für Mathilda herzurichten. Als sich Katharina an diesem Tag erneut davonschleichen wollte, versperrte ihr der Stiefvater den Weg.

»Nein, du bleibst hier! Deine Hebamme muss ab jetzt ohne dich zurechtkommen. In den Straßen wimmelt es vor Pestilenz- und Ruhrkranken*. Der Toten-

* Die Ruhr: Schwere Durchfallerkrankung, oft mit blutigem Stuhl.

gräber bekam vom Rat die Anweisung, die eisenbeschlagenen Räder vom Leichenkarren mit Filz zu umwickeln, weil die Bürger fast durchdrehen, wenn sie das ratternde Geräusch ständig hören müssen.«

»So viele sind schon gestorben?«, fragte Katharina entsetzt. Benedikt nickte nur betroffen.

»Die meisten Bürger hassen uns, weil wir uns das tägliche Brot noch leisten können. Vier Gulden verlangen die mittlerweile für einen Laib! Nur wenige können sich das noch leisten.«

»Ich kann nicht einfach zuschauen, wie Mathilda stirbt. Sie hat doch sonst niemanden.«

»Sei vernünftig. Es ist nur eine Frage der Zeit, bis die kaiserlichen Truppen über unsere Stadt herfallen. Dann Gnade uns Gott! Gestern gelang es ihnen, in den beschädigten Deininger Turm einzudringen und auf unsere Männer zu schießen. Die letzte Chance war, den Turm anzuzünden und die Angreifer auszuräuchern.« Dass die halb verhungerten Nördlinger die verkohlten Leichen aßen, verschwieg er ihr vorsichtshalber.

»Was ist da draußen los?«, wunderte sich Katharina und öffnete die Türe der Offizin.

»Habt ihr es schon gehört?«, fragte der Pastor Widmann.

»Was gehört?«

»Einige unserer Männer haben heute Nacht die Eger wieder in die Stadt geleitet. Die Mühle arbeitet also wieder. Und sie erbeuteten sogar haufenweise

Lebensmittel von den Kaiserlichen. Deshalb feiern wir jetzt einen Dankgottesdienst. Wir haben gesiegt!«

»Das ist ja wundervoll«, freute sich Katharina und blickte zu ihrem Stiefvater, der ebenfalls erleichtert war.

Die Glocken vom Daniel läuteten, bis sich die St. Georgskirche bis auf den letzten Platz gefüllt hatte. Freude und Erleichterung war in den Gesichtern der Nördlinger zu sehen. Selbst verfeindete Nachbarn schenkten sich ein Lächeln.

Kurz nachdem Pastor Widmann mit der Messe begonnen hatte, stürmte der Bürgermeister in die Kirche. Die Gläubigen drehten neugierig ihre Köpfe Richtung Haupteingang. Widmann stockte in seinem Satz. Die Schuhe des Stadtoberhaupts klopften bei jedem Schritt auf den Steinboden, bis er in der Mitte stehen blieb.

»Ich weiß nicht, wer das Gerücht des Sieges in die Welt gesetzt hat, aber es ist nicht wahr! Die kaiserlichen Truppen haben das lang erwartete Heer vernichtend geschlagen. Man sagte mir, dass wohl mehr als 12.000 schwedische Soldaten nicht mit dem Leben davongekommen und über 4.000 in Gefangenschaft geraten sind. Die davonlaufenden Schweden wurden von der kaiserlichen Reiterei verfolgt und getötet.«

»Das ist eine Lüge!«, schrie einer.

»Die Kaiserlichen haben doch gar keine Munition mehr!«, brüllte ein anderer. Ein lautes Stimmengewirr entstand. Bürgermeister Schillinger bestieg die Kanzel, um sich Gehör zu verschaffen.

»Die kaiserlichen Truppen sind bereits auf dem Rückweg. Wir werden spätestens morgen die bedingungslose Kapitulation unterzeichnen müssen. Geht nach Hause und versucht zu retten, was noch zu retten ist. Versteckt oder vergrabt alles, was von Wert ist!«

Kapitel 3

SEIT FAST DREI TAGEN versteckte sich Katharina im Dachboden des Apothekerhauses und hoffte, so den Übergriffen der Kaiserlichen zu entkommen. Die Besatzer zogen plündernd durch die Stadt. Was sie gebrauchen konnten, stahlen sie, und in den Wirtshäusern wurde gesoffen, ohne zu bezahlen. Frauen wurden auf offener Straße Opfer lüsterner Landsknechte. Wer sich gegen sie stellte, bezahlte mit seinem Leben.

Neben Soldaten und Verwundeten strömte auch Trossvolk nach Nördlingen. Allen musste Quartier gegeben werden. Bei den Riesingers wurden einige Marketenderinnen und Hübschlerinnen aufgenommen. Der Apotheker war fest davon überzeugt, dass Schillinger das mit Absicht so eingefädelt hatte, gab es doch in der letzten Zeit einige Unstimmigkeiten zwischen ihnen beiden.

Elfriede brachte dem Apothekermündel täglich mehrmals zu essen und versorgte sie.

»Wenn es stimmt, was die Leute sagen, kommt heute noch Erzherzog Ferdinand nach Nördlingen.

Ich hoffe sehr, dass er dem Treiben hier ein Ende setzt.«

»Das wird auch langsam Zeit! Hier oben ist es alles andere als gemütlich«, murrte Katharina.

Unter dem Dach des Patrizieranwesens war ab der Mittagszeit eine fast unerträgliche Hitze und die kleinen Fenster an den Giebelseiten des Hauses ließen nur wenig Licht in den Raum. Von den Dachbalken hingen Spinnweben, die wie graue Tücher wirkten. Alles war mit einer dicken Staubschicht überzogen. Aus Langeweile begann Katharina, Kisten und Säcke zu durchstöbern, die vor längerem achtlos abgestellt worden waren. Sie enthielten Tuchballen aus vergangenen Tagen, andere Kleidung ihrer längst verstorbenen Stiefmutter.

Nicht mehr lange, dann würden sie mir vielleicht passen, dachte sie sich. Ein Kleid nach dem anderen betrachtete sie und hielt es vor ihren Körper, um abzuschätzen, wie es an ihr wirkte. Auf dem Boden der Kiste blieb ihr Blick auf einem Buch haften.

Der Einband war aus dunkelbraunem Leder gefertigt und an den Ecken mit schweren Metallbeschlägen versehen. Um es aufzuschlagen, musste ein Riegel geöffnet werden. Es war unverschlossen. Katharina setzte sich unter eines der kleinen Fenster und fing an zu blättern.

›*Freitag, 3. Februar 1612: Wenn ich ihn sehe, schlägt mein Herz schneller. So also fühlt sich die Liebe an.*

Mittwoch 11. Juli 1612: Heute ist es passiert. Josef

war so einfühlsam und trotzdem wild und stürmisch. Das würde ich mir von Benedikt auch wünschen …‹

Was zur Hölle waren das für Aufzeichnungen? Und wer war Josef?, fragte sie sich.

›Benedikt hat mir ja schon lange nicht mehr beigewohnt. Er war so außer sich, als er erfuhr, dass ich mich ausgerechnet einem Hofmeister hingegeben habe. Ich kann von Glück reden, dass Benedikt es für sich behalten hatte. Sonst hätte man mich wohl mit der Schandgeige um den Hals aus der Stadt gejagt. Es tut mir leid, Benedikt. Es war ein Fehler von mir …‹

Katharina blieb der Mund offen stehen. Daher also der Familienstreit.

Als sie weiter im Buch blätterte, fiel eine einzelne Seite heraus. *Ein Brief an meinen Stiefvater. Vom Augsburger Stadtmedicus?*

›Mein lieber Freund Benedikt, sicherlich erinnert Ihr Euch noch an Elena, die im Doktorenhaus die kleine Kammer bewohnte. Sie behauptet, von Euch schwanger zu sein. Ich dachte mir, Ihr solltet das erfahren. Vielleicht ist ja doch etwas Wahres daran. Euer alter Freund Engelhard Metzner, Augsburg 8. März 1620.‹

Das wird ja immer besser. Meine Stiefmutter lässt sich auf einen Hofmeister ein und der Stiefvater schwängert eine Frau in Augsburg. Moment mal. 8. März 1620?

Nachdem sich immer mehr Menschen auf dem Rathausplatz einfanden und ein wirres Stimmendurcheinander entstand, blickte Katharina neugierig aus dem kleinen Giebelfenster.

»Nördlinger Bürger, hört mich an«, begann Erzherzog Ferdinand seine Rede. »Ihr habt mich enttäuscht. Meineidig seid ihr geworden, eines irren Glaubens wegen. Ihr alle seid beschuldigt, ein freiwilliges Bündnis mit den Schweden eingegangen, und dem nicht genug, habt ihr Widerstand während der Belagerung dem Kaiser gegenüber geleistet. Die bedingungslose Kapitulation wurde bereits am 7. September unterzeichnet und sämtliche Waffen der Stadt konfisziert. Ich fordere von Euch eine Brandschatzung in Höhe von 100.000 Reichstalern sowie 8.000 Reichstaler für die der Artillerie entstandenen Kosten. Alle Besitzungen, die Gustav Adolf der Stadt vermacht hat, sind an die katholischen Klöster zurückzugeben. Im Gegenzug wurden meine Offiziere angewiesen, Plünderungen, Diebstähle und Misshandlungen aufs Härteste zu bestrafen. Die Stadt Nördlingen soll weiterhin den Status der Freien Reichsstadt und der evangelischen Konfession behalten dürfen, wenn …« Jubel brach unter den Bürgern aus. Freudig umarmte jeder seinen Nebenmann.

»… wenn ihr mir den Treueeid neu leistet«, beendete der kleine, bucklige Erzherzog unter Jubel seine Ansprache.

Na endlich komme ich aus diesem staubigen Loch, freute sich Katharina und stürmte die Treppen hinab.

Vor dem Apothekerhaus stapelte sich der gesamte Warenbestand der Trossweiber. Riesinger hatte ihn für einen guten Preis aufgekauft.

»Schafft einfach alles in die Offizin«, wies Riesinger die Marketenderinnen an.« Die Kühe und Ziegen bringen wir vorerst im Pferdestall unter.« Neben Mehl und Getreide waren es hauptsächlich württembergischer Wein, Bier, Speck und Salz, aber auch Töpfe, Pfannen, Seile und eben alles für den täglichen Bedarf. Die Waren hatten die Trossweiber den Soldaten abgekauft, die in württembergischem Gebiet plünderten. Doch das störte den Apotheker nicht sonderlich. Bei der momentanen Lage würde er nicht lange auf seiner Ware sitzenbleiben. Es gab immer noch einige Familien, die sich etwas leisten konnten, und die Bauern würden ihn für das Vieh einfach kostenlos mit Milch und Fleisch versorgen, bis die Schuld abgetragen war.

Elfriede humpelte schimpfend in gebückter Haltung, unter dem Gelächter der Hübschlerinnen, einem ausgebüxten Huhn hinterher. Doch dieses genoss gackernd und flügelschlagend seine Freiheit.

»Wir wollten uns bei euch bedanken und uns verabschieden, Elfriede. Wir ziehen mit dem Tross weiter. In Nördlingen bleibt ja nur ein kleiner Trupp.«

Die Haushälterin stützte ihre Arme in die Hüften und streckte den Rücken durch.

»Wir haben zu danken. Eure Waren und Lebensmittel hat uns der Himmel geschickt. In Zeiten wie diesen ist es nicht einfach als Händler. Und vielleicht kommt ihr wieder mal in die Gegend. Ihr seid immer willkommen«, bedankte sich die Haushälterin und verabschiedete die Frauen.

Auf dem Marktplatz bildete sich erneut eine Menschenansammlung. Einige schimpften und hoben drohend die Fäuste.

»Was ist denn nun schon wieder!«, murrte Elfriede und stapfte neugierig Richtung Rathaus.

»Im Namen des Kaisers werden die hier Anwesenden der gemeinschaftlichen Plünderung und Unzucht angeklagt und zum Tode durch Enthauptung verurteilt. Die Urteile werden heute Mittag auf dem Galgenberg vollstreckt!«, rief ein kaiserlicher Offizier auf dem Marktplatz aus.

»Hängt die Lumpen doch gleich hier auf, dann sparen wir uns den Fußmarsch!«, brüllte der Schmied.

»Das Urteil ist viel zu milde! Die Bastarde gehören aufs Rad geflochten!«, schimpfte ein anderer. Als Elfriede dem Apotheker davon berichtete, hörte dieser interessiert zu und verschwand darauf wieder in der Offizin.

Bereits eine Stunde vor Mittag fanden sich Dutzende Neugierige vor dem Hexenfelsen ein. Riesinger hatte auf seinen Pferdekarren einen provisorischen Verkaufsstand gezimmert und verpflegte die Anwesenden mit Bier und württembergischem Wein.

Es herrschte schon eine ausgelassene Stimmung, als der Nördlinger Scharfrichter kurz vor Mittag die beiden Verurteilten zur Richtstatt brachte. Seine Miene war ausdruckslos. Die quer über sein Gesicht verlaufende Narbe schien zu leuchten. Die gefesselten Todeskandidaten wurden auf den zehn Fuß hohen Hexenfelsen geführt, somit hatte auch bei größeren Zuschauermengen jeder eine gute Sicht. Die Verurteilten hatten ihre kniende Haltung bereits eingenommen, als der kaiserliche Offizier die Anklage noch einmal verlas.

»Fangt endlich an!«, erklangen Rufe aus der Menge.

»Genau, sonst geht vorher der Wein noch aus!«, lachte ein Mann. Der Henker hielt das Richtschwert mit beiden Händen und holte zum Hieb aus. Durch seinen Schwung mit dem Schwert glitten ihm die Füße auf dem moosigen Untergrund weg und er landete samt seinem Mordwerkzeug auf dem Hintern. Die Menge grölte und brüllte vor Lachen.

»Wohl etwas aus der Übung, Egger!«, spotteten die Ersten. Sichtlich nervös, holte der Scharfrichter erneut aus, verfehlte sein Ziel und streifte den Kopf des Verurteilten nur leicht. Das Richtschwert traf klirrend den Felsen, dass es Funken schlug. Wieder grölten und brüllten die Zuschauer. Dem kaiserlichen Offizier gelang es nur mit Mühe, seine stoische Miene zu bewahren. Der Henker hatte einen hochroten Kopf. Schweißperlen standen auf seiner Stirn. Sollte es ihm diesmal nicht gelingen, würde ihn die Menge wahrscheinlich lynchen.

»Hier, Henker, trink mal einen kräftigen Schluck Zielwasser, dann wird es schon klappen«, spottete ein junger Bursche unter Gelächter der anderen und reichte ihm einen Becher Wein. Sichtlich erbost, schlug Egger dem Lümmel das Gefäß mit dem Fuß aus der Hand und rief:

»Ich mach das nicht! Die beiden sind unschuldig! Die waren ja gestern noch nicht einmal in der Stadt! Und Befragung gab es auch keine! Das sind willkürlich Verurteilte!«

Der Offizier glaubte nicht richtig zu hören. So etwas hatte es ja noch nie gegeben. Ein Henker, der die Vollstreckung verweigerte. Sichtlich durcheinander, begann der Kaiserliche:

»Die Hinrichtung wird bis zur Klärung der genauen Sachlage verschoben. Geht nach Hause!« Murrend und schimpfend, ihres Vergnügens beraubt kehrten die Zuschauer zurück in die Stadt.

»Henker, das hat ein Nachspiel. Wie willst du da

wieder rauskommen?«, drohte ihm der kaiserliche Offizier.

Zielstrebig steuerte Katharina auf die kleine Kate der Hebamme Holzinger im Gerberviertel zu. Sie bestand aus nur zwei Räumen. Im Erdgeschoss eine Küche, im oberen Stockwerk ein kleiner Schlafraum. Vor dem Eingang war ein gepflegter Kräutergarten. Über der Türe pendelte ein Holzschild quietschend im Wind, auf dem das Zeichen der Hebammen abgebildet war. Ein rotes Kreuz und der Stadtadler Nördlingens.

Vorsichtig öffnete Katharina die Eingangstüre. Der Geruch von Fäulnis, Exkrementen und Verwesung schlug ihr entgegen. Durchgeschwitzt und mit fahlem Gesicht lag die Hebamme in ihrer Schlafstatt. Vor dem Bett stand ihre übervolle Nachtpfanne. Katharina presste sich den Handrücken unter ihre Nase und verzerrte das Gesicht.

»Mathilda, wie geht es dir? Kannst du mich hören?«

»Komm mir lieber nicht zu nahe, Kind. Die Pestilenz hat dieses Mal keinen Bogen um mein Haus gemacht. Es hat mich mit voller Wucht erwischt.«

»Das habe ich fast befürchtet!« Katharina presste ihre Lippen aufeinander. »Ich hab dir was zum Essen mitgebracht. Und ich kaue Engelwurz, das soll gegen eine Ansteckung helfen.«

»Ach, die Gerberin hat auch Engelwurz gekaut und trotzdem ist sie an der Beulenpest gestorben. Es ist wohl doch eher in Gottes Hand, wann und wie wir von dieser Welt gehen.«

»Ich bete jeden Tag für dich. Du wirst doch wieder gesund, nicht wahr?«

»Bader Fromme hat mir die Beulen aufgestochen und den Saft abfließen lassen. Er sagt, dass man dadurch eher überlebt. Wir werden ja sehen, ob Gott sich meiner armen Seele erbarmt.«

»Du warst immer gut zu den Menschen. Warum soll er sich deiner nicht erbarmen?«

Mathilda verzog nur das Gesicht zu einem gequälten Lächeln.

»Was du jetzt brauchst, ist frische Luft, und die stinkende Nachtpfanne muss dringend raus hier!« Nachdem sie gelüftet und den Nachttopf geleert hatte, wusch sie der Kranken das Gesicht und flößte ihr zu trinken ein.

»Herrje, es wird ja schon bald dunkel. Ich sollte längst zu Hause sein. Ich schau morgen wieder nach dir! Versuch zu schlafen!«, riet Katharina der Pestkranken und verabschiedete sich.

In der Abenddämmerung trat sie ihren Heimweg an. Die Gassen waren menschenleer und in den Häusern wurden die ersten Lichter entzündet. Schon kurze Zeit später bemerkte sie, dass ihr jemand folgte. Nach einem Blick über die Schulter sah Katharina eine dunkle Gestalt. Eine große Hutkrempe verdeckte das Gesicht des Unbekannten. Sie beschleunigte ihre Schritte und hoffte, so ihrem Verfolger zu entkommen, doch die Geräusche kamen näher.

Ihr Herz klopfte schneller.

Sie spürte das Blut durch ihre Adern rauschen. Kurz vor dem Hafenmarkt blickte sie sich erneut um. Nur noch wenige Schritte trennten den Schwarzgekleideten von ihr.

Katharina raffte ihre Röcke und rannte, so schnell sie konnte.

Vergebens. Die Gestalt ließ sich nicht abschütteln. Als er sie erreichte, spürte Katharina ein feuchtes Tuch im Gesicht. Sie wollte schreien, aber es gelang ihr nicht. Beißender Geruch drang in ihre Nase.

Dann wurde es dunkel um sie.

Georg Schillinger lief aufgeregt im Sitzungssaal des Rathauses auf und ab.

»Bist du denn von allen guten Geistern verlassen?«, schrie er den Scharfrichter an. »Kannst du dir vorstellen, wie ich vor den kaiserlichen Offizieren jetzt dastehe? Die haben mir zwar nichts zu sagen, da ich direkt dem Kaiser unterstehe, doch sollte sich herumsprechen, dass mir ein ehrloser Henker auf der Nase herumtanzt, verliere ich meine Glaubwürdigkeit und Autorität!«

»Mit Verlaub, werter Herr Bürgermeister, die beiden können das unmöglich gewesen sein. Die waren ja vorgestern noch nicht mal in der Stadt. Auch die Offiziere wissen das. Und ich hab die Sattlerfamilie befragt. Es wurde nicht geplündert. Ihre Tochter wurde geschändet, kann sich aber an nichts mehr erinnern, weil sie wohl ohnmächtig wurde. Das passt doch alles nicht zusammen.«

Schillinger überlegte und strich mit Zeigefinger und Daumen über sein Kinn.

»Das sind schwerwiegende Anschuldigungen. Soll ich den Offizieren ins Gesicht sagen, dass sie mich anlügen?«

»Vielleicht waren es sogar die Offiziere selbst und jetzt brauchen sie einen Sündenbock.«

»Deine Theorien werden ja immer abenteuerlicher! Mach deine Arbeit ordentlich und hör auf, deine Nase in Dinge zu stecken, die dich nichts angehen. Sonst hat Nördlingen bald einen neuen Scharfrichter.«

Hans Griebel, der Totengräber, platzte in die Schreibstube des Bürgermeisters.

»Verzeihen Sie, Herr Bürgermeister, die Störung …«, begann dieser hastig.

»Griebel! Hat man dir keinen Anstand beigebracht? Siehst du nicht, dass ich beschäftigt bin?«, schrie Schillinger erbost. »Was gibt es so Wichtiges?«

»Verzeihung, Herr Vorsitzender«, entschuldigte sich Hans. »Eine blonde junge Frau wurde tot aufgefunden. Im Gerberviertel nahe der Stadtmauer.«

»Die beiden verurteilten Soldaten können es ja schlecht gewesen sein. Die sitzen ja bereits im Feilturm*«, sagte Egger mit Genugtuung.

»Das weiß ich auch, dass die es nicht waren!«, blaffte Schillinger den Henker an. »Der Bader soll sie sich anschauen, woran sie gestorben ist! Und ihr haltet den Mund. Kein Wort zu irgendeinem. Habt ihr verstanden? Wir haben schon genug Gerede in der Stadt. Und jetzt schert euch raus!«

Elfriede drückte währenddessen ihre Nase an die Scheibe und starrte aus dem Fenster.

»Wo, um Himmels willen, treibt sich Katharina wieder herum?«

»Ist sie denn noch nicht zu Hause?«, fragte Riesinger.

»Nein. Und ich mach mir langsam Sorgen. Es ist mittlerweile stockfinster draußen.«

Heftig pochte es gegen die Eingangstüre. Die Haushälterin sah zu Benedikt, der achselzuckend am

* Gefängnisturm in Nördlingen

Schreibpult der Offizin saß. »Ich erwarte niemanden mehr.« Gemächlich schlurfte Elfriede zum Eingang.

»Der junge Mühlbichler. Was wollt Ihr um diese Zeit noch hier?«

»Ich wollte nur wissen, ob Katharina da ist.«

»Hab ich dir nicht gesagt, du sollst dich von ihr fernhalten«, murrte der Apotheker aus dem Hintergrund.

»Das tue ich, Herr Riesinger. Ich möchte ja auch nur wissen, ob sie zu Hause ist und ob es ihr gutgeht. Der alte Griebel hat heute die Leiche einer jungen Frau aufgefunden.« Die entsetzten Blicke von Elfriede und Benedikt trafen sich.

»Herr im Himmel!«, entfuhr es der Haushälterin.

»Katharina ist heute Nachmittag zur Hebamme Holzinger ins Gerberviertel. Sie ist aber immer noch nicht zurück«, stotterte Elfriede.

»Ich geh zum Totengräber. Ich will die Leiche sehen. Ich sage Euch Bescheid, sobald ich etwas Neues erfahren habe«, erwiderte Simon.

»Pass auf, dass dich die Stadtwachen nicht ins Narrenhäuschen sperren, wenn du dich so spät noch in der Stadt herumtreibst!«, rief ihm die Haushälterin hinterher. Simon hob den Arm als Zeichen, dass er verstand.

Kurz vor Sonnenaufgang hämmerte Simon an den Eingang von Griebels Kate. Das klägliche Anwesen hatte schon bessere Zeiten gesehen. Im Dach klaffte ein großes Loch seit dem Einschlag einer kaiserlichen Kanonenkugel und die Türe hing schief in den Angeln.

»Hans!«, schrie Simon, während er an den Eingang hämmerte.

»Spinnst du, Mühlbichler? Du kannst mir ja gleich die Türe eintreten und ganz Nördlingen aufwecken mit deinem Geschrei!«, schimpfte Griebel, nachdem er ihm geöffnet hatte. Simon starrte auf dessen Bruche*, die er wahrscheinlich noch nie gewaschen hatte. Das einst wohl weiße Leinen war gelb, grau bis braun verdreckt. Und so roch es auch.

Er hatte Simon bis Sonnenaufgang vertröstet mit der Beschau des weiblichen Leichnams, weil die provisorische Leichenhalle am Totenhügel außerhalb der Stadtmauern lag. Griebel kannte Katharina zwar, war sich aber nicht mehr ganz sicher, ob sie es war, die er am vorherigen Tag aufgefunden hatte.

Als die beiden das Berger Tor passierten, konnten sie die behelfsmäßige Holzbaracke, die als Leichenhalle diente, bereits sehen. Nur wenige Minuten Fußmarsch trennte Simon noch von der Gewissheit, ob seine langjährige Freundin noch lebte. Mit gemischten Gefühlen betrat er mit Griebel die Leichenhalle. Auf einem Tisch, mit einem Tuch abgedeckt, lag der leblose Körper. Nachdem der Totengräber das Lei-

* Mittelalterliches Kleidungsstück, meist knielang, Unterhose.

nen weggezogen hatte, konnte Simon die Frauenleiche sehen. Die Tote war jung und blond, aber es war nicht Katharina.

»Das ist doch das Weib vom Bäcker aus der Judengasse«, gab Mühlbichler erleichtert von sich. »Und sie hat sich wohl selbst getötet, wie man an den aufgeschnittenen Handgelenken sieht.«

»Das ist mir ja noch gar nicht aufgefallen! Ach du meine Güte! Das muss ich dringend dem Schillinger melden, sonst bekomme ich Schwierigkeiten«, jammerte Griebel und stapfte Richtung Ausgang.

Kapitel 4

Am nächsten Morgen runzelte der Bürgermeister ungläubig die Stirn.

»Und es ist sicher, dass es sich um Selbstmord handelt?«

»Ohne Zweifel, werter Herr Bürgermeister«, bestätigte der Bader. »In ihrem Körper ist kein einziger Tropfen Blut mehr. Seht ihr die aufgeschnittenen Handgelenke?« Widerwillig beäugte Schillinger die Tote.

»Das hat uns gerade noch gefehlt. Als ob wir nicht schon genug Gerede in der Stadt hätten.«

»Etwas ist mir noch aufgefallen. Auf dem Hintern der Toten ist ein Zeichen.«

»Was für ein Zeichen?« Fromme und Griebel drehten den Leichnam auf den Bauch.

»So etwas hab ich noch nie gesehen. Es sieht aus wie ein umgedrehtes V und auf dessen Spitze ist ein Kreuz«, erklärte der Bader.

»Was hat das zu bedeuten?«

Fromme zuckte nur mit den Achseln. »Sprich mit Pastor Widmann oder vielleicht weiß der Stadtarchivar etwas darüber. Aber sonst zu niemandem ein Wort. Habt ihr mich verstanden? Ihr könnt sie jetzt beerdigen«, sagte er zu Griebel und lief mit Fromme zurück in die Stadt.

»Das Fenster klemmt, ich bring es nicht auf«, schimpfte Griebel.

»Lass mich mal ran«, murrte der Henker.

»Ich kann das nicht verstehen, einen solchen Wirbel um eine Selbstmörderin zu machen. Kann man sie nicht einfach zur Tür hinaustragen?«

»Na, weil nur die ehrbaren Bürger durch die Türe das Haus verlassen dürfen. Das war schon immer so.«

»Aber auf dem Totenhügel in geweihter Erde darf ich sie begraben. Das soll mir mal einer erklären.«

»Kannst du dich nicht mehr an den alten Schambeck erinnern, der sich in seiner Scheune erhängte? Dort wurde ein Loch in die Wand geschlagen, um ihn nach draußen zu bringen, weil es keine Fenster und nur die eine Türe gab.«

Als sie den toten Körper der Bäckerin durch das Fenster des Leichenhauses bugsiert hatten, verluden sie ihn auf den Schinderkarren und transportierten ihn zur Richtstätte. Dort wurde der Leichnam enthauptet und beide Teile wieder zurück auf den Totenhügel gebracht.

»Wir können froh sein, dass sich in Nördlingen nicht jeden Tag einer selbst das Leben nimmt. Ein ganzer Tag Arbeit für nur einen Toten. Was für ein Aufwand!«, schimpfte der Totengräber. Das Grab hatte er bereits vor einigen Tagen geschaufelt. Wenn er sonst nichts zu tun hatte, legte er die Gruben schon mal auf Vorrat an. Es war ja nur eine Frage der Zeit, bis jemand starb. Sieben Werkschuh tief. So lautete die Vorschrift. Mit auf dem Rücken gefesselten Händen wurde die Bäckerin, mit dem Bauch nach unten, in der Grube abgelegt. Ihr Kopf fand, mit dem Gesicht nach unten, zwischen ihren Füßen Platz.

»Damit die schädigenden Kräfte ins Innere der Erde abgeleitet werden«, erklärte der Henker.

»So, noch eine Schicht aus Dornengestrüpp, dann können wir das Loch schon wieder verschließen«, murmelte der Totengräber vor sich hin.

»Dazu brauchst du mich ja nicht mehr, Hans. Ich hoffe, der Selbstmord der Bäckerin spricht sich nicht herum. Fast jeder in der Stadt ist abergläubisch. Da können wir uns sonst auf etwas gefasst machen«, prophezeite Egger und fuhr auf dem Schinderkarren zurück in die Stadt.

Die alte Mühlbichlerin und Heidrun, die Bäckersbase, wechselten die Straßenseite, als ihnen der Henker entgegenkam.

»Ja, es war Selbstmord, aber die kleine Apothekerhexe ist ja letztendlich daran schuld«, erzählte Heidrun.

»Was Ihr nicht sagt! Was hat die denn damit zu schaffen?«

»Die? Die steckt mit dem Teufel unter einer Decke! Verhext hat sie die arme Bäckerin. Die Nabelschnur um den Hals des Kindes gewickelt, dass es schließlich erstickt und tot zur Welt kam. Und verscharrt wurde die Arme wie ein räudiger Köter, nachdem der Henker ihr den Kopf abgeschlagen hat. So etwas hat niemand verdient.«

»Ihr sagt es! Selbst verendete Viecher werden anständiger bestattet.«

»Auf den Scheiterhaufen gehört die elende Metze!«, schluchzte Heidrun.

»Da scheint wohl was in der Familie zu liegen.«

»Was meint Ihr damit?«

»Die Mutter des Apothekers landete im Herbst 1590 während der Hexenprozesse auf dem Scheiterhaufen. Da war der Pferinger noch Bürgermeister und der Röttinger leitete damals die Befragungen. Und die Riesingerin hatte sogar die Altbürgermeisterswitwe Gundelfingerin der Hexerei beschuldigt. Oder war es die Lempin, die die Gundelfingerin angeschwärzt hatte? Egal.«

»Was Ihr nicht sagt! Na, jetzt wundert mich nichts mehr. Ich hab mir schon so etwas gedacht.«

»Die treibt sich doch immer bei dieser Hebamme im Gerberviertel herum. Da munkelt man ja auch, dass sie eine Hexe sei. Da passt doch eins zum anderen. Jetzt muss ich aber weiter, sonst bekomme ich kein Brot mehr.«

Stadthauptmann Stracke betrat in Begleitung zweier Wachen die Apotheke.

»Katharina Riesinger. Im Namen des Kaisers, Ihr seid verhaftet wegen Hexerei.«

»Was? Wer wirft mir so etwas vor, Erich?«

»Herr Stracke oder Herr Stadthauptmann, wenn ich bitten darf! Das wird Euch der Stadtrichter Seefried schon noch erzählen! Abführen!« Ohne ein Wort zu sagen, stand Benedikt hinter seinem Schreibpult und beobachtete den Vorgang. Erinnerungen stiegen in ihm auf an den unseligen Tag, an dem seine Mutter vor mehr als 30 Jahren wegen Hexerei angeklagt worden war.

Katharina schämte sich fürchterlich, als sie von den Stadtwachen zum Rathaus gebracht wurde. Jeder, der ihr begegnete, glotzte ihr nach.

»Was hat die denn ausgefressen?«, hörte sie jemanden lachen.

Das Loch, wie man das Gefängnis im Rathauskeller nannte, diente als Arrestzelle, bis der Prozess abgeschlossen war. Katharina hatte Mühe, die bucklige Steintreppe hinabzusteigen, ohne zu stolpern.

In den fensterlosen Raum drang weder Tageslicht noch frische Luft. Auf dem Steinboden war etwas Stroh ausgelegt, das nach Schweiß und Urin stank. Das Apothekermündel kauerte sich in eine Ecke des Kerkers und umschlang ihre Beine mit den Händen.

Verhaftet wegen Hexerei! Wie kommen die da nur drauf? Hatte das mit der seltsamen Ohnmacht zu tun? Katharina erinnerte sich, dass sie vor einigen Tagen verfolgt und, nachdem sie das feuchte Tuch im Gesicht spürte, ohnmächtig wurde.

Als sie in Mathildas Kräutergarten damals wieder zu sich gekommen war, setzte gerade die Morgendämmerung ein. Sie fühlte sich elend. Ihr Kopf brummte, als hätte sie ein Wespennest in den Haaren. Ihr war speiübel und sie fror, als hätte sie die Nacht in einem Regenfass verbracht. Erst da bemerkte Katharina, dass ihr Kleid zerfetzt war. Sie blickte mehrmals um sich, aber es war niemand zu sehen. Nur langsam kam die Erinnerung zurück, dass sie am Vorabend von einer dunklen Gestalt überfallen worden war.

Was hatte der mit mir gemacht? Wer war das? Wäre es nur nicht schon so dunkel gewesen! Hatte er vielleicht Bocksfüße? War der Verfolger der Teufel? Vielleicht war ich auf einem Hexensabbat gewesen und kann mich nur nicht mehr dran erinnern? Eine weitere Welle der Angst durchfuhr das Apothekermündel. Sie musste schlucken und bekreuzigte sich.

Oder steckte hinter alledem nur Heidrun, die Bäckersbase, die sich an ihr rächen wollte?

Schon während der Niederkunft hatte sie Katharina als Hexe beschimpft. Aber dass diese so weit ging, hätte sie ihr nicht zugetraut. Die Gedanken kreisten in Katharinas Kopf. *Wann würde die peinliche Befragung beginnen?* Man berichtete von unsagbaren Schmerzen über Stunden hinweg.

Drei Stockwerke über ihr berichtete der Bader dem Bürgermeister von seinen neuen Erkenntnissen.

»Jeder sieht in dem Zeichen, was er kennt oder was er sehen will. Das umgedrehte V mit dem Kreuz darüber ist für Pastor Widmann ein Berg mit einem Gipfelkreuz. Wenn man das Ganze aber umdreht, könnte es dann nicht auch eine Schlucht darstellen und ein umgedrehtes Kreuz? Die Schlucht zur Hölle mit dem Teufelszeichen, dem umgedrehten Kreuz?«

»Hör auf, von so etwas zu sprechen!« Schillingers Gesichtsfarbe wechselte in ein fahles Grau.

»Ich war aber auch bei Richter Seefried, der im Stadtarchiv interessante Aufzeichnungen fand. In den alten Akten zu den Hexenprozessen von 1590 wurde er fündig. Die angeklagten Hexen hatten immer wieder berichtet, nicht sie seien schuld am Tod von den Betroffenen, sondern ein Wiedergänger. Wenn man über das Kreuz bei dem Zeichen einen Kreis malt, entsteht eine Strichzeichnung eines Menschen. Aber ein Wiedergänger ist ja bekanntlich ohne Kopf. Daher das umgedrehte V mit dem Kreuz drüber.«

»Mit so übersinnlichen Dingen bin ich so empfindlich! Am liebsten hätte ich damit nichts zu tun!«

»Das bedeutet im Klartext, ein Wiedergänger hat der Bäckerin das Zeichen eingeritzt! Aber die einzige Selbstmörderin und so der einzige Wiedergänger in den letzten Jahren ist die Bäckerin. Sie soll sich das selbst eingeritzt haben? Am Hintern?«

»Oder der Satan höchstpersönlich!« Schillinger bekreuzigte sich und musste unwillkürlich schlucken. Heftiges Anklopfen ließ den Bürgermeister zusammenzucken. Ohne hereingebeten zu werden, stürmte der Totengräber ins Amtszimmer.

»Wir haben ein weiteres Opfer zu beklagen, Herr Bürgermeister! Heute früh, unweit der letzten Fundstelle, hat Mathilda Holzinger einen leblosen Frauenkörper gefunden.«

»Verflucht!«, rutschte Schillinger heraus.

»Und sie hatte auch wieder das Zeichen am Hintern«, fügte Griebel hinzu.

»Der Wiedergänger. Das hat gerade noch gefehlt, so eine Mordserie. Gut, Griebel. Macht Eure Arbeit weiter. Ach, geht vorher noch zum Stadthauptmann. Den muss ich dringend sprechen.«

»Selbstverständlich, Herr Bürgermeister«, erwiderte ihm der Totengräber mit gesenktem Kopf und schloss die Türe hinter sich.

»Meine Güte, wenn wir dem Übeltäter nicht bald das Handwerk legen, können wir uns auf etwas gefasst machen«, murmelte Schillinger vor sich hin. Das Übersinnliche, der Teufel und alles nicht Greifbare, jagte dem Ratsherren eine fürchterliche Angst ein.

»Herr Bürgermeister, Ihr wolltet mich sprechen?«, fragte der Stadthauptmann.

»Stracke, Ihr verdoppelt die nächtlichen Wachen bis auf weiteres. Es gab erneut ein Opfer durch diesen Wiedergänger. Haltet besonders das Gerberviertel im Auge. Dort wurde heute schon wieder ein Mädchen gefunden.«

»Glaubt Ihr wirklich, dass es von Nöten ist, jetzt, wo die Apothekerhexe im Gefängnis sitzt?«

»Welche Apothekerhexe? Wovon redet Ihr?«

»Na, vom Riesingermündel. Heidrun, die Base der Bäckerin, hat sie der Hexerei bezichtigt. Und bis der Vorfall geklärt ist …«

»Seid Ihr wahnsinnig, Stracke!«, unterbrach ihn Schillinger. »Ihr steckt ohne mein Wissen die Tochter eines Ratsmitglieds ins Loch! Noch dazu die Tochter vom ehrwürdigen Apotheker. Wollt Ihr dieselbe Massenhinrichtung wie vor 30 Jahren? Auf der Stelle bringt Ihr mir die Riesingertocher hierher. Und wehe, Ihr fasst sie unsittlich an, Stracke, dann Gnade Euch Gott! Und jetzt geht mir aus den Augen!«

Kapitel 5

Nördlingen, 13. Oktober Anno Domini 1636
2 Jahre später

Knisternd loderten die Flammen auf, als Elfriede ein Holzscheit in die Glut nachlegte. Riesinger bedankte sich mit einem Nicken, woraufhin die Haushälterin das Arbeitszimmer wieder verließ. Der Kaufmann Josef Hofmeister schwenkte den Rotwein in seinem Kelch und beobachtete das Feuer im Kamin. Danach wendete er sich wieder seinem Gesprächspartner zu.

»Ja, mein Wilhelm ist ein paar Jahre älter als deine Tochter. Aber daran wird sie sich schon gewöhnen. Wichtig ist doch die gute Verbindung zweier so erfolgreicher Kaufmannsfamilien. Und vor allem sind sie sich nicht fremd. Sie kennen sich schon ihr ganzes Leben.«

»Dann sind wir uns ja einig«, freute sich Riesinger und streckte Hofmeister seine Hand entgegen.

Neugierig schaute Katharina aus dem Fenster, als der alte Hofmeister das Apothekerhaus verließ.

»Was wollte der denn hier?«, fragte sie ihren Stiefvater. »Ich dachte, unsere Familie hat seit Jahren mit den Hofmeisters Streit?«

»Nicht mehr. Wir haben uns versöhnt. Er wird dein Schwiegervater werden. Damit haben wir es besiegelt.«

»Wie bitte? Und wer soll das sein, den ich heiraten soll? Doch nicht etwa der Wilhelm, dieser Spinner!«

»Für unsere Familie ist es das Beste. Durch den Zusammenschluss wirst du einen dir kaum vorstellbaren Reichtum erwirtschaften können.«

»Und was soll ich mit dem ganzen Geld und Reichtum, wenn ich unglücklich bin und einen Spinner als Mann habe?«

»Jetzt reiß dich zusammen! Dutzende Weiber in Nördlingen wären froh, sie hätten einen Mann wie Wilhelm Hofmeister! Glaubst du, ich konnte heiraten, wen ich wollte? Hochzeiten werden nun mal arrangiert. Nicht einmal unser deutscher Kaiser hatte eine Wahl!«

»Das ist mir egal! Den werde ich jedenfalls nicht heiraten! Vorher gehe ich ins Kloster!«, schrie Katharina und rannte die Treppen hinauf in ihre Kammer.

Weinend und schluchzend lag sie auf ihrem Bett. Wie konnte ihr Stiefvater ihr das nur antun. Sie hatte immer damit gerechnet, dass sie nicht den Mann ihrer Wahl heiraten konnte, aber ausgerechnet diesen Irren.

Die Hofmeisters handelten auch seit vielen Generationen mit Stoffen und edlen Tuchwaren, weshalb die Konkurrenten sich nicht mochten. Durch Riesingers Umstieg auf Heilmittel, Kräuter und Salben hatten sie plötzlich keinen Grund mehr für einen Familienstreit. Doch die Affäre seiner Frau mit Josef Hofmeister hinterließ einen faden Beigeschmack.

»Ach Kindchen«, tröstete Elfriede das Apothekermündel. »Nimm dir das doch nicht so sehr zu Herzen. Du willst doch nicht so enden wie ich. Ohne einen einflussreichen Mann wirst du nie ein eigenständiges Leben führen können. Sieh es doch einfach als Einstieg in eine gute Zukunft. Und die Liebe kommt schon noch mit der Zeit.«

»Ich schätze dich sehr. Du warst für mich mehr als eine Mutter. Aber wie es in mir drin aussieht, weiß nur ich. Diese Hochzeit kommt für mich einem Verrat gleich. Ich fühle mich wie eine Sklavin, die an einen Henker verkauft wurde«, erklärte sie und brach wieder in Tränen aus.

Schon wenige Wochen später war der große Tag.

»Du siehst aus wie eine Adlige«, freute sich Elfriede, als sie Katharinas Hochzeitskleid musterte. Es war aus sündhaft teurem, schwarz gefärbtem Barchent. Darüber ein dunkelblauer Umhang aus Samt mit Kapuze, umsäumt von goldfarbenen Bordüren.

»Jetzt mach doch kein Gesicht wie sieben Tage Regenwetter«, versuchte die Haushälterin sie aufzumuntern. »Es hat sogar aufgehört zu schneien.«

Als ihr Stiefvater Katharina zur St. Georgskirche geleitete, fühlte sie sich wie ein Schwein, das zur Schlachtbank geführt wird. Tausende Gedanken kreisten in ihrem Kopf. In der Kirche war kein Sitzplatz mehr frei. Menschen standen hinter den letzten Bankreihen, um noch einen kurzen Blick auf Braut und Bräutigam zu erhaschen. Wilhelm Hofmeister wartete ungeduldig vor dem Hochaltar. In seinem Gesicht war ein leichtes Schmunzeln zu erkennen.

Hier stand sie nun neben ihrem zukünftigen Ehemann. Von all dem, was der Pastor Eberhard Widmann sprach, bekam Katharina nichts mit. Sie hörte seine Worte wie weit entfernt und verschwommen.

»Willst du, Wilhelm Hofmeister, die hier anwesende Katharina Riesinger zu deinem Eheweib nehmen? Sie lieben und ehren, in guten wie in schlechten Zeiten, bis dass der Tod euch scheidet?«

»Ja, ich will«, erklang die Stimme von Wilhelm selbstsicher.

»So frage ich dich, Katharina Riesinger, willst du den hier anwesenden Wilhelm Hofmeister zu deinem Ehemann nehmen? Ihn lieben und ehren, in guten wie in schlechten Zeiten, bis dass der Tod euch scheidet?« Es herrschte Totenstille. Keiner wagte zu husten oder gar etwas zu sagen.

»Ich frage dich noch einmal. Willst du den hier anwesenden Wilhelm Hofmeister zu deinem Ehemann nehmen? Ihn lieben und ehren, in guten wie in schlechten Zeiten, bis dass der Tod euch scheidet?«, wiederholte Widmann jetzt in einem lauten Ton. Wieder sagte Katharina nichts. Ein Raunen ging durch die Kirche. Einige der Anwesenden begannen zu tuscheln. Benedikt stieß seiner Stieftochter den Ellbogen in die Rippen.

»He … ähm … ja«, stotterte sie.

»Dann erkläre ich euch hiermit zu Mann und Frau. Ihr dürft die Braut jetzt küssen.« Als die Lippen der beiden sich berührten, ekelte sich die frisch Vermählte. Wilhelms roter Vollbart roch nach Dünnbier und Zwiebel und kitzelte sie im Gesicht. Hunderte von Augenpaaren musterten die Eheleute auf dem Weg ins Freie. Einige jubelten, andere starrten sie nur an.

Die Kutsche hielt vor dem Anwesen der Hofmeisters. Das Gesinde erwartete ihren Herren bereits am Eingang. Von der jungen Frau an seiner Seite nahm allerdings kaum jemand Notiz.

Das Innere des Hauses wirkte lieblos und kalt, obwohl der Kachelofen eingeheizt worden war. Aus der Küche wurde Fleisch und Gesottenes getragen und aufgetischt. Weinkrüge standen auf der Tafel bereit.

»Auf uns«, sagte Wilhelm zu seiner Ehefrau und reichte ihr einen Becher Wein, den Katharina in einem Zug leerte. Sie hoffte auf eine baldige Wirkung des Alkohols, um die fürchterliche Situation für sie erträglicher zu machen.

Im Laufe des Abends wurde die Braut mit dem Schwiegervater bekannt gemacht, was aber auch eine eher kühle Begegnung war. In einem Gespräch erfuhr sie, was für Pflichten in den kommenden Tagen auf sie warteten.

Gegen Mitternacht ergriff Josef Hofmeister das Wort:

»Verehrte Gäste, liebes Brautpaar. Ich möchte mich noch einmal bei allen für das zahlreiche Erscheinen bedanken. In ganz besonderem Maße natürlich bei unseren neuen Familienmitgliedern und Geschäftspartnern, den Riesingers. Pastor Widmann hat soeben das Brautbett gesegnet und ihr werdet entschuldigen, dass die frisch Vermählten sich jetzt zurückziehen werden. Möge Katharina ihrem Wilhelm viele Nachkommen schenken! Ein dreifaches Hoch auf das Brautpaar!«

»Hoch, hoch, hoch!«, rief die gesamte Hochzeitsgesellschaft.

Als die Türe zu Wilhelms Kammer ins Schloss fiel, pochte Katharinas Herz wie die Paukenschläge eines

Orchesters. Ein Talglicht brannte auf dem kleinen Nachtschränkchen, das neben dem Bett stand. Am Ende des Raumes stand eine Kommode, auf der sich eine Waschschüssel und ein Wasserkrug befanden.

»Zieh dich aus und leg dich hin!«, wies Wilhelm seine Frau an. Mit hochrotem Kopf begann sie, ihr Kleid zu öffnen. Vor Scham hielt sie die Arme vor ihre Blöße. Am liebsten hätte sie jetzt noch einen Becher Wein getrunken, um sich zu beruhigen. Leicht gebeugt, als könne sie damit noch mehr verdecken, huschte Katharina unter die Decke. Ihren Gatten störte es hingegen nicht im Geringsten, sich vor ihr zu entkleiden. Als sie seinen massiven Körper und sein mächtiges Geschlecht sah, wurde ihr angst und bange.

Das Bett gab unter Wilhelms Gewicht ein Stück nach, als er sich zu ihr legte. Unter einem leichten Ächzen begab er sich über sie. Verkrampft und eingeschüchtert starrte sie an die Decke der Kammer. Ein stechender Schmerz durchfuhr ihren Unterleib, als er in sie eindrang. Fest presste sie ihren Mund zusammen und schloss die Augen. Tränen rannen über ihre Schläfen in ihre blonden Locken. Sie hatte einmal gehört, dass es auch schön sein konnte. Doch sie war weit davon entfernt, Gefallen daran zu finden. Der Schmerz blieb. Nach einem kurzen Aufbäumen stöhnte Wilhelm kurz auf und ergoss sich in sie.

Er legte sich neben Katharina, rollte sich in seine

Decke ein und es dauerte nicht lange, bis er schnarchend einschlief. Sie fühlte sich benutzt wie ein schmutziger Leinenfetzen. Mehr als Ekel konnte sie ihrem Gatten nicht entgegenbringen.

Die kommenden Tage verliefen wie erwartet. Ihr Schwiegervater kommandierte das Gesinde und auch Katharina durch das Haus und fand immer wieder Arbeiten, die sofort zu erledigen waren. Wilhelm war nach dem zweiten Tag der Hochzeit wieder zu den kaiserlichen Truppen gestoßen. Die Aussicht auf schnelles Geld durch Plünderungen vertrieben seine Angst, verwundet oder gar im Kampf getötet zu werden. Der Handel mit Tuchwaren war durch den Krieg ohnehin fast zum Erliegen gekommen und warf nur noch Almosen ab.

Katharina fühlte sich einsam. Unter den Bediensteten war niemand, dem sie vertrauen und ihr Herz ausschütten konnte. Ab und zu schlich sie fort, um sich heimlich mit Simon im Baumhaus zu treffen. So hatte sie zwar jemanden zum Reden, aber helfen konnte er ihr auch nicht.

So zogen Wochen und Monate durchs Land. Hin und wieder kehrte Wilhelm für ein oder zwei Tage von den Kriegsgeschehen zurück, forderte seine ehelichen Rechte, um anschließend wieder für Wochen zu verschwinden. Katharina war mittlerweile ein Schatten ihrer selbst geworden und funktionierte einfach nur noch.

Kapitel 6

Nördlingen, 8. Mai Anno Domini 1648
12 Jahre später

WIEHERND GALOPPIERTE DAS reiterlose Pferd vom Hallgebäude in Richtung Rathaus. Riesinger war auf dem Heimweg von einer Ratssitzung, als ein brauner Kaltblüter dampfend vor Schweiß auf ihn zuritt.

»Ho, ho!« Er streckte beide Arme über seinen Kopf, um das wild gewordene Tier zu beruhigen. Tatsächlich verlangsamte es sein Tempo und stellte sich wiehernd auf die Hinterbeine. Als es sich weiter beruhigte, konnte Benedikt die Zügel fassen. Riesinger blickte sich mehrfach um, doch die Straße war menschenleer.

So führte er das Tier die letzten Schritte zum Apothekerhaus und versorgte es im Stall hinter dem Haus. Der Sattel war aus feinstem Leder gefertigt und mit bronzenen Broschen und Schnallen verziert. Benedikt musste einiges an Kraft aufwenden, um den ungewöhnlich schweren Reitsitz vom Rücken des Pferdes zu hieven.

»Woher mag das kostbare Tier nur kommen?«, murmelte er vor sich hin.

Die Neugierde über seine Herkunft trieb Benedikt zurück auf die Straße.

»So g'sell so«, ertönten die Rufe der Türmer, die so beweisen sollten, dass alle auf ihren Posten waren. Ziellos marschierte der Apotheker durch die Gassen, konnte aber nichts über die Herkunft des Pferdes herausfinden.

Als Riesinger den Hafenmarkt erreichte, bemerkte er, dass er nicht allein war. Er drehte sich um, doch es war niemand zu sehen. So ging er weiter, wenn auch etwas schneller. Er hörte sich nähernde Schritte. Er schluckte.

Sollte ein Büttel ihn ohne Laterne antreffen, würde er die Nacht im Narrenhäuschen verbringen müssen. Auch war um diese Uhrzeit nur noch Gesindel unterwegs.

Er vernahm ein metallisches Geräusch und spürte die Klinge eines Dolches am Hals. Er wagte sich nicht zu bewegen.

»W… was wollt Ihr von mir? Mein Geld? Dann nehmt es Euch! Oder ist es wegen des Pferdes? Ihr könnt es gerne wiederhaben. Ich hab es ja nur versorgt und … ah, ah … Was soll das?« Benedikt spürte einen brennenden Schmerz an seiner Kehle. Er wollte um Hilfe rufen. Aber er konnte nur noch ein gurgelndes Geräusch von sich geben.

Durch ein lautes Kreischen wurde Katharina aus dem Schlaf gerissen. Müde rieb sie sich die Augen.

»Ist es denn nicht möglich, in dieser Stadt zu schlafen, ohne dass ich vor Sonnenaufgang geweckt werde?«, schimpfte sie und zog sich die Bettdecke über den Kopf. Es dauerte einen Moment, bis Katharina begriffen hatte, wo sie war.

Seit einigen Monaten gab es von Wilhelm, ihrem Ehemann, kein Lebenszeichen. Seine Kameraden waren aus den Schlachten längst zu ihren Familien zurückgekehrt. Wegen des schlechten Verhältnisses zu ihrem Schwiegervater hatte sie sich entschieden, zurück zu Elfriede und ihrem Stiefvater zu ziehen. Es kostete den Apotheker einiges an Überredungskunst, Josef Hofmeister davon zu überzeugen, dass Katharina bei ihm besser aufgehoben war. Eine beträchtliche Summe für den Verlust von Katharinas Arbeitskraft ließ den Tuchhändler letztendlich einlenken.

Nachdem sie nun schon wach war, ging sie in die Küche, um sich eine Tasse von dem bitteren, schwarzen Kaffee aufzubrühen, den ihr Benedikt aus Venedig mitgebracht hatte. Eigentlich mochte sie ihn nicht besonders, aber er weckte ihre Lebensgeister.

Im Nachthemd tapste Katharina die breite Holztreppe nach unten. In der Küche brannte Licht. Elfriede hatte den Küchenofen bereits angeschürt. Es war zwar schon Mai, doch die Nächte waren immer noch kalt und teilweise war sogar noch Frost an den Fenstern.

»Guten Morgen, Katharina. Du sollst doch nicht immer barfuß auf dem kalten Steinboden gehen«, murrte Elfriede.

»Guten Morgen«, erwiderte die Angesprochene kurz und hob eine Augenbraue.

Heftig klopfte es an die Haustüre. Beide sahen sich fragend an.

»Wer kommt denn jetzt in aller Herrgottsfrüh?«, wunderte sich Elfriede und schlurfte zum Eingang.

»Simon? Was treibt dich um diese Uhrzeit hierher?«

»Benedikt wurde eben ermordet aufgefunden!«

Entsetzt starrten sie sich an. Elfriede hielt die Hand vor den Mund. Katharina blickte ins Leere.

»Jemand hat ihm die Kehle durchgeschnitten.«

»Der kopflose Reiter!« Elfriede vergrub ihr Gesicht in den Handflächen.

»Der Stadthauptmann sagte, es sei ein Raubmord gewesen. Wohl ein Bettler oder Beutelschneider. Da es aber jeder gewesen sein konnte, wurden die Ermittlungen erst gar nicht aufgenommen. Seine Geldkatze hing gefüllt an seinem Gürtel, sagte die Hebamme Holzinger, die ihn gefunden hatte. Da passt doch etwas nicht!«

»Das war das Pferd vom kopflosen Reiter, das er eingefangen hatte«, befürchtete die Haushälterin.

»Ach, Elfriede, das sind doch alles nur Märchen«, rügte Katharina sie.

»Märchen? Als ich noch ein Kind war«, begann Elfriede zu erzählen, »war ich mit ein paar Freunden auf dem Heimweg. Wir hatten die Gräber für Allerheiligen geschmückt und das Unkraut gezupft. Plötzlich, wie aus dem Nichts, stand uns ein Leichenzug gegenüber. Aber das war kein gewöhnlicher Leichenzug. Keiner der Personen hatte einen Kopf. Wir hatten zuerst gedacht, da erlaubt sich jemand einen Scherz und der Josef hatte sie ausgelacht, ja sogar beschimpft. Einer der Kopflosen hatte ihm eine Maulschelle verpasst. Er hatte den nächsten Morgen nicht erlebt.« Elfriede zitterte. Katharina nahm sie in den Arm. Keiner sagte etwas.

»Er war wie ein Vater für mich«, unterbrach Katharina die Stille. »Er war zwar streng, aber auch gerecht, und er hatte es mich nie spüren lassen, dass ich nicht seine leibliche Tochter bin.«

In der Zeit des langen Krieges waren Mord, Plünderungen und Vergewaltigungen an der Tagesordnung gewesen. Doch man hoffte immer, es würde andere treffen. Nun war nach fast einem Jahr nach Ende des Kriegs der Tod doch noch in ihrer Familie angekommen.

Als Katharina kurze Zeit später die Apotheke verließ, bemerkte sie, dass der Frühling die Stadt wieder zum Leben erweckt hatte. Nach den kalten Wintermonaten trafen sich die Bürger wieder auf dem Markt, nicht nur, um Einkäufe zu erledigen, sondern um mit dem ein oder anderen, den man schon lange nicht mehr gesehen hatte, wieder mal ein Schwätzchen zu halten. Marktfrauen boten ihre kargen Reste der letzten Ernte feil und Gerber legten ihre Felle und Lederstücke zum Verkauf aus.

Katharina war auf dem Weg zum Rathaus, das auf der anderen Seite des Marktplatzes lag. Durch den heimtückischen Mord an ihrem Stiefvater war sie immer noch nachdenklich und in sich gekehrt. Entgegenkommende musterten die junge Frau mitleidig.

Sie war zu einer erwachsenen Frau herangewachsen. Mit ihren blondgelockten Haaren wirkte sie wie die Engel auf den Fresken der Kirche und auf ihrem gut gefüllten Mieder blieb so manch ein Männerblick länger haften, als der Anstand es erlaubte. Ihre hochgewachsene Gestalt überragte die meisten Nördlinger.

Ihr Herz pochte, als sie die Stufen zum Rathaus emporstieg, und nicht nur, weil sie gleich beim Bürgermeister vorsprechen würde, sondern weil sie den Kaffee nicht gewohnt war.

»Werte Frau Hofmeister, es ist unmöglich für Euch, eine Erbschaft anzutreten«, begann Bürgermeister Schillinger. »Kennt Ihr die Gesetzeslage denn nicht?«

»Ich verstehe nicht ganz, Benedikt Riesinger hat mich doch adoptiert und somit bin ich doch erbberechtigt.«

»So weit ist das ja richtig, aber eine Frau ohne Ehemann kann nicht erben.«

»Ich bin doch verheiratet, nur ist mein Mann eben vermisst.«

»Wir brauchen hier eine Unterschrift Eures Gatten, damit die Erbschaft auch rechtskräftig wird. Keine Unterschrift, kein Erbe! Ich mach Euch einen Vorschlag, Frau Hofmeister. Erich Stracke, der Stadthauptmann, würde sich Eurer gerne annehmen. Und Euren Wilhelm könnten wir für tot erklären. Dann wäre doch allen geholfen, oder nicht?«

»Der stinkende Fettwanst, der nur noch ein paar faule Zähne im Maul hat und ständig besoffen ist? Niemals! Vorher erhänge ich mich am nächsten Baum. Wie viel Zeit bleibt mir, meinen Mann zu finden?«

»Zwölf Wochen. Zwölf Wochen, dann heiratet Ihr entweder den Erich oder das Erbe geht an die Stadt. Das ist mein letztes Wort. Gehabt Euch wohl, Frau Apothekerin.«

Sie brauchte dringend Hilfe, aber wem konnte sie vertrauen? Als Katharina die 350 Stufen auf den Daniel stieg, schlug die Turmuhr der St. Georgskirche dreimal. Keuchend und außer Atem erreichte sie die Türe zur Turmstube. Wenn ihr einer helfen konnte, dann der Stadthauptmann. Sie war zwar nicht scharf auf ein Gespräch mit dem Widerling, doch er hatte Verbindungen zu den Truppen und kannte wichtige Soldaten.

Sie atmete noch einmal tief durch, bevor sie anklopfte. Ein ihr unbekannter Wachsoldat öffnete ihr die Türe zur Turmstube. Im Hintergrund konnte sie bereits Erich sehen, der in eine vor Fett triefende Keule biss.

»Waff für eine erfreuliche Überraffung«, schmatzte dieser mit vollem Mund, so dass Teile seiner Mahlzeit durch die Luft flogen. »Lasst uns allein, wir haben etwas zu bereden«, wies Stracke seine Kollegen an. Als sie die Türe hinter sich schlossen, bot Erich ihr einen Platz an.

»Setz dich, meine Hübsche. Das hier sind die Habseligkeiten, die Riesinger bei sich getragen hatte, als man ihn aufgefunden hatte«, erklärte der Stadthauptmann und überreichte ihr die Geldkatze des Stiefvaters.

»Das ist alles? Wo sind seine Kleidung und seine Taschenuhr?«

»Willst du etwa behaupten, ich hätte die Sachen an mich genommen?«

»Nein, es ist nur… Man hatte ihn doch nicht etwa wegen einer Taschenuhr ermordet!«

»Hungernde würden wegen einer Scheibe Brot

morden! Wo seine Kleidung ist, weiß ich nicht. Frag den Totengräber!«

»Weshalb ich eigentlich hier bin: Ihr wart einer der Letzten, die Wilhelm lebend gesehen haben. Könnt Ihr mir noch irgendeinen Anhaltspunkt geben, wo er sein kann, falls er noch lebt?«

Entgeistert sah der Wachmann sie an.

»Das hab ich dir doch schon alles hundert Mal erzählt. Wilhelm hat den Oberbefehlshaber Graf von Holzappel nach Augsburg gebracht. Mehr weiß ich nicht! Ich dachte, du kommst wegen unserer Hochzeit zu mir. Willst du dich davor drücken und hoffen, deinen Wilhelm wiederzufinden? Bin dir wohl nicht gut genug, hä?«

»Ich glaube, es war ein Fehler von mir, hierherzukommen«, bemerkte Katharina und stand auf, um zu gehen. Erich umfasste ihre Hüften und lächelte sie an, dass seine wenigen braunen Zähne zum Vorschein kamen.

»Wir wären doch ein hübsches Paar«, hauchte er ihr ins Gesicht. Katharina schloss die Augen und drehte ihren Kopf zur Seite. Sein fauliger Atem ließ sie beinahe würgen.

»Lass mich los! Das bringt doch nichts!« Doch ihn beeindruckten ihre Worte nicht. Er versuchte, sie zu küssen. Katharina drehte ihren Kopf zur Seite und so schmierte Erich mit seinem fettigen Mund über ihre Wangen.

»Hör auf!« Panik stieg in ihr auf. Er ließ von ihr ab, griff in ihren Ausschnitt und fetzte mit einem Ruck ihr Mieder in zwei Hälften. Versteinert vor Entsetzen stand sie mit entblößtem Oberkörper vor ihrem Peiniger. Mit einem fiesen Grinsen öffnete Stracke seinen Hosenlatz und trat näher. Sie ließ ihr Knie mit voller Wucht nach oben schnellen. Der Stadthauptmann sackte schmerzverzerrt zusammen.

»Du dreckige kleine Hexe!«, brüllte Stracke, nach Atem ringend. Katharina raffte ihre Strickjacke und stürmte die Stufen hinab.

Am Eingang standen einige Wachsoldaten, die Katharina musterten.

»Eurem Hauptmann geht es nicht so gut. Ich glaube, er hat Leibgrimmen«, sagte sie beim Vorbeigehen mit einem leichten Grinsen im Gesicht. Entgeistert sahen die Männer ihr nach.

Ihr Weg führte Katharina ohne Umwege zu ihrem Jugendfreund. Simon Mühlbichler war mittlerweile zu einem stattlichen Mann herangewachsen. Er hatte durch die schwere körperliche Betätigung in der Zimmerei einen sehnigen Körper, der von der Arbeit an der Sonne gebräunt war. Sein schwarz gelocktes Haar reichte bis zu seinen Schultern. Das bartlose Gesicht wurde von einer schiefen Nase unterstrichen, die er sich gebrochen hatte, als er aus dem Baumhaus stürzte.

»Alles, was ich vom Verschwinden von Wilhelm erfahren habe, ist, dass er den schwerverletzten Oberbefehlshaber, Graf von Holzappel, nach Augsburg gebracht haben soll. Danach verliert sich jede Spur«, erklärte ihm Katharina. »Ich muss sofort nach Augsburg, um ihn zu suchen!«

»Wie willst du als Frau allein in Augsburg jemanden finden?«

»Ich bin nicht allein, du wirst mich begleiten«, schmunzelte sie.

»Ich kann hier nicht einfach so weg. Mein Vater springt mir an die Kehle. Jetzt wo wir endlich wieder genug Arbeit haben, kann ich ihn doch nicht einfach allein lassen!«

Simon sah Katharina in die Augen und überlegte. »Allerdings kann ich dich ja nicht im Stich lassen. Wann soll's denn losgehen?«

»Am besten gleich morgen früh, dann sind wir abends in Donauwörth und, wenn alles gut läuft, übermorgen in Augsburg.« Wie es dann weitergehen sollte, wusste Katharina auch noch nicht. Sie würden sich einfach durchfragen und hoffen, dass Wilhelm dort irgendwelche Spuren hinterlassen hatte.

Kapitel 7

Mit Tränen in den Augen winkte Elfriede Breitenbach Simon und Katharina auf ihren Pferden hinterher, bis sie die beiden nicht mehr sehen konnte. Sie hatten die Stadt durch das Reimlinger Tor verlassen und bald waren nur noch einzelne Bauern zu sehen, die ihrer Arbeit auf den Feldern nachgingen.

Sie waren jetzt im Gebiet des Grafen Johann von Oettinger-Wallerstein und würden heute noch die Harburg passieren, den Stammsitz des Grafen. Der war auf die Nördlinger nicht sonderlich gut zu sprechen. Der Graf Oettinger-Wallerstein sollte vor langer Zeit die Nördlinger Wachen bestochen haben, damit diese das Tor nachts nicht verriegelten. So sollte ein Überfall auf die Stadt gelingen. Durch einen Zufall sah die Frau des Lodwebers, wie sich eine Sau am offen stehenden Tor kratzte. Die rannte sofort zum Bürgermeister und schlug Alarm. Die bestechlichen Torwächter wurden daraufhin gevierteilt.

Als die Sonne den höchsten Stand erreichte, bog Simon in ein Waldstück ab. Sie kamen an eine Lichtung, durch die ein kleiner Bach floss. Hier hatte er des Öfteren Rast gemacht, um die Pferde zu tränken. Der Waldboden war dick mit Moos bewachsen und sah im Sonnenlicht wie ein flauschiger Samtteppich aus.

Mit Speck, einem Kanten Brot und etwas Käse stärkten sich die beiden.

»Mein Gott, hast du deinen gesamten Hausstand mitgenommen?«Simon grinste, als er den Leinenbeutel von Katharina musterte.

»Nein«, lachte sie. »Da ist nur eben alles drin, was man so braucht. Reiseproviant, Schlageisen und Zunder zum Feuermachen, Nadel und Faden für Reparaturen der Kleidung, getrocknete Pfefferminzblätter für frischen Atem, Salben und Kräuter für die verschiedensten Leiden, Leinenstreifen zur Herstellung eines Wundverbands und noch vieles mehr.«

Nach längerem Schweigen brach Katharina die Stille.

»Warum hast du bis jetzt nicht geheiratet?«

Nachdem Simon seinen Bissen hinuntergeschluckt hatte, erklärte er:

»Es ist mir nicht nur einmal im Leben passiert, dass ich mich in eine Frau verguckt habe, die später zwangsverheiratet wurde. Ich bin es leid geworden. Da bleibe ich lieber allein.«

»Ich wünschte, mir wäre das damals alles erspart geblieben.« Katharina stocherte mit einem kleinen Ast im moosigen Waldboden.

»Wir sollten weiter«, unterbrach Simon ihre Gedanken. »Es ist noch ein gutes Stück bis Donauwörth.«

Nach einem langen Ritt rief Simon zu Katharina:

»Siehst du den Turm vor uns? Das ist das Kloster Heilig Kreuz von Donauwörth. Dort werden wir versuchen, ein Nachtlager zu bekommen.«

»Das sieht ja nicht besonders einladend aus!«

»Dafür kostet es nichts!«

Als sich nach mehrmaligem Klopfen eine kleine Luke in der Klosterpforte öffnete, schaute ein Augenpaar mit getrübten Linsen verwundert auf die Reisenden.

»Was wollt ihr? Wir nehmen keine Fremden auf!«

»Wir würden euch nur für diese Nacht belästigen und sind mit der einfachsten Kammer zufrieden«, beschwichtigte ihn Katharina. »Wir kommen aus Nördlingen und haben wichtige Erledigungen in Augsburg zu tätigen.«

»Meinetwegen, aber Ansprüche braucht ihr nicht zu stellen. Seit dem Krieg sind große Teile des Klosters zerstört und zu essen habe ich für euch auch nichts«, murrte der Mönch, während er die Klosterpforte einen Spalt öffnete. Beim Durchschreiten des verwilderten Klostergartens erzählte er weiter:

»Seit dem Tod von Bruder Jakobus letztes Jahr bin ich allein hier. Man muss aufpassen, es ist viel

Gesindel unterwegs. Ich bin übrigens Bruder Antonius.

Hier könnt ihr schlafen. Wenn ihr noch etwas braucht, findet ihr mich in der Kirche beim Abendgebet.« Dankend schloss Katharina die schwere Türe hinter dem Mönch.

»Da sind wir mal keine Minute zu früh hier angekommen«, bemerkte Simon, als er durch das Fenster blickte. Mit Blitz und Donner entlud sich ein heftiges Gewitter. Wasser rann über das Glas der Fenster. Im dämmrigen Abendlicht sah Simon eine Gestalt in Mönchskutte über den Klosterhof eilen. *Sagte Bruder Antonius nicht, er sei alleine hier? Er konnte das ja unmöglich sein. Er hat das Zimmer ja gerade erst verlassen.* Um Katharina nicht zu beunruhigen, wendete sich Simon seinem Nachtlager zu.

Seine Begleiterin hatte inzwischen einen Kienspan* aus ihrem Leinenbeutel hervorgeholt und entzündet. Im Schein der rußenden Flamme lagen sie wortlos unter ihren Decken.

»Simon?«, unterbrach Katharina die Stille. »Hältst du mich fest? Ich hasse Gewitter.« Dann lag Katharina in Simons Armen. Ihre Hand strich zärtlich über seine Brust. Als sich ihre Blicke trafen, lächelten sie sich kurz an, schauten dann aber beide verlegen weg.

---

* Holzspan aus geharztem Kiefernholz als Beleuchtungsmittel. Brenndauer ca. 20 min.

»Ist schon ein komisches Gefühl, wenn man sich schon so lange kennt wie wir«, flüsterte Katharina.

»Ja, das stimmt.« Einen Moment sagte keiner von beiden etwas.

»Mein Gott, du bist ja immer noch so schüchtern wie zur Schulzeit!«, lachte Katharina. Sie drehte sich zu ihm und gab ihm einen flüchtigen Kuss auf den Mund. Es dauerte eine Weile, bis Simon realisierte, was eben geschehen war. Als sich ihre Blicke trafen, mussten beide herzhaft lachen. Danach wurden ihre Mienen wieder ernst. Vorsichtig reckte Simon seinen Kopf. Katharina befeuchtete ihren Mund mit der Zunge und kam ihm entgegen. Dann fanden sich ihre Lippen zu einem Kuss. Erst ganz vorsichtig, dann immer wilder und fordernder. Hände erkundeten fremde Haut, Kleidung wurde achtlos abgestreift.

Katharinas Atem beschleunigte sich. So hatte sie das noch nie gefühlt. Ihre Zungen tanzten und umkreisten sich, während sie zu einer einzigen Einheit verschmolzen. Ein Gefühl von Wärme und Glück durchströmte die Liebenden.

Sie glitten hinüber in einen zufriedenen Schlaf.

Aufgeweckt von Schritten auf dem Flur, löste sich Simon von Katharina. Seine Gedanken waren wieder bei dem unbekannten Mönch, den er im Klosterhof gesehen hatte.

Neugierig öffnete er die Türe zum Flur, um zu sehen, was dort mitten in der Nacht vor sich ging. Doch es war stockfinster und auch nichts mehr zu hören. Plötzlich spürte er ein Brennen. Als er sich an den Bauch fasste, musste er feststellen, dass ein Messer in ihm steckte. Er versuchte, seine Gedanken zu ordnen, dann verlor er das Bewusstsein.

Als Katharina erwachte, war es immer noch dunkel und ihr Schädel dröhnte, als hätte sie gestern mehrere Krüge Wein getrunken. Schnell begriff sie, dass sie nicht mehr mit Simon im Nachtlager des Klosters lag, sondern in einer Holzkiste auf einem Fuhrwerk unterwegs war.

»Wer seid ihr? Und was wollt ihr von mir?«, rief sie panisch. Aber alles, was sie hörte, war das monotone Rumpeln der eisenbeschlagenen Räder.

Was war nur passiert? Jemand musste sie niedergeschlagen haben. Und wo um Himmels willen war Simon, dachte sie sich.

Nach einer gefühlten Ewigkeit, als ihre Schmerzen in den Knochen schon fast unerträglich wurden, stoppte das Gefährt. Als die Kiste geöffnet wurde, kniff Katharina ihre geblendeten Augen zusammen.

»Wer seid ihr? Und wo bin ich hier?«

»Willkommen in Augsburg. Ich hoffe, Ihr hattet eine angenehme Reise«, sagte einer der beiden unbekannten Männer übertrieben vornehm. Ohne ein weiteres Wort führten sie die junge Frau in ein großes Gebäude.

»Ihr hattet ein schönes Zimmer im Eisenhaus* bestellt«, machte sich der andere der beiden über sie nun lustig. Entsetzt hörte sie qualvolle Schmerzensschreie einer Frau und wurde in eine Zelle gestoßen. Krachend flog die Gittertüre hinter ihr ins Schloss.

»Was wird mir vorgeworfen?«, schrie Katharina verzweifelt. Doch sie bekam keine Antwort. Ihre Zelle war gerade so groß, dass sie sich nach allen Seiten ausstrecken konnte. Auf dem kalten Steinboden war Stroh ausgelegt. Außer dem Eimer für die Notdurft war die Zelle leer. Katharina kauerte sich in eine Ecke, umschlang ihre Beine mit den Armen und konnte ihre Tränen nicht mehr zurückhalten.

»Flieht von hier, wenn Ihr könnt. Der Herrgott wacht und der Pfaffe lacht«, hörte sie einen alten Mann sprechen, der in der Zelle gegenüber angekettet war. Er schien nur noch aus Haut und Knochen zu bestehen. Sein graues langes Haar und sein Bart waren Zeugen eines wohl schon längeren Aufenthalts. *Dennoch hat er seinen Humor nicht verloren,* dachte sich Katharina.

---

* Ehemaliges Augsburger Gefängnis. Es wurde 1882 abgerissen. Das Grundstück wurde nicht mehr bebaut und bildet den heutigen Elias-Holl-Platz.

»Pfaffentrug und Weiberlist geht über alles, was ihr wisst«, wieder lachte der Alte.

»Wenn die Hexe stirbt, möchte ich nicht in deiner Haut stecken, Henker. Wir brechen die Befragung für heute ab. Sperrt sie wieder in die Zelle!« Zwei Männer schleiften eine bewusstlose Frau in Katharinas Zelle und ließen sie zu Boden fallen wie einen Mehlsack. Die Apothekerin hielt vor Entsetzen die Hand vor den Mund. Die Arme der Frau waren unnatürlich nach hinten gebogen, die Haut an den Daumen aufgeplatzt und nur notdürftig mit einem schmutzigen Lappen umwickelt.

»Es ist nicht Not, dass die Pfaffen heiraten, solange die Bauern Weiber haben!«, krächzte der Alte aus der gegenüberliegenden Zelle.

»Mein Gott, spart Euch doch Eure dämlichen Sprüche für andere auf. Hier liegt eine fast zu Tode gefolterte Frau und Ihr macht immer noch blöde Witze«, rief Katharina, sichtlich erbost. Die gefolterte Frau stöhnte leise.

»Kannst du mich hören? Wie heißt du?«, fragte die Heilkundige.

»Martha, die Hebamme«, wisperte sie.

»Ich werde dir jetzt leider noch einmal wehtun müssen, Martha. Deine Schultergelenke sind ausgekugelt.« Martha nickte fast unmerklich. Sie drehte die Frau auf den Rücken und stellte ein Bein auf ihre Brust, packte Martha am Handgelenk und riss mit einem schnellen Ruck an ihrem Arm. Erneut war ein Knacken in der Schulter von Martha zu hören. Die gepeinigte Frau brachte nur ein Stöhnen über ihre Lippen. Auch die zweite Schulter war auf gleiche Weise schnell in ihre ursprüngliche Lage gebracht. Ein leises »Danke« kam über ihre Lippen.

Als Martha sich nach mehreren Stunden etwas erholt hatte, fragte sie: »Wer bist du, dass du weißt, wie man Gelenke einrenkt?«

»Katharina, die Apothekerin aus Nördlingen.«

»Und weshalb bist du hier?«

»Das weiß ich auch nicht. Ich weiß nicht mal, wie ich hierhergekommen bin. Keiner gibt mir eine Antwort auf meine Fragen. Ich war mit einem Freund aus Nördlingen aufgebrochen, um meinen verschollenen Ehemann zu suchen. Im Kloster Heilig Kreuz in Donauwörth wurden wir dann überfallen. Was mit meinem Freund passiert ist, weiß ich auch nicht. Mein Gott, Simon!«

Martha nahm Katharina trotz ihrer Schmerzen in den Arm und tröstete sie:

»Nicht weinen. Es wird schon alles gut werden. Dann ist es doch so, wie ich denke. Nur Augsburger und bekannte Personen werden hier hingerichtet. Die anderen werden weggebracht. Aber wohin, weiß ich nicht.«

»Der Herrgott wacht und der Pfaffe lacht«,

krächzte der Alte wieder. Es näherten sich wieder Schritte. Zwei Büttel führten einige Männer in Ketten Richtung Ausgang. Als Katharina den Wachmann genauer betrachtete, blieb ihr fast das Herz stehen.

Wilhelm? Sie brachte kein Wort über ihre Lippen.

»Wer war die Wache mit den roten Haaren und dem Vollbart?«, fragte Katharina die Hebamme.

»Beim Namen kenne ich die auch nicht.«

»Der rote Willi bringt die Brauchbaren von uns hier weg«, krächzte der Alte aus der Zelle gegenüber.

»Was sagtest du, wie der heißt?«

»Der rote Willi. Ist noch recht neu hier. Nicht mal ein Jahr. Flüchtet, solange ihr noch könnt. Der Herrgott wacht und der Pfaffe lacht.«

»Oje, jetzt gehen die Sprüche wieder los«, sagte Katharina und verdrehte ihre Augen. Schritte näherten sich. Klimpernd schlugen Schlüssel aneinander, als eine Wache die Gittertüre der beiden Frauen entriegelte.

»Hände auf den Rücken!«, befahl ihr der Hüne und fesselte Katharina.

»Was soll das jetzt werden?«, wollte Katharina wissen, als ihr die Wache mit einem Stück Leinen die Augen verband.

»Plapper nicht, Weib. Du sagst nur was, wenn du gefragt wirst!« Sie hörte, wie die Zelle hinter ihr wieder verschlossen wurde, und spürte einen festen Männergriff an ihrem Arm.

Er führte sie nach rechts von der Zelle weg und bog nach wenigen Schritten links ab. Kurz darauf blieb er stehen. Ein Klicken und ein knarzendes Geräusch waren zu hören.

»Bück dich«, sagte die Wache zu ihr und drückte Katharinas Kopf nach unten. Ein leichter Zugluft blies der Apothekerin entgegen. Es roch noch muffiger und feuchter als in ihrer Zelle. Eine ganze Weile marschierten sie geradeaus.

»Jetzt die Treppe hoch!« So stapfte sie eine Vielzahl von Stufen empor, bis sich vor ihr wieder knarzend eine Türe öffnete. Der Modergeruch war plötzlich verschwunden.

Als ihr die Augenbinde abgenommen wurde, staunte Katharina nur noch. So viel Pracht und Prunk hatte sie in ihrem Leben noch nie gesehen. Sie war in einer Halle, die gut zwei Steinwurf lang und einen breit war. Sie hätte einen Stein wohl nicht so hoch werfen können, um die Decke der Halle zu treffen. An dieser waren Malereien, umrahmt von goldenen Verzierungen. Es war unglaublich hell durch die vielen Fenster.

»Da staunst du, was!«, lachte der Wachmann.

»Lass uns allein«, befahl ein gut gekleideter Mann, der einige Jahre jünger als Katharina sein musste. Der Wachsoldat verbeugte sich und entfernte sich.

»Man hat mir wirklich nicht zu viel versprochen. Eure Schönheit raubt mir fast den Atem.«

»Danke, aber wer seid Ihr?«, fragte Katharina neugierig.

»Oh, verzeiht mein rüpelhaftes Verhalten. Sigismund Franz von Habsburg. Wie ist Euer werter Name?«

»Katharina Hof ... ähm ... Riesinger«, stotterte sie. Es war wohl besser, nicht den Namen des roten Willi zu erwähnen.

»Na dann, Katharina, leistet mir ein wenig Gesellschaft. Lasst uns ins Fürstenzimmer hinübergehen. Hier im goldenen Saal ist es etwas ungemütlich«, erklärte Sigismund und reichte ihr den Ellbogen.

»Warum hält man mich hier gefangen?«

»Das, meine Liebe, entzieht sich meiner Kenntnis.«

»Aber Ihr seid doch hier das Oberhaupt, dann müsstet Ihr doch wissen, wer wegen welcher Straftaten inhaftiert wird.«

»Ich glaube, Ihr seid Euch nicht ganz bewusst, wen Ihr vor Euch habt. Ich bin Erzherzog und Bischof von Augsburg. Mein Onkel war Kaiser Ferdinand II. Meine Schwester wird am 2. Juli Ferdinand III., den römisch-deutschen Kaiser, meinen Cousin, heiraten. Könnt Ihr Euch vorstellen, dass ich Wichtigeres zu tun habe, als zu wissen, wer bei uns im Kerker sitzt? Ohne Grund ist dort niemand«, verschärfte sich der Ton des edlen Mannes.

»Tut mir leid, wenn ich Euch widersprechen muss, Eure Exzellenz. Ich leider schon. Und es wurde mir bisher nicht gesagt, was mir überhaupt vorgeworfen wird.«

»Wärt Ihr nicht ein so bezauberndes Wesen, würde ich Euch für diese Unverschämtheit hinrichten lassen«, erwiderte ihr der Erzherzog mit lächelnder Miene. »Aber lasst uns doch das Thema wechseln. Ihr kommt aus Augsburg?«

»Nein, ich komme aus Nördlingen. Mein Stiefvater hatte dort eine Apotheke, die ich erst kürzlich übernommen habe. Aber es gibt Probleme mit der Erbschaft. Warum können hierzulande Frauen nicht erben?«

»Warum? Weil schon das Alte Testament lehrt: Mach dir die Frau zu deinem Untertan. Wozu also soll ein Weib eine Erbschaft machen?«, fragte er sie und blickte ihr in die Augen. Darauf wusste sie keine Antwort. Sie konnte sich nicht auch noch in Anwesenheit des Bischofs gegen die Kirche stellen.

»Wie, sagtet Ihr, ist Euer Name?«

»Riesinger.«

»Nie gehört den Namen. Aus Nördlingen kenne ich nur einen Hofmeister.« Katharina schluckte.

Was hat Wilhelm mit dem Bischof zu schaffen, dachte sie sich.

»Hab Ihr schon einmal von einer Silbermine in Eurer Gegend gehört?«

»Eine Silbermine? In Nördlingen? Nein.«

Sigismund Franz von Habsburg schaute enttäuscht.

»Gut, Katharina. Es wird Zeit, mich zu verabschieden. Auf mich wartet noch eine Menge Arbeit. Hat mich sehr gefreut, Eure Bekanntschaft zu machen. Ich werde gleich einer Wache Bescheid geben, die Euch zurückbringen wird.«

Kapitel 8

Als Simon die Augen öffnete, dauerte es einige Zeit, bis er begriff, was geschehen war. Er lag allein in einer kleinen Kammer. Außer dem Bett, in dem er lag, war der Raum leer. Über der Türe hing ein kleines Kruzifix.

»Ah, der Herr ist doch wieder zu den Lebenden zurückgekehrt«, sagte eine junge Frau, nachdem sie mit einem Mann die Kammer betreten hatte.

»Wo bin ich hier?«

»Ihr seid in Wackersberg. Gleich neben Tölz. Zwei Männer haben Euch gestern hierhergebracht. Ich dachte schon, Ihr seid tot. Ich bin übrigens Lena und das ist Martin, mein Gatte.« Simon verzerrte sein Gesicht vor Schmerzen beim Versuch, ihre Hände zu schütteln.

»Ich bin der Simon. Wo ist Katharina?«

»Ihr wart allein. Wer ist Katharina?«

»Das ist eine längere Geschichte.«

»Die könnt ihr mir ja nachher noch erzählen. Jetzt esst erst einmal etwas. Die Hühnersuppe wird Euch guttun.«

»Du hattest unsagbares Glück, Simon«, sagte Martin. »Jetzt können wir nur hoffen, dass die Wunde nicht brandig wird. In ein paar Tagen ist das schon wieder verheilt.«

»So viel Zeit habe ich nicht. Ich muss sofort zurück nach Donauwörth und Katharina suchen.«

»Du verstehst nicht ganz. Du bist jetzt einer von uns. Du kannst nicht mehr einfach irgendwo hingehen«, versuchte Lenas Gatte zu erklären.

»Wie? Bin ich jetzt ein Gefangener?«

»Nicht ganz«, mischte sich jetzt auch seine Frau mit ein. »Wir sind Leibeigene des Klosters Schäftlarn. Aber das ist mehr als eine Tagesreise von hier entfernt. Wir haben nur mit Obersteiger Alois Berger zu tun. Der macht und regelt alles hier.«

»Ich bin Bewohner der freien Reichsstadt Nördlingen. Wie kann es jemand wagen, mich zu seinem Leibeigenen zu machen!«

»Beruhige dich. Es ist nicht so schlimm, wie du dir das vorstellst. Wir werden gut behandelt und bekommen zu essen für unsere Arbeit. Lange sind wir auch noch nicht in dieser Gegend.

Die Pest hatte ganz Wackersberg ausgerottet und die Häuser standen leer. Wir hatten die Wahl: Hungernd und bettelnd in der Gosse zu sitzen oder hier zu arbeiten und ein Dach über dem Kopf zu haben.

»Ruh dich aus, solange du das noch kannst«, empfahl ihm Martin und ließ ihn allein auf seinem Krankenlager zurück.

So sehr Simon auch versuchte, sich an das zu erinnern, was geschehen war, konnte er sich auf das Ganze hier keinen Reim machen.

Am nächsten Tag schlug Simon schweißüberströmt im diffusen Licht mehrerer Kienspäne auf den bereits stumpfen Meisel ein, bis sich wieder ein Stück Erzgestein löste und platschend in das knöcheltiefe Wasser fiel. Kinder, flink wie Wiesel, klaubten das Erz auf. Zitternd vor Kälte und in zerlumpten, dünnen Leinengewändern beförderten sie barfuß das Gestein aus dem Stollen. Bei jedem einzelnen Schlag durchfuhr ein stechender Schmerz Simons geschundenen Körper. Von außen drang das stetige Hämmern der Kläuber in die Mine, die taubes Gestein von silberhaltigem trennten. Er dachte wieder an Katharina.

»Du bist ein zäher Bursche!«, riss ihn eine fremde Stimme aus seinen Gedanken. »So einen wie dich können wir hier in der Silbermine Längental gut gebrauchen. Allerdings müssen wir noch an deinem Arbeitstempo arbeiten. Aber weil du noch verletzt bist, lass ich das einfach mal so durchgehen.« Als Simon den Mann genauer betrachtete, stellte er fest, dass seine Nase viel zu groß für sein Gesicht geraten war. Mit seinen hellblonden Wimpern und der riesigen Nase erinnerte er ihn an ein Schwein.

»Wer seid Ihr?«

»Obersteiger Berger. Ich leite hier die Arbeiten in der Mine.«

»Dann könnt Ihr mir sicherlich eine Frage beantworten, Berger. Ich bin ein Einwohner der Freien Reichsstadt Nördlingen. Mit welchem Recht werde ich hier festgehalten?«

»Es steht Euch jederzeit frei, diesen Ort zu verlassen. Allerdings müsste ich Euch dann töten. Könnt Ihr euch vorstellen, was hier los wäre, wenn es sich herumspricht, dass es hier Silber gibt?«, entgegnete ihm das Schweinegesicht mit einem fiesen Grinsen. Simon kochte vor Wut.

»Ich kann mich nicht erinnern, dass ich hier freiwillig hergekommen bin«, verschärfte Simon seinen Ton und ging einen Schritt auf Berger zu.

»Lass gut sein, Simon«, ging Martin, der Leibeigene, dazwischen. Wie zwei Straßenköter, die um ein Stück Fleischabfall stritten, starrten sich die Kontrahenten in die Augen.

»Macht jetzt weiter, sonst fällt für euch das Mittagessen aus!«, befahl ihnen Berger und lief Richtung Ausgang.

Mit Getöse und Poltern stürzten plötzlich Steine und Geröll von der Decke. Sand und Staub wurde in die Augen der Männer geschleudert. Die Kienspäne erloschen. Der eingeatmete Staub und Dreck lösten Hustenanfälle bei den Eingeschlossenen aus. Markerschütternde Schreie von Verletzten in Todespanik hallten durch den Stollen. Wenig später wurde es still.

Hustend tastete Simon seine Umgebung ab, um die erloschenen Kienspäne zu finden. Martin neben ihm hielt sein Schlageisen und Zunder bereit.

»Die geldgierigen Säcke haben an der Stollenabstützung gespart. Das habe sogar ich als blutiger Laie gesehen!«, schimpfte Simon. Als das Feuer den Stollen wieder erhellte, wurde das ganze Ausmaß des Grubenunglücks sichtbar. Vor ihnen lag ein riesiger Haufen aus schwarzem Gestein.

»Pffffff«, presste Martin Luft zwischen seinen Zähnen hindurch. »So ein reines Erz hab ich noch nie gesehen. Hier liegen mehrere Tausend Gulden Silber«, schätzte er.

»Wovon wir momentan aber herzlich wenig haben. Mir wäre lieber, wir würden auf dem schnellsten Wege hier rauskommen. Los, pack mit an!« Mit vereinten Kräften hievten sie Gesteinsbrocken und Geröll aus dem Weg. Es schien eine Ewigkeit zu dauern, bis der Haufen nur noch die halbe Größe hatte.

»Achtung!«, schrie Martin. Erneut löste sich Gestein aus der Stollendecke. Licht drang von oben in das Bergwerk. Als der Steinschlag aufhörte, erklommen sie den Hügel und blickten vorsichtig nach oben. Der Himmel war zu sehen.

»So viel Glück hat man nur einmal im Leben.

Raus hier!«, wies Simon den Leibeigenen an. In dem etwa zehn Fuß hohen Loch hingen Wurzeln der in der Nähe wachsenden Bäume wie Seile nach unten. Daran hangelten sich Simon und Martin nach oben.

Am Stolleneingang herrschte wildes Durcheinander. Wachleute riefen den Leibeigenen Kommandos zu. Verletzte wurden aus dem Tunnel getragen und versorgt.

»Alois Berger ist eingeklemmt und schwer verletzt«, erschallte es aus dem Stollen. Vom Waldrand aus beobachteten die beiden das Treiben.

»Martin, jetzt wäre der richtige Moment, von hier zu flüchten. Ich gehöre nicht hierher.«

»Aber wo soll ich hin? Meine Frau und ich haben ein Dach über dem Kopf und bekommen zu essen. Woanders sind wir Bettler und unerwünscht.«

»Ich hoffe, du kannst mich verstehen, wenn sich hier unsere Wege trennen.« Martin nickte verständnisvoll. »Sag Berger einfach, ich sei verschüttet worden, damit du keinen Ärger bekommst. Vielen Dank! Ich schulde dir mein Leben. Richte auch deiner Lena meinen besten Dank aus.«

»Hat mich gefreut, Simon aus Nördlingen. Vielleicht sieht man sich mal wieder.« Die Männer umarmten sich und klopften sich auf die Schultern. Simon blickte sich noch einmal um und verschwand im Dickicht des angrenzenden Waldes.

Nach mehreren Stunden Fußmarsch erreichte Simon den Wirmsee*. Außer seiner verdreckten Kleidung, einem Kanten Brot sowie Schlageisen und Zunder war er mittellos. Durch das Grubenunglück und die schwere körperliche Arbeit im Stollen nässte und schmerzte seine Wunde erneut. Kalter Schweiß stand ihm auf der Stirn. Er musste eine Pause einlegen. Simon kniete sich ans Seeufer und schöpfte mit seinen Händen Wasser, wusch sich das Gesicht und löschte seinen Durst. Sein Körper fühlte sich schlapp und müde an. Er setzte sich unter eine Weide, lehnte sich mit dem Rücken gegen den Stamm und aß das letzte Stück Brot.

Besorgt betrachtete er den Einstich auf seinem Bauch. Ein roter Hof hatte sich um die Wunde gebildet. Die Ränder der Hautfetzen waren schwarz und stanken zum Himmel. Simon wurde immer müder und sein Körper begann zu zittern, denn er fror erbärmlich. Seine Müdigkeit siegte und er glitt hinüber in einen tiefen Schlaf.

Ein Fuhrwerk war aus der Ferne zu hören, das sich rasch näherte. Katharina saß winkend auf dem Kutschbock. Er wollte sich bewegen und zurückwinken, aber seine Kräfte hatten ihn verlassen. Ihre wallende blonde Mähne glänzte im Sonnenlicht, als sie mit einem Lächeln auf ihn zutrat.

»Mein Simon, was machst du nur für Sachen. Nicht

---

* Früherer Name des Starnberger Sees. Erst 1962 wurde er umbenannt.

mal ein paar Tage kann man dich allein lassen.« Sie trug ein weißes Kleid mit aufwendigen Stickereien aus goldenem Garn. Ihr üppiges Dekolleté zog seinen Blick an wie ein Magnet. Sie war einfach wunderschön. Ein Engel. Katharina legte sich zu ihm und schmiegte ihren warmen Körper an seinen vor Kälte zitternden Leib. Ihre Hand legte sie auf seine Wunde und die Schmerzen waren sofort verschwunden. Ihm war warm, er war schmerzfrei, er fühlte sich geborgen und geliebt. Eine Zeit lang fragte er sich, ob er tot war. Wenn sich so der Himmel anfühlte, wäre es ihm sogar egal.

Immer heftiger klatschte eine Hand gegen seine Wange.

»Ist er tot?«, fragte eine Stimme.

»Nein, er atmet«, antwortete eine Frau.

»Du willst den doch nicht etwa mitnehmen?«

»Hierlassen können wir ihn aber auch nicht!«

»Und wenn er uns unterwegs krepiert, müssen wir sein Grab schaufeln. Das kannst du dann übernehmen«, bestimmte die männliche Stimme.

»Nein, nein, nein«, stöhnte Simon, als er von Katharinas warmem Körper weggezogen wurde. Wie das rasche Aufziehen eines Nebels umhüllte die Kälte Simons Leib. Wäre er doch gestorben.

Stunde um Stunde verstrich. In den wenigen Momenten, die Simon nicht bewusstlos war, starrte er in den blauen Himmel. Die einzige Abwechslung waren Bäume, die an ihm vorbeizogen. Dann hörte er wieder das monotone Rumpeln des Ochsenfuhrwerks. Sein Leib wurde durchgeschüttelt, als der Karren durch ein tiefes Schlagloch gelenkt wurde. Dann war es wieder dunkel um ihn.

Kapitel 9

Katharina zuckte zusammen, als sie aus dem Schlaf gerissen wurde. Das vertraute Klimpern der Zellenschlüssel erklang, als der hünenhafte Wärter die Gittertüre entriegelte.

»Du wirst wieder erwartet.« Gerade als dieser die Hände der Apothekerin fesseln wollte, sprang ihm Martha auf den Rücken und presste ihm ein Tuch ins Gesicht. Mit zuckenden und rudernden Bewegungen versuchte er noch sich zu wehren, dann aber verließen ihn die Kräfte und er stürzte wie ein Stein zu Boden.

»Schlafschwamm. Immer gut, einen dabeizuhaben«, erklärte Martha grinsend.

»Bist du denn von allen guten Geistern verlassen? Ich sitze hier zu Unrecht im Kerker und hätte jetzt die Gelegenheit gehabt, mich zu rechtfertigen. Aber nicht, wenn wir einen Wärter außer Gefecht setzen!«

»Ich sitze hier auch zu Unrecht und ich hab keine Lust, mich noch einmal foltern zu lassen.« Schweigend sahen sich die Frauen in die Augen.

»Dann aber nichts wie raus hier!«, sagte Katharina und verließ die Zelle. Sie nahm die Zellenschlüssel an sich und sperrte die Gittertüre des alten Mannes gegenüber auf.

»Bemüht euch nicht. Meine Hand- und Fußfesseln haben kein Schloss. Die wurden verschmiedet. Flieht, ihr Narren! Wartet noch einen Augenblick! Das Schwedengold! Mir nützt es nichts mehr! Ich werde hier drin eh bald den Löffel abgeben.«

»Was hat es damit auf sich? Mein Gott, rede schon! Jeden Moment kann hier eine Wache auftauchen«, schimpfte die Apothekerin ungeduldig.

»Die Soldaten deponierten ihre Beute an geheimen Orten, um sie nach dem Krieg mitzunehmen. Wenn sie aber vorher starben, ist sie dort noch immer.«

»Ja, und wo soll das sein? Kannst du dich nicht kurzfassen? Wir müssen weg!«, erklärte Katharina, während sie ihn an der Schulter schüttelte.

»Ich kenne den Ort nicht genau. Aber einen Hinweis, wo es ist: *Daniel, hol Hilfe, um uns zu retten.*«

»Wir müssen raus hier. Sofort! Der redet doch nur wirres Zeug«, sagte Martha und zog Katharina am Arm in Richtung Ausgang.

»Mist. Die Türe ist verschlossen. Hast du die Schlüssel vom Wärter?«, fragte Martha.

»Da passt keiner.«

»Versuch sie noch mal, das ist unsere einzige Möglichkeit, hier rauszukommen.«

»Nicht ganz. Folge mir!« Katharina erinnerte sich daran, wie sie mit verbundenen Augen zum Bischof gebracht wurde. Damals wurde sie nicht zum Ausgang nach links, sondern von der Zelle rechts weggeführt. Dann nach einigen Schritten nach links. Dort war aber weit und breit keine Türe. An der Wand hing ein Bild aus Metall. Sonst war nichts zu sehen.

»Mist! So eine Gelegenheit werden wir wohl nicht mehr bekommen. Wenn die Wärter den Hünen in unserer Zelle finden, dann Gnade uns Gott«, jammerte Martha.

»Moment mal.« Katharina blieb vor dem Bild an der Wand stehen. Es zeigte eine christliche Szene. Das Gesicht Gottes in den Wolken über einer Blumenwiese. Mittendrin stand ein Mensch. Der Kleidung nach ein Priester mit lachendem Gesicht.

Ein Pfaffe! Der Herrgott wacht und der Pfaffe lacht. War es wirklich so einfach? Katharina schob das Bild zur Seite. Dahinter war ein kleiner Hohlraum, in dem ein Seil lag. Als Katharina daran zog, klickte es in der Wand neben ihr und eine Türe öffnete sich einen Spalt.

»Halleluja!«, jauchzte Martha.

»Psst, es kommt jemand. Nichts wie rein«, sagte die Apothekerin und schloss die Türe des Geheimgangs hinter sich. Im Wandhalter steckte eine Fackel, die Martha an sich nahm.

»Alarm! Die Weiber sind getürmt. Sie haben den Winfried ermordet!« Katharinas Herz schlug bis zum Hals.

»Schneller. Die sind uns dicht auf den Fersen«, versuchte Katharina, die Hebamme anzutreiben.

»Geradeaus die Treppe rauf oder nach rechts?«, fragte Martha außer Atem.

»Nach rechts. Die Treppe führt zum Goldenen Saal.« Auch von dort waren jetzt Stimmen zu hören.

»Die beiden sind im Tunnel!«, schrie eine Wache vom oberen Ende der Treppe.

»Wenn nicht ein Wunder geschieht, schnappen sie uns gleich«, keuchte Katharina.

»Wohin führt dieser Gang?«

»Keine Ahnung, hier war ich noch nie!« Nach einer Biegung war der Tunnel zu Ende. Keine Türe, kein Bild, wo eventuell ein versteckter Riegel sein konnte. Sie saßen in der Falle.

»Die beiden können noch nicht weit sein. Aber passt bloß auf, die Alte ist eine Hexe!«, brüllte ein Wachmann. Katharina fühlte sich wie ein in die Enge getriebenes Reh. Panisch blickte sie noch einmal in alle Richtungen, um doch noch einen Ausweg zu finden. Als sie ihren Blick nach oben richtete, sah sie einen Schacht direkt über sich. An der Wand waren Steigbügel aus Eisen in den Fels geschlagen.

»Los, rauf hier«, wies Katharina die Hebamme an. Sie rafften ihre Röcke und kletterten nach oben.

Die Schritte der ihnen hinterherstürmenden Wachen wurden immer lauter. Darunter mischte sich ein Plätschern wie von einem kleinen Bach. Oben angelangt, schob die Apothekerin den Riegel zur Seite. Da staunte sie nicht schlecht, als sie mitten in einem Brunnen stand.

»Das ist ja kaum zu glauben«, staunte auch Martha. »Wir sind mitten im Augustusbrunnen.« Triefend nass, aber frei rannten die beiden Frauen in die Dunkelheit der Stadt.

Gebückt und sich immer wieder umblickend huschten sie entlang der Häuser. Es würde nicht lange dauern, bis die Wächter bei den Stadtbütteln Alarm schlugen. Sie mussten also nicht nur mit Verfolgern von hinten rechnen, sondern auch aufpassen, nicht den Stadtwachen in die Arme zu laufen. Ebenso waren um diese Uhrzeit nur noch Trunkenbolde und Gesindel auf den Straßen Augsburgs unterwegs, denen sie besser nicht begegneten. Immer wieder stoppte Katharina, um der wesentlich älteren Martha eine Verschnaufpause zu gönnen.

»Wohin gehen wir eigentlich?«, fragte Katharina die nach Atem ringende Hebamme.

»Zuerst in meine Kammer beim Stadtmedicus Metzner. Dort können wir aber nicht lange bleiben. Sie werden uns da zuerst suchen. Wir holen nur Wichtiges, was wir für die Flucht benötigen. Vielleicht können wir den Medicus ja auch gleich noch nach deinem verschollenen Ehemann befragen. Der hat ja mit Sicherheit den schwerverletzten Grafen Holzmichl behandelt, von dem du gesprochen hast.«

»Graf von Holzappel hieß der, den Wilhelm nach Augsburg brachte«, verbesserte sie Katharina.

»Ja, dann eben Holzapfel. Im Arbeitszimmer des Medicus brennt noch Licht. Der brütet oft die halbe Nacht über seinen Büchern.«

Nach mehrmaligem Klopfen öffnete ein junger, sehr gepflegter Mann die Türe.

»Wir haben schon geschlossen. Kommt morgen wieder.«

»Michael? Kennst du mich nicht mehr?«, fragte die Hebamme.

»Martha! Kommt rein, bevor euch jemand sieht.« Michaels schwarzes Haar fiel in Locken bis zu seinen Schultern. Er hatte feine Gesichtszüge und seine Haut musste weich wie Samt sein. Katharina wusste nicht genau, was es war, aber sie fühlte sich zu ihm hingezogen. Eine Vertrautheit und ein Gefühl, als würden sie sich schon ewig kennen, machten sich in ihr breit.

»Entschuldige bitte, das ist Katharina. Die Apothekerin aus Nördlingen. Und das ist Michael. Der Arzthelfer vom Stadtmedicus. Er ist erst seit kurzem wieder in Augsburg. Er hat in … na, wie hieß die Stadt gleich wieder?«

»Mailand. Ich hab in Mailand Medizin studiert«,

erklärte Michael mit einem Lächeln. Auch er musterte Katharina. Wenn sich ihre Blicke trafen, senkten sie verlegen ihre Augen.

»Wir müssen dringend Doktor Metzner sprechen«, erklärte Katharina. »Ist er im Haus?«

»Michael? Wer kam denn zu so später Stunde noch?«, erklang eine Stimme aus dem oberen Stockwerk.

»Eine dringende Angelegenheit, Herr Doktor. Wärt Ihr so gütig?«

Nachdem sie sich begrüßt hatten, erklärte Katharina dem Stadtmedicus ihr Anliegen und berichtete von der erfolglosen Suche nach ihrem vermissten Ehemann.

»Ich habe zwar diesen Oberbefehlshaber behandelt, aber er war schon mehr tot als lebendig, als sie ihn brachten. Wohin allerdings die Soldaten gingen, kann ich nicht sagen.«

»Habt Ihr vielleicht einen Rothaarigen mit Vollbart später noch einmal gesehen? So einer fällt ja auf«, fragte Katharina noch einmal nach.

»Ja, jetzt, wo Ihr es sagt. Den hab ich einige Wochen später bei den Stadtwachen noch einmal gesehen.«

»Dann hab ich mich also doch nicht getäuscht«, bestätigte Katharina ihre Vermutung.

»Im Namen des Kaisers: Öffnet die Türe!«, brüllten die Büttel und hämmerten gegen den Eingang. Der Medicus blickte die Anwesenden entgeistert an. »Aufmachen, oder wir treten die Türe ein!«

»Los, folgt mir«, wies Michael die beiden Frauen an und zerrte sie in Richtung Hintertüre. »Ihr müsst nicht nur sofort hier raus, sondern auch raus aus der Stadt. Beeilt euch! Ich weiß nicht, wie lange Doktor Metzner die Wachen hinhalten kann.«

Wenige Minuten später ratterte die Kutsche des Stadtmedicus über das Kopfsteinpflaster. Es war nicht ungewöhnlich, dass auch zu später Stunde Doktor Metzner mit seinem Gehilfen zu einem Notfall gerufen wurde. Auch die Patienten der umliegenden Dörfer wurden vom Stadtmedicus behandelt.

Als sie das Fischertörlein erreichten, hob einer der Wachen bereits seine Hand zum Gruß.

»Na, Michael, wohl auch keine ruhige Nacht?«

»Leider nein. Komplikationen nach einer Geburt«, flunkerte Michael und warf ihm eine Silbermünze zu.

»Habt Dank!«, erwiderte die Wache und ließ sie ohne weitere Fragen passieren. Der Stadtmedicus war vom Augsburger Rat angehalten, in Notfällen das Fischertörlein, ein Nebentor der Stadtbefestigung, zu benutzen. Die Bevölkerung sollte nicht unbedingt wissen, dass für den Doktor eine Ausnahme vom Torschluss gemacht wurde.

Nach einigen Meilen bog die Kutsche in ein bewaldetes Gebiet ein und kam an einem Blockhaus zum Stehen. Dampfend blies das Pferd seinen Atem in schnellem Rhythmus in die kühle Nachtluft.

»Ihr könnt rauskommen!«, rief Michael ins Innere der Kutsche. »Ich glaube, sie haben die Verfolgung aufgegeben.«

»Wo sind wir hier?«, fragte Katharina.

»Willkommen im Jagdhaus von Doktor Metzner«, antwortete Michael und verbeugte sich vornehm mit einem Lächeln. Das Jagdhaus war ein zweistöckiges Gebäude, welches aus ganzen Fichtenstämmen errichtet worden war. Die Fensterläden waren geschlossen, um Dieben ein Eindringen zu erschweren. An der Giebelseite des Hauses hing das prachtvolle Geweih eines Zwölfenders.

»Lasst uns hineingehen. Ich denke, wir haben einiges zu bereden«, schlug der junge Mann vor und entriegelte den Eingang.

»Und ihr seid wirklich aus dem Eisenhaus ausgebrochen?« Michael konnte das fast nicht glauben. Den beiden war geglückt, was viele andere, vor allem Männer, erfolglos versuchten.

»Ja, mit viel Glück«, erklärte Martha.

»Du trägst ja eine Halskette! Was ist das, ein Bernstein?«, fragte die Hebamme. Katharina nickte.

»Und die haben sie dir im Eisenhaus nicht abgenommen?«

»Ich versteckte sie gut unter der Kleidung. Hab die ja erst seit dem 10. November. Ein Geburtstagsgeschenk meines Stiefvaters.«

»Oh, wie schön. Wir sind am gleichen Tag geboren«, freute sich Michael. Allmählich verschwand das Lächeln aus den Gesichtern der drei. Blicke huschten hin und her.

»Ich glaube, ich kann es nicht länger verschweigen«, begann Martha. »Ich weiß nicht, warum ich mich auf so einen Kuhhandel eingelassen habe. Aber es war Krieg. Wir hatten unsagbaren Hunger und ich brauchte das Geld.«

»Wie? Was für ein Geld? Wovon redest du?« Katharina runzelte ihre Stirn.

»Dein Stiefvater, Katharina, er hat damals noch mit Stoffen und Tuchwaren gehandelt, war ein guter Freund vom Stadtmedicus Metzner. Auf seinen Handelsreisen machte er stets einen Abstecher nach Augsburg. In meiner Kammer war einen Winter lang eine Hübschlerin namens Elena einquartiert, mit der er sich immer wieder vergnügte.«

»Was?«, warf Katharina mit weit aufgerissenen Augen dazwischen.

»Ja, und es musste so kommen, wie es kam, und sie wurde schwanger von ihm. Da Benedikt keine Erben hatte, war er nicht unglücklich über diesen Zustand. Allerdings konnte er in Nördlingen schlecht mit Kindern einer Hure ankommen als Erben. Seine Frau war schon vor mehreren Jahren verstorben, also auf herkömmlichem Wege war es ihm nur schwer möglich, einen Erben zu bekommen. Ihr Bauch war so riesig, da konnte nicht nur ein Kind unterwegs sein.

Du kamst zuerst zur Welt, Michael. Ich konnte ihr dich nicht mehr wegnehmen. Wir erzählten ihr etwas von der Nachgeburt, als sie erneut Wehen bekam, und konnten Katharina so entführen. Pastor Widmann brachte Katharina zu Benedikt, der es als Findelkind ausgab und als Mündel annahm.«

Betroffen blickten sich Michael und Katharina in die Augen.

»Das heißt, Benedikt war mein leiblicher Vater? Dann haben er und Elfriede mich jahrelang belogen? Ich sei vor der Sankt-Georgs-Kirche abgelegt worden und niemand wüsste, wer meine Eltern sind!« Ihre Augen füllten sich mit Tränen.

»Und für die Mühen des Pastors hat die Sankt-Georgs-Kirche eine Seitenorgel von Benedikt bekommen. Elena musste einsehen, dass es für Michael besser war, beim Medicus aufzuwachsen. Es tut mir so leid. Ich hätte das nie tun dürfen. Lange habe ich mir Vorwürfe gemacht«, beendete Martha unter Tränen ihr Geständnis.

»Wo ist dann unsere Mutter jetzt?«, fragte Michael.

»Während des Großen Krieges ist sie mit dem Trossvolk durch die Lande gezogen, seitdem verlor sich der Kontakt zu ihr. Ich weiß es leider nicht.«

»Ich habe einen Bruder!«, lachte Katharina und wischte sich mit dem Handrücken ihre Wangen trocken. Die Geschwister umarmten sich, als würden sie sich schon immer kennen.

»Wie soll es nun für euch weitergehen? Nach Augsburg könnt ihr jedenfalls nicht wieder zurück«, stellte Michael fest.

»Ich werde wohl nach Nördlingen zurückmüssen. Hier kann ich nichts mehr über Wilhelm herausfinden. Das ist zu gefährlich«, erwiderte Katharina.

»Und ich hoffe, dass Nördlingen noch eine Hebamme gebrauchen kann«, fügte Martha hinzu.

»Gut, ich werde Augen und Ohren offen halten. Vielleicht taucht dieser Wilhelm bei den Stadtwachen wieder auf.«

»Riecht ihr das auch?«, fragte Katharina und blickte sich um. Qualm drang unter dem Türspalt hervor.

»Verdammt! Es brennt!«, schrie Michael und stürzte zum Ausgang. Flammen schlugen ihm entgegen, als er die Türe nur einen kleinen Spalt öffnete.

»Hier kommen wir nicht mehr durch. Versucht es an einem Fenster!« Doch auch hier war kein Durchkommen mehr. Die Flammen waren schon viel zu hoch.

»Oh mein Gott, wir sitzen in der Falle!«

Züngelnd loderten die ersten Flammen durch die Dielen der Erdgeschossdecke. Das obere Stockwerk musste schon lichterloh brennen. Michael hatte das gegenüberliegende Fenster aufgerissen und versuchte, die Läden zu öffnen.

»Jemand hat die Fensterläden versperrt! In den Keller, schnell! Das ist unsere einzige Chance!« Er stürmte zur Treppe, dicht gefolgt von Katharina, als polternd brennende Balken der Decke in den Raum stürzten.

»Wo ist Martha? Martha?«, rief Katharina.

»Mein Gott, Martha!«, schrie die Apothekerin, als sie die Hebamme unter einem der schweren Balken begraben sah. Marthas Kleidung hatte bereits Feuer gefangen. Der Rauch war so dicht, dass die Geschwister nur noch vage Umrisse der verletzten Frau erkennen konnten.

»Du kannst ihr nicht mehr helfen!« Michael zog seine Schwester am Arm zurück in den Keller.

»Nein! Martha!«, brüllte sie hysterisch. »Ich brauch dich doch noch! Du kannst mich jetzt nicht im Stich lassen! Ich bin doch schwanger! Nein!« Schluchzend sackte Katharina zusammen. Michael hielt sie fest in den Armen.

»Wir müssen hier schleunigst raus!« Beunruhigt blickte Michael zur schwelenden Holzdecke. »In ein paar Minuten wird das ganze Haus einstürzen! Die Kellertüre zur Außentreppe geht nach innen auf, vielleicht haben wir dort Glück.«

Sie ließ sich problemlos öffnen. Hustend vom beißenden Qualm stürmten die beiden ins Freie und ließen sich in sicherem Abstand auf den Waldboden fallen. Die Nacht war zum Tag geworden, so hell erleuchtete das brennende Jagdhaus die Umgebung. Die nahe am Haus wachsenden Fichten hatten bereits Feuer gefangen und brannten zischend und qualmend. Das Pferd war durchgegangen und galoppierte mit der zertrümmerten Kutsche im Schlepp durch den Wald.

»Dann werden sich unsere Wege hier jetzt wohl trennen«, sagte Katharina nach einer Weile bedrückt.

»Spinnst du? Ich werde dich nicht allein nach Nördlingen gehen lassen. Gerade jetzt, wo du guter Hoffnung bist.«

»Ich glaube es zumindest, dass ich schwanger bin. Mein Monatsblut ist schon einige Tage überfällig.«

Michael nickte.

»Ich begleite dich und da ich der Ältere von uns bin, werde ich mein rechtmäßiges Erbe einfordern.«

»Ja, klar! Meine Güte! Ja!«, erwiderte Katharina und schlug sich mit der flachen Hand auf die Stirn. »Du bist ja vor mir geboren. Wie konnte ich das vergessen? Wir brauchen den Wilhelm ja gar nicht. Mir fällt ein Stein vom Herzen«, lächelte sie und umarmte ihren Bruder.

Der Morgen dämmerte, die ersten Vögel waren aus ihrem Schlaf erwacht und zwitscherten dem Sonnenaufgang entgegen. Dampfend erloschen die letzten Glutnester des ehemaligen Jagdhauses. Nur noch einzelne verkohlte Balken ragten wie Mahnmale in den Himmel. Nachdem Michael nach gutem Zureden das Pferd einfangen konnte, machten sie sich auf den Weg. Dabei blickte er sich immer wieder um, ob sie von den Brandstiftern nicht doch verfolgt wurden. Lauerten sie bereits hinter dem nächsten Gebüsch?

Kapitel 10

Als Simon die Augen öffnete, sah er sich verwirrt um. Er lag in einem mit frischem Leinen bezogenen Bett. Die Wände waren aus grob gehauenen Balken und dazwischen war Moos, das teilweise schon herausbröselte. Er fragte sich, was diesmal wieder passieren würde. Allmählich hatte er genug von Krankenlagern.

Langsam öffnete sich die Türe der kleinen Kammer, in der Simon lag. Eine junge Frau betrat auf leisen Sohlen den Raum, um den Verwundeten nicht aus seinem Genesungsschlaf zu wecken. In ihren Händen hielt sie eine Waschschüssel und einige Tücher hingen über ihrem Unterarm. Obwohl sie eine eher knabenhafte Figur hatte, war sie sehr ansehnlich. Ihr schwarzes Haar hatte die Frau zu einem Zopf gebunden, ihre Haut war von der Sonne stark gebräunt, wirkte jedoch nicht ledrig. Als sie erkannte, dass Simon erwacht war, erhellten sich ihre Gesichtszüge zu einem Lächeln. Ihre Zähne waren weiß und gerade gewachsen.

»Ich bin sehr froh, dass es Euch wieder besser geht. Ich dachte schon, ich bring Euch nicht durch«, erklärte sie, während sie die Schüssel auf dem kleinen Nachtschränkchen abstellte.

»Entschuldigt bitte, mein Name ist Eva. Meinem Vater gehört der Bauernhof hier.«

»Ich bin Simon, aber wo bin ich hier?«

»Wie schon gesagt, auf einem Bauernhof. Nicht weit von Augsburg. Ihr solltet Euch noch schonen und ausruhen. Ich muss Eure Verbände wieder wechseln.«

»Wo ist meine Kleidung?«, fragte Simon, nachdem er feststellte, dass er nackt unter der Decke lag.

»Die habe ich verbrannt. Ihr bekommt später was Neues von mir. Vater und Ihr habt in etwa die gleiche Größe.« Eva schlug die Decke zurück und entfernte den Verband. Er wusste nicht, wie, aber diese Frau hatte es geschafft, die Wunde so zu reinigen und zu behandeln, dass sie nicht mehr brandig und ein guter Heilungsfortschritt zu erkennen war. Während sie ihm mit warmem Wasser den Oberkörper wusch, blickte sie tief in seine Augen. Simon genoss die Berührung und das warme Gefühl auf seiner Haut und schloss die Augen. Er war noch nicht voll bei Kräften. Als Eva jedoch an seinem Bauchnabel angelangt war, ergriff er ihre Hand, um sie zu stoppen.

»Schhhhhhhh«, flüsterte Eva leise und legte ihm ihren Zeigefinger auf seine Lippen. Simons Griff lockerte sich daraufhin und sie wusch weiter seinen Körper. Wärme breitete sich in seinen Lenden aus. Als sich Eva erhoben hatte, öffnete sie mit wenigen

Handgriffen ihr Mieder und ihr Kleid fiel zu Boden. Simons Herzschlag beschleunigte sich, als er ihren makellosen Körper betrachtete. Eva hatte kleine feste Brüste, die gut zum Rest ihres sehnigen Leibes passten. Bei jeder Bewegung sah man ihre Muskeln und Sehnen unter der Haut arbeiten. Mit einem weiteren Lächeln setzte sie sich auf ihn und Simon konnte ihre Wärme spüren. Es fühlte sich gut an. Schon nach kurzer Zeit fanden sie ihren Rhythmus. Eva legte ihren Kopf mit geschlossenen Augen in den Nacken, während sie sich schwer atmend auf Simon bewegte.

Sie krallte sich in seine Brust und stieß einen spitzen Schrei aus, als sie bemerkte, dass Simon so weit war. Erschöpft und keuchend lag sie nun auf ihm.

Katharina, schoss es Simon durch den Kopf. *Das hätte ich nicht zulassen dürfen!* Er machte sich Vorwürfe und fühlte sich schlecht. Simon schob Eva von sich und bat sie: »Bring mir jetzt bitte etwas zum Anziehen.« Sichtlich erbost über das abrupte Ende ihrer Zärtlichkeiten, bückte sich Eva nach ihrem Kleid, als der Vater die Kammer betrat. Er stoppte in seiner Bewegung und starrte auf ihre nackten Körper. Simon zog sich die Decke bis zum Hals.

»Das ist ja der Gipfel! Unzucht! Und das auch noch am heiligen Sonntag! Du liederliche Schanddirne!«, schrie der Bauer und schlug nach seiner Tochter. Sie huschte unter seinem Arm hindurch und flüchtete.

»Wir sprechen uns später noch!«, murmelte Evas Vater zu Simon und schlug die Türe hinter sich zu.

Nach kurzer Zeit öffnete diese sich erneut einen Spalt und Kleidung flog auf das Bett. Die Türe krachte danach wieder ins Schloss. Während er sich ankleidete, beschloss Simon, das Haus so schnell wie möglich zu verlassen, bevor er noch Schlimmeres anrichtete.

Vor dem Haus saß Eva auf einer Bank und weinte. Ihr Vater stand neben ihr mit einem mannshohen Stock, mit dem er die wenigen dürren Kühe auf die Weide getrieben hatte.

»Und jetzt macht sich der Liebhaber wohl aus dem Staub, nachdem er meiner Tochter die Unschuld gestohlen hat! Hä?«, blaffte ihn der Vater an. Die Worte verwirrten Simon. Unschuldig war Eva ja nun auch nicht.

»Ist das der Dank dafür, dass wir dich am Wirmsee nicht verrecken ließen? Dich pflegten und versorgten?«, schrie der Bauer mit sich überschlagender Stimme. Simon wusste nicht, was er sagen sollte. Egal wie er sich jetzt rechtfertigen würde, sie würden ihn nicht verstehen.

»Es tut mir leid«, sagte er leise.

»Es tut ihm leid. Mir tut es aber nicht leid, was ich mit dir jetzt machen werde, Bürschchen!«, brüllte Evas Vater und holte mit dem Stock zum ersten Schlag aus.

»Vater, nein!«, schrie Eva. Doch der Bauer prügelte wie von Sinnen auf ihn ein. Einige Schläge konnte er noch abwehren, musste aber auch so manchen Treffer kassieren. Um nicht alles noch schlimmer zu machen, wehrte er sich nicht, suchte aber schleunigst das Weite.

Mit schmerzverzerrtem Gesicht humpelte Simon über die Wiesen nördlich von Augsburg. Sein Rücken fühlte sich an, als hätte der Henker ihn am Schandpfahl ausgepeitscht. Seine Kniescheibe schien nach einem weiteren Hieb mit dem Stock in sieben Teile zersprungen.

»Geschieht mir ganz recht«, schimpfte Simon vor sich hin. »Wie konnte ich Katharina auch so schamlos hintergehen? Ich liebe sie doch. Warum konnte ich auch Evas Reizen nicht einfach widerstehen? Sie hätte es vielleicht sogar verstanden. Ihr Vater wäre mit meiner Entscheidung mit Sicherheit glücklicher gewesen. Wäre ich ein heimatloser Vagabund gewesen, hätte ich dort bestimmt eine gute Bleibe gefunden. Aber ich bin Zimmermann und ein Einwohner der Freien Reichsstadt Nördlingen. Da wäre es ja ein gesellschaftlicher Rückschritt, ein einfacher Bauer zu werden. Nein, meine Entscheidung war auf alle Fälle die richtige. Fort aus dieser gottverfluchten Augsburger Gegend. Nichts als Ärger hatte ich seit dem Überfall im Kloster. Denen werde ich jetzt mal einen Besuch abstatten, den scheinheiligen Brüdern. Hoffe nur, mein Pferd ist noch da, sonst kann ich auch noch bis Nördlingen zu Fuß gehen. Dieser Bruder Antonius ist mir von Anfang an nicht ganz koscher vorgekommen. Ganz unschuldig ist der bestimmt nicht. Wenn die Pfaffen Münzen klimpern hören, ist es vorbei mit der Nächstenliebe. Na, der kann was erleben!«

Als Simon nach vielen Stunden Fußmarsch im Kloster Heilig Kreuz in Donauwörth ankam, klopfte er, wie schon vor einigen Wochen, an die Klosterpforte. Zu seiner Verwunderung öffnete sich schon nach kurzer Zeit das bekannte Guckloch.

»Was wollt Ihr?«, fragte ein Mann, den Simon schnell als Bruder Antonius erkannte.

»Habt Ihr die Güte, werter Bruder, einem Reisenden Einlass in Eure Klosterkirche zu gewähren und ihm die Beichte abzunehmen?«, fragte Simon mit verstellter Stimme und gesenktem Blick, um nicht erkannt zu werden.

»Meinetwegen, aber zu essen hab ich nichts für Euch und übernachten könnt Ihr hier auch nicht«, erwiderte Bruder Antonius, während er das Guckloch schloss und die Pforte einen Spalt öffnete. Schnell schlüpfte Simon durch das Tor, packte den Mönch am Hals und schleuderte ihn mit dem Rücken gegen die geschlossene Pforte.

»Kennst du mich nicht mehr, Antonius, du scheinheiliger Pfaffenbruder?«

»Nein, wer bist du? Was willst du von mir?«

»Vor einigen Wochen war ich in Begleitung einer Frau hier, schon vergessen? Wo ist sie?« Simon drückte die Kehle von Antonius ein wenig weiter zu.

»Ich weiß es nicht. Ich hab damit nichts zu tun!«

»Ach nein?«, fragte Simon und versetzte ihm mit der anderen Hand einen Magenschwinger, dass der Mönch in die Knie ging.

»Ist ja gut! Ja, ich hab ein paar Silbermünzen bekommen, damit ich die Klosterpforte nachts nicht verriegle. Aber mehr weiß ich nicht.«

»Wer hat dich bezahlt? Rede, Judas! Oder ich knüpf dich am nächsten Baum auf, so wahr ich hier stehe!« Langsam war Simons Geduld am Ende.

»Ich rede ja schon, aber drück mir die Kehle nicht mehr so zu. Zwei Männer waren es. Die sahen aus wie Landsknechte. Ihr Auftraggeber hatte ihnen gesagt, dass du sterben müssest. Und die Frau sollte eine Weile aus dem Verkehr gezogen werden. Was hat das alles zu bedeuten?«

»Das geht dich einen Dreck an, Pfaffe! Wo sind unsere Pferde?«

»Die habe ich verkauft.« Blitzschnell packte ihn Simon wieder an der Kehle.

»Ist ja gut, die stehen hinten im Stall!«

»Du solltest deine kostbare Zeit mit Beten verbringen, Mönch. So viel gelogen wie du in den letzten Minuten hab ich ein ganzes Jahr nicht. Wenn du in die Hölle kommst, zieht der Teufel aus. Und jetzt führe mich zu den Pferden.«

Zufrieden ritt Simon auf seinem geliebten Fuchshengst Richtung Nördlingen. Katharinas Kaltblut trottete brav hinterher. Antonius hatte das schlechte Gewissen geplagt und er hatte selbst Simons persönliche Gegenstände und Katharinas Leinenbeutel unaufgefordert geholt. Möge er lange in der Hölle schmoren für seine unchristliche Tat.

Kapitel 11

Nach unzähligen Stunden auf dem sattellosen Pferd erreichten Michael und Katharina Nördlingen. Sie spürten jeden Knochen ihrer Körper und auch dem Pferd war die ungewöhnliche Last auf Dauer anzumerken.

»Lass uns bitte die letzten Schritte zu Fuß gehen. Ich kann nicht mehr länger auf dem Pferd sitzen«, bat Katharina ihren Bruder. Wie sie unterwegs besprochen hatten, marschierten die beiden direkt zum Rathaus, in der Hoffnung, der Bürgermeister hätte sofort Zeit für ein Gespräch.

Sie hatten Glück und er empfing sie.

»Werter Bürgermeister, das hier ist mein leiblicher Bruder Michael. Er wuchs beim Augsburger Stadtmedicus auf und ist heute hier, um das Erbe seines Vaters Benedikt Riesinger anzutreten.«

»Liebe Frau Hofmeister, da seid Ihr leider einen Tag zu spät.«

»Wie bitte? Ich versteh nicht ganz. Die zwölf Wochen sind doch längst nicht vorbei.«

»Das ist richtig, aber Euer Gatte Wilhelm hat gestern den Erbschein beantragt. Und er wurde ihm zugestanden. Das wolltet Ihr doch. Somit ist die Sache erledigt.«

»Die Sachlage ist aber jetzt eine neue. Das Haus und das Erbe müssen an den Erstgeborenen übertragen werden. Somit ist es nicht rechtens, wenn es an meinen Mann ging. Der macht krumme Geschäfte, ist monatelang nicht auffindbar und jetzt erbt er auch noch unsere Heimat, das muss umgehend rückgängig gemacht werden!«

»Tut mir leid, das Verfahren ist abgeschlossen. Es steht Euch aber frei, bei Jakob Seefried, unserem Stadtrichter, einen Antrag auf Anfechtung zu stellen. Große Hoffnungen würde ich mir allerdings nicht machen«, beendete Schillinger die Unterredung und verabschiedete die Geschwister.

»Das darf doch alles nicht wahr sein!«, jammerte Katharina. »Seit Wochen reise ich durch die Gegend, werde überfallen, muss eine Strafe im Eisenhaus verbüßen, für etwas, was ich nie getan habe, werde fast angezündet und mein Gatte sitzt in Nördlingen und macht derweil eine Erbschaft.«

»Lass uns doch erst einmal mit deinem Gatten reden. Vielleicht ist ja auch alles nur ein Missverständnis, das sich aufklärt.«

»Na, deine Zuversicht möchte ich auch haben. Du kennst Wilhelm nicht.«

Als sie das Apothekerhaus erreichten, hörte man

schon ein Poltern und lautes Lachen im Haus. Auf das Äußerste vorbereitet, betrat Katharina die Offizin. Elfriede blieb fast das Herz stehen, als sie die Apothekerin sah.

»Kind, du bist wieder zurück! Bin ich froh, dass es dir gutgeht!« Mit ausgebreiteten Armen lief die Haushälterin auf Katharina zu und umarmte sie herzlich.

»Was ist hier los im Haus?«

»Ach, Kindchen, das geht schon seit gestern so. Dein Mann ist mit seinen Saufkumpanen und ein paar Hübschlerinnen oben. Ein Sodom und Gomorrha. Und das in einer so christlichen Stadt.«

»Ach, das hätte ich beinahe vergessen. Das ist Michael, mein Bruder.«

»Dein Bruder?«

»Das ist eine längere Geschichte. Ich erzähl dir das später. Ich geh jetzt erst einmal nach oben«, erklärte sie und war auch schon auf der Treppe.

Als Katharina ihren Blick durch das obere Stockwerk schweifen ließ, glaubte sie, im falschen Haus zu sein.

»Schämst du dich denn gar nicht!«, schrie die Apothekerin, als sie ihren Ehemann im Bett ihres verstorbenen Vaters sah, der sich mit einem jungen Mädchen vergnügte. Sie packte die Göre an den Haaren und zog sie von ihrem Gatten.

»Raus hier, alle raus! Wird's bald!«

»Sag mal, spinnst du, Weib! Das Haus gehört mir und das sind meine Gäste«, lallte Wilhelm.

»Ein Dreck gehört dir. Du bist nicht der rechtmäßige Erbe. Und wo siehst du, bitte schön, Gäste? Eine besoffene Horde und eine Handvoll Huren nennst du Gäste?« Katharinas Puls pochte durch ihre Stirn. Murrend verließ einer nach dem anderen das Haus.

»Und dich werde ich beim Richter Seefried verklagen! Ich brauch dir nicht zu sagen, was auf Ehebruch steht. Mit der Schandgeige um den Hals werden sie dich aus der Stadt jagen!« Katharina musste sich eingestehen, dass sie selbst vor ein paar Wochen mit Simon nichts anderes getan hatte, als die Ehe zu brechen. Und sie war auch noch schwanger von ihm. Ohne Worte sammelte Wilhelm seine Kleidung auf, zog sich an und verließ das Haus. Weinend saß Katharina auf dem Bett ihres verstorbenen Vaters.

»Womit habe ich das alles verdient?«, schluchzte sie, als ihr Bruder ihr tröstend über das Haar strich. »Lass uns in den ›Roten Ochsen‹ gehen. Wilhelms Saufkumpane haben sämtliche Vorräte vernichtet. Ich brauch jetzt erst mal was Deftiges zu essen und einen Humpen Bier.«

Nach einem kurzen Fußmarsch über den Marktplatz erreichten sie die Baldinger Straße.

»Den ›Roten Ochsen‹ gibt es zwar erst ein paar Jahre, aber er ist bekannt für seine deftige Küche«, erklärte Katharina. Als sie die Gaststube betraten, verstummten die Gespräche an den Tischen und die Männer versteckten hektisch ihre Spielkarten. In einer Ecke saß einsam an einem kleinen Tisch der Nördlinger Scharfrichter und schlürfte aus seinem Krug ein Bier.

»Ach, Katharina, Ihr seid es. Wer ist denn Euer Begleiter?«, wollte der Bader Nepomuk Fromme wissen.

»Das ist mein Bruder Michael. Bis vor ein paar Tagen wusste ich auch nicht, dass es ihn gibt.«

»Ah. Na dann«, erwiderte der Bader und holte die Spielkarten wieder hervor. »Man muss mittlerweile aufpassen, was man in der Öffentlichkeit macht. Der Rat verbietet ja bald alles, was Spaß macht.«

»Warum? Was ist denn alles verboten?«, wollte Michael wissen.

»Oh je, die Liste ist lang: Kartenspielen, Fluchen, Saufen. Zuprosten dürfen wir uns nicht mehr. Es sei eine Animation zum Saufen. Nachttöpfe dürfen nicht mehr auf die Gassen entleert werden. Nicht einmal Schlittenfahren und Schneebälle werfen dürfen unsere Kinder noch.«

»Und als Nächstes werden sie uns das Rauchen noch verbieten«, lästerte ein anderer.

»Na, das wäre ja was, ein Wirtshaus, in dem man nicht rauchen darf. Dann kann ich ja gleich daheimbleiben«, ergänzte Nepomuk und der ganze Tisch brach in Gelächter aus. Einer nach dem anderen entzündete seine Stielpfeife, dass dicke Rauchschwaden aufstiegen.

Über dem Feuer hing eine knusprige Schweinehälfte. Zischend tropfte in kurzen Abständen das Fett in die Glut. Katharina musste unwillkürlich schlucken. Sie bemerkte erst jetzt, wie hungrig sie war. Sie setzten sich an einen Tisch aus grob gezimmertem Holz.

»Wir sollten nach dem Essen noch mal zum Rathaus gehen, um die Sache mit der Erbschaft zu klären«, sagte Michael.

»Und ich werde meinen Mann wegen Unzucht und Ehebruch anzeigen. Dann bin ich ihn ein für alle Mal los«, erwiderte ihm Katharina.

»Überlege dir gut, was du tust. Du bist guter Hoffnung und nicht von deinem Ehemann.«

»Ich könnte es wegmachen. Noch ist es nicht zu spät«, flüsterte Katharina und blickte sich dabei um.

»Bist du von Sinnen? Willst du auf dem Schafott enden?« Krachend flog die Türe der Wirtsstube auf und ein junger Bursche stürmte herein.

»Sie haben wieder ein totes Mädchen gefunden. Im Gerberviertel«, berichtete dieser hastig.

»Wieder?«, fragte Michael neugierig.

»Vor einigen Jahren fand man fast wöchentlich ermordete Mädchen. Und jedes Mal im Gerberviertel. Die letzten Jahre war es ruhig geworden«, erklärte ihm Katharina. Ihren eigenen Überfall, den sie erleben musste, verschwieg sie ihrem Bruder.

»Ist hier noch ein Platz frei?«, fragte plötzlich ein Mann im Bauerngewand.

»Simon!«, schrie Katharina. »Du lebst! Geht es dir gut? Mein Gott, was hast du denn für Kleidung an? Bist du jetzt Feldarbeiter geworden?«

»Das ist eine längere Geschichte. Elfriede hat mir gesagt, dass ich dich hier finde. Schön, dich zu sehen! Vor der Türe steht noch jemand, der dich begrüßen möchte.« Verwundert stapfte Katharina vor die Türe.

»Adonis, mein Junge«, begrüßte sie ihren Ardenner. »Und mein Leinenbeutel! Meine Güte, wie hab ich ihn vermisst«, jubelte sie. Michael stand auf und stellte sich vor:

»Ich bin Michael. Katharinas Bruder.« Verwirrt betrachtete Simon ihn.

»Ich glaube, wir haben uns einiges zu erzählen«, sagte Simon und setzte sich an den Tisch.

Am nächsten Morgen, kurz nach Sonnenaufgang, machte sich Katharina auf ins Gerberviertel, um ihre Freundin Mathilda Holzinger zu besuchen. Ihr immer so gepflegter Kräutergarten war komplett umgegraben und neu angelegt. Verwundert betrachtete sie die seltsamen Formen der Beete.

»Katharina! Mein Gott! Ich dachte schon, du willst

gar nicht mehr zurückkommen!«, rief die Hebamme. Nach einer herzlichen Begrüßung fragte Katharina:

»Was ist mit deinem Kräutergarten passiert?«

»Ich sage nur: Sieben. Ich hab den Garten neu angelegt, weil die Sieben eine vollkommene Zahl ist. Sieben gleich große Teile.«

Katharina runzelte die Stirn.

»Und wozu das Ganze?«

»Der Herr hat die Welt in sieben Tagen erschaffen. Die Woche hat sieben Tage. Es gibt sieben Weltmeere. Die Katze hat sieben Leben. Ich könnte dir noch viele weitere Beispiele nennen. Ich bin auf alte Aufzeichnungen gestoßen. Mit Zahlen lassen sich viele Geheimnisse der Menschheit lüften. Ich stecke aber gerade einmal in den Kinderschuhen meiner ersten Erkenntnisse. Aber komm erst mal herein und erzähl mir, wie es dir in den letzten Wochen ergangen ist. Ich hab gerade einen Bachblütentee aufgebrüht.«

»Mathilda, was sagt dir der Satz: *Daniel, hol Hilfe, um uns zu retten*?« Katharina fielen gerade die Worte des alten Mannes im Augsburger Eisenhaus wieder ein.

»Es geht um verstecktes Gold. Das ist ein Hinweis darauf, wo es sein könnte«, fügte die Apothekerin noch hinzu.

»Hm. Das Einzige, was mir zu Daniel einfällt, ist unser Kirchturm. Aber wie soll der Hilfe holen. Macht für mich keinen Sinn.«

»Egal, ist mir nur gerade so in den Sinn gekommen.«

»Irgendetwas stimmt doch nicht mit dir. Was bedrückt dich?«

»Ich bin schwanger, Mathilda. Und Wilhelm ist nicht der Vater.«

»Simon?«

Katharina nickte nur.

»Ich bin mir nicht sicher, ob ich es behalten will. Nicht unter diesen Umständen.«

»Du weißt als Apothekerin selbst, wie gefährlich Mutterkorn ist. Etwas zu viel davon und das Antoniusfeuer brennt. Während des Großen Krieges, als die Hungersnot ganze Landstriche dahingerafft hatte, hab ich das einmal erlebt. Die Sommer waren nass und verregnet. Das ideale Wachstum für den Pilz auf der Roggenähre. Und weil die Leute hungerten, hatten sie auch das verunreinigte Korn gegessen. Es beginnt in den Händen und Füßen. Ein fürchterlicher Juckreiz. Die armen Teufel hatten sich gekratzt, bis nur noch das rohe Fleisch an ihren Knochen hing. Sie bekamen Wahnvorstellungen, hatten fürchterliche Kopfschmerzen, erbrachen sich und hatten Durchfälle. Langsam sterben die Gliedmaßen ab und werden schwarz. Werden die abgestorbenen Körperteile nicht sofort amputiert, leben die Kranken keinen Tag mehr.«

»Ich weiß, Mathilda. Aber was soll ich nur tun? Wenn Wilhelm von meiner Schwangerschaft erfährt, wird er mich beim Stadtrichter verpfeifen. Da bin ich mir sicher. Es wäre für ihn ein gefundenes Fressen. An mir lag ihm noch nie etwas. Es ging nur um Geschäftsverbindungen und um mein Erbe.«

»Wie stehst du zu Simon? Liebst du ihn?«

»Ja, sehr sogar.«

»Dann solltest du das Kind behalten. Es gibt für alles Mittel und Wege. Kannst du nicht noch einmal mit Wilhelm das Bett teilen?«

»Wird er nicht misstrauisch werden, wenn das Kind keine roten Haare hat?«

»Dann soll er dir erst einmal das Gegenteil beweisen. Und wer weiß, was bis dahin alles passiert.«

Ein Rumpeln war vor dem Fenster der kleinen Kate zu hören.

»Was ist da draußen los?«, fragte die Hebamme und riss die Türe auf. Die beiden Frauen konnten erkennen, wie ein rothaariger Mann hinter der nächsten Hausecke verschwand.

»Wilhelm!«, sagte Katharina entsetzt. »Er hat uns belauscht. So ein Mist. Wenn er alles gehört hat, dann erlebe ich den morgigen Tag nicht.«

»Wenn das so weitergeht, gibt es in Nördlingen bald keine Mädchen mehr. Verdammt!«, schimpfte der Bürgermeister Georg Schillinger.

»Konnte denn die Stadtwache noch etwas herausfinden? Irgendwann muss doch dieser Irre mal einen Fehler machen und sich selbst verraten«, sagte Stadtrichter Seefried.

»Ihr Leichnam liegt noch beim Bader. Ich konnte ihn noch nicht näher befragen.«

»Da scheint er ja gerade zu kommen. Wenn man vom Teufel spricht«, scherzte Seefried.

»Grüß Gott, die Herren. Habt ihr mich etwa erwartet?«, grüßte Nepomuk.

»Wenn Ihr etwas Neues zu berichten habt, Fromme, dann ja«, erwiderte der Bürgermeister.

»Ob es der große Durchbruch in den Ermittlungen wird, weiß ich auch nicht. Er war es auf jeden Fall wieder. Sein Zeichen ist gut auf dem Hintern des Mädchens zu erkennen. An Armen und Beinen sind Abdrücke von Seilen. Ebenso wurde sie geknebelt. Vielleicht ist sie sogar daran erstickt. Es gibt sonst keine Hinweise auf äußere Gewalteinwirkung, bis auf ein paar Schrammen.«

»Der Stadthauptmann Stracke soll mit ein paar Männern die Häuser des Gerberviertels durchsuchen. Irgendetwas muss doch dort zu finden sein. Die Seile, mit denen er seine Opfer fesselt, oder ein anderer Hinweis«, wies der Bürgermeister an.

Wie angeordnet, durchsuchte der Stadthauptmann mit vier Bütteln ein Haus nach dem anderen. In jedem wurden Seile gefunden, was zu erwarten war.

»Was wollt ihr hier?«, fragte Stracke seine Männer. »Das ist mein Haus. Glaubt ihr ernsthaft, dass euer Hauptmann der Mörder ist?« Seine Männer schwiegen.

»Oder hab ich mich in irgendeiner Weise verdächtig gemacht?«, fragte er Konrad, einen der Wachen.

»Ähm, nun ja. Ihr trinkt in letzter Zeit viel Branntwein. Und ihr kommt sehr unausgeschlafen zum Wachdienst, Herr«, stotterte Konrad.

»Sag mal, spinnst du? Nicht jeder, der einen Branntwein trinkt, ist ein Mörder! Aber bitte, durchsucht mein Haus ruhig. Mehr als ein paar alte Stricke werdet ihr nicht finden. Wie in den anderen Häusern auch.«

»Es war ja zu erwarten, dass wir nirgendwo was finden«, begann Konrad. »Der Wiedergänger wohnt bestimmt nicht in einem vornehmen Haus. Der Teufel persönlich beherbergt solche Kreaturen.« Die Anwesenden bekreuzigten sich. Dem ein oder anderen lief es eiskalt den Rücken hinunter.

Kapitel 12

Katharina hatte den letzten Tiegel des Heilöls verschlossen. Ihr Vater hatte vor Jahren einen sehr wirkungsvollen Theriak entwickelt, mit dem sich vielerlei Beschwerden heilen ließen. Lange genug war die Apotheke nach dem Tod ihres Vaters nun schon geschlossen. Die Haushälterin Elfriede Breitenbach hatte während ihrer Abwesenheit auf der Pfingstmesse sämtliche Einkäufe erledigt. Darunter waren hauptsächlich Waren, die in der Umgebung nicht erhältlich oder gar exotischen Ursprungs waren. Kaffee aus Venedig, Pfeffer aus Siam und Salz aus Reichenhall. Zucker wurde schon viele Jahrzehnte in Augsburg raffiniert, war aber dennoch sehr teuer.

Nervenaufreibend schrill bimmelte eine Glocke vom Turm der St. Georgskirche. Menschen liefen aus den Häusern und ein jeder fragte sich, was denn los sei. Eilig schlurfte Elfriede zur Offizin hinaus, um ihre Neugierde zu befriedigen.

»Feuer!«, rief die Nachbarin.

»Feuer? Wo denn? Ich seh keins«, erwiderte die Haushälterin.

»Hört Ihr denn nicht die Sturmglocke vom Daniel und das Feuerhorn? Und hier, der Türmer zeigt in die Richtung, wo es brennt.«

Nördlingen hatte aus der Vergangenheit gelernt und schon vor dem Großen Krieg über 30 Spritzen an die zwölf Zunftmeister verteilt, die schnell am Einsatzort sein konnten.

»Ein Gerberhaus beim Spitzturm brennt«, berichtete ein Junge, der stolz war, eine Neuigkeit zu verkünden. Nachdem Elfriedes Neugierde befriedigt war und das eigene Dach über dem Kopf nicht in Gefahr schien, schlurfte sie langsam zurück ins Haus und widmete sich wieder ihrer Hausarbeit.

Katharinas Gehirn lief stattdessen auf Hochtouren. *Die Sturmglocke vom Daniel, hol Hilfe, um uns zu retten.* Irgendetwas musste an oder gleich neben der Glocke sein. *Vielleicht hatten sie das Gold ja auch im Kirchturm versteckt?* Sie musste es herausfinden.

Nachdem sich die Aufregung mit dem Brand wieder gelegt hatte, bestiegen Katharina und Michael den Kirchturm. Keuchend erreichten sie die Turmstube.

»Guten Tag, die Herren, mein Bruder ist neu in der Stadt und ich würde ihm gerne die Aussicht vom Daniel zeigen. Und wenn möglich, würden wir auch gerne die Glocken anschauen.«

»Wenn wir auch deine Glocken sehen dürfen, gerne«, erwiderte ihr der Türmer und die Männer brüllten vor Lachen. Katharina wurde rot. Mein Gott, wie sie diese blöden Männersprüche hasste.

»Schaut euch ruhig um und wenn ihr Fragen habt, meldet euch bei mir«, erklärte ein anderer Wachhabender, um den Wind aus den Segeln zu nehmen.

Nachdem sie sich auf der Aussichtskanzel Nördlingen und die Umgebung betrachteten, um nicht aufzufallen, machten sie sich auf den Weg zum Glockenstuhl. Das Geläut bestand aus vier großen Glocken. Die wohl wesentlich kleinere Sturmglocke war nicht dabei. Auf Nachfragen beim Türmer erhielten Katharina und Michael die Information, dass sich die Sturmglocke mit zwei weiteren in der Turmlaterne befand.

»1536«, las Michael laut vor und fuhr mit dem Finger die Zahlen nach, als er die Sturmglocke weiter untersuchte.

»Hier steht noch etwas«, flüsterte Katharina ihrem Bruder zu.

»*K. Gundelfinger*«, murmelte sie. »Das ist aber nicht gegossen wie die Jahreszahlen. Das hat jemand eingeritzt.«

»Wer ist K. Gundelfinger.«

»Es gab vor vielen Jahren einen Bürgermeister in Nördlingen, der Karl Gundelfinger hieß. Ein Jahr nach seinem Tod wurde seine Frau wegen Hexerei hingerichtet.«

»Und wann ist er gestorben?«

»Das weiß ich nicht. Achtung, es kommt jemand!«, flüsterte Katharina und zog Michael hinter einen Stapel Holzkisten.

Ihr blieb fast das Herz stehen, als sie ihren Ehemann erkannte, der wie ein Dieb durch den Kirchturm schlich. Wie ein Hund schnüffelte er in allen Ecken und schaute sich genau um. Er blieb bei der Sturmglocke stehen und fuhr ebenfalls mit dem Finger über die Zahlen und Buchstaben. Wilhelm überlegte und blickte erneut um sich. Er nahm eine Spinne aus ihrem Netz und riss ihr einzeln die Beinchen aus ihrem kleinen Leib. Als das sterbende Tier nur noch ein Bein besaß, betrachtete er es auf seiner Handfläche in ihrem Todeskampf, bis es sich nicht mehr bewegte. Er grinste.

Wieder schlich er durch den Raum. Katharina hielt den Atem an, um sich nicht zu verraten. Sie sah ihn nicht, konnte aber gut abschätzen, wie weit er noch entfernt war. Teilweise knackten und knarzten die Holzdielen unter seinem Gewicht. Nur einen Schritt von ihr entfernt, blieb er stehen. Sie konnte bereits seinen nach Zwiebel und Dünnbier stinkenden Atem riechen. Endlos lange, so schien ihr, blieb er an dieser Stelle stehen. Dann drehte er sich um und verschwand wieder. Katharina wartete sicherheitshalber noch einen Moment und blies dann ihren Atem aus.

»Pfffffff. Ich glaube nicht, dass er uns bemerkt hat. Aber er hat bestimmt auch das Eingeritzte gelesen. So ein Mist.«

»Hat er nicht«, hielt ihr Bruder dagegen. Verwundert schaute ihn Katharina an.

»Ich hab es vorhin mit dem Messer unkenntlich gemacht.«

»Was sagt man dazu? Schlaues Bürschchen. Ich hab schon wieder Hunger.«

»Du musst ja auch für zwei essen«, spottete Michael.

»Dann sollten wir dringend nachsehen, ob Elfriede etwas für uns übrig hat!«

Bereits auf der Straße vor der Apotheke lag ein unverschämt guter Geruch, der Katharinas Magen noch mehr knurren ließ.

»Mmh, wie das duftet«, schwärmte sie. Zur Freude aller hatte Elfriede Schmalzgebäck zubereitet.

»Hat dich auch der Duft hierhergelockt?«, fragte Katharina, als sie Simon in der Küche sitzen sah.

»Sagen wir mal, der Duft hat mich dazu animiert, hier auf euch zu warten. Konntet ihr etwas herausfinden?«

»Weißt du, wann dieser Karl Gundelfinger gestorben ist?«, fragte ihn Katharina, nachdem sie ihm von ihren Erkenntnissen berichtet hatte.

»Nein, aber ich denke, das lässt sich leicht herausfinden. Wir brauchen ja nur auf den Friedhof zu gehen.«

»Das kannst ja du übernehmen. Auch wenn ich nicht wirklich dort hingehen möchte, ich muss noch mal versuchen, vernünftig mit meinem Ehemann zu reden, bevor ich die Erbschaft bei Richter Seefried anfechte.«

»Ich werde dich begleiten. Das ist für dich allein zu gefährlich. Dem trau ich alles zu«, befürchtete Michael.

»Nein, ich muss da allein hin. Er fühlt sich sonst gleich in die Enge getrieben. Er wird mir schon nicht gleich Gewalt antun.«

Mit pochendem Herzen klopfte die Apothekerin am Eingang der Hofmeisters. Nur wenige Augenblicke später wurde ihr geöffnet.

»Ah, die verschollene Gattin kehrt zurück«, spottete die Hauswirtschafterin und musterte Katharina mit hochgezogener Augenbraue.

»Ist mein Ehemann im Haus?«, fragte sie kurz angebunden und lief zu seinem Arbeitszimmer, ohne eine Antwort abzuwarten. Ihr Herz raste und ihre Hände waren feucht und kalt. Weil die Türe offen stand, betrat sie, ohne anzuklopfen, den Raum.

Die schweren Brokatvorhänge ließen nur wenig Licht in den ohnehin düsteren Raum. Wilhelm saß an seinem kunstvoll verzierten Schreibtisch, der gut aus einem Königshaus stammen konnte. Hinter ihm standen unzählige Bücher in einem Regal, die er selbst wohl nicht alle gelesen haben konnte.

»Wir müssen miteinander reden«, entgegnete sie ihrem verwunderten Gatten.

»Was willst du hier? Es gibt nichts zu bereden, Weib!«

»Es geht um die Erbschaft. Die Sachlage hat sich geändert. Ich habe einen älteren Bruder, der vor mir erbberechtigt ist. Die Stadt hätte dir das Erbe nicht zusprechen dürfen.«

»Hat sie aber und so bleibt es auch!«

»Aber du weißt, dass es nicht recht ist. Du bereicherst dich zu Unrecht an meiner Familie. Wo warst du überhaupt die letzten Monate? Bis nach Augsburg musste ich reisen, um dich zu suchen. Deinetwegen wurde ich sogar im Eisenhaus inhaftiert bei Wasser und Brot. Was bist du nur für ein Mensch?«

»Das geht dich alles einen feuchten Dreck an, Weib! Was fällt dir ein, mir nachzuschnüffeln? Ich bin Geschäftsmann und komme nun mal viel herum.« Er stand auf und trat auf sie zu.

»Ach ja? Und treibst es hinter meinem Rücken mit dahergelaufenen Huren!«

Er verpasste ihr eine schallende Ohrfeige.

»Halt dein freches Maul! So redest du nicht mit deinem Ehemann!« Ein Handgemenge entstand. Katharina versuchte, sich zu wehren. Vergebens, Wilhelm stand bereits hinter ihr und hielt ihre zappelnden Hände fest.

»Dir werde ich gleich zeigen, was man mit Weibern wie dir macht!«

Er drückte ihren Oberkörper auf sein Schreibpult

und schob ihre Röcke hoch. Kurz nestelte er an seiner Hosenfalle, dann drang er mit einem einzigen Ruck in sie ein. Katharina schrie laut auf, als ein stechender Schmerz sie durchzuckte.

»Hör auf, du Schwein!«, schrie sie aus Leibeskräften. Doch er ließ nicht von ihr ab. Immer wieder stieß er mit brachialer Gewalt in sie. Als er sich in sie ergoss, hörte Katharina hinter sich einen dumpfen Schlag. Er ließ von ihr ab und sackte zu Boden.

Erschrocken drehte sich die Apothekerin um und sah die blonde Maria vom Gesinde der Hofmeisters mit einer Holzlatte in der Hand. Sie hatte ihren Herren bewusstlos geschlagen. Regungslos lag er auf dem Rücken.

»Danke«, sagte Katharina und wischte sich die Tränen von den Wangen. Dann stürmte sie aus dem verhassten Haus.

Das hat er nicht umsonst getan! So ein mieses Schwein! Aber ich hätte es wissen müssen. Geld, Geld, Macht und nochmals Geld. Das ist alles, was zählt.

Wenige Tage später betrat Katharina in Begleitung ihres Bruders die Amtsstube des Stadtrichters Seefried mit gemischten Gefühlen.

»Nehmt Platz! Was kann ich für euch tun?«, fragte Seefried, nachdem er sie begrüßt hatte.

»Es geht um das Erbe meines Vaters«, erklärte ihm Katharina.

»Der Bürgermeister hat mich schon grob darüber informiert. Eine schwierige Lage. Ist ein Erbe einmal zugesprochen, kann es nicht wieder rückgängig gemacht werden. Vor allem liegt es nicht in meinen Händen. Das haben allein die 16 Mitglieder des kleinen Rats zu entscheiden.«

»Und der alte Hofmeister darf natürlich ebenfalls entscheiden über seinen Sohn, wenn er im kleinen Rat sitzt.«

»Bei solchen Angelegenheiten muss er sich der Stimme enthalten. So steht es in den Statuten der Stadt. Übermorgen wird der Rat in einer Sitzung darüber beraten und abstimmen. Bis dahin müsst ihr euch in Geduld üben.«

»Ein über Generationen aufgebautes Geschäft wird durch eine Fehlentscheidung des Rates von heute auf morgen zerstört!«

»Jetzt warte doch erst einmal bis übermorgen ab«, beruhigte sie ihr Bruder und nahm sie in den Arm.

»Noch eine andere Sache, die mir der Bürgermeister aufgetragen hat«, begann der Stadtrichter. »Wie ich hörte, seid Ihr ein studierter Medicus?«

»Ja, ich habe in Mailand mein Medizinstudium absolviert. Das ist richtig.«

»Seit Ende des Kriegs müssen wir mit dem Bader vorliebnehmen. Der verstorbene Stadtmedicus hatte keine Erben und so ging sein Anwesen an die Stadt. Ihr könntet es für wenig Geld haben. Es sind sogar noch seine Instrumente im Haus. Na, was haltet Ihr davon?«

»Ein verlockendes Angebot, aber gebt mir bitte noch bis übermorgen Bedenkzeit. Ich glaube nicht, dass ich für eine Stadt arbeiten möchte, die mir mein Erbe verweigert«, beendete Michael die Unterredung mit einem gekünstelten Lächeln. »Gehabt Euch wohl, werter Herr Seefried.«

»Bist du wahnsinnig? So ein Angebot bekommst du nie wieder!«, schimpfte Katharina ihren Bruder auf dem Nachhauseweg.

»Warte erst mal ab. Wenn die mich unbedingt als Stadtmedicus haben wollen, dann bekommen wir auch das Erbe.«

Als die Geschwister das Apothekerhaus erreichten, erklärte Michael:

»Mein Ziehvater wird es überleben, wenn ich nicht wieder nach Augsburg komme. Wir hatten letzte Woche ein langes Gespräch. Er hatte zwar gehofft, ich würde in seine Fußstapfen treten, doch angesichts der neuen Tatsachen hätte er Verständnis für eine andere Entscheidung. Vor allem würde er so schnell noch nicht abdanken.«

»Simon!«, freute sich Katharina, als sie ihn in der Küche antraf. »Hast du auf uns gewartet?«

»Ich hatte keine ruhige Minute. Was hat Seefried gesagt?«

»Wir müssen bis zur nächsten Ratssitzung abwarten. Er kann das nicht alleine entscheiden. Aber ich habe kein gutes Gefühl bei der Sache.«

Simon nickte.

»Ich fände es wundervoll, wenn mein Bruder hier in der Stadt bleiben würde«, wechselte Katharina das Thema wieder.

Simon blickte skeptisch.

»Ich könnte mir vorstellen, dass sich die Leute ihre Mäuler zerreißen, wenn Bruder und Schwester eine Monopolstellung als Medicus und Apotheker in der Stadt hätten.«

»Es gibt ja auch noch den Bader Fromme. Dann müssen sie eben ihn aufsuchen«, erwiderte Katharina.

»Wie dem auch sei, ich warte jetzt erst einmal die Entscheidung des Rats über das Erbe ab. Dann werden wir ja sehen, wie es weitergeht. Es ist spät geworden. Ich werde mich dann auch zurückziehen«, meinte Michael und wünschte den beiden eine gute Nacht.

Die Sonne war längst untergegangen, doch die drückende Hitze hing wie eine Glocke über der Stadt. Nördlingen war in Dunkelheit gehüllt. Vereinzelt brannten noch Lichter in den Häusern, doch die meisten Bewohner der Stadt lagen bereits in ihren Betten und erholten sich von der anstrengenden Arbeit. Der kommende Tag würde ihnen wieder alles abverlangen. Elfriede hatte ihre letzten Arbeiten im Haushalt erledigt, gähnte und wünschte den jungen Leuten eine angenehme Nachtruhe.

»Es ist lange her, dass wir mal alleine waren«, bemerkte Simon.

»Ja, sehr lange sogar.« Ihre Blicke trafen sich und Simon strich ihr eine ihrer blonden Locken aus dem Gesicht. Als sich ihre Lippen zu einem Kuss trafen, spürten beide, wie sehr sie dieses Gefühl vermisst hatten.

»Lass uns nach oben gehen. Die schlafen bestimmt schon alle«, flüsterte Katharina und schlich hinter Simon in das obere Stockwerk. Die Kammertüre der Haushälterin war einen Spalt geöffnet. Elfriede lag schnarchend, mit geöffnetem Mund auf ihrem Rücken und drehte sich schmatzend um, als Katharina die Türe zuzog.

Sie stellte einen Kienspan auf das kleine Schränkchen neben dem Bett. Im diffusen Licht der Flamme fiel ein Kleidungsstück nach dem anderen auf den Dielenboden. Eng umschlungen lagen sie unter der Decke, küssten und liebten sich. Ihre verschwitzte Haut glänzte im Licht des Kienspans. Nach einer Weile ergriff Katharina das Wort:

»Ich bin guter Hoffnung, Simon!«

»Waaas?«

»Ja. Und es ist von dir. Das wolltest du doch fragen, oder?«

»Eigentlich ist es wundervoll, wenn du nicht verheiratet wärst.«

»Er hat mir vor einigen Tagen Gewalt angetan. Er nahm mich gegen meinen Willen.« Die Erinnerungen daran wühlten sie derart auf, dass ihre Augen sich mit Tränen füllten. Simon drückte sie fest an sich und strich mit der Hand über ihre weiche Haut.

»Was ist das an deinem Hintern?«, fragte Simon verblüfft.

»Warum? Was soll da sein?« Sie verrenkte sich, in der Hoffnung es selbst zu sehen.

»Das sieht aus wie dieses Zeichen, das vor Jahren die Mädchenleichen hatten.«

Der Überfall …

Blitzschnell schossen die Gedanken durch ihren Kopf.

»Ich wurde vor vielen Jahren, noch vor der Hochzeit mit Wilhelm, überfallen. Ich kann mich an nichts mehr erinnern.«

»Wir sollten das dem Bürgermeister melden.«

»Und was soll das bringen? Ich kann den Täter ja nicht einmal beschreiben.« Schrill bimmelte die Sturmglocke vom Daniel und der Türmer blies in regelmäßigen Abständen das Feuerhorn.

»Feuer! Nicht schon wieder!«, stöhnte Katharina. Sie sprangen aus dem Bett und suchten ihre Kleidung, die wild verstreut auf dem Dielenboden lag.

»Nichts wie raus jetzt!«, trieb sie Simon an. Auf

den Straßen hatten sich schon einige besorgte Bürger eingefunden. Simon stand mit Katharina vor der Offizin. Zärtlich hielt er ihre Hand. Aufgeregt schnatterten die Nachbarn durcheinander.

»Scheinbar brennt es wieder im Gerberviertel. Kein Wunder. Das Holz der Dächer ist knochentrocken. Da reicht der kleinste Funke, um ein Höllenfeuer zu entfachen«, wusste die Nachbarsfrau.

»Ich glaube, es ist besser, wenn ich mich jetzt auf den Heimweg mache. Die neugierigen Leute fragen sich bestimmt schon, was ich um diese Uhrzeit hier mache«, meinte Simon und verschwand in der Dunkelheit.

Kapitel 13

Angeregt unterhielten sich die Mitglieder des kleinen Rats vor ihrer Sitzung. In kleinen Gruppen standen sie auf der Straße vor der Rathaustreppe, da noch mehr als eine halbe Stunde Zeit war.

»Sollte man eher für den Hofmeister oder diesen Medicus aus Augsburg stimmen?«, fragte Gundelfinger in die Runde.

»Hm, das wäre ja, als würde man eine Katze im Sack kaufen. Den kennt ja keiner. Und mit den Hofmeisters würde ich es mir nur ungern verscherzen.«

»Wohl wahr, Herr Bürgermeister. Wir sollten uns für einen Nördlinger entscheiden. Die Augsburger sind schon ein seltsames Volk.«

»Aber er ist ein studierter Medicus. Er kann jedem Einzelnen von uns noch von Nutzen sein. Keiner von uns wird jünger. Überdenkt das«, warf der Stadtrichter Seefried ein.

»Meine Herren, es ist an der Zeit. Lasst uns beginnen!«, rief Schillinger in die Menge.

Katharina und Michael war es gestattet, als Zuschauer an der Ratssitzung teilzunehmen. Sprechen oder gar Einwände vorbringen durften sie jedoch nicht. Die Ratsherren nahmen auf ihren gepolsterten und mit Leder bezogenen Stühlen Platz. Die Geschwister mussten mit einfachen Holzschemeln vorliebnehmen. Bürgermeister Schillinger schlug mit dem Holzhammer mehrmals auf sein Pult, um Aufmerksamkeit zu erlangen.

»Meine Herren, ich darf euch zu unserer heutigen Ratssitzung begrüßen. Ich komme gleich zur Tagesordnung. Unter Punkt eins soll über das Erbe des Riesingeranwesens abgestimmt werden, nachdem sich die Sachlage neu ergeben hat. Unter Punkt zwei soll über ein weiteres Vorgehen beraten werden und was zu tun ist, wenn die erlassenen Dekrete der Stadt nicht eingehalten werden. Die Beschwerden häufen sich, dass Nachttöpfe und Kammerwasser immer wieder auf den Straßen entleert werden oder Handwerker sich nicht an die Ruhezeiten halten und nach Einbruch der Dunkelheit weiterarbeiten. Dieser Punkt wird dann unter Ausschluss der Öffentlichkeit verhandelt.«

Nachdem der Bürgermeister die genaue Sachlage über die Erbschaft erläutert hatte, wurde abgestimmt.

»Ich bitte um eure Handzeichen. Wer ist dafür, dass die Erbschaft an Herrn Doktor Michael Metzner gehen soll?«, fragte Schillinger. Sechs Ratsmitglieder hoben die Hand.

»Sechs von sechzehn. Das ist zu wenig. Also bleibt alles, wie es ist«, ergänzte Seefried.

»Das ist nicht euer Ernst!«, schimpfte Katharina und stand auf. »Mein Vater war jahrelang Mitglied im kleinen Rat. Sein Lebenswerk zerstört von Heuchlern, die nur an die eigene Geldkatze denken!«

»Frau Hofmeister, zügelt Euch. Ihr wurdet belehrt, dass Ihr hier nur als Zuhörer geduldet seid«, ermahnte sie der Bürgermeister.

»Wer von euch macht alles Geschäfte mit den Hofmeisters? Wäre nicht passend, wenn man gegen sie stimmen würde, nicht wahr?«, schrie Katharina und lief auf die Ratsherren zu.

»Hofmeisterin, hinaus!«, schrie der Bürgermeister. Weinend verließ sie den Sitzungssaal. Michael versuchte, ihr beizustehen. Doch sie war nicht zu beruhigen.

Wenige Stunden später betrat Heidrun die Offizin.

»Guten Morgen, Frau Apothekerin«, heuchelte sie.

»Was kann ich für Euch tun?«, fragte Katharina kurz angebunden.

»Ach, ich denke, eine ganz Menge«, plapperte sie und schlenderte durch den Verkaufsraum.

»Seid mir nicht böse, Heidrun, aber ich habe nicht den ganzen Tag Zeit.«

»Aha, aber für Euren Simon habt Ihr bestimmt Zeit. Ist es nicht so?«

»Was wollt Ihr?«

»Es würde Euch doch bestimmt nicht gefallen, wenn Euer Ehemann davon erfahren würde, dass Ihr und der junge Mühlbichler ...?«

»Dass wir was?« Katharina stellte sich absichtlich dumm.

»Simon hat um Mitternacht bestimmt nicht Euren Dachstuhl inspiziert. Und schwindlig war Euch bestimmt auch nicht, dass er Eure Hand halten musste.«

»Herrgott, was wollt Ihr von mir? Geld?«

»Ah, jetzt kommen wir der Sache schon näher. Mein Schweigen sollte Euch schon einen Gulden im Monat wert sein.«

»Einen Gulden? Seid Ihr von Sinnen? Was glaubt Ihr, was mit einer Apotheke verdient wird!«

»Tja, dann ...«, sagte Heidrun und schlenderte Richtung Ausgang.

»Warte«, sagte Katharina und knallte ihr einen Gulden auf die Theke. »Und jetzt verschwinde!«

Als wäre der Leibhaftige hinter ihr her, verließ Heidrun die Apotheke und stieß mit Simon vor dem Eingang zusammen.

»Was ist denn mit der los?«

»Ach, die alte Geschichte. Sie kann mich nun mal nicht leiden.«

»Warum ich herkomme: Auf dem Grabstein des Karl Gundelfinger steht noch etwas, was ich nicht lesen kann. Ich glaube, es ist in Latein geschrieben. Das solltest du dir mal anschauen.«

»Ich sag das nachher zu Michael. Der ist der bessere Lateiner von uns.«

»Hast du von Wilhelm schon etwas gehört, wie es denn nun mit der Apotheke weitergehen soll?«

»Nein, erinnere mich bitte nicht dran.« Die Türe zur Offizin wurde aufgerissen und Wilhelm stand im Verkaufsraum. Er musterte Simon und Katharina.

»Was will der schon wieder hier? Du stellst doch meiner Frau hinterher, Mühlbichler? Verschwinde, Holzwurm! Sonst lernst du mich kennen! Und du räum dein Unkraut hier raus. Morgen bekomme ich eine Lieferung Stoffe. Wenn das hier morgen nicht leergeräumt ist, möchte ich nicht in deiner Haut stecken!« Er verließ die Offizin, ohne die Türe zu schließen. Katharinas Augen füllten sich mit Tränen, als sie ihren Kopf an Simons Schulter schmiegte.

»Verzeihung, Herr Bürgermeister, auf ein Wort. Hättet Ihr kurz Zeit für mich?«, fragte Konrad, der stellvertretende Stadthauptmann.

»Gewiss. Was führt Euch zu mir?«

»Ähm, nun ja. Wir haben vor einigen Tagen die Häuser im Gerberviertel nach Beweisen für den Wiedergänger durchsucht. Und mir ist da was aufgefallen.«

»Ja? Und? Was ist dir aufgefallen?«

»Tja, ähm, im Haus von Erich Stracke, da waren Seile. Die sahen genauso aus wie die neuen, die wir für den Feilturm bekommen haben. Und es hing Blut dran. Der Hauptmann trinkt in letzter Zeit auch sehr viel Branntwein und kommt unausgeschlafen zum Wachdienst. Er schaut auch jedem Rockzipfel gierig hinterher. Ich hoffe, Ihr verratet mich nicht bei ihm.«

»Das sind schwere Anschuldigungen, Konrad. Wir sollten das überprüfen. Gut, dass du damit zu mir gekommen bist. Rede aber mit niemandem sonst darüber, hörst du?«

»Ja, selbstverständlich, Herr Bürgermeister.«

Schrill erklang die Sturmglocke aus dem Kirchturm der St. Georgskirche.

»Was ist denn jetzt schon wieder los?«, brummte Schillinger. Stadthauptmann Stracke stürmte ins Amtszimmer:

»Schwerbewaffnete Reiter sammeln sich auf der Langwiese!«

»Was zum Henker geht da vor sich?«

»Etwa 150 Reiter haben auf der Langwiese das Vieh zusammengetrieben und setzen sich in nördlicher Richtung in Bewegung! Die stehlen unser Vieh! Sollen wir uns das einfach so gefallen lassen?«

»Nein, natürlich nicht. Setzt ihnen nach und holt zurück, was uns gehört!«

Die Nördlinger Reiterkompanie machte sich bereit und auch einige Bauern hatten sich eingefunden, um ihre Tiere zurückzuholen. Mit Sensen, Dreschflegeln oder auch einfachen Holzknüppeln bewaffnet, wollten sie ihr einziges Kapital und ihre Lebensgrundlage retten. Auch Wilhelm Hofmeister schloss sich als erfahrener Soldat der kaiserlichen Truppen den Stadtwachen an.

»Ihnen nach!«, brüllte Stracke, mit Muskete und Hellebarde bewaffnet. »Die können noch nicht weit sein!«

Die Reiterkompanie preschte über die Felder, dahinter rannten die Bauern. Die meisten barfuß. Nach einer knappen halben Stunde holten die Verfolger die Kuhdiebe ein. Diese erkannten sehr schnell, dass ihr Diebstahl nicht unbemerkt geblieben war, und setzten sich den Angreifern zur Wehr. Das Vieh wurde in einen Wald bei Offingen getrieben, der den Dieben Deckung bot. Die ersten Schüsse wurden auf die Nördlinger abgefeuert.

»In Deckung! Weg aus dem freien Feld!«, rief der Stadthauptmann den Bauern zu. Im Sekundentakt knallten die Schüsse aus den Musketen und Geschosse pfiffen durch die Luft.

»Der Hauptmann ist getroffen!«, schrie ein Wachmann. Erich Stracke lag auf dem Rücken. Blut quoll in großen Mengen aus seiner Brust. Konrad zerrte den schwerverletzten Hauptmann hinter einen Baum in Deckung.

»Versprich mir, dass ihr die Sauhunde in die Hölle schickt«, forderte Stracke. Noch bevor Konrad etwas erwidern konnte, kippte sein Kopf zur Seite und Blut floss aus seinem Mund. Sein Blick war starr in den Himmel gerichtet.

»Der Hauptmann ist tot!«, schrie Konrad seinen Kameraden zu. Entsetzt starrten sie ihn an.

Die Diebe nutzten die Verwirrung und feuerten erbarmungslos weiter. Die wütenden Bauern boten den Schützen ein einfaches Ziel. Ohne Deckung stürmten sie über das freie Feld und konnten mit ihren Sensen und Dreschflegeln den Kuhdieben nicht gefährlich werden. Die Nördlinger starben wie die Fliegen.

»Rückzug!«, schrie Konrad, der erkannte, dass sie gegen die Landsknechte nicht die geringste Chance hatten. Einer nach dem anderen nahm seine Beine in die Hand und rannte, als ob der Teufel persönlich hinter ihm her wäre. Wohin man auch blickte, lagen Leichen. Mehr als vierzig Mann starben innerhalb weniger Minuten. Wilhelm lag schwerverletzt zwischen den Toten. Er konnte nur seine Hand leicht anheben. Zum Sprechen oder gar Schreien war er zu schwach.

Währenddessen stopfte Katharina weinend ihre mühevoll getrockneten Heilkräuter in einen Sack, um sie später in die Eger zu werfen. Dafür hasste sie Wilhelm noch viel mehr.

Als sie die Egerbrücke erreichte, kehrten die ersten Stadtwachen von der Verfolgung der Kuhdiebe zurück. Sie hielt sich die Hand an die Stirn, um ihre Augen vor dem einfallenden Sonnenlicht zu schützen. Einfache Holzstangen, mit Segeltuch bespannt, dienten als Bahren, um die Verletzten nach Hause zu schaffen. Keine 20 Männer konnte sie zählen.

»Frau Hofmeister«, sprach Konrad sie an. »Es steht nicht gut um Euren Gatten. Er hat viel Blut verloren.«

»Wie konnte denn das passieren?«

»150 schwerbewaffnete Soldaten gegen zwei Dutzend Stadtwachen und 50 Bauern mit Dreschflegeln und Sensen. Der Kampf war schon entschieden, ehe er begonnen hatte.«

»Danke für die Nachricht.« Es war kein Geheimnis, dass Wilhelm nicht ihre große Liebe war und er sie nicht einmal wie einen Menschen behandelte. Sie zog ihren beladenen Karren zurück in die Stadt.

Vor der Apotheke wartete bereits ihr Bruder.

»Darf ich mich vorstellen: Stadtmedicus Michael Riesinger.« Katharina sah Michael an, als wäre er betrunken.

»Was sagst du da?«

»Ja, du hast schon richtig gehört. Ich bin der neue

Stadtmedicus. Und ich stellte die Bedingung, den Namen meines leiblichen Vaters zu bekommen.«

»Das ist ja unglaublich. Und das haben die einfach so gemacht?«

»Es war ein Papierkrieg und es dauerte, weil sie Dokumente aus Augsburg benötigten, aber jetzt kommt das Beste: Das Haus vom alten Stadtmedicus hab ich für 100 Gulden bekommen.«

»Du scherzt wohl! Das ist ja bestimmt 600 Gulden wert, in der Lage! Das freut mich alles unendlich, Michael.«

»Es gibt aber auch schlechte Neuigkeiten. Die Sache mit dem Kuhdiebstahl. Du hast bestimmt schon davon gehört. 45 Männer starben beim Kampf um das Vieh. Neun sind schwer verletzt, darunter auch Wilhelm Hofmeister.«

»Ich habe ihn gesehen, wie er auf einer Trage lag.«

»Sieben Männer wurden gefangen genommen und auf die Festung Wülzburg bei Weissenburg gebracht. Sie wollen Lösegeld. Man könne sie für 300 Gulden freikaufen.«

»Die meisten sind arme Bauern. Woher sollen sie das Geld nehmen?«

»Ach, ich hab ja noch eine Neuigkeit. Nächste Woche wird der neue Stadtrat gewählt. Ich werde kandidieren.«

»Was? Dich kennt hier doch niemand. Willst du dir wirklich die Blöße geben?«

»Dann scheint es ja interessant zu werden«, schmunzelte Michael. »Übrigens hab ich mir die lateinische Inschrift am Grab des Gundelfingers angesehen, aber wirklich schlau werde ich nicht daraus. *Dum spiro spero*, steht da und *Gutta cavat Lapidem.*«

»Solange ich atme, hoffe ich. Tropfen höhlt den Stein«, übersetzte Katharina.

»Wahrscheinlich: ›Steter Tropfen höhlt den Stein‹. Es soll wohl das Sprichwort gemeint sein.«

»Soweit ich weiß, gibt es weit und breit keine Tropfsteinhöhle.«

Die Türe zur Offizin wurde geöffnet und ein hagerer Mann trat ein.

»Verzeihung die Störung, Herr Doktor, der Bürgermeister schickt nach Euch. Es geht ihm sehr schlecht. Er liegt zu Hause darnieder.«

»Na, wenn das kein gutes Zeichen ist. Mein erster Patient, der Bürgermeister persönlich«, lächelte Michael und verließ mit dem Boten der Stadt die Apotheke.

Schwitzend und stöhnend lag der feiste Bürgermeister in seinem Bett, als Michael den Raum betrat.

»Euch schickt der Himmel, Doktor Riesinger«, empfing ihn die Bürgermeistersgattin. »In seinem Körper wütet seit gestern Abend eine Hitze. Ich hab ihm einen Sud aus Weidenrinde gemacht, aber er will ihn nicht trinken.« Michael setzte sich ans Bett des Kranken und schlug seine Decke etwas zurück.

»Habt Ihr Schmerzen?«

»Mein Bein macht mir wieder zu schaffen. Aber das ist etwas anderes. Dort hat mich vor zwei Monaten ein Straßenköter gebissen.« Es fiel ihm schwer, zu sprechen. Seine Lippen waren rissig und trocken.

»Ihr solltet viel trinken. Ich werde Euch jetzt zur Ader lassen, damit Eure Körpersäfte wieder ins Gleichgewicht kommen. Gegen die Schmerzen trinkt den Mohnsaft, den ich Euch hierlassen werde.« Michael wies die Schillingerin an, die Schröpfgläser am Feuer zu erwärmen, und half dem Kranken, sich aufzurichten. Er setzte gekonnt zwei kleine Schnitte auf dem Rücken und drückte die Schröpfgläser mit der Öffnung auf die Haut. Die sich abkühlenden Behälter saugten das Blut aus der Wunde. Danach verklebte Michael die Schnitte mit einem Wundpflaster aus Leinen und Honig.

»Gönnt Euch Ruhe und vergesst nicht, den Mohnsaft zu trinken. Er wird Euch den Schmerz nehmen und einen Genesungsschlaf einleiten. Ich komme dann morgen wieder.«

Währenddessen betrat Heidrun die Offizin mit einem Lächeln im Gesicht.

»Hallo, meine liebe Katharina. Einen wunderschönen Tag wünsche ich dir!«

»Der Tag hätte nicht schöner werden können«, erwiderte Katharina und verdrehte dabei ihre Augen.

»Wie schnell doch so ein Monat vergeht, nicht wahr? Und so viele Kunden die hier ein und aus gehen. Ich habe mir überlegt, dass dir mein Schweigen ruhig mehr wert sein könnte.«

»Bist du verrückt geworden? Ein Gulden ist ja schon Wucher!«

Heidrun hielt die Hand auf und sagte:

»Ab heute zwei Gulden.«

»Du spinnst ja. Das kann sich ja nicht mal der Bürgermeister leisten.« Die Glocke an der Eingangstüre bimmelte, als Simon die Offizin betrat.

»Ach, da kommt ja gerade der Kuckuck, der Eier in fremde Nester legt.« Verwirrt blickte Simon zwischen Katharina und der Bäckersbase hin und her.

»Gott zum Gruße. Hab ich etwas verpasst?«, fragte Simon.

»Nein, Heidrun wollte gerade gehen«, sagte Katharina und drückte ihr die Münzen in die noch immer geöffnete Hand. Schmunzelnd schloss Heidrun ihre Finger um das Geld und schlenderte auffallend langsam und mit wiegenden Hüften zur Tür hinaus.

»Was ist hier los?«, fragte der junge Mühlbichler nach einer Weile.

»Sie erpresst uns. Das ist los. Heidrun hat uns in der Nacht, als es brannte, vor dem Haus gesehen. Sie musste nur eins und eins zusammenzählen. Zuerst wollte sie einen, mittlerweile zwei Gulden im Monat für ihr Schweigen.«

»Zwei Gulden! Sie wird uns ruinieren, wenn wir nichts unternehmen.«

»Tsss. Was willst du tun? Sie umbringen?«

Simon rieb mit Daumen und Zeigefinger sein Kinn, während er überlegte.

»Sie muss irgendeine Schwäche haben. Ich werde ein paar Kinder auf sie ansetzen und sie beobachten lassen. Die macht schon noch einen Fehler.«

»Na, da bin ich ja mal gespannt.«

»Ach ja, weshalb ich eigentlich hergekommen bin: Michael hat einen Sitz im kleinen Rat bekommen.«

»Tatsächlich? Das freut mich. Wer hätte das gedacht?« Ihr Blick wurde wieder ernst. »Ich vermisse deine Nähe und Zuneigung«, hauchte sie ihm ins Ohr.

»Wir müssen aufpassen. Noch einen Verräter zum Schweigen zu bringen, können wir uns nicht leisten.« Katharina löste sich von ihm und sah bedrückt zu Boden.

»Es gibt auch eine schlechte Nachricht, die ich dir noch erzählen muss. Wilhelm hat ebenfalls einen Sitz im kleinen Rat erhalten.«

Sie blickte ihm entsetzt in die Augen.

»Der ist doch eher tot als lebendig!«

»Das dachte ich erst auch. Er soll sich aber schon recht gut erholt haben und wird an der ersten Ratssitzung nächste Woche teilnehmen.«

»Mein Gott, wenn der hier in Nördlingen etwas zu sagen hat, dann geht es uns nicht mehr gut. Er wird seine Macht nur zu seinem Vorteil nutzen.«

Kapitel 14

»Nein, ich werde diesen Dreck nicht saufen!«, brüllte Schillinger seine Frau an und schleuderte ihr den Krug mit dem Sud hinterher.

»Georg, du musst etwas trinken. Du hast selbst gehört, was Doktor Riesinger gesagt hat.«

Der einst so gepflegte Bürgermeister sah schlecht aus. Sein schütteres Haar hing in verklebten Strähnen von seinem Kopf und unter seinen Augen bildeten sich schwarze Halbmonde, weil er kaum noch Schlaf fand und nichts trank. Seine Lippen waren aufgesprungen und seine Zunge lag wie ein altes Stück Schiffstau in seinem Mund. Das Sprechen fiel ihm zunehmend schwerer.

»Was glotzt du? Geh und hol mir meinen Rock. Ich muss ins Rathaus. Ich werde erwartet!«

»Wovon redest du? Du kannst dich ja kaum auf den Beinen halten. Leg dich wieder hin. Doktor Riesinger wird sicher bald nach dir sehen.«

Als Michael die Stufen zur Eingangstüre emporstieg, öffnete ihm Frau Schillinger.

»Endlich kommt Ihr, Herr Doktor. Mein Mann

ist wie von Sinnen. Er redet wirres Zeug und wirft mir das Geschirr nach. Meine Güte, was ist das nur für eine Krankheit.«

»Ich hatte gestern schon einen Verdacht. Ich werde ihn mir aber erst noch einmal ansehen, damit ich ganz sicher sein kann.« Schillinger lag auf dem Rücken in seinem Bett und starrte wortlos ins Leere. Eine weiße Spur getrockneter Speichel zog sich von seinen Mundwinkeln bis zu seinen Ohren.

»Wie geht es Euch heute, Herr Bürgermeister?« Ohne Michael anzublicken, verneinte der Kranke mit einem langsamen Kopfschütteln. Nachdem er ihn untersucht hatte, wandte er sich an seine Gattin.

»Der Hund, der ihn gebissen hat, wem gehört er?«

»Ich glaube, das war ein streunender Straßenköter. Man hat ihn erschlagen.«

»Ich befürchte, Euer Mann hat sich die Hubertus-Krankheit von ihm eingefangen.«

»Die was?«

»Im Volksmund Hundswut* genannt. Manchmal dauert es Monate, bis sie nach einem Biss oder dem Kontakt mit einem infizierten Tier ausbricht.«

»Und was könnt Ihr meinem Mann geben, dass er wieder gesund wird?«

»Ich befürchte, es gibt keine Heilung von dieser Krankheit. Man hätte gleich nach der Verletzung durch das Tier handeln müssen.«

---

* Früherer Name der Tollwuterkrankung.

Entsetzt schaute Frau Schillinger den Medicus an.

»Und was hätte man gleich tun müssen?«

»Nun, wir sind Protestanten und ich befürchte, es grenzt an Ketzerei, katholische Riten zur Heilung einzusetzen. Aber es ist die einzige Hoffnung in einem so fortgeschrittenen Stadium der Hundswut.«

»Erzählt mir davon. Ich will alles versuchen, um ihn zu retten.«

»Bei den Katholiken gibt es einen heiligen Hubertus, der auf Abbildungen stets als Jäger mit Jagdhorn und Hund dargestellt wird. Vor ihm ein Hirsch mit einem Kreuz im Geweih. Seine Hilfe wird fürbittend bei Hundswut, Hunde- und Schlangenbiss oder Irrsinn erfleht, weil er dereinst einen Hundswutkranken heilte, wie die Legende berichtet. Als Jagdpatron beschützt der Heilige auch Hunde. Es gibt heute noch Hubertus-Bruderschaften, die einen sogenannten Hubertus-Schlüssel* aufbewahren.«

»Interessant. Erzählt weiter.«

»Bauern, die tollwütige Tiere hatten oder von solchen gebissen wurden, nahmen diesen Schlüssel, erhitzten ihn und brandmarkten damit Tier und Wunde, um so durch die Fürsprache des heiligen Hubertus Heilung zu finden. Diesen Schlüssel muss man sich allerdings wie eine Art Stempel vorstellen

* Brenneisen mit Holzgriff und stempelartiger Platte, auf der sich ein Jagdhorn, das Symbol des hl. Hubertus befand.

mit einem Holzgriff, auf dessen Platte ein Jagdhorn, das Symbol des heiligen Hubertus, ist.«

»Oh Gott, das ist ja grausam. Sonst gibt es nichts, womit man ihm helfen kann?«

»Man könnte dem Kranken zur Genesung Hubertus-Brot reichen. Das Korn, das zur Herstellung benötigt wird, muss hierzu am Hubertus-Tag, am dritten November, gesegnet werden.«

»So viel Zeit haben wir aber nicht!«

»Nein. Haben wir auch nicht. Die Stola des Heiligen hat ebenfalls heilende Kräfte. Die Legende berichtet, dass Hubertus zur Bischofsweihe in Rom seine Stola vergessen hatte, die ihm dann im Auftrag der Muttergottes durch einen Engel überbracht wurde.« Ihr skeptischer Blick verriet Michael, dass sie von der Wirkung der Stola nicht überzeugt war.

»Das Sator-Quadrat hatte auch schon einigen geholfen. Das ist ein Satzpalindrom, das man als magisches Quadrat horizontal und vertikal, vorwärts und rückwärts lesen kann. Der Text bleibt immer derselbe. Die lateinische Wortfolge SATOR AREPO TENET OPERA ROTAS steht in einem Quadrat über einander. Übersetzt heißt das so viel wie: *Der Sämann Arepo hält mit Mühe die Räder.* Ob der Text eine Bedeutung hat, weiß niemand so genau. Aber es schützt vor Seuchen und Unheil.«

»Das hört sich nach Teufelszeug an!«

»Keine Angst. Lasst vom Goldschmied ein Amulett anfertigen. Das ist momentan neben Beten das Einzige, was wir für ihn tun können.«

»Bringt mir diesen Hubertus-Schlüssel!«

»Bei allem Respekt, Frau Bürgermeisterin, ich bin Arzt und kein Bote. Außerdem habe ich nicht die leiseste Ahnung, wer so einen Hubertus-Schlüssel hat oder wo sich die Stola befindet.«

»Ich werde Richter Seefried um Hilfe bitten.«

»Wenn Euer Gatte nicht bald Flüssigkeit zu sich nimmt, lebt er nur noch ein paar Tage. Er wird sich heftig wehren zu trinken. Allein der Anblick eines Getränks kann Anfälle von Hydrophobie mit Krämpfen in Rachen und Kehlkopf hervorrufen. Aber das Wasser muss irgendwie in ihn rein, sonst stirbt er.«

Wilhelm Hofmeister räusperte sich und kratzte an seinem juckenden Kopfverband, als er seine erste Rede vor dem neugewählten Nördlinger Stadtrat begann.

»Meine Herren, ihr alle hattet von der schrecklichen Krankheit, die unseren Bürgermeister ereilte, gehört. Nachdem der Rat neu gewählt und noch kein Stellvertreter ernannt wurde, werde ich ihn bis zu seiner Genesung vertreten. Außer jemand hat etwas dagegen.«

Die anwesenden 15 Mitglieder schauten wortlos in die Runde, doch keiner wagte, dem Kaufmann zu widersprechen. Unter der Tischplatte quälte Hofmeister nebenbei eine Spinne, was er immer tat, wenn er nervös war oder nachdachte.

Michael hob die Hand, um seine Aufmerksamkeit zu erlangen.

»Wäre es nicht sinnvoll, unter diesen Umständen eine geheime Wahl zum stellvertretenden Bürgermeister abzuhalten?« Wieder sahen sich die Ratsherren wortlos an.

»Euer Vorschlag scheint nicht sonderlich Anklang zu finden, Riesinger. Ich denke, damit ist die Sache geklärt. Dann gehe ich gleich zum ersten Punkt über. Wie mir alle hier Anwesenden zustimmen werden, hat die Pfingstmesse in Nördlingen zunehmend an Bedeutung verloren. Schuld daran ist mitunter ein fehlendes Messegelände und ausreichend Unterkünfte für die auswärtigen Kaufleute. Um im Handel wieder mitmischen zu können, kommen wir unmöglich um einen Ausbau herum.«

»Und wie, bitte schön, wollt Ihr das finanzieren?«, warf der Kämmerer ein. »In den letzten 30 Jahren hatten wir nur Ausgaben durch Krieg und Brandschatzungen.«

»Eine Messe spült genügend Geld in die Stadtkasse. Wir strecken es lediglich vor. Lasst uns die viel zu niedrigen Steuern für das einfache Volk erhöhen. Die Bauernweiber arbeiten mit Kleidern aus Seide auf den Feldern und tragen Goldschmuck, weil sie den gleichen Wohlstand erlangten wie ein Patrizier.«

»Das stimmt. Das habe ich auch schon gesehen«, pflichtete ihm Wolfgang Gundelfinger bei.

»Ja, und die Weiber saufen in den Schenken, anstatt sich um Haus und Familie zu kümmern!«, rief ein anderer dazwischen.

Wilhelm wusste, dass er bei diesem Thema einen wunden Punkt seiner Ratskollegen traf, und grinste befriedigt.

»Seht ihr, meine Herren, auf was für Zeiten wir zusteuern, wenn wir nicht augenblicklich etwas dagegen unternehmen? Auch sollen die Weiber keine selbstständigen Geschäfte führen. Die haben andere Aufgaben.«

»Aber hat nicht auch Eure Gattin eine Apotheke?«, warf Seefried ein.

»Die ist bereits geschlossen und dient nur noch als Warenlager meiner Geschäfte.«

»Und was ist mit den Hebammen?«, fragte Rotgerber Möhringer. »Bringt Ihr künftig die Kinder zur Welt?«

»Hierzu werden wir wohl eine Ausnahmeregelung treffen«, rechtfertigte sich Hofmeister.

»Ich denke, wir sollten so langsam zu einer Einigung kommen. Lasst uns abstimmen«, ergriff Richter Seefried das Wort.

Am nächsten Vormittag wurden die Beschlüsse der Sitzung vor dem Rathaus durch den Stadtschreiber bekanntgegeben.

»Im Namen des Kaisers hat der kleine Rat der freien Reichsstadt von Nördlingen folgende Beschlüsse gefasst: Weibern ist es künftig nicht mehr gestattet, ein Wirtshaus zu betreten, es sei denn, sie will ihren Gatten heimholen oder sie ist dort als Schankmagd beschäftigt. Ferner wird darauf hingewiesen, sich standesgemäß zu kleiden. Sollte das einfache Volk erneut in teurer Kleidung, die dem Patriziat vorbehalten ist, angetroffen werden, wird der Verstoß bei einem Gulden Strafe geahndet. Auch ist es dem Weibsvolk ab sofort nicht mehr gestattet, Geschäfte auf eigene Rechnung auszuüben. Des Weiteren sind außereheliche Wohngemeinschaften, auch gleichgeschlechtliche, wegen Unzuchtgefahr bei Strafe von vier Gulden ab heute verboten. Eheschließungen und deren Feiern sind ab sofort nur noch an Dienstagen erlaubt. An den Feierlichkeiten sind maximal ein Dutzend Weiber zulässig.«

»Und was wird euch Mannsbildern verboten?«, krächzte eine alte Marktfrau.

»Genau, eine Schande ist das, wie man mit uns Weibern umspringt!«, schimpfte eine andere.

»Und wo bitte soll ich künftig wohnen, wenn außereheliche Wohngemeinschaften nicht mehr erlaubt sind? Wir haben nicht mal eine Brücke, unter der ich nächtigen kann. Dort fließt bekanntlich die Eger!«, brüllte eine weitere. Wütende Frauen drohten dem städtischen Ausrufer schimpfend mit Fäusten. Sein zunehmendes Unbehagen konnte er nicht verbergen und suchte Schutz hinter den sicheren Rathausmauern.

Um mehr über den Hubertus-Schlüssel zu erfahren, suchte der Medicus den Pastor auf. Als auch nach mehrmaligem Klopfen Widmann nicht öffnete, lief Michael auf die Rückseite des Pfarrhauses, da er ihn im Kräutergarten vorzufinden hoffte. Aber auch dort war er nicht. Stattdessen waren eindeutig Stimmen im Haus zu hören. Er schirmte mit den Händen die Sonnenstrahlen ab und presste seine Nase gegen das Glas des Erdgeschossfensters.

»Heiliger Strohsack, das darf ja nicht wahr sein!«

Widmann lag nackt auf dem Bett und auf ihm saß Heidrun, die Base der verstorbenen Bäckerin. Regungslos starrten sie den Medicus an. Reflexartig duckte er sich vom Fenster weg und verließ schnellen Schrittes das Anwesen.

Als Michael an der Küchentüre im Apothekerhaus klopfte, hörte er Katharina dahinter schimpfen.

»Ich frage mich wirklich, was sie sich damit erhoffen!«

»Was schürt denn deinen Unmut?«, fragte Michael mit einem Lächeln.

»Ihr habt im Rat ein Wirtshausverbot für uns Weiber durchgesetzt. Das bedeutet, ich muss künftig auf das lecker knusprige Grillschwein vom ›Ochsenwirt‹ verzichten. Das ist bei Gott Grund genug für meinen Unmut!«

»Ich habe nicht dafür gestimmt, falls du das meinst. Das ist auf dem Mist von deinem Gatten gewachsen.«

»Das hätte ich mir auch denken können.«

»Aber wenn das deine ganzen Sorgen sind«, erwiderte ihr Michael mit einem besorgten Gesichtsausdruck.

»Ist was Schlimmes passiert?«, fragte Elfriede und kam zwei Schritte näher.

»Unser Bürgermeister hat sich die Hundswut eingefangen und es sieht nicht gut aus für ihn.«

»Das ist ja entsetzlich. Gibt es denn keinen Theriak, der ihn heilt?«, erwiderte Elfriede.

»Aus medizinischer Sicht hilft ihm gar nichts mehr. Was hier nur noch helfen kann, ist Beten und der Hubertus-Schlüssel.« Fragend sahen die Frauen ihn an. Nachdem er sie über das katholische Ritual des Schlüssels, des heilenden Brotes und der Stola belehrt hatte, fragte Katharina:

»Und wer hat so einen Brennschlüssel?«

»Das weiß ich nicht. Ich wollte schon Pastor Wid-

mann befragen, aber er ist derzeit sehr beschäftigt.«
Michael musste grinsen.

»Dann soll doch der Rat eine Audienz beim Bischof von Augsburg beantragen. Schließlich geht es ja um den Bürgermeister der Reichsstadt Nördlingen«, riet Elfriede.

»Gut, ich werde die Ratsherren über die heikle Lage informieren«, sagte Michael und verabschiedete sich. Noch am selben Abend war die nächste Sitzung.

Erzürnt lief Wilhelm Hofmeister im Sitzungssaal des Nördlinger Rathauses auf und ab.

»Holzbaracken für Kaufleute, die zur Pfingstmesse anreisen? Ist das euer Ernst?«

»Die Stadtkasse ist leer, werter Hofmeister«, verteidigte sich der Kämmerer.

»Häuser aus Stein kosten fast das Doppelte«, warf der Stadtbaumeister ein. »Außerdem taugt unser Suevitgestein nichts. Der Daniel wurde damit erbaut. Gut zu verarbeiten, aber verwittert schnell.«

»Ausreden, alles Ausreden! Andere Städte im Reich werden uns verspotten und auslachen mit euren Holzhütten!« Hofmeister erblickte eine Spinne am Fenster und lief auf sie zu.

»Dann lasst uns doch die Stadtmauer abreißen und die Steine für den Bau verwenden. Dass sie stabil sind, haben sie ja in den letzten 30 Jahren mehr als bewiesen«, warf der Rotgerber August Möhringer ein.

»Spinnt Ihr, Möhringer?«, schimpfte Richter Seefried. »Der Krieg ist zwar vorbei, aber wir können ja gleich unsere Geldkatzen geöffnet auf die Straßen legen.«

»Ich denke, wir werden hierüber noch einmal eine Sitzung einberufen, bis uns weitere Angebote vorliegen und eine genauere Kostenschätzung gemacht werden kann«, erklärte Hofmeister. »Wir haben noch einen weiteren Tagesordnungspunkt, den unser Stadtmedicus Doktor Riesinger beantragt hat«, fuhr er fort und begann sein Ritual unter der Tischplatte.

»Verehrte Ratskollegen, leider muss ich euch mitteilen, dass es für unseren Bürgermeister aus medizinischer Sicht keine Heilungschancen mehr gibt. Seine Gattin bat mich, in ihrem Namen hier für sie zu sprechen, um auch die letzten Möglichkeiten einer Genesung auszuschöpfen. Hierüber habe ich euch bereits vor der Sitzung ausreichend informiert. Ihrer Bitte, einen Boten nach Augsburg zu schicken, um schnell eine Audienz beim Bischof zu erlangen, würde ich gerne nachkommen und angesichts seiner langjährigen Dienste für die Stadt sollten wir die Kosten hierfür übernehmen. Ich denke, das sind wir ihm schuldig.«

»Natürlich. Unsere Kasse ist zwar leer, nicht wahr, Kämmerer? Aber für einen Bischofsbesuch haben wir doch immer ein paar Kreuzer übrig. Wenn es keine Rettung mehr für ihn gibt, was wollen wir dann beim Bischof? Zudem noch ein Katholischer«, spottete Wilhelm Hofmeister.

»Ich werde nach Augsburg reisen. Und zwar auf meine Kosten«, warf Richter Seefried ein.

»Dann haben wir ja schon das Geld für die ersten Steine der Messeunterkünfte gespart, oder nicht?«, fragte Möhringer.

»Die Sitzung ist geschlossen«, endete Hofmeister.

Kapitel 15

Simon betrat drei Tage später mit gemischten Gefühlen das Apothekerhaus. Es gäbe etwas Wichtiges zu bereden. Der Duft von gegrilltem Fleisch kam ihm entgegen, als er das Haus betrat.

»Setz dich, Simon. Es gibt Surhaxe. Sauerkraut ist auch noch reichlich da«, sagte Elfriede zu ihm.

»Mmh, fast wie beim ›Ochsenwirt‹. Es schmeckt köstlich, Elfriede«, lobte sie Katharina.

»Was gibt es denn so Wichtiges zu bereden? Spannt mich doch nicht auf die Folter«, sagte Simon und biss in die knusprige Haxe.

»Richter Seefried kam vorhin aus Augsburg zurück«, berichtete Michael. »Der Bischof hat eine Audienz abgelehnt. Er redet nicht mit Protestanten.«

»Da täuschst du dich, mein Bruder. Mit mir hat er geredet. Allerdings wusste er nicht, dass ich evangelisch bin.«

»Wo hattest du mit dem Bischof zu tun?«, fragte Michael ungläubig.

»Im Augsburger Eisenhaus hat er nach mir verlangt. Und ich glaube, er hatte sogar Gefallen an mir gefunden.«

»Reizend«, murrte Simon und verzog sein Gesicht.

»So kommen wir nicht weiter. Die Frage ist doch, wie wir vom Bischof Informationen über diesen Hubertus-Schlüssel bekommen«, beschwichtigte Michael.

»Ich werde einfach zu ihm gehen«, entschied Katharina.

»Was? Bist du wahnsinnig?« Simon schüttelte den Kopf. »Du bist aus seinem Gefängnis ausgebrochen. Schon vergessen?«

»Ich könnte auf demselben Weg zu ihm gelangen, wie ich damals geflüchtet bin. Durch diesen geheimen Gang.«

»Das ist Wahnsinn und kommt nicht infrage. Du trägst unser Kind unter deinem Herzen«, schimpfte Simon.

»Warum belastet ihr euch überhaupt damit? Ist es denn unsere Aufgabe?«, mischte sich Elfriede ein.

»Wenn ich dadurch den Bürgermeister retten kann, überlegt er sich das mit der Erbschaft vielleicht noch einmal und legt beim Rat ein gutes Wort für mich ein. Vor allem hab ich die Befürchtung, dass Wilhelm ansonsten zu viel Macht im Rat bekommt. Ich muss es versuchen. Sonst ist das Leben hier in Nördlingen für uns nicht mehr lebenswert.«

Michael nickte und sagte:

»Gut, ich werde dich begleiten. Lasst uns alles für die Reise vorbereiten, wir haben keine Zeit zu verlieren.«

Zwei Tage später erreichten Katharina und ihr Bruder die Augsburger Stadtgrenze, nachdem sie die Nacht zuvor bei einem Arztkollegen von Michael untergekommen waren. Die Sonne stand knapp über dem Horizont. Seine Befürchtung, es nicht mehr rechtzeitig vor Toresschluss nach Augsburg zu schaffen, hatte sich nicht bewahrheitet.

»Ich hab einen Bärenhunger«, jammerte Katharina. »Und mein Hintern ist es nicht gewohnt, so lange auf einem Pferd zu sitzen.«

»Wir haben es gleich geschafft. Der ›Bauerntanz‹ ist stadtbekannt für gutes Essen. Dort bekommen wir auch eine saubere Kammer für die Nacht.«

Das Wirtshaus war hell erleuchtet. Durch die Fenster waren Menschen zu sehen, die tanzten und lachten. Musikanten spielten einen Zwiefachen* auf. Ein Knecht begrüßte die beiden freundlich und griff sofort nach den Zügeln, um die Pferde im Stall zu versorgen.

* Schneller süddeutscher Volkstanz, der eng umschlungen von Paaren unterschiedlichen Geschlechts ausgeführt wurde, was zu früheren Zeiten aus Sittlichkeitsgründen verpönt war.

Beim Betreten der Wirtsstube schlug ihnen beißender Qualm ins Gesicht. Als Michael auf den letzten freien Tisch zusteuerte, kam ihm die Schankmagd entgegen.

»Dass du dich noch hierher traust, du Sauhund!« Sie verpasste ihm eine Maulschelle. Michael fasste sich wortlos an die Wange. Katharina sah schmunzelnd weg.

»Da hinten könnt ihr euch hinsetzen«, murrte sie und zeigte auf einen freien Tisch. »Zum Essen gibt es heute geschmorte Lammhaxerl.«

»Ja, zweimal davon und zwei Humpen Bier«, bat Michael.

»So eine stürmische Begrüßung hatte ich nicht erwartet«, lachte Katharina, während sie sich setzte.

»Ich hätte ihr sagen sollen, dass ich nach Nördlingen gehe.«

»Doktor Riesinger und eine Schankmagd.«

»Frau Apothekerin und ein Zimmermann«, konterte ihr Bruder. Sie sahen sich beide an und lachten herzhaft.

»Schade, dass wir unsere Kindheit nicht gemeinsam verbringen konnten«, trauerte Katharina. Ohne ein weiteres Wort stellte die Magd Bier und Essen auf den Tisch.

»Gut schmeckt es ja, aber dafür ist es wenig«, kicherte Katharina.

»Du sollst ja später noch durch den Geheimgang passen.«

Nachdem die Geschwister das Wirtshaus verlassen hatten, schlenderten sie Richtung Rathausplatz.

»Jetzt so kurz davor hab ich doch Angst, dass etwas schiefgeht«, gestand Katharina.

»Halte Augen und Ohren offen, dann klappt es schon.« Am Augustusbrunnen war weit und breit niemand zu sehen. Irgendwo ein paar Häuser weiter kläffte ein Hund und außer dem Plätschern des Brunnens war es ruhig.

»Man sieht es dem Brunnen wirklich nicht an, dass er einen geheimen Gang verbirgt«, staunte Michael.

»Die kleine goldene Tafel ist das Türchen zum Geheimgang.«

»Elfriede hätte hier sicher ihre Probleme, hindurchzupassen.« Katharina verdrehte ihre Augen, raffte ihr Kleid und stieg ins Wasser.

»Mein Gott, ist das kalt«, jammerte sie und hielt sich an seiner Schulter fest.

»Lass mich nicht so lange warten«, flüsterte er ihr hinterher, doch sie war bereits im Inneren des Brunnens verschwunden.

Unzählige Male war Michael schon um den Augustusbrunnen geschlendert. Immer wieder schaute er auf die Uhr am Perlachturm, doch die Zeiger schienen wie festgenagelt.

Nachdem Katharina in den Schacht gestiegen war, entzündete sie einen Kienspan. Fackeln brannten dieses Mal keine. Es war noch feuchter und muffiger als bei ihrer Flucht. Sie schlich den bekannten Weg zur Treppe, die zum Goldenen Saal führte. Vorsichtig öffnete sie die Türe einen Spalt. Die Halle war menschenleer.

»So ein Mist! War aber auch klar, dass Sigismund Franz von Habsburg nicht hier auf mich wartet«, murmelte sie vor sich hin.

»Frechheit siegt«, flüsterte sie und schritt erhobenen Hauptes in Richtung Fürstenzimmer.

»He! Du da! Was lungerst du hier rum, Bürschchen?«, rief ein dicker Büttel zu Michael.

»Ich hab zu viel gegessen im Bauerntanz und vertrete mir die Beine etwas.«

»Aber nicht, dass du uns in den Brunnen reiherst, daraus saufen morgen die Leut' wieder. Was treibt dich nach Augsburg, hab dich noch nie gesehen.«

»Ich bin Medicus und …«

»Ah, verstehe. Ihr habt wieder so einen Kongress oder wie das heißt.«

Vorsichtig streckte Katharina ihren Kopf durch die Türe des Fürstenzimmers und räusperte sich. Sigismund Franz von Habsburg erschrak, sah sie an und fragte:

»Was wollt Ihr? Wie kommt Ihr überhaupt hier herein?«

»Eure Exzellenz, bitte entschuldigt mein Eindringen, die Türe stand offen und …«

»Wir hatten doch schon einmal das Vergnügen«, fiel dem Kirchenmann ein und er lächelte. »Aus Nördlingen, nicht wahr? Bitte verzeiht, aber Euren Namen konnte ich nicht behalten.«

»Riesinger. Katharina Riesinger. Die Apothekerin aus Nördlingen.«

»Was, um Himmels willen, wollt Ihr von mir um diese Uhrzeit?« Nachdem sie ihm die missliche Lage ihres Bürgermeisters geschildert hatte, erklärte er ihr:

»Es gibt diesen Hubertus-Schlüssel. In der Peter-und-Paul-Kirche in Saint-Hubert wird er aufbewahrt. Das ist an der Grenze zur Republik der sieben vereinten Provinzen. Den vereinigten Niederlanden. Ebenso werden dort seine Gebeine und die Reste der Stola in einem Reliquienschrein verwahrt.«

»In den vereinigten Niederlanden? Und es gibt keinen hier bei uns in der Gegend?«

»Das sind alles wertlose Kopien ohne Nutzen. Nur das Original des heiligen Hubertus hat eine heilende Wirkung.«

»Ich weiß gar nicht, wie ich Euch danken soll, Eure Exzellenz.«

»Ich werde eine Wache rufen, die Euch hinausführt.«

»Nicht nötig, Eure Exzellenz. Ich habe ja auch allein hereingefunden«, erklärte sie und begab sich ohne Umwege zum Ausgang. Im Licht eines Kienspans stürmte Katharina durch den Tunnel und kletterte hastig an den eisernen Bügeln den Schacht zum Brunnen empor. Sie erinnerte sich an die Flucht mit Martha. Ihr Herz pochte. Oben angekommen, bemerkte sie zu spät, dass sich ihr Kleid am letzten Steigbügel verhakte. Der Stoff riss und Katharina stolperte geradewegs aus dem Brunnen und fiel platschend ins Wasser.

»Was zum Henker geht hier vor?«, rief der Wachmann.

»Oh, da kommt meine Schwester. Sie hat nur zu viel getrunken«, versuchte Michael zu erklären.

»Das Weib hat den Brunnen kaputt gemacht. Das müsst ihr bezahlen!«

»Ich bringe sie nur ins Quartier, dann komme ich zurück und wir regeln das.«

»Wollt ihr mich verscheißern? Sofort stehen bleiben!«

Die Geschwister rannten, als wäre der Teufel hinter ihnen her. Doch schon nach der ersten Biegung war vom Büttel nichts mehr zu sehen.

»Wir müssen trotzdem sofort von hier verschwinden. Er wird mit Sicherheit Verstärkung rufen. Wir holen im ›Bauerntanz‹ nur die Pferde«, bestimmte Michael.

Wenig später ritten sie durch die dunklen Gassen Augsburgs in Richtung Fischertörlein. Wie zu früheren Zeiten hielt der Medicus eine Silbermünze für den Torwächter bereit.

»Öffne das Tor für einen Notfall!«, rief er.

»Doktor Metzner?«, fragte der Torwächter verwirrt. »Ich darf niemanden mehr passieren lassen. Auch Euch nicht, Michael.«

»Willst du schuld sein am Tod eines Menschen wegen deiner Sturheit?«, redete er dem Büttel ins Gewissen.

»Wer ist die da?«, fragte die Wache und zeigte mit seinem Kinn in Katharinas Richtung.

»Das ist meine Schwester. Apothekerin und Hebamme. Sie muss mir helfen. Und jetzt öffne, um Himmels willen, das Tor, bevor es zu spät ist!« Widerwillig nahm der Mann die Münze entgegen und entriegelte das Tor. Die Geschwister preschten in die Nacht hinaus.

Schon nach kurzer Zeit verlangsamte Michael das Tempo. Zu gefährlich war ein schneller Ritt durch die Dunkelheit. Verfolger waren nicht zu hören.

»Das war knapp. So ein sturer Bock!«, schimpfte Katharina.

»Lass uns hier eine Pause machen. Wir müssen warten bis zum Tagesanbruch.« Sie lenkten ihre Pferde in das kleine Waldstück, wo das Jagdhaus von Doktor Metzner stand. Seit dem Brand hatte hier keiner mehr einen Finger gerührt. Die verkohlten Balken ragten noch immer in den Himmel.

Michael schichtete brauchbares Holz zu einem Haufen, um Feuer zu schüren. Der voranschreitende Herbst ließ die Nächte wieder kalt werden.

»Und, was hat der Bischof gesagt? Konntest du ihn überhaupt sprechen?«

»Ja, er erklärte mir, wer so einen Schlüssel hat.«

»Mein Gott, lass dir doch nicht alles aus der Nase ziehen!«

»Er ist viele Tagesreisen von hier entfernt. Michael, ich werde den Schlüssel selbst holen.«

»Klar, warum auch nicht. Eine hochschwangere Frau reist einige Tage allein durch die Lande. Bist du von Sinnen?«

»Was soll ich noch in Nördlingen? Zusehen, wie mein Gatte die Macht an sich reißt und die Menschen in seiner Umgebung tyrannisiert? Die Apotheke ist ein Lager für Stoffe geworden und selbst darf ich keine Geschäfte mehr führen. Irgendwann ist mein Erspartes aufgebraucht. Und dann? Soll ich auf Knien Wilhelm um Geld bitten? Ich war schon einmal kurz davor, auszubrechen, als ich noch im Hofmeisterhaus lebte. Da hatte ich aber die Hoffnung, dass ich die Apotheke weiterführen kann. Sie ist mein Leben. Ich kenne nichts anderes. Noch habe ich die Hoffnung, den Bürgermeister zu retten, damit er ein gutes Wort für mich im Rat einlegt. Vielleicht wird uns das Haus unseres Vaters doch noch zugesprochen. Und wenn nicht, dann weiß ich wenigstens, wo ich ein neues Zuhause finde. Denn weiter als Augsburg bin ich nie in meinem Leben gewesen. Aber dort möchte ich nicht mal begraben sein.«

So kannte Michael seine Schwester nicht. Nach außen war sie immer die starke Frau, die ihr Leben im Griff hatte. Er widersprach ihr nicht. Das musste er erst einmal verdauen.

Das Feuer hatte eine stattliche Größe erreicht und wärmte die kalten Körper der Geschwister. Knisternd tanzten einzelne Funken in den Nachthimmel. Zeitweise raschelte es im Gebüsch und weit entfernt heulte ein Wolf.

Nach einiger Zeit des Schweigens ergriff Michael das Wort:

»Wir werden eine Reisegruppe bilden müssen. Für Einzelne ist ein mehrtägiger Ritt zu gefährlich.« Katharina starrte ins Feuer und nickte nachdenklich.

Wie aus dem Nichts stand plötzlich ein abgemagerter Wolf knurrend und zähnefletschend vor den beiden.

»Oh mein Gott!« Mehr brachte sie nicht über ihre Lippen.

»Nicht bewegen!«, befahl Michael. »Wenn du wegläufst, sieht er dich als Beute.«

Vorsichtig griff er nach einem brennenden Ast und erhob sich langsam. Der rostbraune Wolf und der Medicus standen sich gegenüber. Das Tier leicht gebückt und zum Sprung bereit, starrte Michael in die Augen. Wieder knurrte die Bestie. Wenn er springt, würde ihm Michael den Ast über den Schädel schlagen. Der Wolf zögerte.

»Verschwinde!«, brüllte der Medicus und schwang den brennenden Ast durch die Luft. Der Wolf wich einige Schritte zurück und fletschte erneut die Zähne. Katharina saß immer noch am Feuer und warf Steine nach dem Tier. Ein faustgroßer Brocken traf das Vieh am Hinterlauf. Jaulend suchte er daraufhin das Weite.

»Wir müssen weg von hier!« Katharina war aufgestanden und suchte den Waldrand nach dem Untier ab. »Er wird wiederkommen, wenn wir schlafen! Ich bring heute Nacht kein Auge zu.«

»Jetzt beruhige dich doch. Es ist doch keinem etwas passiert. Es ist weitaus gefährlicher, in der Dunkelheit zu reiten, als hier zu schlafen. Aber wenn es dich beruhigt, werde ich Wache halten.«

Als Katharina erwachte, war es bereits dämmrig. Im Lagerfeuer glimmten nur noch einzelne Glutreste. Michael war am nahe gelegenen Bach und wusch sich. Sie musste trotz der Aufregung eingeschlafen sein.

»Guten Morgen. Gut geschlafen?«, begrüßte er seine Schwester.

»Guten Morgen. Gut ist anders. Mir tun alle Knochen weh.«

»Es wird Zeit, von hier zu verschwinden.« Sie sattelten ihre Pferde und machten sich auf den Weg nach Nördlingen.

Kapitel 16

Knarzend schoben Arbeiter den mit Steinen beladenen Handkarren über die Kaiserwiese zur Baustelle. Unweit des Baldiger Tores entstand das neue Messegelände.

»Das reicht! Mehr Steine brauche ich nicht!«, rief der Maurer, der für den Bau der Fundamente zuständig war. Heute noch würde er seine Arbeit fertigstellen. Unzählige Zimmerleute, darunter auch Simon und sein Vater, stellten aus Eichenstämmen Balken für das Fachwerk her.

Nach einer langen Debatte hatte sich der Rat auf eine Kombination aus Holz- und Steinhaus geeinigt. An der angrenzenden Wiese trieb ein Bauernmädchen die wenigen Kühe ihrer Familie auf die Weide.

»Weißt du, wie viel Geld mich deine Fehler kosten, du Hundsbub!«, schimpfte der alte Mühlbichler und verpasste seinem Lehrling eine Kopfnuss. »Schon wieder zu kurz abgeschnitten! Konzentriere dich auf die Arbeit, anstatt den Bauernweibern auf den Arsch zu starren!«

»Ja, Meister. Entschuldigung!«, bereute der Bub sein Missgeschick.

»Wie kommt Ihr voran, Mühlbichler?«, erkundigte sich Wilhelm Hofmeister bei Simons Vater. »Zur nächsten Pfingstmesse sind bereits alle Kammern vermietet«, fügte er hinzu, ohne eine Antwort abzuwarten.

»Das ist unmöglich! Wie soll das gehen? Wir haben Ende September. In vier Wochen kann es schneien und vor April ist an einen Weiterbau gar nicht zu denken!«

»Der Rat sieht zwar lieber Nördlinger Handwerker hier arbeiten, aber der Zimmerer aus Alerheim würde auch im Winter seine Arbeit fortführen. Überlegt es Euch gut, Mühlbichler.«

»So lange kein Dach auf dem Neubau ist, kann man im Winter nicht daran arbeiten!«, mischte sich Simon in das Gespräch ein. »Genau dann passieren die meisten Unglücke, wenn das Holz eisig und schneebedeckt ist. Und das Dach bringen wir vor dem Winter nicht mehr drauf.«

»Dann würde ich vorschlagen, lieber fleißig daran zu arbeiten, als hier Volksreden zu halten. So wird es auch rechtzeitig zum Wintereinbruch fertig, Holzwürmchen!«

»Dieser aufgeblasene Stoffdantler! Keine Ahnung von nichts, aber gescheit daherreden!«, entrüstete sich Simon, nachdem Hofmeister die Baustelle wieder verlassen hatte.

»Beruhige dich, Junge. Wir müssen froh sein, dass wir den Auftrag bekommen haben. Die Leute in der Stadt haben kein Geld zum Bauen. Mit etwas Glück gibt es einen milden Winter.«

»Da, Papa, das sind die Männer, die uns die Kühe weggenommen haben!«, rief das Bauernmädchen und zeigte auf zwei Büttel.

»Was geht hier vor?«, wollte der Bauer Herbert Schwarz wissen.

»Wir haben einen Pfändungsbescheid. Unterzeichnet vom Stadtrichter Seefried persönlich. Selbst schuld, wenn Ihr Eure Steuern nicht bezahlt«, rechtfertigte sich der Büttel.

»Der Rat hat von einem Tag auf den anderen die Steuern verdoppelt. Woher sollen wir das Geld nehmen? Wir hatten ja bisher schon nicht genug zu essen!«, beschwerte sich Schwarz.

»Man sagte uns, Eure Weiber tragen Goldschmuck und teure Kleider, dann müsst Ihr das halt verkaufen!«

»Wer erzählt denn so einen Blödsinn? Von mir aus durchsucht unseren Hof. Dort werdet ihr aber nichts dergleichen finden!«

»Dann verkauft das Haus, wenn Ihr es Euch nicht leisten könnt. Wir machen die Gesetze nicht, wir tun nur unsere Arbeit.«

»Ich werde meine Familie nicht kampflos verhungern lassen, nur damit sich die feinen Ratsherren die Taschen vollstopfen!«, schrie Schwarz und lief auf die Stadtwachen zu.

»Bleib, wo du bist!«, warnten sie den Angreifer und richteten ihre Hellebarden auf seinen Leib.

»Nein, Vater, nicht!« Als seine Tochter auf ihn zurannte, bohrte sich die Spitze durch das dünne Leinenhemd des Viehbesitzers. Sie packte ihn am Arm und zog ihn weg von den Bewaffneten. Der graue Stoff färbte sich rot.

»Ihr Reichsstadtschergen werdet euren Hochmut schon noch ablegen! Sehr bald schon!«, prophezeite der Verletzte.

Am darauffolgenden Morgen erreichten Michael und Katharina Nördlingen. Schon weit vor dem Marktplatz hörten sie eine schimpfende Menschenmenge. Am Rathaus hatten sich Hunderte Bauern zu einem Protest gegen die unverhältnismäßige Steuererhöhung versammelt. Einige hielten Dreschflegel in der Hand, andere eine Sense oder auch nur einen Knüppel.

»Kommt raus, ihr Pfeffersäcke!«, schrie einer.

»Hofmeister, hol dir deine Belohnung ab!«, rief ein anderer. Der Stadtschreiber und Ausrufer öffnete ein Fenster im Obergeschoss und hob die Hand, um sich Gehör zu verschaffen. Die Menge verstummte.

»Hört mich an, Nördlinger Bauern. 30 Jahre Krieg, Hunger und Elend haben unsere Stadt geschwächt. Der einst so florierende Handel mit Kaufleuten von nah und fern ist fast zum Erliegen gekommen. Die Stadtkasse ist leer, nachdem wir für Wiederaufbau und Brandschatzung horrende Summen zu zahlen hatten. Wir alle müssen in der nächsten Zeit den Gürtel etwas enger schnallen, um die Kosten für das neue Messegelände zu stemmen, wovon wir alle profitieren.«

»Wir haben gar nichts davon und unsere Steuern wurden trotzdem verdoppelt!«

»Genau! Woher sollen wir das Geld nehmen!«

»Unsere Viehweiden werden zugebaut und sind dann wertlos! Das ist alles, was wir davon haben!«

»Ihr stopft euch die Taschen mit unserem Geld voll!«, musste der Stadtschreiber sich vorwerfen lassen.

»Das ist nicht wahr! So nehmt doch Vernunft an!«, versuchte der Ausrufer, die Menge zu beschwichtigen, doch er war im Tumult längst nicht mehr zu hören. Selbst die Tritte und das Pochen gegen die verriegelte Rathaustüre ging im Lärm unter.

»Mein Gott, Seefried, die treten die Türe ein, wo bleiben denn nur die Büttel?«, jammerte Josef Hofmeister.

»Vielleicht ist Euer Sohn mit der Steuererhöhung doch etwas zu weit gegangen«, warf Gundelfinger ein.

»Wir waren uns doch alle einig. Wilhelm trifft keine Schuld!«

»Der hat das doch alles angezettelt!«

»Das ist nicht der rechte Zeitpunkt für Schuldzuweisungen. Mein Gott, wenn die Türe nicht standhält, werden sie uns lynchen!«

Das Geräusch von splitterndem Holz ließ die Ratsherren erstarren. Wie wilde Tiere stürmte die aufgebrachte Menge durch das Treppenhaus. Josef Hofmeister standen Schweißperlen auf der Stirn. Nachdem Gundelfinger einen stechenden Schmerz in der Brust verspürte, versteinerte sich seine Miene und er brach reglos zusammen.

»Ach du liebe Zeit! Gundelfinger ist zusammengebrochen! Holt Doktor Riesinger! Schnell!«, rief Hofmeister. Doch er fand kein Gehör. Seine Ratskollegen hatten sich im Nachbarzimmer verbarrikadiert. Die aufgebrachte Meute stürmte in den Sitzungssaal. Hofmeister stand am geöffneten Fenster, mit dem Zeigefinger im Hemdkragen, um ihn etwas zu lockern. Daneben lag Gundelfinger reglos auf dem Fußboden.

»Wir können über alles reden! Es gibt keinen Anlass, Gewalt anzuwenden! Jemand muss schnellstens Doktor Riesinger holen. Gundelfinger ist zusammengebrochen«, stotterte Hofmeister und zeigte auf den Bewusstlosen.

»Der Teufel soll ihn holen!«, brüllte Bauer Schwarz unter Gelächter seiner Kollegen. »Und nun zu dir, Hofmeister. Ihr feinen Ratsherren habt alle Geld, dass ihr danach stinkt, aber wir sollen noch mehr Steuern zahlen? Unsere Familien werden verhungern, wenn wir das hinnehmen. Ihr werdet sofort bekanntgeben, dass es ein Irrtum war und die Steuern nicht erhöht werden!«

»Das kann ich nicht. Ich habe nicht die Befugnis dazu. Hierzu muss eine Ratssitzung einberufen werden.«

»Ich habe aber die Befugnis, dich aus dem Fenster zu werfen, wenn du es nicht tust!«, tobte Schwarz und packte den Ratsherren an der Kehle.

»Hilfe! So helft mir doch!«, krächzte Hofmeister.

»Im Namen des Kaisers! Jeder bleibt, wo er ist!«, befahl der Stadthauptmann. Die Stadtwachen bahnten sich einen Weg durch die Menge. Einer nach dem anderen wurde zur Seite gestoßen.

Im Tumult stolperte Schwarz über den bewusstlosen Gundelfinger und rempelte gegen Josef Hofmeister. Dieser verlor das Gleichgewicht und stürzte aus dem Fenster. Betroffen starrten die Stadtwachen in die Tiefe. Hofmeister bewegte sich nicht mehr. Blut lief aus Mund und Ohren.

»Herbert Schwarz, Ihr seid verhaftet! Im Namen des Kaisers!«

»Was? Ich bin gestolpert! Das war doch keine Absicht!«

»Du hast den Mord ja sogar angekündigt. Ihr alle habt es gehört! Abführen!«

»Moment mal! Hier wird niemand abgeführt!« Ein breitschultriger Kerl im besten Alter stellte sich vor Schwarz und verschränkte die Arme. »Mutig seid ihr ja. Kommt zu viert mit euren Hellebarden hier rein und wollt Schwarz abführen, hinter dem 400 Bauern stehen?«

»Ja, genau!«, spotteten seine Kameraden.

»Ihr werdet Euch jetzt bei Herbert Schwarz entschuldigen. Dieser senile Hofmeister ist von allein aus dem Fenster gefallen. Der taumelte ja schon, als wir hier reinkamen.«

»Ja, so könnte es auch gewesen sein. Ein unglücklicher Unfall«, musste der Stadthauptmann zugeben. »Aber die Rathaustüre habt ihr zu ersetzen! Verlasst jetzt das Gebäude.«

»Augenblick noch!« Schwarz ging zurück ans Fenster und hob seine Hand. Die aufgebrachte Menge verstummte.

»Leider hat es einen Toten gegeben. Aber uns trifft keine Schuld!« Mehrere Dutzend Stadtwachen kreisten den Rathausplatz ein und eine Reiterkompanie rückte an.

»Die feinen Herren sind feige davongerannt, ohne mit uns zu verhandeln.« Die Bauern schimpften und schrien durcheinander. Kampfeslustig drohten sie mit Dreschflegeln und Knüppeln. Wieder hob Schwarz seine Hand, um sich Gehör zu verschaffen.

»Um weiteres Blutvergießen zu verhindern, werden wir für heute die Waffen niederlegen. Geht nach Hause!«

Die meisten folgten der Aufforderung des Redners und verließen schimpfend und fluchend den Rathausvorplatz. Ein halbes Dutzend junger Burschen stritten mit den Bütteln und es gab ein kurzes Gerangel. Die Streithähne waren aber schnell entwaffnet und wurden über Nacht ins Narrenhäuschen gesperrt.

Nur kurze Zeit später berichtete Elfriede den gerade angekommenen Geschwistern vom Vorfall im Rathaus.

»Ein kaltblütig geplanter Mord. Und das vor der eigenen Haustüre.«

»Bist du dir sicher?«, hakte Katharina noch einmal nach.

»Ja, die Mühlbichlerin stand ganz vorn am Rathaus und hat alles genau mitbekommen. Die Arme wäre ja bald vom herabfallenden Hofmeister erschlagen worden«, dramatisierte die Haushälterin.

»Seit Wilhelm in Nördlingen was zu sagen hat, ist

es nicht besser geworden. Jetzt gibt es schon einen Toten«, seufzte Katharina.

»Beinahe zwei«, berichtigte Elfriede. »Gundelfinger ist zusammengebrochen, als die Bauern den Sitzungssaal stürmten. Zuerst glaubte man, ihn hätte der Schlag getroffen. Doch als er wieder zu sich kam, stellte sich heraus, dass ihm der Bader Fromme wegen seiner Zahnschmerzen zu viel Seidelbast verabreicht hatte.«

»Dieser Kurpfuscher. Das hätte böse ausgehen können«, schimpfte der Stadtmedicus.

»Hab ich doch richtig gesehen! Ihr seid wieder zurück!«, freute sich Simon, als er an der Küchentüre anklopfte. Sofort umarmte er Katharina. »Ich bin froh, dass ihr gesund zurück seid.«

Es fühlte sich gut an, nach so langer Zeit die Mutter seines Kindes in den Armen zu halten.

»Erzählt. Wie ist es euch ergangen?«

Nachdem ihm Katharina und Michael von der Reise und dem Besuch beim Bischof berichtet hatten, schüttelte Simon den Kopf.

»Und du bist nicht davon abzubringen, mit auf diese Reise zu gehen, um den Hubertus-Schlüssel zu holen?«

»Ich hab dir ja gerade erzählt, was meine Beweggründe sind.«

»Ich werde dich auch dieses Mal nicht begleiten können. Vater und ich müssen das Dach von der neuen Messeunterkunft bis zum Winter fertigstellen. Dein Mann setzt uns zeitlich unter Druck. Die Unterkünfte sind zur nächsten Pfingstmesse bereits vermietet.«

»Tja, so kennen wir ihn ja mittlerweile alle. Es wird Zeit, zu überlegen, wer uns auf die Reise nach Saint Hubert begleiten kann«, sagte Katharina.

»Saint Hubert? Wo zum Henker ist das?«, wollte Simon wissen.

»An der Grenze zur Republik der sieben vereinten Provinzen. Den vereinigten Niederlanden.«

»Katharina, du bist hochschwanger! Wie willst du das schaffen! Vor allem so kurz vor dem Winter?«, versuchte Simon noch einmal, sie davon abzuhalten.

»Ich hab vorhin die Gewürzhändler aus Heidelberg gesehen. Wir könnten uns ihnen anschließen. Die kennen den Weg und gute Übernachtungsmöglichkeiten.«

»Das wäre schon mal ein Anfang. Das reicht nur nicht. Vielleicht schickt uns der Rat zwei Söldner mit«, warf Michael ein.

»Und am besten fragt ihr die Hebamme Holzinger gleich auch noch. Womöglich ist die Geburt unseres Kindes auf der Strecke«, spottete Simon.

»Das wäre nicht einmal das Dümmste«, gab Michael zu.

Kapitel 17

Dichter Nebel drängte sich durch die Gassen der Freien Reichsstadt. Obwohl es schon später Vormittag war, erhellte die Sonne den Tag nur wenig. Zudem blies ein kalter Wind, der an Katharinas Umhang zerrte wie ein hungriger Wolf. Es war ungewöhnlich ruhig und es schien, als hätten sich alle Einwohner der Stadt in ihren Häusern verkrochen. Ein unangenehmer Geruch von feuchter Erde und fauligen Pilzen lag in der Luft. Der Duft des Winters, wie Mathilda immer zu sagen pflegte. Das beladene Pferdefuhrwerk stand vor dem Apothekerhaus bereit zur Abfahrt. Schnaubend wartete Adonis auf den ersten Befehl.

»Hast du dir die Notgroschen unter den Rock gebunden, wie ich es dir gesagt habe?«, fragte Elfriede.

»Aber ja«, erwiderte Katharina.

»Da kommen die Gewürzhändler!«, rief die Haushälterin und zeigte in Richtung Weinmarkt.

»Versprich mir, dass du auf dich aufpassen wirst«, verlangte Simon von Katharina, gab ihr einen Kuss und drückte ihr ein Messer samt Lederfutteral in die Hand.

»Ich hoffe nicht, dass du es benötigst!«

»Das hoffe ich auch nicht. Versprochen, und danke! Und du, lass dich von Wilhelm nicht unterkriegen! In ein paar Wochen sehen wir uns wieder.«

»Na dann mal los!«, rief Michael und schnalzte die Zügel auf den Pferderücken. Rumpelnd setzte sich der schwere Wagen in Bewegung.

An der Spitze der Reisegruppe waren die Gewürzhändler aus Heidelberg. Ein frisch vermähltes Paar in Katharinas Alter. Helmut und Luise Furtner, wie sie sich gestern vorstellten. Dahinter zwei Söldner auf ihren Pferden, die der Rat anheuerte. Das Schlusslicht bildete der Wagen von Katharina und Michael. Die Hebamme, Mathilda Holzinger, war auf Bitten von Simon ebenfalls mitgekommen und fand bei den Geschwistern Platz.

Am Baldiger Tor hoben die Wachen ihre Hand zum Gruße. Die Reisenden passierten das Stadttor.

»Aua! Das geht ja schon gut los!«, schimpfte Mathilda, als der Karren in ein tiefes Schlagloch rumpelte.

»Die Gewitter der letzten Wochen haben die Straße so zugerichtet«, rechtfertigte sich Michael.

»Na hoffentlich wird das bald besser, sonst gehe ich demnächst am Stock«, kicherte die Hebamme.

In der Abenddämmerung erreichte die Reisegruppe einen kleinen Ort namens Röhlingen. Die wenigen Häuser des verschlafenen Nestes wirkten verlassen. Beim Gasthaus ›Zur Eisernen Kanne‹ drang Licht aus den Fenstern und aus dem Kamin stieg dichter Rauch auf. Auf der Straße balgten sich zwei Katzen. Durch die sich nähernden Fuhrwerke suchten sie erschrocken das Weite.

»Hier bleiben wir heute Nacht«, erklärte Luise.

»Das sieht ja nicht sehr einladend aus«, murrte Michael, während er das windschiefe Haus genauer betrachtete.

»Ach, das sieht von außen schlimmer aus, als es ist. Wenigstens ist es sauber und es gibt nur wenig Ungeziefer«, beruhigte ihn Luise.

Die Gaststube wirkte in der Tat freundlicher als die Fassade. Das Holz der Tische und Bänke war noch hell, als hätte man erst kürzlich die Einrichtung erneuert. Die Binsen schienen frisch und es roch angenehm. An einem kleinen Tisch saß ein einzelner Gast mit langen, zotteligen Haaren und einer Augenklappe, der sie nicht beachtete und wortlos in seinen Bierkrug starrte. Ansonsten waren sie die einzigen Gäste.

»Ah, die Furtners. Ich hab euch schon erwartet. Wenn ich gewusst hätte, dass ihr so viele seid, hätte ich mehr zu essen hergerichtet. Aber ich werde euch schon satt bringen«, hoffte die Wirtin.

»Ach, jetzt hab ich meinen Leinenbeutel auf dem Wagen vergessen«, bemerkte Katharina. »Bin gleich wieder zurück.«

Im Freien herrschte mittlerweile stockfinstere Nacht. Es dauerte etwas, bis Katharinas Augen sich an die Dunkelheit gewöhnten. Sie zuckte erschrocken zurück, als sie ein Geräusch auf ihrem Wagen hörte.

»He, was machst du da!«, rief sie. Eine dunkle Gestalt sprang vom Bock und warf ihr eine Handvoll Sand ins Gesicht.

»Ahhh, Hilfe!«, schrie sie, so laut sie konnte. Wie sehr sie auch blinzelte und rieb, der Sand ließ sich so einfach nicht aus den Augen entfernen. Die Mitreisenden stürzten aus der Gaststube.

»Was ist passiert?«, rief Michael besorgt.

»Dei hot was mem Aag«, versuchte Helmut, der Gewürzhändler, zu erklären.

»Sie hat was?«, fragte der Medicus.

»Aachewee!«, setzte Helmut nach.

»Sie hat was am Auge und Augenschmerzen«, übersetzte Luise.

»Der Zottelhaarige mit der Augenklappe, der vorhin allein am Tisch saß, hat in unseren Sachen geschnüffelt. Weil ich ihn dabei erwischte, hat er mir was in die Augen geworfen. Das brennt wie Feuer!«, stöhnte Katharina.

Sie legten die Apothekerin auf einen Tisch im Wirtshaus und spülten ihre Augen mit Wasser.

»Mein Gott, Kind, was hat er dir nur angetan!«, jammerte Mathilda und hielt weinend ihre Hand vor den Mund. Katharinas Augen waren blutunterlaufen und ein weißer Schleier zog sich über ihre Pupillen. Sie zitterte. Kalter Schweiß stand auf ihrer Stirn.

»Ich kann fast nichts mehr sehen. Es ist, als wäre ich in dichtem Nebel.«

Die Wirtin reichte Michael ein kleines Tonfläschchen.

»Wir sollten das hier versuchen. Das hat mir schon oft geholfen bei brennenden Augen.«

»Was ist das? Und woher habt Ihr es?«, fragte Michael skeptisch.

Die Wirtin überlegte kurz und biss sich auf die Unterlippe.

»Eine Mischung aus Pfefferkraut, Kalmus, Augentrost und Immergrün. Ich hab es vom Henker.«

»Immergrün ist giftig!«, warf Luise ein.

»Schon Paracelsus sagte: Alle Dinge sind Gift, und nichts ist ohne Gift. Allein die Dosis macht's, dass ein Ding kein Gift ist«, erklärte Michael schmunzelnd. »Schlimmer kann es dieses Zeug auch nicht mehr machen. Wir versuchen es, wenn es für dich in Ordnung ist, Katharina.« Sie nickte nur. Michael gab ihr je einen Tropfen davon in die Augen.

»Das tut gut.« Die Apothekerin entspannte sich.

»Wir bringen dich jetzt in deine Kammer. Du brauchst Ruhe«, erklärte Michael.

»Wer war dieser seltsame Gast mit der Augenklappe?«, fragte Mathilda die Wirtin.

»Der saß schon seit heute Mittag ohne ein Wort allein am Tisch. Wie wenn er auf euch gewartet hätte. Ich hab den aber vorher noch nie gesehen.«

Katharinas Zustand hatte sich durch die schnelle Hilfe wieder etwas gebessert. Ihre Augen waren zwar noch immer stark gerötet und auch der weiße Schleier war noch nicht verschwunden, aber wenigstens waren die Schmerzen auszuhalten.

»Was mag das wohl für ein Pulver gewesen sein, was mir fast das Augenlicht raubte?«, fragte sie ihren Bruder. »Es gibt so viele Dinge über Medizin und den menschlichen Körper, die ich nicht weiß. So gerne hätte ich studiert. Aber selbst der alte Stadtmedicus lachte mich aus, als ich ihm Fragen hierüber stellte. Er sagte immer, dass ich das als Frau sowieso nicht verstehen würde. Die Welt ist so ungerecht. Jetzt liege ich hier und weiß nicht, ob ich morgen die Hand vor Augen noch sehen kann.«

»Jetzt sieh nicht gleich alles so schwarz. Deine Augen brauchen jetzt eine Erholung. Das wird schon wieder«, tröstete sie Michael.

»Würdest du bitte einen Kienspan anzünden? Ich kann zwar kaum was sehen, aber diese Dunkelheit wirkt so beängstigend auf mich. In meinem Leinenbeutel sind welche.«

»Heilige Scheiße!«, schrie Michael und schleuderte den Beutel in die Ecke der Kammer. »Da drin ist eine Schlange!«

»Was? Wie kommt die da hinein? Der Leinensack ist immer verknotet.«

Durch die offene Türe kam nur wenig Licht in den Raum. Zischend und züngelnd drohte das gereizte Tier. Weil Michael auf die Schnelle nichts Besseres fand, schlug er mit einem umgedrehten Hocker auf die Schlange ein, bis sie sich nicht mehr bewegte.

»Ich glaube nicht an Zufälle. Für mich sieht das aus, als würde dir jemand nach dem Leben trachten. Das war eine Sandviper. Die gibt es hier bei uns nicht.«

Der Schnüffler mit der Augenklappe!

»Sollen wir morgen nicht wieder zurück nach Nördlingen fahren? Ich mach mir Sorgen um Katharina«, fragte Mathilda beim Abendessen.

»Dann können wir unseren Sold wieder zurückgeben. So war das nicht ausgemacht!«, schimpfte Heinrich, der ältere der beiden Söldner.

»Helmut und ich fahren auf jeden Fall nach Heidelberg. Wir sind schon seit Monaten unterwegs. Ich freue mich auf daheim«, warf Luise ein. Die Wirtin stellte eine Runde Selbstgebrannten auf den Tisch.

»Das geht aufs Haus!«

»Also, Mathilda, her uff mit dene Ferz. Runna des Zeich!«, lachte Helmut.

»Umkehren kommt gar nicht infrage!«, sagte Katharina schmunzelnd, als sie von Michael in die

Gaststube geführt wurde. »So schnell lässt sich eine Riesingerin doch nicht außer Gefecht setzen.« Alle lachten, außer Michael. Er hätte schwören können, dass draußen vor dem Fenster jemand war.

Kapitel 18

UNERWARTET SCHNELL WUCHS die neue Messeunterkunft auf der Kaiserwiese in die Höhe. Simon und sein Vater hatten die vergangenen Tage bis in die Nacht hinein gearbeitet. Heute noch würden sie die letzten Sparren des Daches auf die Pfetten nageln. Die Maurer hatten zwar begonnen, das Fachwerk auszumauern, doch der voranschreitende Herbst mit Nachtfrösten und eisigem Wind trug zum schnellen Baufortschritt nicht bei.

Mit Seilen zogen die Zimmerleute die schweren Balken auf das Gerüst, um sie danach auf das Dach zu hieven. Immer wieder erfassten Windböen die Handwerker, die sie taumeln ließen wie Betrunkene, und das Bauholz prallte wie von Geisterhand bewegt gegen das Gerüst.

»Wir müssen die Arbeiten für heute einstellen«, warnte Simon seinen Vater. »Der Wind wird immer stärker.«

»Was willst du dann tun, Junge? An den warmen Ofen setzen und den Weibern beim Stricken helfen? Uns läuft die Zeit davon. Wir können von Glück reden, dass der Herrgott uns bisher mit einem Wintereinbruch verschont hat. Die Sparren sollten wir heute wenigstens noch draufbringen.«

»Also gut«, lenkte Simon ein.

»Hände aus dem Hosensack! Hundsbub!«, schimpfte der alte Mühlbichler seinen Lehrling, der die Seile an den Balken befestigen sollte. »Träumst du schon wieder?« Hektisch verknotete der Bub die Last mit den Hanfseilen, um einem erneuten Anpfiff des Meisters zu entgehen.

»Hoch!«, rief er, als er fertig war, und zeigte seinen erhobenen Daumen. Simon und sein Vater stemmten sich mit einem Bein an der Kante des Gerüstes ab und zogen gleichzeitig an den Seilen. Geräuschvoll schabten die Hanfstricke über die Holzkante. Als sie den Balken schon fast greifen konnten, riss ein Seil. Die schwere Last pendelte einseitig nach unten und verfehlte den Lehrbub nur knapp.

»Obacht!«, schrie ein Maurer. Simon scheuerte der Strick durch seine Handflächen, der sich wie glühender Draht anfühlte. Sein Vater fiel rückwärts und stürzte zwischen Gerüst und Haus in die Baugrube. Er blieb auf dem Rücken liegen, das abgerissene Seilstück hielt er fest in der Hand.

»Ach du Scheiße!«, rief der Lehrbub. »Der Meister!« Nur kurz darauf waren einige Helfer neben dem Verunglückten. Simon hastete vom Gerüst und prüfte den Herzschlag seines Vaters. Die Herumstehenden starrten ihn an. Er schluckte und schüttelte langsam den Kopf, während er in die betroffenen Gesichter sah. Für den Meister kam jede Hilfe zu spät.

»Hol Griebel«, wies Simon den Lehrbuben an. »Ich möchte nicht, dass Vater die Nacht hier draußen liegt.«

»Es musste ja früher oder später etwas passieren, wenn man so angetrieben wird bei der Arbeit!«, murrte der Maurer. »Das ist allein die Schuld vom Hofmeister und seinen feinen Herren.«

»Der Teufel soll ihn holen.« Simon bedeckte das Gesicht des Toten mit seiner Strickjacke und faltete seine Hände.

»Kommt, Männer, packen wir unser Werkzeug zusammen. Ich glaub nicht, dass heute noch jemand arbeiten will«, murrte der Maurer und trat gegen einen Stein, der ihm im Weg lag.

»Ihr macht Feierabend?«, fragte Wilhelm Hofmeister, der sich nach dem Baufortschritt erkundigen wollte. »Die Zeit drängt! Wie wollt ihr das noch alles schaffen bis zur Pfingstmesse?«

»Es gab einen Unfall, Herr Hofmeister. Das Seil der Zimmerleute ist gerissen und der alte Mühlbichler stürzte vom Dach«, berichtete ein Maurergeselle mit gesenktem Kopf. Wilhelm betrachtete den Toten nur flüchtig aus den Augenwinkeln.

»Wenn ihr jetzt die Arbeiten einstellt, wird er auch

nicht wieder lebendig. Wäre wohl besser gewesen, du hättest dein Werkzeug kontrolliert, anstatt meinem Weib schöne Augen zu machen, Mühlbichler. Dann müsste dein Alter jetzt nicht hier im Dreck liegen«, lachte Wilhelm.

Simon atmete tief ein, ballte seine Fäuste und ging langsam auf Hofmeister zu. Ein selten dagewesener Zorn stieg in ihm auf. Er stellte sich vor, wie sich sein frisch geschliffenes Stemmeisen in Wilhelms Gedärme bohrte. So viele Probleme würden sich auf einmal lösen. Endlich wäre das leidliche Versteckspiel mit Katharina beendet. Sie könnten offen zu ihrer Liebe stehen, heiraten und es würde in Nördlingen allen wieder besser gehen. Nur würde er das nicht mehr miterleben. Auf Mord stand nun mal die Todesstrafe.

Die Umherstehenden ergriffen Simon an den Armen, um ihn vor einer Dummheit zu bewahren.

»Komm nur her, Holzwürmchen. Dann habe ich dich genau dort, wo ich dich am liebsten sehe. Einen Winter im Feilturm haben bisher die wenigsten überlebt.«

»Hofmeister! Du wirst deinen Hochmut schneller verlieren, als du glaubst. Deinen Vater hast du auch schon auf dem Gewissen wegen deiner Macht- und Raffgier. Irgendwann musst auch du dich vor dem Herrgott für deine Taten rechtfertigen.« Wilhelm lächelte nur über die Worte von Simon.

»An die Arbeit! Ihr macht hier weiter, bis es dunkel wird.«

»Einen Dreck werde ich!«, schrie Simon und spuckte Hofmeister ins Gesicht. Er riss sich los und verließ die Kaiserwiese.

Als Katharina am nächsten Morgen erwachte, konnte sie es kaum fassen. Ihre Augen! Sie konnte sehen, als wäre nie etwas geschehen. Aber da war noch etwas anderes. Sie sah in einer Schärfe wie nie zuvor. Was war das für ein Gebräu, das die Wirtin vom Henker bekommen hatte?

Während sie gemeinsam ihren Gerstenbrei mit Dünnbier zu sich nahmen, gähnte und streckte sich Katharina.

»Du bisch ja noch müd, Meedle. Däätsch e mol des probiere welle? Von dere Brih wirschd ja ned wach!«, sagte Helmut zu Katharina und schob ihr seinen Kaffee hin. Sie strich sich eine Haarsträhne hinter das Ohr und probierte. Er war kräftig, aber nicht bitter. Eher süß.

»Zucker ist sein Geheimnis!«, erklärte ihr Luise. »Aber eine Schande, das sündhaft teure Zeug in dieses Gebräu zu kippen.«

»Es schmeckt köstlich! So habe ich das noch nie getrunken«, schwärmte Katharina.

»Wir sollten uns langsam auf den Weg machen«, sagte Michael und stand auf. »Katharina, du bist dir sicher, dass alles wieder gut ist mit deinen Augen?«

»Es geht mir blendend, wirklich.« Doch nach einem Blick aus dem Fenster wäre sie am liebsten zurück in ihr Bett gekrochen. Es regnete schon den ganzen Morgen und der aufziehende Nebel ließ alles noch ungemütlicher wirken.

In ihrem Lodenumhang nahm sie neben Michael auf dem Kutschbock Platz und zog ihre Kapuze tief ins Gesicht. Kurze Zeit später setzten sich die Wagen in Bewegung. Kleine Bäche querten die Straße und verwandelten sie in eine gefährliche Kraterlandschaft. Die Schlaglöcher waren jetzt mit Wasser gefüllt, was ein Abschätzen von deren Tiefe unmöglich machte. Dutzende Male verschwand geräuschvoll ein Rad in einer Pfütze. Adonis musste einiges an Kraft aufbringen, um den schweren Wagen wieder in Bewegung zu setzen.

Dieses Mal gelang es ihm allerdings nicht. Fluchend stieg Michael vom Kutschbock. Katharina pfiff auf zwei Fingern nach den Vorausfahrenden. Mit einem Ast versuchte der Medicus, das Rad zu befreien. Mathilda war abgestiegen, um ihm zu helfen, aber vergebens. Die beiden Söldner, Timo und Heinrich, ritten zurück zur Unglücksstelle, blieben aber auf ihren Pferden sitzen.

»Was ist denn los?«, murrte Heinrich.

»Na, der Wagen hat sich festgefahren. Das siehst du doch!«, schimpfte Michael.

»Und?«

»Würdet ihr gnädigerweise absteigen, um uns zu helfen?«

»Dafür werden wir nicht bezahlt. Wir sollen euch sicheres Geleit geben. Von mehr war nicht die Rede!«

»Herrgott, dann bekommt ihr eben von mir noch zusätzlich etwas!«

Widerwillig hievten sie den Karren aus dem Dreck und begaben sich wieder an die Spitze der Gruppe.

»Dieser Heinrich kommt mir irgendwie bekannt vor. Wo nur habe ich den schon einmal gesehen?«, rätselte Katharina.

Nur quälend langsam kamen sie voran. Als die Abenddämmerung hereinbrach, stoppten die Heidelberger und Luise kam auf Michael und seine Schwester zu.

»Wir werden heute leider im Freien übernachten müssen. Es ist noch mehr als eine Stunde Fahrt bis Hall. Das schaffen wir bei dem Wetter nie bis zum Torschluss. Es gibt auch keine Gasthäuser mehr in der Nähe.«

»Das hat gerade noch gefehlt«, schimpfte Katharina. »Ich bin nass bis auf die Haut.«

»Uns geht es nicht anders. Ich hätte mich auch lieber an einen warmen Ofen gekuschelt. Ein Stück weiter im Wald gibt es einen großen Findling, der leicht überhängend ist. Da sind wir wenigstens teilweise im Trockenen.«

Kein Vaterunser später erreichten sie die Stelle, von der die Gewürzhändlerin berichtet hatte. Katharina stieg vom Karren und lief gebückt auf die einzig trockene Stelle zu. Sie hielt sich den Bauch und verzerrte ihr Gesicht.

»Was ist los mit dir, Kind?«, fragte Mathilda besorgt.

»Ich hab nur ein Ziehen im Unterleib, geht gleich wieder.«

»Meine Güte, du wirst doch nicht etwa jetzt dein Kind zur Welt bringen. Du hast die ersten Wehen! Wir brauchen so schnell wie möglich ein Feuer, damit wir Wasser erhitzen können!«

»Das ist unmöglich!«, murrte Heinrich. »Woher sollen wir trockenes Holz nehmen nach dem Regen?«

»Mein Gott, stellt euch doch nicht so an«, schimpfte Luise und öffnete eine Holzkiste auf ihrem Wagen. »Hier etwas Reisig zum Anfeuern und hier ein paar Holzscheite. Wenn wir dann eine Glut haben, können wir auch nasse Äste verbrennen. Noch Fragen?«

»Geht und sammelt Holz!«, befahl Michael den Söldnern, nachdem sich niemand bewegte. »Und fangt bloß nicht wieder damit an, dass ihr dafür nicht bezahlt werdet, sonst schicke ich euch gleich zurück nach Nördlingen. Und glaubt nicht, dass der Rat euch dann noch einen einzigen Kreuzer bezahlt!« Vor sich hin schimpfend, verschwanden die beiden im Unterholz.

Mathilda hatte für Katharina eine halbwegs weiche Unterlage aus Wolldecken und Schaffellen hergerichtet. Über dem Feuer pendelte der Kupferkessel der Hebamme im Wind. Die Abstände zwischen den Wehen wurden kürzer.

»Luise, kannst du mir dann bitte helfen?«, fragte Mathilda. »Und alle anderen gehen jetzt. Das ist Weibersache.«

»Was kann ich tun?«

»Schau nach dem Wasser. Es soll gut warm sein, aber nicht heiß. Und du, Katharina, raus jetzt aus dem nassen Kleid. Ich hab dir was Trockenes hingelegt.« Luise setzte sich neben Katharina und hielt ihre Hand. Schweißperlen standen der Apothekerin auf der Stirn und sie hatte Angst. Zu viele, die sie kannte, waren während der Niederkunft gestorben.

»Wir haben den Zottelhaarigen mit der Augenklappe gesehen«, keuchte Heinrich mit einem Bündel tropfnasser Äste unter dem Arm.

»Was?«, fragte Michael entsetzt. »Der hat uns gerade noch gefehlt.«

»M… m… mein M… M… Messer ist frisch geschliffen!«, stotterte Timo, der jüngere der beiden Söldner, und grinste. Ein markerschütternder Schrei hallte durch den Wald. Timo zog sofort sein Messer. Michael hielt ihn am Arm.

»Meine Schwester bekommt gerade ihr Kind. Du kannst dein Messer wieder einpacken.«

»Wir müssen trotzdem auf der Hut sein. Der schräge Vogel ist uns nicht ohne Grund gefolgt«, erklärte Heinrich.

»Ich schlage eine Nachtwache vor. Sicher ist sicher.«

»Ihr könnt jetzt wieder ans Feuer kommen. Michael, du hast eine Nichte«, verkündete Luise.

»Katharina schläft. Sie hat viel Blut verloren. Aber sie wird es schaffen. Das Mädel ist eine starke Frau«, berichtete Mathilda und warf den Mutterkuchen in die Glut.

»Was tust du da?«, fragte Luise vorwurfsvoll. »Eine Nachgeburt muss in fließendes Wasser geworfen oder vergraben werden!«

»Oder man verbrennt es zu Asche. Dann hat sie wenigstens noch einen Nutzen«, erwiderte ihr Mathilda.

»Ich versteh nicht ganz, was du meinst.«

»Die Asche hilft gegen Fall- und Tobsucht und gegen Brustentzündung bei stillenden Müttern.«

»Ob das aber in der Form gegen Wechselbalge hilft, wage ich zu bezweifeln«, meinte Luise.

»Gegen was soll das helfen?«, fragte der Medicus.

»Elbentrötsch, sacht ma be uns«, mischte sich Helmut ein. Nachdem Michael immer noch fragend dreinblickte, erklärte ihm Mathilda:

»Ein Wechselbalg oder ein Hexenbutte, wie man im Bayerischen sagt, ist ein Kind, das der Wöchnerin durch ein dämonisches Wesen, also den Teufel, gegen ihr eigenes untergeschoben wird. Es hat die Absicht, die Menschen zu belästigen und zu schädigen. Der Teufel hat besonderes Interesse an ungetauften Kindern, weil diesen ja das Himmelreich versagt bleibt und er es somit behalten kann. Daher ist es ja so wichtig, dass wir bald einen Priester finden, der das kleine Würmchen tauft.«

»Und wie sieht man, ob es sich um so einen Wechselbalg handelt?«, hakte Michael nach.

»Ja, weißt du denn gar nichts darüber? Also, ein Wechselbalg erscheint in der Gestalt eines Kindes, hat aber das Gesicht eines Greises. Er ist in seiner Entwicklung zurückgeblieben oder derart missgebildet, dass er kaum noch Menschenähnlichkeit besitzt. Auch wenn er klein und schwach aussieht, verschlingt er so viel Essen wie mehrere Erwachsene zusammen. Auch vor Fröschen, Mäusen und rohem Fisch macht er nicht halt.«

»Das ist ja unglaublich. Und das gibt es wirklich?«, fragte Michael.

»Sicher. Auch bei uns in Nördlingen hat es vor ein

paar Jahren einen solchen Fall gegeben. Der kleine Teufel hat die meiste Zeit im Bett verbracht. Gelegentlich kroch er durch seine Kammer und hockte in einer Ecke. Er war faul, dumm, boshaft und schrie unverständliche Worte. Aber man darf diese Wechselbälger nicht unterschätzen. Sie spielen ihre Dummheit oft nur, um die Menschen zu ärgern. Aber besonders alt werden sie nicht. Die wenigsten erleben den zwanzigsten Sommer. Doch die armen Seelen derer spuken als Hausgeister noch mehrere Menschenleben umher.«

»Bei uns sagt man, man könne den Tausch mit dem Teufel auch wieder rückgängig machen«, erklärte Luise. »Man müsse nur das Balg mit kochendem Wasser übergießen oder mit Nadeln stechen.«

»Wenn es gelingt, ihm durch Verwunderung ein Lachen zu entlocken«, erklärte Mathilda, »verschwindet er. Doch ich kann mich nicht an einen einzigen Fall erinnern, dass ein nachträglicher Tausch gelungen wäre. Meistens hatte man die Wechselbälger getötet. Das hat Martin Luther auch gutgeheißen, da sie nur ein Klumpen Fleisch ohne Seele seien.«

»Hat unser Nachwuchs denn schon einen Namen?«, wollte Michael wissen.

»Magdalena«, erwiderte ihm Mathilda. Michael betrachtete das schlafende Neugeborene, wie um zu prüfen, ob der Name zum Aussehen des Kindes passte.

»Wir sollten ein paar Stunden schlafen. Der Tag war anstrengend und aufregend«, sagte Michael.

»Macht das. Wir übernehmen die Nachtwache«, erwiderte Heinrich und Timo nickte eifrig.

Nachdem jeder einen Schlafplatz gefunden hatte, wurde es ruhig. Kaum hörbar zischte ein nasser Ast in der Glut. Mittlerweile hatte es aufgehört zu regnen und ein leichter Bodennebel tanzte wie Watte zwischen den Bäumen hindurch.

Als Katharina erwachte, war es noch dunkel. Magdalena schlief tief und fest neben ihr.

»Darf ich dich mal etwas fragen?«, brach Timo die Stille.

»Von mir aus«, murrte Heinrich genervt.

»Wie lange bist du schon Söldner?«

»Viel zu lange, Junge. Fast schon, seit ich denken kann. An ein vorheriges Leben kann ich mich kaum erinnern.«

»Ich war für den Krieg noch zu jung. Ich hätte gerne gekämpft, aber m… m… meine Eltern hatten es m… m… mir verboten.«

»Sei froh, dass dir das erspart blieb.«

»Du m… m… musst ein guter Kämpfer sein, wenn du all die Jahre überlebt hast.«

»Sie nennen uns die Eingefrorenen, weil uns der Krieg nichts anhaben konnte. Drei Jahrzehnte tägliches Morden hinterlässt Narben auf der Seele, die nicht mehr heilen. Ich hatte eine Frau und ein Zuhause. Sie gebar mir acht Kinder. Sie starben entweder im Kindbett oder wurden von Soldaten getötet. Dann zog mein Weib mit mir, immer auf der Suche nach Kriegsbeute. Nicht nur einmal wechselte ich die Seiten. Wir kämpften für den, der mehr bezahlte. Dann wurde auch mein Weib getötet. Jetzt wo der Krieg vorbei ist, weiß ich noch nicht, wo mein rechter Platz ist. Ich werde langsam zu alt für den Mist.«

»Aber jetzt haben wir doch auch gute Aufträge. Die sind doch gut bezahlt, oder nicht?«

»Du hast keine Ahnung, was gut bezahlt ist, Junge. Im Krieg stahlen wir alles, was uns zwischen die Finger kam. Gold, Tafelsilber, Edelsteine von den hohen Herren. Alles konnten wir zu Geld machen. Und die jetzigen Aufträge? Das Apothekerweib zwölf Wochen in eine Holzhütte einsperren und bewachen«, flüsterte Heinrich und zeigte abwertend mit dem Kinn auf Katharina. »Und das Ganze für ein paar lausige Kröten.«

»Da war deine Idee mit dem Eisenhaus schon besser«, sagte Timo und grinste.

»Leise! Nicht dass die noch aufwacht!«

Katharina stockte der Atem. Die beiden kamen ihr von Anfang an bekannt vor. Ihre Entführer saßen nur wenige Schritte neben ihr am Feuer. Wahrscheinlich waren sie auch für den Mordanschlag auf Simon verantwortlich.

»Das Weib hat sieben Leben wie eine Katze. Ich hätte schwören können, dass sie es nicht m… m… mehr aus dem Jagdhaus schafft.« Katharina verschluckte sich und musste heftig husten. Magdalena erwachte und schrie.

»Verdammt, das Weib ist ja wach!«

»Und sie hat uns belauscht!«, flüsterte Timo.

Kapitel 19

Auf dem Totenhügel pfiff der Wind noch stärker als zwischen den Häusern hinter der Stadtmauer. Tagelanger Regen hatte den Boden derart aufgeweicht, dass Hans Griebel den Karren mit dem Sarg kaum von der Stelle brachte. Immer wieder blieben seine ledernen Bundschuhe fast knöcheltief im Schlamm stecken.

Hunderte Nördlinger standen um die ausgehobene Grube, um dem Zimmerermeister Mühlbichler die letzte Ehre zu erweisen. Simon nahm den Lehrbuben zur Seite und sagte zu ihm:

»Wir werden aufhören mit der Zimmerei. Es ist brotlose Kunst geworden. Geld kann man damit nicht mehr verdienen. Die einfachen Bürger können es sich nicht leisten zu bauen und die Stadt will nicht viel bezahlen und setzt uns auch noch zeitlich unter Druck. Was dabei herauskommt, haben wir ja gesehen.« Der Lehrling nickte nur.

»Du kannst aber deine Lehre beim Zimmerer in Alerheim fertig machen. Ich hab gestern mit ihm gesprochen.«

»Danke, Simon!«, erwiderte er und seine Gesichtszüge erhellten sich.

Pastor Widmann begann mit der Grabrede. Er lobte den Zimmerer als ehrlichen und fleißigen Handwerker, der auch bei schwierigsten Bedingungen stets seine volle Leistung zum Wohle der Stadt erbrachte. Simon schaute in die betroffenen Gesichter. Wilhelm Hofmeister stand mit verschränkten Armen neben Gundelfinger und Seefried. Auch Konrad, der neue Stadthauptmann, und einige seiner Wachen kamen zur Beerdigung.

Als der Sarg an den Seilen hinabglitt, starrten sie wortlos in das Loch. Nachdem die Mühlbichlers Weihwasser und Erde auf den Sarg gegeben hatten, taten es ihnen die Anwesenden gleich und bekundeten den Hinterbliebenen ihr Beileid. Hofmeister verspritzte mit gesenktem Kopf betroffen Weihwasser, dann kam er auf Simon zu, reichte ihm die Hand und flüsterte ihm ins Ohr:

»Du bist ein toter Mann, Mühlbichler! Du hast mich nicht umsonst blamiert vor allen. Willst du dich nicht gleich zu deinem Alten legen? Dann seid ihr nicht so einsam.«

»Nicht mal auf dem Friedhof kannst du dein verdammtes Maul halten, Hofmeister!«, flüsterte Simon. Als Wilhelm ihm übertrieben fest auf die Schulter klopfte und lachte, stieg in Simon der Zorn hoch. Seine rechte Hand verkrampfte sich zu einer Faust, dass seine

Knöchel weiß hervortraten. Blitzschnell schlug er ihm mitten ins Gesicht. Hofmeister taumelte rückwärts, stolperte und stürzte krachend, mit dem Rücken voran, auf den hölzernen Sarg im Grab. Atemringend blieb er auf dem Rücken liegen. Blut schoss aus seiner Nase. Ein Raunen ging durch die Menschenmenge.

»Haltet ein! Das ist Störung der Totenruhe!«, schrie Pastor Widmann. Hofmeister hielt sich die Hand vor die Nase. Kaum fähig zu atmen, rief er:

»Ergreift ihn! Dafür wird er bezahlen!«

Der Stadthauptmann bahnte sich mit zwei Wachen den Weg zu Simon. Doch bevor sie ihn fassen konnten, stieß er seine Angreifer von sich weg. Konrad fiel auf den schlammigen Boden, die beiden anderen stürzten auf Hofmeister im Grab, der vor Schmerz aufschrie. Simon ergriff die Flucht, stieß einen nach dem anderen zur Seite und rannte Richtung Stadt.

Erst am Berger Tor wagte er sich umzudrehen. Seine Verfolger waren noch weit hinter ihm. Er hatte einiges an Vorsprung. Er könnte es schaffen.

Keuchend betrat er seine Kammer.

»Nur das Wichtigste!« Er wickelte einen warmen Mantel in eine Wolldecke und steckte sein Erspartes ein. Danach hastete er in den Stall und sattelte mit zitternden Händen seinen Fuchshengst.

»Er kann nicht weit sein. Durchsucht das Haus!«, rief der Stadthauptmann. Simon schwang sich auf sein Pferd und preschte davon.

»Hier ist er! Bleib stehen!« Ein Armbrustbolzen zischte nur knapp an ihm vorüber und schlug in eine Hauswand, dass der Putz splitterte.

»Schließt die Tore!«, brüllte Konrad. Simons einzige Chance, aus der Stadt zu kommen, war das gegenüberliegende Löpsinger Tor. Dort hatten die Wachen bestimmt noch nichts von seiner Flucht mitbekommen. Er galoppierte durch eine enge Gasse. Hühner stoben gackernd auseinander. Eine Bäuerin wich vor Schreck in ihren Hauseingang zurück und stürzte. Ihr Korb mit den gerade eingesammelten Hühnereiern fiel auf die Straße. Fluchend drohte sie mit der Faust.

»Bleib stehen, Mühlbichler! Es gibt kein Entkommen!«, schrie ein Büttel.

Nach einer gefühlten Ewigkeit erreichte Simon das Löpsinger Tor. Es stand offen.

»Schließt das Tor! Haltet ihn!«, rief Konrad. Doch bis der verschlafene Wachmann in die Gänge kam, war Simon schon auf der anderen Seite der Stadtmauer. Er trieb sein Pferd an wie noch nie. Immer wieder blickte er sich um. Der Knall einer Muskete ließ ihn zusammenzucken.

»Hört auf zu schießen!«, rief Konrad. »Nur weil er dem Hofmeister die Nase gebrochen hat, muss er ja nicht gleich getötet werden. Das war längst überfällig«, sagte er schmunzelnd zu seinen Kameraden. »Früher oder später wird er wieder in Nördlingen auftauchen, dann können wir ihn ohne große Mühen festnehmen.«

Erst als Simon außer Sichtweite war, verlangsamte er sein Tempo. Die einsetzende Dämmerung und der leichte Schneefall animierte die Wachen wohl nicht zu einer weiteren Verfolgung. In einem großen Bogen umrundete er die Stadt. Zwischendurch hielt er immer wieder an, um Holz und Reisig zu sammeln. Die Nächte waren kalt und frostig geworden. Ohne ein wärmendes Feuer würde er den Morgen nicht erleben.

Zwischen Utzmemmingen und Holheim lenkte er sein Pferd auf einen Hügel. Die Ofnethöhlen waren vorerst ein sicheres Versteck. Die Einheimischen mieden sie. Unerklärliche Dinge sollten sich hier abspielen. Anwohner berichteten von Lichtern und Geräuschen wie aus einem Wirtshaus. Mit Musik, Gelächter und klirrenden Krügen. Wenn man allerdings dem Eingang zu nahe käme, erloschen die Lichter und es sei nichts mehr zu hören.

Simon musste sich leicht bücken, um in die größere der beiden Höhlen zu gelangen. Um nicht vom Licht der Flammen verraten zu werden, würde er das Feuer im hinteren Teil entzünden. Nur mit Mühe gelang es ihm, mit seinen kalten Händen kleine Holzspäne von einem Ast zu schnitzen.

Als die Flammen endlich Wärme spendeten, hielt er seine Hände darüber und rieb sie aneinander. Die lodernden Zungen des Lagerfeuers warfen gespenstische Schatten auf die Höhlenwände.

»Noch einen Krug Wein!«, lallte Heinrich der Söldner mit erhobener Hand und griff anschließend der Schankmagd unter den Rock. Diese verpasste ihm eine schallende Ohrfeige.

»Du hast genug gesoffen die letzten Tage!«, schimpfte Katharina und zog ihm den vollen Becher weg. »Wir brechen morgen auf.«

Nachdem die Reisegruppe vor vier Tagen ihr Nachtlager verlassen hatte, erreichten sie kurz darauf Hall und quartierten sich im ›Goldenen Adler‹ ein. Katharina erholte sich überraschend schnell. Trotzdem wollte Michael einige Tage abwarten, bevor sie ihre Reise fortsetzten.

»Was soll das?«, schimpfte Heinrich. »Ich bin nicht einer deiner Patienten!«

»Du wirst vom Rat bezahlt, um uns zu schützen. Momentan sieht es aber eher so aus, dass wir *dich* schützen müssten! Geh und schlaf deinen Rausch aus!«, murrte Katharina und stieg die Stufen zu den Schlafkammern hinauf.

Das monotone Rumpeln der eisenbeschlagenen Räder des Fuhrwerks versetzte Magdalena in einen tiefen Schlaf. Noch vor einer Stunde schrie sie mit hochrotem Kopf, bis Katharina ihr die Brust gab. Eingehüllt in Decken und Schaffelle, nuckelte sie jetzt zufrieden an ihrem Daumen. Der gefrorene Nebel verwandelte die Landschaft in eine bizarre Welt. Die Eiskristalle blitzten und glitzerten im morgendlichen Sonnenlicht. Laut klackerten die Pferdehufe auf dem vereisten Weg.

Seit Katharina das Gespräch der Söldner belauscht hatte, fühlte sie sich unwohl und verfolgt. Sie war froh, Heinrich und Timo vor sich in der Reisegruppe zu sehen und drehte ihnen seither niemals den Rücken zu. Ihren Begleitern verschwieg sie, was sie erfahren hatte.

Als sie ein kleines Waldstück erreichten, ertönte ein lauter Knall. Timo sackte auf seinem Pferd zusammen, das wiehernd stieg, seinen Reiter abwarf und flüchtete. Nur mit Mühe konnte Heinrich seinen Braunen unter Kontrolle bringen. Eine Meute abgerissener Gestalten stürmte brüllend auf die Wagenkolonne zu. Mit gezogenem Schlachtschwert ritt der erfahrene Söldner auf die Angreifer zu. Helmut und Luise ergriffen die Flucht und trieben das ohnehin aufgescheuchte Zugpferd weiter an. Mathilda drückte im Wageninneren Magdalena fest an ihre Brust und verkroch sich unter einem Haufen Decken und Fellen, in der Hoffnung, der Säugling würde nicht schreien. Mit einem mächtigen Schwerthieb trennte Heinrich dem Ersten den Kopf vom Rumpf. Michael verteidigte sich mit seinem Hirschfänger, als ein schmächtiger Angreifer den Wagen bestieg. Entsetzt schrie Katharina auf. Michael traf ein Schwertknauf an der Schläfe und ließ ihn reglos zwischen Pferd und Wagen stürzen.

»Hallo, mein Täubchen«, lächelte der Dürre und zeigte seine wenigen braunen Zähne. Ein weiterer Kämpfer verschwand im Inneren des Wagens auf der Suche nach Brauchbarem.

»Komm mir nicht zu nahe, sonst steche ich dich ab! Das schwöre ich dir!«, schrie Katharina, während sie mit dem Messer ungeübt durch die Luft fuchtelte.

»Du wirst mich doch nicht verletzen wollen?«, erwiderte er ihr mit einem lüsternen Grinsen. Blitzschnell ergriff er Katharinas Hand, entwaffnete sie und zerrte sie vom Wagen. Wie eine Furie schlug die Apothekerin um sich, doch ihre Kräfte reichten nicht aus. Grinsend warf sich die hagere Gestalt auf die am Boden liegende Frau.

»Nein! Hör auf damit! Hilfe!«, schrie Katharina, doch niemand schien sie zu hören. Während er an seinem Hosenlatz nestelte, schob er ihr die Röcke hoch. Ein Lederstiefel traf ihn mitten ins Gesicht.

Katharina fiel ein Stein vom Herzen. Sie war froh über die Rettung in letzter Sekunde. Dann sah sie den Zottelhaarigen mit der Augenklappe über sich stehen.

»Nein! Verschwinde!«, schrie sie erschrocken und schob sich mit den Beinen weg von ihm. Im Augenwinkel sah sie, wie die restlichen Gestalten mit Beute, so viel sie tragen konnten, im Wald verschwanden. Doch das war ihr egal. Hauptsache, sie konnte ihr Leben und das ihres Kindes retten.

Mein Gott, Magdalena! Hoffentlich passiert dem Kind nichts, hoffte sie.

Mit entblößtem Unterleib warf sich der Einäugige auf sie. Katharina mobilisierte noch einmal all ihre Kräfte, um sich zu wehren. Sie schrie, kratzte, schlug und biss ihren Peiniger. Doch dann spürte sie den schon bekannten stechenden Schmerz im Unterleib, der ihr fast den Atem raubte.

»Ich dachte nicht, dass ich mal eine so noble Frau stoßen werde. Die Bürgermeistersgattin persönlich«, keuchte der Widerling. »Du bist doch das Weib vom Hofmeister oder nicht?« Katharina wollte etwas sagen, aber sie brachte keinen Ton heraus.

»Er sagte, ich kann mit dir machen, was ich will, bevor ich dich in die Hölle schicke!«, stöhnte er lachend. Die Stimme verstummte und sein Körper erstarrte. Dann sackte er reglos mit seinem vollen Gewicht auf die Apothekerin. Die Zeit verstrich. Katharina hatte schon Angst zu ersticken. Dann konnte sie plötzlich wieder atmen.

»Katharina! Mein Gott, Katharina!« Als sie die Augen öffnete, konnte sie es kaum glauben.

»Simon!« Achtlos warf Simon die Armbrust zur Seite und drückte Katharina fest an sich. Dann brachen die Dämme. Mit bebenden Schultern weinte sie all ihre Wut und ihr Entsetzen aus sich heraus.

»Schhhhh, ist ja gut. Ich bin ja bei dir!«, tröstete er sie und strich ihr über das Haar.

»Was machst du hier? Dein Vater braucht dich doch in der Zimmerei!«

»Ich habe Wilhelm Hofmeister das Nasenbein gebrochen und ins Grab meines Vaters gestoßen, deshalb musste ich flüchten.«

»Dein Vater? Gestorben?«

»Ja, ein bedauerlicher Unfall auf der Baustelle.«

»Das mit Wilhelm freut mich! Wo sind eigentlich die anderen? Was ist mit Magdalena? Und wo ist Michael?« Ihr suchender Blick traf ihren Bruder, der unter dem Fuhrwerk hervorkroch und sich mit verzerrtem Gesicht die mächtige Beule am Kopf rieb.

»Gott sei Dank! Du lebst!«, seufzte Katharina erleichtert. »Wo sind Magdalena und Mathilda?«

»Ich bin hier!«, meldete sich die Hebamme und quälte ihre steifen Knochen ins Freie. Auf dem Arm hatte sie Magdalena, die trotz des Trubels zufrieden an ihrem Daumen nuckelte.

»Die Gefahr ist noch nicht vorüber!«, warnte Simon und spannte die Armbrust erneut.

»Woher hast du die Waffe? Die muss ein Vermögen gekostet haben!«, fragte Katharina.

»Eine Investition, die sich gelohnt hat!«

»Timo ist tot«, erklärte Michael. »Ein Kopfschuss mit einer Muskete.«

»Oh nein! Er war noch so jung. Wo stecken Heinrich und die Furtners?«, wollte Katharina wissen.

»Die Gewürzhändler sind geflüchtet beim Angriff.«

»Das sind ja tolle Freunde. Lassen uns hier fast verrecken, um die eigene Haut zu retten!«, murrte Mathilda.

»Ich mach ihnen keine Vorwürfe. Sie hatten bestimmt entsetzliche Angst«, verteidigte Katharina sie.

»Du hast leicht reden. Deine Sachen sind ja noch auf dem Wagen. Die meisten wenigstens. Und die Furtners haben keine Verluste. Mir haben die Schweinehunde selbst die Unterröcke geklaut«, schimpfte Mathilda.

»Sie haben unser Geld gefunden. Verdammt!«, fluchte Michael.

»Wenigstens das Problem hab ich nicht. Aus leeren Taschen kann man nichts stehlen!«, lachte Mathilda.

»Das ist nicht witzig!«, schimpfte Michael sie. »Dir vergeht das Lachen schon, wenn du die nächsten Nächte im Freien verbringen musst!«

»Kein Grund zu streiten. Ich hab schon noch eine Notreserve«, beschwichtigte Katharina.

»Tsss, meine Schwester. Wie ein Eichhörnchen. Überall hat sie was versteckt.« Katharina schmunzelte nur. Ihr Bruder konnte es sich nur schwer eingestehen, dass sie mal wieder recht hatte.

»Da kommt unser Söldner. Ach du meine Güte! Der sieht nicht gut aus!«, bemerkte Mathilda. In langsamen Schritten kam Heinrich auf seinem Pferd zurück. An seinem Oberschenkel klaffte eine blutende Wunde.

»Ich hab die Sauhunde verfolgt. Einen Teil unserer Sachen konnte ich zurückholen. Wenigstens die warmen Decken haben wir wieder«, keuchte er.

»Michael, hilf mir! Wir müssen seine Wunde versorgen«, wies Katharina an.

»Ich bin Medicus und kein Wundarzt. Außerdem werde ich dafür nicht bezahlt.«

»Hab schon verstanden«, murrte Heinrich. »Hier hast du deine Kreuzer wieder, Quacksalber.«

»Wie bitte? Wenn du nicht verletzt wärst, würde ich dir glatt den Hintern versohlen!«

»Quatsch nicht, hilf mir lieber! Schürt ein Feuer! Ich brauch kochendes Wasser!«

»Ich glaube, es ist besser, *ich* helfe dir, Kind!«, murmelte Mathilda und drückte Simon seine Tochter in die Hand.

»Ist das mein ... ich meine ... ist das unser ...?«, stotterte er.

»Das ist Magdalena«, erklärte ihm Michael. Katharina schnitt dem Söldner das Hosenbein ein Stück auf, um besser an die Wunde zu gelangen.

»Mathilda, den Schlafschwamm bitte!«

»Nein, ich will bei Bewusstsein bleiben! Die Gefahr ist noch nicht vorüber!«

»In Ordnung. Das wird aber jetzt etwas brennen!«, erklärte sie und goss ein Gemisch aus Wein und abgekochtem Wasser in die Wunde. Heinrich spannte sämtliche Muskeln an, gab aber keinen Laut von sich. Nachdem sich Katharina ihre Hände gewaschen hatte, fischte sie Nadel und Faden aus dem Wasserkessel. Sie wusste vom Bader Fromme, dass so wenig Schmutz wie möglich in die Wunde gelangen durfte.

»Was soll das werden, Schwesterchen? Du kannst doch eine Wunde nicht einfach zunähen wie ein zerrissenes Kleid!«

»Bist du nun doch Wundarzt?«

»Nein, ich …«

»Dann halt den Mund und lass mich meine Arbeit machen!« Mit Schweißperlen auf der Stirn beobachtete Heinrich, wie die Apothekerin Stich für Stich die klaffende Wunde verschloss. Der Schmerz zerrte an seinem Bein wie ein Tier, das sich darin verbissen hatte. Nach dem letzten Stich stoppte die Blutung und die Apothekerin legte dem Verwundeten einen Verband aus frischem Leinen an.

»Danke!«, wandte sich Heinrich an seine Helferin.

»Danke Gott. Und wenn du schon mit ihm sprichst, bitte ihn, dass sich deine Wunde nicht entzündet. Das wäre dein sicherer Tod.«

»Wie lange braucht ihr noch?«, fragte Simon.

»Ich habe keine Ahnung, wie weit das nächste Quartier von hier entfernt ist. Unsere Heidelberger Freunde können wir ja schlecht fragen.«

»Wir sind fertig«, erwiderte ihm Katharina. »Kannst du reiten, Heinrich?«

»Macht Euch um mich keine Sorgen.«

Das schon vertraute Klackern der Pferdehufe auf dem vereisten Weg versetzte nicht nur Magdalena in Schlaf. Auch Katharina kämpfte gegen die Müdigkeit an, obwohl sie immer noch die schrecklichen Bilder vor Augen hatte, wie der Zottelhaarige ihr Gewalt antat. Der beißende Schweißgeruch und sein fauliger Atem waren noch immer in ihrer Nase und wollten nicht weichen. Ebenso hatten sich seine Worte in Katharinas Gehirn eingebrannt.

... die Bürgermeistersgattin persönlich. Er sagte, ich kann mit dir machen, was ich will, bevor ich dich in die Hölle schicke ...!

Wenigstens hatte er seine gerechte Strafe erhalten.

Ein Schrei schreckte Katharina aus ihren düsteren Gedanken. Mathilda hielt sich die Hand vor den Mund. Keiner wagte auch nur ein Wort zu sagen. Stumm und entsetzt näherten sie sich wie ein Leichenzug dem Ende des Waldes. Was Katharina sah, hätte ihr das Blut in den Adern gefrieren lassen, wäre es in den letzten Stunden nicht schon geschehen. Am

Ast einer strammen Buche hing Helmut aufgeknüpft. Entkleidet bis auf seine Bruche, pendelte er leicht im Wind. Sein Blick war starr auf die Ankommenden gerichtet, sein Mund zu einem stummen Schrei geöffnet. Zu seinen Füßen lag Luise mit bebenden Schultern. Von ihrem Hab und Gut war weit und breit nichts mehr zu sehen. Die Apothekerin sprang vom noch fahrenden Wagen und rannte zur Unglücksstelle. Sie legte der Gewürzhändlerin ihre Hand auf die Schulter.

»Luise, was, um Himmels willen, ist nur geschehen?«

»Na, das da ist geschehen!«, erwiderte sie und zeigte auf den Gehängten. »Helmut hatte sich gewehrt, weil sie uns alles wegnehmen wollten. Und es war doch alles, was wir besaßen. Selbst unsere Kleidung haben sie uns genommen!« Erst jetzt fiel Katharina auf, dass Luise barfuß auf dem eisigen Boden lag.

»Haben sie dir etwas angetan?«

»Nein, außer ein paar blauen Flecken fehlt mir nichts.« Während die Männer Helmut vom Baum schnitten, führten Mathilda und Katharina die Gewürzhändlerin zum Wagen. Simon und Michael suchten Steine, um den Toten damit zu bedecken. Begraben konnten sie ihn wegen des gefrorenen Bodens nicht.

»Ich würde mich euch gerne weiter anschließen«, begann Luise, nachdem sie sich wieder etwas gefangen hatte. »Aber ich habe nur noch das, was ich am Leib trage. Selbst das ist nicht mehr viel.«

»Du bist uns immer willkommen, Luise. Und ich denke, es ist besser, du bist in Gesellschaft. Dann denkst du nicht so viel nach.«

Kapitel 20

Der Winter hatte mit den Reisenden ein Einsehen und zog sich in die Berge zurück. Nun froren sie zwar nicht mehr so erbärmlich, aber das Vorankommen wurde dadurch nicht einfacher. Oftmals mussten sie mit Ästen und Holzstangen die Karren aus dem Schlamm hebeln. Nachdem Katharinas Notgroschen schneller zur Neige gingen als gedacht, mussten sie froh sein, wenn sich ein Bauer ihrer erbarmte und sie zwischen dem Vieh im Stall schlafen ließ. Nicht selten wunderte sich einer über die seltsame Truppe.

»Wo sind wir? Sollten wir nicht schon längst da sein?«, murrte Mathilda. »Außerdem habe ich Hunger.«

»Wir haben nichts mehr. Wir alle sind hungrig. Das habe ich dir aber heute Vormittag schon mal gesagt«, antwortete Katharina schnippisch.

»Wenn wir noch auf dem richtigen Weg wären, hätten wir längst die Glocken der Peter-und-Paul-Kirche gehört. Die Mönche läuten dort alle halbe Stunde, um den Pilgern den Weg zu weisen. Wenigstens hat das Pastor Widmann behauptet.«

»Hat unterwegs jemand einen Pilger gesehen?«, mischte sich Heinrich ein. »Ich jedenfalls nicht. Keine Pilger, keine Glocken. Nur wir sind so blöd und stapfen tagelang durch den Dreck und die Kälte für ein paar Kreuzer.«

»Da vorne muss es sein!«, rief Simon. »Zumindest ist da eine Kirche mit zwei Türmen.«

»Ja, das scheint es zu sein«, bestätigte Katharina. »Und die langen Gebäude gehören zur Abtei. Mein Gott, das ist ja riesig.« Die Aussicht auf eine warme Mahlzeit ließ Mathilda vom Wagen springen und sie stapfte in ihrem schnellsten Schritt voraus.

Die Abtei und ihre Kirche wirkten verlassen. Wäre nicht aus dem ein oder anderen Kamin Rauch aufgestiegen, hätten sie das graue Gemäuer für eine Ruine gehalten.

Katharina räusperte sich, nachdem sie den schweren Ring des Türklopfers dreimal gegen die Klosterpforte geschlagen hatte. Nichts war zu hören. Wieder klopfte sie, doch die Türe blieb verschlossen. Als die Apothekerin erneut klopfen wollte, öffnete sich die Klosterpforte.

»Wer stört auf so unverschämte Weise unser Stundengebet?«, wollte ein Mönch wissen.

»Dominus vobiscum*«, sagte Katharina.

»Et cum spiritu tuo**.«

---

* lat. Der Herr sei mit euch.

** lat. Und mit deinem Geiste.

»Bitte entschuldigt die Störung. Wir kommen von weit her. Aus der Reichsstadt Nördlingen. Gewissermaßen handelt es sich um einen Notfall. Unser Bürgermeister ist an der Hundswut erkrankt. Ich habe auch ein Empfehlungsschreiben des Augsburger Bischofs. Wo habe ich es denn gleich? Ach, hier. Leider ist es nass geworden und nicht mehr so gut lesbar.«

»Und was soll ich damit? Seid ihr Pilger oder krank? Kranke werden im Infirmarium* aufgenommen. Als Pilger könnt ihr im Frühjahr wiederkommen.«

»Nein, wir sind nicht krank. Oder doch, ja. Unser Söldner hat eine Wunde am Bein. Aber der Bischof meinte, ihr seid die Einzigen, die unserem Bürgermeister helfen können.«

»Und wo ist euer Bürgermeister?«

»In Nördlingen. Er hätte den Weg hierher nicht geschafft.«

»Ich verstehe immer noch nicht, was ihr eigentlich wollt!«

»Wir möchten gerne den Hubertus-Schlüssel und die heilige Stola ausleihen. Ihr bekommt auch alles wieder zurück. Und der Nördlinger Rat wird sich bestimmt erkenntlich zeigen.«

Der Mönch lachte lauthals und schlug sich auf den Schenkel.

---

* Krankensaal im Kloster.

»Ihr habt wohl zu viel Wein getrunken? Ihr seid ja witzig.« Er wischte sich mit dem Ärmel seiner Kutte über die Augen. »Derzeit arbeiten hier 39 Mönche. Die meisten davon drüben im Infirmarium. Könnt ihr euch vorstellen, wie viele Kranke wir hier haben? Und ihr wollt ihnen wegen eures Bürgermeisters die letzte Hoffnung nehmen? Hier kommen täglich Hundswutkranke und bitten den heiligen Hubertus um seine Hilfe. Sollen wir die alle nach Nördlingen schicken, weil euer Bürgermeister den Hubertus-Schlüssel dort gerade braucht? Nein, nein. Hier wird nichts ausgeliehen. Selbst wenn der Kaiser persönlich darum bittet.«

»Könnt ihr uns trotzdem aufnehmen? Wir haben seit gestern nichts mehr gegessen und wurden überfallen und ausgeraubt. Und wie schon gesagt, ist unser Söldner verwundet.«

»Das muss der Abt entscheiden. Ihr kommt unangemeldet außerhalb der Pilgerzeit.«

»Wir würden euch auch gerne helfen. Mein Bruder ist studierter Medicus. Ich bin Apothekerin und meine Freundin ist Hebamme. Und einen Zimmermann haben wir auch dabei.«

»Und einen Hosenscheißer haben wir auch noch!«, rief Heinrich aus dem Hintergrund.

»Nun gut. Wartet hier. Ich will sehen, was ich machen kann«, sagte der Bruder Pförtner und verschwand in einem der düsteren Gänge der Abtei.

»Du bist ja lustig«, beschwerte sich Michael. »Wie lange willst du hierbleiben?«

»So lange wie nötig. Ich werde hier nicht ohne diesen Schlüssel und die Stola weggehen.«

Nach geraumer Zeit erschien der Mönch wieder.

»Ihr könnt bleiben. Euren Verwundeten bringen wir gleich ins Infirmarium. Der Abt möchte euch zur Vesper im Refektorium* sehen. Und bis dahin werdet ihr euch waschen und etwas Frisches anziehen. Ihr stinkt, als hättet ihr im Schweinestall geschlafen. Folgt mir!«

Nachdem sie Heinrich abgeliefert hatten, führte sie der Bruder Pförtner ins Dormitorium**.

»Hier sind eure Unterkünfte. Die Notdurft könnt ihr im Necessarium*** verrichten«, erläuterte er.

»Wo soll ich hin, wenn ich mal muss?«, flüsterte Mathilda Katharina ins Ohr. Doch die blickte sie nur achselzuckend an.

»Ich sehe schon, ihr seid mit dem klösterlichen Leben noch nicht ganz so vertraut. Das Necessarium ist eine neuartige Vorrichtung, die wir erst kürzlich fertigstellen konnten. Quasi ein Latrinengraben, durch den ein kleiner Bach fließt, mit einer Sitzge-

---

* Speisesaal in einem Kloster.

** Gemeinschaftlicher Schlafsaal im Kloster.

*** Die wohl erste Wassertoilette. Eine über ein Fließgewässer gebaute Sitzgelegenheit mit Lochausschnitt zur Verrichtung der Notdurft.

legenheit darüber. Es riecht nicht mehr so unangenehm.«

»Ach, das ist ja vornehm«, lachte die Hebamme.

»Und hier könnt ihr euch jetzt waschen.«

»Das ist ja ein Bad! Wie haben die Brüder das so schnell hergerichtet?«, staunte Katharina.

»Das war eigentlich für den Abt angerichtet. Es war aber sein dringender Wunsch, euch den Vortritt zu lassen. Allerdings können wir nicht für jeden frisches Wasser heiß machen.« Katharina konnte es kaum fassen. Wie lange musste sie auf ein warmes Bad verzichten? Da war es ihr egal, ob Mathilda oder Luise vielleicht schon vor ihr im Wasser lagen. Simon und Michael hingegen wuschen sich im Nebenraum. Bad war hier allerdings keines gerichtet.

Wie neu geboren betraten sie das Refektorium. Die fast zwei Dutzend Mönche starrten zum Eingang, als hätten sie noch nie eine Frau gesehen. Katharina fühlte sich nicht besonders wohl in dem langen Leinenhemd, das sie vom Bruder Pförtner bekommen hatte. Es war zwar weit geschnitten, zeichnete aber trotzdem ihre weiblichen Rundungen ab.

»Dominus vobiscum«, begrüßte Katharina die Anwesenden.

»Et cum spiritu tuo«, murmelten sie wie aus einem Munde. Abt Vinzenz von Hüttenstein erhob sich von der grob gezimmerten Tafel. Er war ein Mann im besten Alter und sah so gar nicht wie ein Abt aus.

Mit seinen markanten Gesichtszügen und den breiten Schultern wusste er sicherlich, wie er auf Frauen wirkte.

»Brüder, wir haben für die nächsten Tage Gäste aus der fernen Reichsstadt Nördlingen. Aufgrund ihres verletzten Begleiters ersuchen sie unsere Hilfe, die wir ihnen gewähren, und unser bescheidenes Mahl teilen wir gerne mit ihnen. Setzt euch zu uns.« Mit einer einladenden Geste wies von Hüttenstein Katharina und ihren Begleitern einen Platz zu. Dort standen bereits dampfende Holzteller mit Kohlsuppe und ein paar einzelnen Speckwürfeln und Brot. Unter normalen Umständen hätte die Apothekerin die Nase gerümpft. Mathilda blickte aufgeregt zwischen Abt, Katharina und ihrem Teller hin und her und schluckte mehrmals.

»Das Tischgebet spricht heute Bruder Martin«, entschied der Abt.

»Dann können wir die Suppe kalt löffeln«, murrte Mathilda vor sich hin und rollte die Augen.

»Schhhhhht!«, wurde sie ermahnt. Nach dem kollektiven Amen begann das lautlose Mahl. Die Mönche hatten eine Art Zeichensprache, um sich untereinander zu verständigen. Katharina sah, wie einer den Daumen an seinem Zeige- und Mittelfinger rieb und daraufhin Salz bekam. Mehrmals ertappte Simon den Abt dabei, einen kurzen Blick auf Katharina oder Luise zu werfen. Frauen schienen hier nicht sehr oft zugegen zu sein.

Nach der Vesper trat Vinzenz von Hüttenstein zu den Nördlingern.

»Mir kam zu Ohren, dass einige Heilkundige unter euch sind. Wir könnten dringend Hilfe im Infirmarium gebrauchen, nachdem wir von einer Welle Kranker überrollt wurden. Ein seltsames Fieber macht sich breit.«

»Ja, ich bin Apothekerin und mein Bruder hat in Mailand Medizin studiert. Und das hier ist Mathilda, die Hebamme«, erwiderte Katharina und tätschelte deren Schulter.

»Mit einem gesegneten Appetit«, fügte von Hüttenstein schmunzelnd hinzu. Mathilda wurde rot und senkte ihren Blick. »Ich würde euch unsere Kirche und die Abtei zeigen, wenn ihr das möchtet.«

»Oh, sehr gerne«, freute sich Michael.

»Dann folgt mir! Am 20. Januar 1525 zerstörte ein Feuer die gesamte Abtei. Pater Nicolas de Malaise beschloss daraufhin den sofortigen Wiederaufbau. Also alles, was ihr heute seht, ist aus dieser Zeit. 1562 wurde dann das Infirmarium angebaut. Das ist der große Querbau der Abtei. Wir sind derzeit in der Planung, unsere Peter-und-Paul-Kirche zu renovieren. Dazu erwarten wir in den nächsten Tagen Fürstbischof Ferdinand I.«

»Noch nie was von ihm gehört«, gestand Katharina.

»Ferdinand I. ist Kurfürst und Erzbischof von Köln, Hildesheim, Lüttich und Münster. Seinen Bruder kennt ihr aber sicherlich. Er ist Kurfürst Maximilian I. von Bayern.« Einige nickten.

»Aber eigentlich ist er gar kein richtiger Bischof.« Von Hüttenstein blickte um sich, ob ihn keiner seiner Brüder belauschte. »Ferdinand I. hat nie eine Bischofsweihe erhalten, weil sein Bruder bisher noch kinderlos ist. Würde ihm etwas zustoßen, müsste Ferdinand ihn vertreten. Das kann er aber nur ohne Bischofsweihe, weil er ja dann selbst einen Stammhalter zu zeugen hätte. Als Bischof nicht ganz einfach.«

»Und das geht so einfach, Bischof werden ohne eine Weihe?«, staunte Michael.

»Ich bin ja auch Hebamme ohne Studium«, lachte Mathilda. Katharina rollte die Augen.

»Wow, das ist mal eine Kirche«, staunte Simon. »Da könnten wir unsere St. Georgskirche bald dreimal reinstellen.« Vor dem Seitenaltar waren einige Mönche zugange und versuchten, einen Mann zu bändigen, der wild um sich schlug und schrie.

»Was, um Himmels, willen geht da vor sich?«, fragte Katharina entsetzt.

»Wieder so ein armer Teufel mit Hundswut«, erklärte der Abt.

»Aber wieso ist der dann nicht im Infirmarium, wenn er krank ist?«, wollte Simon wissen.

»Als Erstes müssen wir den heiligen Hubertus um seine Hilfe bitten. Dazu bringen wir den Infizierten hierher und ketten ihn an diesem Ring hier an der

Wand fest. Die Hundswutkranken sind teilweise wie von Sinnen.«

»Euer Gnaden, darf ich Euch bitten, den Seitenaltar für uns zu öffnen«, fragte einer der Mönche. Jeder der Besucher reckte den Hals, als Abt Vinzenz von Hüttenstein den Hubertus-Schlüssel aus dem Seitenaltar hervorholte und in das Kohlebecken steckte.

Was dann geschah, schockierte nicht nur die Frauen. Zwei der Brüder hielten den Infizierten fest und ein Dritter griff nach dem glühenden Hubertus-Schlüssel. An der Wade des Hundswutkranken war deutlich eine Bisswunde zu erkennen. Auf diese wurde die glühende Stempelfläche aufgedrückt. Der arme Mann schrie wie von Sinnen und wand sich vor Schmerz. Es zischte und dampfte. Der Geruch von verbranntem Fleisch, wie bei Hinrichtungen auf dem Scheiterhaufen, breitete sich aus.

»Pfui Teufel! Das halt ich nicht aus!« Katharina hielt sich die Armbeuge vor die Nase und wandte sich ab. Die anderen verzogen zumindest ihr Gesicht.

Als sich der Kranke etwas beruhigt hatte, wurde eine weiße Salbe auf die verbrannte Haut aufgetragen. Doch sein Leiden war noch nicht vorüber. Ein Messer blitzte auf. Dann folgte der etwa daumenbreite Schnitt in die Stirn des Infizierten, was ihn aufstöhnen ließ. Blut rann über sein Gesicht. Zwei kräftige Männer fixierten seinen Kopf und zogen den Schnitt zu einer klaffenden Wunde auseinander. Ein aus der heiligen Stola entnommenes kleines Stück Silberfaden legten sie in den Schnitt und pressten ihn wieder zusammen. Danach wurde die Wunde mit einem schwarzen Tuch verbunden.

»Neun Tage darf das Tuch nicht entfernt werden«, erklärte der Abt. »Sonst war die ganze Mühe umsonst. Er darf sich nicht rasieren in dieser Zeit und muss sich mehrmals täglich die Hände mit Weihwasser waschen. Er muss allein auf weißem Leinen schlafen, täglich die Kommunion einnehmen und darf kein Fleisch essen. Danach folgt die Genesungsprobe.«

»Und wie sieht diese Genesungsprobe aus?«, hakte Katharina nach.

»Seht ihr diesen Stein hier auf dem Boden?« Von Hüttenstein zeigte auf eine quadratische schwarze Fliese, auf der die Buchstaben D.C.P. zu erkennen waren.

»Dignus corpus probare. Den Körper als würdig erweisen. Wenn der Infizierte ohne fremde Hilfe mit beiden Beinen auf dieser Steinplatte stehen kann, ist er genesen und darf nach Hause.

Ich bringe euch jetzt zurück und lass euch eure Unterkunft zeigen. War doch gewiss etwas viel für heute.«

»Ich brauche etwas frische Luft«, gestand Katharina. »Ihr findet mich am Brunnen vor der Kirche.« Michael folgte Katharina ins Freie, während Simon, Mathilda und Luise mit dem Abt zurück in die Abtei gingen.

»Geht es dir nicht gut?«, fragte Michael besorgt.

»Nein, es geht gleich wieder. Es war nur der Gestank von verbranntem Fleisch, den ich nicht riechen kann.«

»Und? Schon eine Idee, wie wir den Hubertus-Schlüssel doch noch ausleihen können?«

»Nein. Nicht die geringste Ahnung. Er wird den Schlüssel niemals freiwillig hergeben. Da bin ich mir sicher.«

»Was machen wir dann noch hier?«

»Es muss eine Lösung geben. – Ich hab's. Wir werden ihn stehlen.«

»Bist du von Sinnen? Jeder wird uns verdächtigen, weil wir danach fragten. Reliquiendiebe landen auf dem Scheiterhaufen.«

»Nun gut, dann lass uns auch schlafen gehen. Ich kann die Augen kaum noch offen halten.« Als Michael mit einem Talglicht das Dormitorium betrat, schliefen die meisten der Mönche schon. In dem kleinen Raum standen sechs Betten, ansonsten war der Raum leer. Ein Schnarchen war zu hören und Darmwinde entwichen geräuschvoll von einem Schlafenden. Die Frauen waren in einer separaten Kammer untergebracht. Allerdings schnarchte Mathilda bereits, als Katharina den Raum betrat.

»Na, das kann ja eine Nacht werden«, befürchtete sie.

Kapitel 21

Am nächsten Morgen, nachdem alle ihren Gerstenbrei mit Dünnbier zu sich genommen hatten, wurden die Nördlinger im Infirmarium erwartet.

»Da seid ihr ja endlich«, sagte eine Frau in Nonnenkleidung verärgert. »Die Männer gehen mit Bruder Martin, ihr kommt mit mir auf die Weiberstation. Wie heißt ihr und was könnt ihr?« Nachdem sich alle vorgestellt hatten und der Nonne berichteten, welche heilkundlichen Fähigkeiten sie besaßen, blieb sie stehen und sagte:

»Eins gleich vorweg. Niemand tut oder macht etwas, ohne mich vorher zu fragen. Es wird keine Medizin verabreicht, ohne es mir zu sagen. Mich könnt ihr Schwester Judith nennen. Ich leite die Weiberabteilung.«

»Na, die hat ja eine Laune«, murmelte Luise.

»Da du gar nichts kannst und weißt, wirst du zunächst sämtliche Nachtpfannen leeren«, entschied die Schwester und zeigte mit ihrem Kinn in Luises Richtung.

»Ts, dazu bin ich drei Wochen hierhergereist, um

Nachttöpfe zu leeren«, murrte diese vor sich hin und entfernte sich.

»Die Hebamme kümmert sich um die Schwangeren, die das Fieber ereilt hat. Und du, Apothekerin, kommst mit mir.«

»Ich heiße Katharina. Wäre schön, wenn wir uns mit Namen anreden anstatt mit unserem Beruf.« Schwester Judith schwieg. Aber an ihrem Gesichtsausdruck konnte Katharina erkennen, dass sie gereizt war.

»Was ist das für ein Fieber, von dem hier alle sprechen?«

»Das braucht dich nicht zu interessieren. Tu einfach, was ich dir sage.« Um des lieben Friedens willen wusch Katharina die Kranken und brachte ihnen zu essen.

»Nimm diese Salbe und reibe sie auf die wunden Körperstellen. Dann entzünden sie sich nicht.«

»Woraus besteht sie?«

»Ein Geheimnis unserer Abtei«, sagte die Gefragte und ließ Katharina stehen.

Nach getaner Arbeit erklärte sie Schwester Judith, dass sie auch noch einen Säugling zu versorgen habe, und bat, gehen zu dürfen.

Sie fand Magdalena schreiend vor und gab ihr erst mal die Brust. *Etwas frische Luft würde der Kleinen wohl auch nicht schaden*, dachte sie sich und entschied, einen Spaziergang in das nahe gelegene Dorf zu machen. Sie band sich Magdalena mit einem Tuch an den Leib, um sie nicht ständig tragen zu müssen.

Als sie zur Mittagszeit zurückkehrte, traf sie an der Klosterpforte auf ihren Bruder.

»Was ist das für ein seltsames Fieber? Hast du das schon einmal gesehen?«, fragte sie ihn.

»Ich bin damals in Mailand mit dem Faulfieber konfrontiert worden. Alle Symptome weisen darauf hin. Dieser Schüttelfrost, das hohe Fieber und die Verwirrtheit der meisten. Auch dieser rotfleckige Hautausschlag war bei allen Patienten zu sehen. Bewahre uns Gott davor. Fast die Hälfte der Infizierten starben.«

»Weißt du, was mir aufgefallen ist? Die Kranken wurden seit Tagen nicht gewaschen. Manche wohl noch gar nicht, seit sie hier sind. Die haben alle Läuse.«

»Es ist durchaus möglich, dass die Läuse dieses Fieber übertragen, aber so weit ist die Medizin noch nicht, um das nachzuweisen.«

Nachdem Katharina ihren Säugling zu Bett gebracht hatte, ging sie wieder ins Infirmarium, um mit Schwester Judith zu reden.

»Ah, da bist du ja wieder. Hast dir einen schönen Tag gemacht, während wir uns hier die Hacken wund gelaufen haben.«

»Schwester Judith, ich muss dringend mit dir reden. Mein Bruder, der Medicus, und auch ich sind der

Meinung, dass die hygienischen Zustände der Patienten für die Krankheit verantwortlich sind.«

»Soll das heißen, ich mach meine Arbeit nicht richtig?«

»Es gibt immer mehrere Möglichkeiten, einen Kranken zu heilen. Wir müssen sie besser waschen und am besten wird es sein, wir schneiden ihre Haare ab und verbrennen die verlauste Kleidung, um eine weitere Ausbreitung des Fiebers zu verhindern.«

»Den Frauen die Haare abschneiden? Wie einer verurteilten Hexe? Frag sie doch selbst, ob sie das zulassen!«

»Herrgott, ich habe eine Tochter. Ich kann es mir nicht leisten, hier an diesem Faulfieber zu verrecken. Sie braucht mich!«, schimpfte die Apothekerin.

»Ich habe auch … ich hatte …« Tränen füllten die Augen von Schwester Judith.

»Was hast du auch?«

»Ach, nichts. Es geht gleich wieder. Ich …« Katharina ging auf die Schwester zu und nahm sie in den Arm. Ihr Körper bebte. Tränen kullerten über ihre Wangen auf Katharinas Schulter.

»Lass uns kurz hier hinsetzen. Und dann erzählst du mir, was los ist, ja?« Schwester Judith nickte mit gesenktem Blick. Nachdem sich die Ordensschwester wieder einigermaßen gefangen hatte, fing sie an zu erzählen:

»Das alles begann vor etwa zwei Jahren, als sie jemanden für die Leitung der Weiberstation im Infirmarium suchten. Ich wollte aus dem tristen Alltag des Nonnenklosters entfliehen und habe mich freiwillig gemeldet. Schon in den ersten Tagen machte mir Abt Vinzenz von Hüttenstein schöne Augen. Ich war gerade achtzehn Jahre geworden und mit Männern hatte ich noch nie zu tun. Ich bin im Kloster aufgewachsen und ich wusste, dass es nicht richtig ist. Aber immer, wenn ich ihn sah, machte mein Herz einen Sprung. Irgendwann gab ich dann nach. Ich hatte mir das so schön vorgestellt. Niemand hätte je davon erfahren.«

»Bis du dann schwanger von ihm wurdest.«

»Ja. Die erste Zeit konnte ich es unter meiner Kutte gut verstecken. Dann aber hielt ich mich mehr in den Katakomben und den düsteren Gängen der Abtei auf, sah kaum noch Tageslicht und wurde melancholisch. Als sie mir nach der Geburt auch noch mein Kind wegnahmen, wollte ich nicht mehr leben. Das war zu viel für mich. Die Liebe zu von Hüttenstein, wenn es überhaupt je eine war, zerbrach daran. Er begann mir zu drohen, falls ich die Abtei verlassen sollte oder jemandem davon erzähle. Er hat mein Leben zerstört. Nur die Liebe zu Gott hat mich aus dieser dunklen Zeit geführt. Gerne würde ich es ihm heimzahlen. Aber ich weiß ja nicht einmal, wie.«

»Wenn du mir hilfst, helfe ich dir dabei«, erklärte Katharina und strich sich ihre Haarsträhne hinters Ohr.

»Hm, ich weiß gar nicht, warum ich dir das überhaupt erzählt habe. Ich kenne dich ja gar nicht. Bitte sage niemandem etwas davon. Bitte.«

»Bestimmt nicht.«

Wie Katharina es vorausgesehen hatte, gab es keine neuen Fälle von Faulfieber mehr, nachdem sie allen Infizierten die Haare geschoren hatten und die verlauste Kleidung verbrannten. Dennoch starben viele an der heimtückischen Krankheit. Das Eis zwischen der Apothekerin und Schwester Judith war gebrochen. Sie verbrachten viel Zeit miteinander, redeten und tauschten sich aus.

Die Abtei Saint Hubert glich einem Ameisenhaufen. Seit ein Bote die Ankunft von Fürstbischof Ferdinand I. angekündigt hatte, schien den Mönchen die Zeit wegzulaufen. Überall wurde geputzt und gewienert. Im Refektorium stapelten sich Nahrungsmittel, als käme die gesamte kaiserliche Armee.

Nach der Vesper traf sich wie vereinbart die Reisegruppe der Nördlinger am Brunnen vor der Abtei. Selbst Heinrich war so weit wiederhergestellt, um ebenfalls teilzunehmen.

»Was gibt es denn so Wichtiges zu bereden?«, fragte Simon.

»Wir werden morgen aufbrechen. Abt von Hüttenstein habe ich bereits unsere Abreise angekündigt«, begann Katharina.

»Warum so plötzlich? Jetzt wo der Fürstbischof da ist, gibt es endlich mal was Ordentliches zu essen. Wollt ihr euch das entgehen lassen?«, warf Mathilda ein.

»Wir sind nicht hier, um uns die Bäuche vollzuschlagen. Bürgermeister Schillinger braucht dringend den Hubertus-Schlüssel.«

»Können wir ihn nun doch ausleihen?«, fragte Michael ungläubig.

»Noch nicht. Aber ich erzähle euch jetzt, wie wir ihn bekommen.«

Nachdem Katharina ihren Plan erklärt hatte, dauerte es eine Weile, bis jemand das Wort ergriff.

»Es könnte so funktionieren, ja. Sollte aber etwas schiefgehen… Daran möchte ich nicht einmal denken«, meinte Simon. »Wagen wir es allerdings nicht, war der ganze Weg hierher umsonst. Und was würden sie in Nördlingen sagen, wenn wir mit leeren Händen zurückkommen?«

»Dann ist es also beschlossen?«, Katharina blickte in die Runde. Alle nickten.

Nur kurze Zeit später zogen Katharina und Luise ihre frisch gewaschenen Kleider an.

»Nicht so fest, ich bekomme ja keine Luft mehr«, beschwerte sich Luise, als Katharina die Schnürung ihres Kleides anzog.

»Es soll ja deine Brust ordentlich zur Geltung kommen.«

»Mir zittern die Knie und meine Hände sind eiskalt.«

»Keine Angst, wir schaffen das schon. Wir bringen das jetzt zu Ende, was wir angefangen haben.« Im Schein eines Talglichts schlichen Katharina und Luise durch einen der dunklen Gänge der Abtei. Aus der ein oder anderen Zelle war ein Schnarchen zu hören, ansonsten herrschte Stille.

»Da lang, dann die Treppen hoch!«, flüsterte die Apothekerin. Vor der Türe des Abtes blieben sie stehen. Katharinas Herz pochte in ihrer Brust. Sie atmete tief ein und klopfte vorsichtig an die Türe.

»Dürfen wir stören, Euer Gnaden?«, fragte Katharina mit einem Lächeln im Gesicht.

»Na, das ist ja eine Überraschung. Aber gleich zu zweit?«

»Wir konnten nicht schlafen, wohl wegen des Vollmonds, und dachten, einen kleinen Schlummertrunk zum Abschied würdet Ihr bestimmt nicht verschmähen.«

»Dann kommt mal herein in die gute Stube. Setzt euch!« Katharina stellte den Branntwein mit drei Bechern auf das Nachtschränkchen und nahm auf dem Bett Platz. Nachdem Vinzenz von Hüttenstein eingeschenkt hatte, reichte er jeder einen Becher und setzte sich neben sie.

»Auf euer Wohl!«, grinste er. Das hochprozentige Gebräu brannte Katharina höllisch im Hals. Als sie tief einatmete, schwollen ihre Brüste um fast das Doppelte an. Der Blick des Abtes haftete wie ein Magnet daran. Luise schenkte sofort nach, achtete aber darauf, dass der Becher des Abtes doppelt so voll war wie ihre eigenen. Wieder wurde zugeprostet. In einem unbeobachteten Moment kippten die Frauen den Branntwein hinter das Bett.

Die Stimmung wurde schnell ausgelassen. Katharina spürte seine Hand an ihrem Schenkel.

»Praevalent inlicita*«, lallte der Abt.

Vinzenz von Hüttenstein hatte bereits eine gewaltige Schlagseite. Nach wenigen Augenblicken kippte sein Kopf auf Katharinas Schulter. Die kleine Menge Schlafmittel, eine Mischung aus Alraune, Tollkirsche und Bilsenkraut taten ihre Wirkung.

»Na endlich, ich dachte schon, er geht dir gleich an die Wäsche«, sagte Luise erleichtert. Katharina nahm den Schlüsselbund von seinem Gürtel und prüfte nochmals seinen Schlaf. Dann drückte sie ihr Ohr an die Türe, um nicht von einem Mönch auf dem Gang überrascht zu werden. Alles war ruhig.

»Raus jetzt hier«, befahl Katharina.

---

* lat. Was verboten ist, hat seinen besonderen Reiz.

Im Licht des Mondes schlichen die beiden zur Peter-und-Paul-Kirche. Am Eingang zur Sakristei wurden sie bereits von Simon und Michael erwartet.

»Und? Ist alles gutgegangen?«

»Schläft wie ein Säugling«, antwortete Luise. Es dauerte einige Zeit, bis Katharina den richtigen Schlüssel fand. Michael blickte besorgt in Richtung Abtei. Alle Mönche schienen zu schlafen. Knarzend öffnete Katharina die Türe zur Sakristei.

»Schhhhht, willst du das gesamte Kloster aufwecken?«, murrte Michael.

»Tut mir leid, Bruderherz, dass ich in meiner Planung Öl für die verdammte Türe vergaß.«

Nachdem sie einige Kerzen entzündet hatten, betraten sie den Chor. Das Mondlicht warf gespenstische Schatten durch die hohen Kirchenfenster auf den Steinboden. Es roch nach Weihrauch und feuchten Mauern.

»Hier drinnen ist es noch kälter als draußen«, bemerkte Luise.

»Schhhhhht, los, weiter!«, rügte sie Katharina. Die Sakristeitüre knarzte erneut.

»Es kommt jemand! Alle in den Beichtstuhl! Schnell!«, flüsterte Simon. Mit Gewalt zwängten sich die vier hinein. Luise und Michael fanden im Abteil des Beichtvaters ausreichend Platz. Simon und Katharina hingegen hatten im Sünderabteil Mühe, die Türe hinter sich zu schließen. Die Apothekerin saß auf Simon und drückte ihm ihre Brüste ins Gesicht. Dies animierte den Zimmermann und er packte Katharina mit beiden Händen am Hintern.

»Hör auf! Bist du von Sinnen? Wie kannst du jetzt daran denken?«

»Katharina?«, hörte man eine Frau flüstern. »Ich bin's, Schwester Judith.« Erleichtert öffneten sie den Beichtstuhl.

»Was machst du denn hier?«

»Ich hatte keine ruhige Minute und das Gefühl, ich müsste euch helfen. Ich habe noch etwas für dich. Das ist unser Wunderheilmittel. Wenn du das auf eine Wunde streichst, entzündet sie sich nicht. Das Rezept ist mehr als 500 Jahre alt. Es gibt nichts Besseres.«

»Danke. Jetzt sollten wir uns aber beeilen, bevor doch noch jemand kommt, der uns nicht wohlgesonnen ist.« Katharina kramte den Schlüsselbund vom Abt hervor und ging zum Seitenaltar. Als sie das Tischtuch hochgeschlagen hatte, öffnete sie das Holztürchen. Auf rotem Samt lag der Hubertus-Schlüssel und die heilige Stola befand sich, ordentlich gefaltet, daneben. Aus ihrer Rocktasche holte sie ein genaues Abbild des Hubertus-Schlüssels hervor und hielt die beiden nebeneinander.

»Dein Schmied hat gute Arbeit geleistet, Schwester. Die gleichen sich wie ein Ei dem anderen. Danke für deine Hilfe. Ohne dich hätten wir das nie geschafft.« Michael schnitt einen Fingerbreit von der Stola ab und stopfte die Fäden in seine Hosentasche. Nachdem das Duplikat im Seitenaltar verstaut und verschlossen war, kicherte Schwester Judith.

»Jetzt kommt mein Auftritt. Ich bin gleich wieder da.« Sie nahm den Schlüsselbund an sich und verschwand in der Dunkelheit.

Der Abt lag noch immer betäubt in seinem Bett, als Schwester Judith seine Kammer betrat. Er murrte kurz, während sie ihn entkleidete. Anschließend entleerte sie den Inhalt ihres Nachttopfes über den Unterleib des Klostervorstehers und deponierte seinen Schlüsselbund wieder an seinem Gürtel.

»Du hast mich nicht umsonst gedemütigt!«, murmelte sie. Die brennende Kerze ließ sie auf dem Nachtschränkchen zurück und verließ den Raum, ohne die Türe hinter sich zu schließen.

Schwester Judith stieß einen Kochkessel die Treppen hinunter, dass es schepperte und polterte, und es dauerte nicht lange, bis die ersten Brüder nach der Ursache der nächtlichen Störung suchten.

»Was war das?«

»Was ist passiert?«, fragte ein anderer schlaftrunken.

»Beim Abt brennt noch Licht«, bemerkte der Fürstbischof, der ebenfalls in seiner Ruhe gestört worden war.

Entsetzt starrten die Geistlichen auf den betrunkenen Abt.

»Euer Gnaden!«, rief der Cellerar* und tätschelte seine Wange.

»Ich wusste nicht, dass von Hüttenstein heimlich säuft. Das ist ja entsetzlich«, ekelte sich der Bischof. »Und gleich bis zur Bewusstlosigkeit! Und seht nur, er hat sich eingenässt.

Als der Abt erwachte, schaute er verwirrt auf die Mönche.

»Was macht ihr hier? Und warum bin ich nackt? Mir ist so schwindelig!«, fügte er hinzu und erbrach sich vor die Füße des Fürstbischofs.

»Vinzenz von Hüttenstein!«, schrie Ferdinand I. »Ihr seid mir eine Erklärung schuldig! Und ich hoffe, Ihr habt eine gute Ausrede. Ansonsten seid Ihr exkommuniziert! Eine Schande ist das!« Der Fürstbischof verließ empört den Raum.

Grinsend betrat Schwester Judith die Kirche. Das war die Genugtuung, auf die sie schon lange gewartet hatte.

»Wo bleibst du denn? Wir haben uns Sorgen um dich gemacht. Aber deinem Grinsen nach hat wohl alles geklappt«, bemerkte Katharina.

»Besser, als ich es mir je erträumt hätte.« Als sie berichtete, was vorgefallen war, lachten alle und schüttelten den Kopf.

»Jetzt wird es aber Zeit, von hier zu verschwinden. Die ganze Abtei ist auf den Beinen und es wird

* Wirtschaftsverwalter eines Klosters.

nicht mehr lange dauern, bis hier jemand auftaucht«, befürchtete Simon.

»Einen Moment noch.« Judith zog Katharina zur Seite und drückte ihr ein Stück Papier in die Hand. »Das ist die Rezeptur unseres Wunderheilmittels. Verrate sie niemandem. Am besten, du verbrennst das Blatt, nachdem du es gelesen hast. Du wirst erst viel später erkennen, wie wertvoll es ist. Wenn du das in deiner Apotheke verkaufen kannst, wirst du dir um Geld nie mehr Sorgen machen müssen.«

»Ich danke dir.«

»Aber bitte versprich mir, dass ihr uns den Hubertus-Schlüssel wieder zurückbringt wie besprochen, wenn euer Bürgermeister wieder gesund ist.«

»Das verspreche ich dir. Vielleicht sehen wir uns schon bald wieder.« Die Frauen umarmten sich.

»Macht jetzt, dass ihr fortkommt!«, flüsterte Judith und rannte mit tränengefüllten Augen in Richtung Ausgang.

»Schwester Judith, was macht Ihr in der Sakristei?«, fragte der Bruder Pförtner. »Und warum ist die Türe zum Chor nicht verschlossen? Was geht hier vor?«

»Die Türe stand offen. Ich hab gebetet.« Katharina blieb fast das Herz stehen. Im strammen Schritt lief der Pförtner durch die Kirche und sah sich mehrfach um. Als er zum Seitenaltar blickte, fiel ihm auf, dass das Tischtuch nach oben geschlagen war. Er prüfte das Türchen des Reliquienschreins, schüttelte den

Kopf und verschwand in der Sakristei. Die Türe fiel krachend ins Schloss.

»Puh, das war knapp«, gestand Katharina.

»Also wegen mir könnte gerne noch mal jemand kommen. So oft wie heute hatte ich deine Brüste noch nie im Gesicht«, lachte Simon und quälte sich aus dem Beichtstuhl. Katharina verdrehte nur die Augen.

»Jetzt aber endgültig raus hier!«, entschied Michael. Er drückte sein Ohr an die Türe der Sakristei und lauschte.

»Ich glaub, die Luft ist rein. Verdammt! Der Pförtner hat die Türe abgesperrt!«

»Zum Hauptportal! Vielleicht ist da offen«, hoffte Katharina. Ein Ave-Maria später standen sie vor dem Haupteingang. Die Türe bewegte sich, aber nur eine Handbreit.

»Mist, hier steht ein Baugerüst. Da kommen wir auch nicht raus«, jammerte Michael. »Wir sitzen in der Falle.«

»Es gibt noch einen anderen Weg. Schwester Judith hat mir davon erzählt. Sie musste sich lange verstecken wegen ihrer Schwangerschaft und …«

»Egal, weswegen. Wo ist dieser Ausgang?«, unterbrach sie Michael.

»In der Krypta unter dem Chor.« Sie durchquerten die Kirche erneut und stiegen das halbe Stockwerk tiefer zur Krypta hinab.

»Und wo soll der Ausgang nun sein? Ich zumindest sehe keine Türe«, bemerkte Michael.

»Ich weiß es nicht.«

»Sucht die Wände ab. Oder die Grabplatten. Vielleicht sieht man hier irgendwo Fugen im Mauerwerk, wo eine Türe sein könnte«, hoffte Michael.

»Hier ist nichts. Die Wände klingen weder hohl noch haben sie irgendwo Fugen oder Risse«, murrte Simon.

»Hier ist aber etwas seltsam. Auf allen Gräbern stehen Namen und von wann bis wann die Personen lebten. Nur auf einem nicht«, sagte Katharina und zeigte auf die Grabplatte.

»Das könnte des Rätsels Lösung sein. Simon, gib mir den Kerzenständer und hilf mir, das Grab zu öffnen«, befahl Michael.

»Dann sind wir nicht nur Reliquiendiebe, sondern auch noch Leichenfledderer und Grabschänder.«

»Auf die erste Tat steht der Tod. Was hast du dann also noch zu verlieren?«, konterte Michael.

»Ach, was soll's.« Simon griff nach dem schmiedeeisernen Kerzenständer, der fast hüfthoch war, und hebelte damit unter die Grabplatte. Michael zog seinen Hirschfänger und tat es ihm gleich. Gemeinsam schafften sie es, die Steinplatte zur Seite zu schieben. Ein muffiger Wind blies ihnen entgegen.

»Dieser Luftzug ist ein gutes Zeichen. Dann scheint es hier doch einen Ausgang zu geben«, merkte Simon an.

»Schhhhhht. Ich höre Stimmen. Ich glaube, da kommt schon wieder jemand«, warnte Katharina. »Simon, stell den Kerzenständer dort hin, wo du ihn weggenommen hast. Wir wollen keine Spuren hinterlassen.« Nachdem alle in das Grab gestiegen waren, schoben die Männer die Steinplatte zurück in ihre ursprüngliche Position. Polternd rastete sie in die vorgesehene Nut ein.

Der Gang war niedrig, so dass man nur gebückt laufen konnte. Von den Wänden tropfte Wasser. Mehrmals verzweigte sich der Tunnel. Doch der leichte Luftzug wies den richtigen Weg. Katharina musste an ihr Erlebnis in Augsburg denken und war froh, ein Licht am Ende des Ganges zu sehen. Der Tunnel endete am Ufer eines Flussbetts. Vor dem Eingang wuchs ein dorniges Gestrüpp.

»Ich befürchtete schon, dass der Ausgang vergittert ist«, gestand Simon.

»Da drüben wartet unser Fuhrwerk.« Katharina winkte Mathilda, die Magdalena auf dem Arm hatte. Heinrich zeigte den erhobenen Daumen und lachte.

»Ich wusste, dass ihr es schafft!«

Katharina drückte Magdalena und Mathilda. Freudentränen liefen den Frauen über ihre Wangen.

»Wir müssen los! Die suchen schon nach uns. Beeilt euch!«, drängte Simon.

Nachdem alle auf dem Wagen Platz gefunden hatten, Simon und Heinrich auf ihren Pferden saßen, traten sie die Rückreise an.

Diese verlief ohne nennenswerte Zwischenfälle. Wie erwartet, blieb das ein oder andere Mal das Fuhrwerk im Schlamm stecken, weil wieder Regen einsetzte. Heinrich half, ohne sich zu beschweren, den Wagen aus dem Dreck zu hebeln. Am Grab von Helmut legten sie eine Pause ein, beteten für seine Seele und gaben Luise die Zeit, sich von ihm zu verabschieden. In Heidelberg verabschiedete sich die Gewürzhändlerin und dankte für die kurze, aber für sie hilfreiche Zeit. Direkt nach Helmuts Tod wollte sie einfach nicht alleine sein. Wegen des Geldmangels übernachteten sie, wie auch schon teilweise auf der Hinreise, in Heuschobern oder im Stall eines freundlichen Bauern.

Für das letzte Nachtlager im Gasthaus ›Zur Eisernen Kanne‹ in Röhlingen hatte sich Katharina etwas Geld auf die Seite gelegt. Diese letzte Nacht vor der Ankunft in Nördlingen wollte sie mit Simon allein verbringen.

»Hier ist immer noch der Abdruck der getöteten Schlange. Mit dem Putzen haben die es hier nicht so«, stellte Katharina fest.

»Immer noch besser, als zwischen den Schweinen zu liegen.«

»Da hast du wieder recht. Ich kehre morgen mit

gemischten Gefühlen zurück nach Nördlingen. Was mag sich alles verändert haben, seit wir nach Saint Hubert aufgebrochen sind?«

»Daran muss ich auch ständig denken. Am meisten fürchte ich, dass Wilhelm wieder etwas angezettelt hat. Und mich werden sie verhaften, wenn ich die Stadt betrete.«

»Du hast nicht viel zu befürchten. Du hast Wilhelm die Nase gebrochen. Mehr nicht.«

»Und, nicht zu vergessen, den Stadthauptmann mit seinen Schergen ins Grab meines Vaters gestoßen.«

»Stimmt. Das war ja auch noch. Wir sollten uns nicht so viele Gedanken um morgen machen. Lass uns die Gegenwart genießen!«

»Dann würde ich jetzt gerne dort weitermachen, wo du mich im Beichtstuhl unterbrochen hast.«

»Das würde ich jetzt auch gerne«, sagte Katharina und gab Simon einen Kuss.

»Dazu musst du dich aber erst wieder auf mich setzen.«

»So?«, fragte Katharina scheinheilig und presste Simon ihre Brüste ins Gesicht.

Kapitel 22

Nördlingen, 3. November Anno Domini 1649, mittags

Am darauffolgenden Tag erreichten sie bei dichtem Nebel das Baldiger Tor. Nur wenige Wochen war es her, dass sie aufgebrochen waren, doch wirkten die Stadtmauern nun fremd und bedrohlich. Simon schaute mit schlechtem Gewissen auf die Torwachen und erwartete seine sofortige Festnahme. Doch die Büttel nahmen von den Reisenden kaum Notiz und drehten ihnen den Rücken zu. Auch innerhalb der Stadtmauern wirkte alles fremd. Anstelle einer freudigen Begrüßung drehten sich ihnen bekannte Menschen weg oder ignorierten sie.

»Hurensohn!«, beschimpfte eine alte Bäuerin Michael und spuckte vor ihm aus.

»Was ist denn hier los?«, fragte Katharina verwundert. »Haben wir etwas verbrochen, wovon wir noch nichts wissen?«

Nachdem sie Heinrich und Mathilda verabschiedet hatten, lenkten sie das Fuhrwerk zum Apothekerhaus. Es wirkte verlassen. Auf den sonst so blankgeputzten Scheiben waren Dreck, Straßenstaub und Spinnweben. Nachdenklich betrat Katharina, gefolgt von ihrem Bruder und Simon, die Offizin. Dort stapelten sich ballenweise Tuche in sämtlichen Farben und Qualitäten. Von den Kräutern, Salben und Tiegeln, die einst in den Regalen standen, war nichts mehr zu sehen.

»Wilhelm! Jetzt hat er seine Drohung doch wahr gemacht!«, schimpfte Katharina. In der Küche saß Elfriede mit einer ihr fremden Frau.

»Ah, ihr seid schon zurück«, war alles, was sie zur Ankunft der Reisenden zu sagen hatte. Katharina legte verwundert die Stirn in Falten und fragte:

»Ist etwas Schlimmes passiert? Warum sind alle so seltsam zu uns? Seit wir zurück sind in Nördlingen, werden wir behandelt wie Aussätzige.«

»Setzt euch zu uns, ich denke, es gibt einiges zu bereden«, erklärte Elfriede. »Michael, Katharina, das ist Elena, eure Mutter.« Wie versteinert starrten die Geschwister auf die Fremde. Katharinas Gefühle übermannten sie und trieben ihr die Tränen in die Augen. Sie hatte das Bedürfnis, die fremde Frau zu umarmen. Doch in der unwirklichen Situation hielt sie es für besser, es nicht zu tun. Elena hingegen war kühl und gefasst.

»Warum erst jetzt? Nach all den Jahren!« Katharina fehlten die Worte.

Elena schwieg.

»Eure Mutter ist gekommen, um einen Teil vom Erbe eures Vaters einzufordern.«

»Was?«, entfuhr es den Geschwistern fast zeitgleich.

»Ja, ihr habt richtig gehört«, bestätigte Elena. »Fast 30 Jahre zog ich mit dem Tross. Sommer wie Winter. Krieg, Hunger, Kälte, Elend und Morden musste ich in dieser Zeit miterleben. Und meine Kinder leben wie die Maden im Speck. Sind studierte Ärzte und Apotheker. Findet ihr das Leben nicht reichlich ungerecht? Da würde mir doch der ein oder andere Gulden mehr als zustehen. Ohne mich gäbe es euch nicht einmal.«

»Aber warum bist du nicht schon früher zu uns gekommen?«, fragte Michael. »Du wusstest doch, wo du mich finden kannst.«

Wieder schwieg Elena.

»Ich war beim Bürgermeister, um das Erbe anzufechten«, fuhr Elena fort.

»Du hast was? Bist du noch zu retten?«, schimpfte Michael.

»Jetzt wundert mich nichts mehr. Du weißt, Elena, dass der Bürgermeister mein Ehemann ist? Er hat alles hier geerbt. Da wirst du nie auch nur einen Kreuzer bekommen. Nur weiß jetzt ganz Nördlingen, dass wir Kinder einer Trosshure sind. Das muss ein wahres Fest gewesen sein für Wilhelm, als er dies erfuhr.«

»Elena, du wirst das sofort widerrufen und erklären, dass du dir durch eine Lüge das Erbe erschleichen wolltest. Ansonsten zerstörst du unser Leben! Zu erben gibt es für dich hier ohnehin nichts. Nicht einmal wir haben auch nur einen einzigen Kreuzer bekommen«, schimpfte Michael.

»Ihr wisst, welche Strafen zu erwarten sind auf Betrug, Verleumdung und Erbschleicherei. Da mache ich nicht mit. Zumal ich mir ja nichts vorzuwerfen habe.«

»Elena, verlasse augenblicklich mein Haus!« Katharina stand auf und zeigte mit dem Finger auf den Ausgang.

»Ich werde auch gehen«, erklärte Elfriede und erhob sich ebenfalls. »Für mich ist es nicht tragbar, nach den Anfeindungen der letzten Tage weiterhin in diesem Haushalt zu arbeiten. Der Bürgermeister hat mir eine Stelle in seinem Anwesen angeboten.«

»Ja, verschwindet doch endlich alle!«, schrie Katharina. Magdalena erwachte und weinte.

»Schhhhht, ist ja gut«, versuchte Simon, seine Tochter zu beruhigen.

Plötzlich stand Wilhelm Hofmeister in Begleitung vom Stadthauptmann und einem weiteren Büttel in der Türe.

»Ach, wenn ich gewusst hätte, dass hier eine so feierliche Familienzusammenführung stattfindet, hätte ich mich festlicher gekleidet«, spottete der Bürgermeister.

»Was willst du hier?«, fragte Katharina mit launischer Stimme.

»Ah, hier ist ja auch der verlorene Sohn«, fuhr Hofmeister fort und musterte Simon. »Heute können wir mehrere Fliegen mit einer Klappe schlagen. Nachdem mein Ruf durch euch beide gelitten hat, werden wir eine Schadensbegrenzung vornehmen. Mein Weib, die Tochter einer Trosshure!« Hofmeister schüttelte den Kopf. »Mein Kind wird nicht in solch zerrütteten Verhältnissen aufwachsen. Gib sie mir, Mühlbichler!«

»Nein, nicht unser Kind!«, schrie Katharina. »Sie ist nicht deine Tochter.«

»Ach nein? Wessen denn? Doch nicht etwa vom Holzwurm? Einen etwas besseren Geschmack hätte ich dir schon zugetraut. Von der Zeit her könnte ich es schon gewesen sein. Weißt du noch, als du mich besuchtest und ich … sagen wir mal, dich erst überzeugen musste.«

»Nein, da war ich schon schwanger.«

»Du gibst also öffentlich und unter Zeugen deinen Ehebruch mit Mühlbichler zu?«

Katharina schwieg, um Zeit zu gewinnen.

»Nehmt beide fest. Und mir gebt das Kind!«, befahl Hofmeister den Stadtwachen.

»Nein, nehmt mir nicht mein Kind weg! Ich bitte euch! Magdalena! Nein!« Katharina brach weinend zusammen. Sie fühlte sich, als würde man ihr das Herz aus dem Leib reißen.

»Was seid ihr nur für Menschen? Einer Mutter ihr Kind wegnehmen!«, wimmerte Katharina. Hilflos musste sie mit ansehen, wie Wilhelm mit Magdalena auf dem Arm das Apothekerhaus verließ.

Nur kurze Zeit später waren die Stadtwachen mit Simon und Katharina am Rathaus angekommen. Der kurze Fußmarsch dorthin glich einem Spießrutenlauf. Menschen blieben stehen und glotzten, wer hier verhaftet wurde. Der ein oder andere spie vor ihnen aus. Erinnerungen kamen in Katharina auf, als sie die Treppe in den Gefängniskeller hinabstiegen. Es roch noch muffiger als damals. Krachend fiel die Gittertüre hinter der Apothekerin ins Schloss. Simon wurde in eine separate Zelle gesperrt. Katharina sank auf den stinkenden Boden, umschlang ihre Beine mit den Armen und ließ ihre Stirn auf die Armbeugen sinken.

»Ich würde die Zeit nutzen, um zu beten, Hofmeisterin!«, empfahl ein pockennarbiger Gefängniswärter. Katharina schaute ihn wortlos an.

»Bitte Gott, dass es nicht so schlimm für dich wird. Die Hurenstrafe ist kein Spaziergang.«

Derweil überlegte Michael krampfhaft, was er für seine Schwester und Simon tun konnte. Der beste Ort, unerkannt der Sache auf den Grund zu gehen, war die Baderstube Fromme.

Am Eingang wurde er von einer blonden Bademagd begrüßt. Sie zählte keine zwanzig Sommer.

»Doktor Riesinger, schön dass Ihr auch mal zu uns kommt. Ihr wollt Euch bestimmt entspannen nach der anstrengenden Reise.«

»Ja, unter anderem.«

»Na, dann kommt doch gleich mit mir. Ich habe gerade einen frischen Zuber vorbereitet, Herr Doktor.« Nachdem sie die Türe zum Baderaum öffnete, schlug ihm der Wasserdampf entgegen. Michael konnte kaum noch sehen, wohin er trat.

»Ihr könnt schon mal reinsteigen in den Zuber. Maria wird sich gleich um Euch kümmern.« Das Wasser war angenehm heiß für diesen kalten Novembertag. Wäre er nicht aufgrund von Recherche hier, könnte er sich bestimmt entspannen. Den Stimmen nach waren noch weitere vier Badegäste im Raum. Außer groben Umrissen konnte er niemanden erkennen.

»... die Schillingerin kann einem schon leidtun. So eine hübsche Frau, und muss den Altbürgermeister pflegen und hat nichts mehr von ihm.«

»Geht es ihm denn noch nicht besser?«

»Ach, woher auch. Der Riesinger ist ja gerade erst heute von der Reise zurückgekommen.«

»Der kann nur hoffen, dass er den Schillinger wieder auf die Beine bekommt. Sein Ruf eilt ihm ja jetzt schon voraus.«

»Wie meint Ihr das?«

»Doktor Riesinger? Ich bin die Maria«, erklang eine Frauenstimme hinter Michael. »Jetzt steh ich Euch ganz zu Diensten«, erklärte sie und massierte ihm den Nacken.

»Ja, ich weiß nicht. Was …«, stotterte Michael. Die Stimmen verstummten. Eine Weile sagte niemand etwas.

»Ich glaube, es wird Zeit für mich. Ich bin schon viel zu lange hier«, versuchte sich Michael zu erklären und wollte aufstehen.

»Wie, schon genug, Doktor Riesinger?«, sagte Maria sichtlich enttäuscht, wobei ihre Brüste wie zufällig sein Gesicht streiften. Michael stieg wortlos aus dem Holzzuber. Obwohl die Nässe an ihm klebte wie eine zweite Haut, zog er sich sofort an und ging in den Vorraum. Dort saß ein älterer Herr, der ein nasses Tuch an seine Wange hielt.

»Gundelfinger?«, stutzte Michael. »Treibt Euch der Zahnschmerz wieder hierher?«

»Riesinger! Wieder zurück? Ja, seit Wochen macht mir ein Zahn zu schaffen. Er wird ihn wohl ziehen müssen.«

»Besser wird es sein, bevor Euch Fromme wieder mit Seidelbast vergiftet.«

»Hätte der schlaue Ratsherr nicht die Dosis für eine ganze Woche genommen, wäre ihm nichts passiert«, verteidigte sich der Bader.

»Nepomuk, gut, dass du gerade kommst. Ich brauche deine Hilfe«, bat ihn der Medicus.

»Kannst du noch ein paar Minuten warten? Ich zieh nur dem Gundelfinger schnell einen Zahn. Wenn du aber schon da bist, kannst du mir auch helfen.«

Der Ratsherr nahm auf dem Stuhl Platz, wie der Bader ihn angewiesen hatte.

»Gut, was soll ich tun?«

»Stell dich hinter den Patienten, falte deine Hände wie zum Gebet und zieh damit seine Stirn an deinen Bauch. So fest, wie du kannst.«

»Gut so?«

»Sehr gut. Und jetzt den Mund weit aufmachen, Gundelfinger!« Dieser stöhnte schon beim Anblick der rostigen Zange. Michael fühlte Schweiß an den Händen und hatte zu tun, gegen das Ziehen von Fromme anzukämpfen. Zuerst knirschte es. Dann ein Knacken. Gundelfinger schrie auf. Der Zahn klemmte blutverschmiert in der Zange. Zum Abschluss stopfte der Bader ein Stück Leinen in die blutende Wunde.

»Draufbeißen, bis es aufhört. Das macht 30 Kreuzer. Und was kann ich für dich tun, Michael?«

»Ich hab den Hubertus-Schlüssel und ein Stück der heiligen Stola für Schillinger. Du bist mit dem blutigen Handwerk besser vertraut als ich.«

»Gut. Gehen wir. Auf dem Weg kannst du mir sagen, was genau ich tun muss.«

Kurze Zeit später erreichten sie das Haus des Altbürgermeisters. Freudestrahlend öffnete nach dem Anklopfen Frau Schillinger.

»Doktor Riesinger! Ich hörte schon, dass Ihr zurück seid. Und Ihr habt gleich Verstärkung mitgebracht, wie ich sehe.«

»Wie geht es dem Patienten?«

»Leider nicht viel besser seit Eurem letzten Besuch. Aber er trinkt Gott sei Dank wieder etwas.«

»Wisst Ihr, was heute für ein Tag ist, Frau Bürgermeisterin?«

»So hat mich schon lange niemand mehr genannt. Ihr schmeichelt mir, Doktor Riesinger! Heute ist Freitag, glaube ich. Warum fragt ihr?«

»Heute ist der 3. November. Der Hubertustag. Einen besseren Zeitpunkt könnten wir uns nicht wünschen, um Eurem Gatten zu helfen. Ich würde Euch nur bitten, uns mit ihm allein zu lassen. Ich habe Euch ja erklärt, was zu tun ist.«

»Ja, das möchte ich wirklich nicht mit ansehen.« Nachdem die Bürgermeistersgattin gegangen war, untersuchte Michael den Patienten und der Bader steckte den Hubertus-Schlüssel in die Ofenglut. Abgemagert und fahl lag der einst so stolze Bürgermeister mit seinem Satorkreuz um den Hals im Krankenbett. Sein Bein war angeschwollen und die Bissstelle war deutlich zu erkennen.

»Könnt Ihr mich hören, Herr Bürgermeister?« Der Patient nickte.

»Wir werden Euch jetzt sehr wehtun müssen. Möchtet Ihr etwas Mohnsaft gegen die Schmerzen?« Schillinger verneinte. Michael gab dem Bader das Zeichen, zu beginnen.

Das Bein des Kranken zuckte kaum, als sich das glühende Eisen in die Haut brannte. Mehr als ein Stöhnen brachte der geschwächte Mann nicht hervor. Der Gestank von verbranntem Fleisch raubte Michael in dem kleinen Raum fast den Atem. Sofort brachte er die Salbe, die Katharina von Schwester Judith erhalten hatte, auf die Brandwunde auf. Sie schien schmerzlindernd zu wirken, denn sein Körper entspannte sich.

Nachdem Fromme den Schnitt an der Stirn setzte und sie den Silberfaden in die Wunde einbrachten, verbanden sie ihn. Michael verabreichte ihm zusätzlich Osterluzei. Er erklärte der Gattin, wie ihr Mann sich die nächsten neun Tage zu verhalten hatte.

»Ich komme morgen wieder, um den Verband zu wechseln. Bis dahin beten wir zum heiligen Hubertus, dass er uns erhört.« Wenn er ehrlich war, drehten sich seine Gedanken mehr um seine Schwester und Simon als um den Kranken. Jetzt galt es, ihr beizustehen und den Ruf der Familie zu retten.

Kapitel 23

»Mit den besten Wünschen vom Herrn Bürgermeister persönlich«, sagte die Wache und brachte frisches Stroh und einige warme Decken, kurz darauf einen Wasserkrug und Brot aus Weißmehl.

»So werden ja nicht einmal Könige verwöhnt. Es muss ihm schon noch etwas an seiner Gattin liegen«, meinte der Pockennarbige. Auch Katharina war verwundert über Wilhelms Mildtätigkeit. Während die Wache Katharinas Zelle entriegelte, sagte er:

»Das Gericht erwartet dich!«

Mit gemischten Gefühlen, aber stolz erhobenen Hauptes wurde die Apothekerin in den Gerichtssaal geführt. Den Vorsitz hatte der Stadtrichter Seefried. Die Beisitzer waren Wolfgang Gundelfinger, Rotgerber August Möhringer und, sie traute ihren Augen nicht, Wilhelm Hofmeister.

»Frau Hofmeister«, begann Seefried. »Euch wird Ehebruch und Hurerei zur Last gelegt. Außerdem wird Euch vorgeworfen, dass Ihr Eure Herkunft wissentlich verschleiert und dem Rat verschwiegen habt. Habt Ihr dazu etwas zu sagen?«

»Woher soll ein Findelkind seine Herkunft wissen, werter Stadtrichter«, konterte Katharina.

»Wir alle wissen mittlerweile, dass deine Mutter eine Trosshure war! Und der Apfel fällt bekanntlich nicht weit vom Stamm«, mischte sich Hofmeister ein.

»Zügelt Euch, Hofmeister. Ihr werdet wegen Befangenheit von August Möhringer vertreten. Somit habt Ihr kein Recht, vor Gericht zu sprechen!«, ermahnte ihn Seefried.

»Es wird zumindest behauptet, dass Ihr ein Findelkind seid. Bewiesen ist das allerdings nicht.«

»Laut meinem verstorbenen Stiefvater behauptet das kein geringerer als Pastor Eberhard Widmann. Wollt Ihr einen Kirchenmann der Lüge bezichtigen?«

»Gut. Hierzu werden wir Widmann noch unter Eid aussagen lassen. Bleibt trotzdem der Vorwurf von Ehebruch und Hurerei.«

»Mein Gatte ist monatelang seinen ehelichen Pflichten nicht nachgekommen. Und er behandelt mich wie ein Stück Dreck.«

»Was alles noch zu beweisen wäre. Bringt Mühlbichler herein. Vielleicht hat der auch noch etwas zu sagen.« Nachdem sie Simon in den Gerichtssaal geführt hatten, verlas Seefried die Anklage.

»Simon Mühlbichler, Euch wird vorgeworfen, dass Ihr mit der hier anwesenden Katharina Hofmeister die Ehe gebrochen und Hurerei betrieben habt, mit dem Hintergedanken, sich so durch eine anschließende Zwangsverheiratung durch den Rat das Bürgerrecht der Reichsstadt Nördlingen zu erschleichen.«

»So ein Blödsinn!«, schimpfte Simon. »Wie soll diese Zwangsverheiratung denn aussehen, wenn Frau Hofmeister bereits verheiratet ist?«

»Das wurde in den Akten übersehen. Streicht diesen Anklagepunkt, Möhringer.«

»Was habt Ihr zu den restlichen Anklagepunkten zu sagen, Mühlbichler?«

»Es war wunderschön und ich werde es wieder tun.« Simon zeigte auf Hofmeister. »Und der da sollte nicht einmal einen Köter besitzen, dieser Unmensch!«

»Mühlbichler, du …«, begann Wilhelm und nestelte mit seinen Fingern unter der Tischplatte.

»Schweigt!«, rief Seefried. »Beide bekennen sich für schuldig. Da kann es nur ein Urteil geben.

Im Namen des Kaisers werden die beiden Angeklagten des Ehebruchs und der Hurerei vor dem Nördlinger Reichsstadtgericht schuldig gesprochen. Katharina Hofmeister wird zu vier Wochen Haft und einer Geldbuße von 15 Gulden verurteilt. Simon Mühlbichler wird zu zwei Wochen Haft und einer Geldstrafe von 15 Gulden verurteilt. Nach der Haftentlassung werden beide für den Ablass vorgeführt.«

»Wir können beide keine 15 Gulden aufbringen, Euer Ehren«, gestand Katharina.

»Dann wirst du zusätzlich zu deiner Haft die Hurenstrafe erdulden müssen.«

»Und was wird aus meiner Tochter? Wenn ich schon schuld bin und inhaftiert werde, kann ja mein Mann nicht der Vater meines Kindes sein!«

»Doch, kann er. Außer, Ihr könnt uns das Gegenteil beweisen.«

»Seht Euch das Kind doch an. Wäre er der Vater, würde ihr roter Schopf in der Nacht leuchten!«

»Das Mädchen bleibt bis zum Ende der Haftstrafe bei den Hofmeisters. Ist es nicht so, dass Eure ehemalige Haushälterin jetzt dort arbeitet? Dann ist das Kind auch nicht bei Fremden. Noch einmal zu Mühlbichler. Er hat ja noch mehr auf dem Kerbholz. Gegen ihn wurde ermittelt wegen Angriff auf Leib und Leben gegen unseren Bürgermeister Wilhelm Hofmeister und Widerstand gegen die Stadtwachen. Hierfür wird er zu weiteren zwei Wochen Haft verurteilt. Die Verhandlung ist geschlossen.«

Die Fahrt zum Feilturm war noch demütigender als der kurze Fußmarsch zum Rathaus. Die beiden Verurteilten wurden im vergitterten Schinderkarren quer durch die Stadt kutschiert. Der Gefängnisturm, ein quadratischer Unterbau mit einem runden, zweistöckigen Aufbau und Kegeldach, befand sich zwischen Reimlinger- und Berger Tor und war in die

Stadtmauer eingelassen. Kinder rannten neben dem Karren her, warfen Steine und Pferdeäpfel auf die beiden, schrien und krakeelten.

Nach der Ankunft stellte Katharina fest, dass es hier wesentlich angenehmer als im Rathauskeller war. Im Feilturm waren die Zellen über Tage und hatten sogar ein vergittertes Fenster. Außerdem gab es nur zwei Zellen pro Etage und Simon war neben ihr untergebracht.

»Ich vermisse unser Kind, Simon. Und ich habe Angst, was bei dieser Hurenstrafe auf mich zukommt.«

»Hast du wirklich keine 15 Gulden mehr, um dir das zu ersparen?«

»Nein, was ich noch hatte, nahm ich mit auf die Reise, und den Rest hat sich entweder Wilhelm oder Elfriede unter den Nagel gerissen.«

Als Michael den Feilturm betrat, stellte sich ihm der pockennarbige Wärter in den Weg.

»Wo wollt Ihr hin? Und was habt Ihr in dem Korb?«

»Ich würde meiner Schwester und meinem Schwager gern was Ordentliches zu essen bringen. Ich hab auch für dich etwas, wenn du mich durchlässt.«

»Der Hauptmann hat verboten, dass Besucher den Gefangenen Essen bringen.«

»Hast du eine Familie?«

»Ja, ein Weib und vier Kinder. Warum?«

»Für die hab ich auch was, wenn ich den Gefangenen was bringen darf. Das sind Surhaxn vom ›Ochsenwirt‹.« Der Pockennarbige schluckte unwillkürlich.

»Na, gib schon her! Aber verrate mich bitte nicht!«

Katharina verdrehte die Augen vor Entzücken, als sie die ersten Bissen von der leckeren Surhaxe verspeiste.

»Das war der beste Einfall, den du seit langem hattest, Bruderherz.« Auch Simon nagte genüsslich an seiner Haxn.

»Diese Elena«, jammerte Michael, »ist wie vom Erdboden verschluckt. Ich hätte gerne noch einmal mit ihr geredet.«

»Das ist jetzt auch schon egal. Mein Ruf ist schon ruiniert, da kommt es nicht mehr drauf an, ob unsere Mutter eine Trosshure war.«

»Ich werde jedenfalls weiter nach ihr suchen. Es geht ja nicht nur um deinen Ruf.«

Die Tage vergingen für Katharina und Simon schneller als befürchtet. Sie unterhielten sich den ganzen Tag, schmiedeten Pläne für die Zukunft, manchmal auch die ganze Nacht lang. Von Zeit zu Zeit brachte Michael Essen für die beiden. Von Elena fehlte jedoch bislang jede Spur.

»Ihr könnt gehen«, sagte der Pockennarbige mit etwas Wehmut, als er an die Surhaxn denken musste, die er jetzt nicht mehr bekommen würde. »Einen Moment noch, Hofmeisterin. Der Rat hat mich angewiesen, dir das da zu geben.«

»Was soll ich damit?«, fragte Katharina verwundert.

»Mit dem Reisigbesen wirst du die nächsten vier Wochen jeden Montag und Freitag den Rathausvorplatz kehren und dabei diese Haube tragen.« Er überreichte Katharina eine blau-gelb gemusterte Haube mit kleinen Glöckchen an den Spitzen.

»Das ist ja eine Hofnarrenmütze! Meine Güte, ich hoffte, dass mir so etwas erspart bleibt«, jammerte Katharina und nahm die Gegenstände an sich.

Als Michael die beiden am Feilturm abholte, war er ganz außer sich.

»Die neue Messeunterkunft ist heute Nacht abgebrannt. Und ihr werdet es nicht glauben, wer daran schuld sein soll. Elena!«

»Was? Aber warum sollte sie so etwas tun?«, fragte Katharina ungläubig.

»Womöglich hat sie bemerkt, dass es für sie nichts zu erben gibt. Und wie könnte diese Frau Wilhelm am meisten wehtun?«

»Wenn das stimmt, wird man sie hängen«, sagte Katharina nachdenklich.

»Na komm, ich bring dich nach Hause.«

Als sie am Gasthaus ›Zum Roten Ochsen‹ vorbeikamen, wäre Katharina am liebsten eingekehrt. Aber sie durfte als Frau das Wirtshaus nicht mehr betreten.

Am Apothekerhaus angekommen, versuchte Katharina vergebens, die Eingangstüre aufzusperren.

»Was ist los? Klemmt das Schloss?«

»Nein, ich bekomme den Schlüssel erst gar nicht in das Schlüsselloch«, schimpfte Katharina.

»Frau Hofmeister?«, fragte ein junger Mann. »Ich bin vom Gesinde des Bürgermeisters. Er hat mich beauftragt, hier auf Euch zu warten. In der Türe ist ein neues Schloss. Ich soll Euch so lange Einlass ins Haus gewähren, bis Ihr Eure Habe ausgeräumt habt. Danach soll ich alles wieder verschließen.«

»Du sollst was? Ist er jetzt völlig übergeschnappt?«, rief Katharina entrüstet.

»Er wusste wohl, Ihr würdet das sagen. Ich soll Euch ausrichten, sein Ruf sei schon genug geschädigt und er will, verzeiht die Ausdrücke, keine Ehebrecherin und Trosshurentochter beherbergen.«

»Dieser unverschämte …«

Michael unterbrach seine Schwester.

»Lass es gut sein, Katharina. Der Mann kann nichts dafür. Er macht nur seine Arbeit. Wir holen deine persönlichen Sachen und bringen sie ins Ärztehaus. Du kannst bei mir bleiben, bis wir eine andere Lösung gefunden haben.«

»Bemerkst du eigentlich, dass mein Leben komplett aus dem Ruder läuft? Was passiert denn noch alles? Nach dem Tod meines Stiefvaters war ich mir der Erbschaft sicher. Da bekam Wilhelm alles. Meine Liebe zu Simon musste ich mit dem Gefängnis bezahlen. Magdalena wurde mir entzogen. Die Apotheke wurde zum Warenlager für Stoffe. Jetzt nimmt er mir noch das Letzte, was ich habe. Nicht mal mehr einen halben Gulden besitze ich. Und die Glöckleinstrafe muss ich auch noch über mich ergehen lassen.« Katharinas Augen füllten sich mit Tränen. »Mittlerweile frage ich mich, wozu ich überhaupt noch lebe.«

»Weil wir dich brauchen, Schwesterchen. Simon braucht dich ebenso wie ich. Deine Tochter braucht ihre Mutter. Kämpfe um sie!«

Katharina wischte sich mit dem Handrücken die Tränen aus dem Gesicht und nickte.

»Ja, sie braucht mich. Eine Amme kann eine Mutter nicht gänzlich ersetzen. Und ich werde sie zurückholen.«

»Na los, holen wir deine Sachen.«

Bereits im Morgengrauen war Katharina mit Reisigbesen und Glöckleinmütze vor dem Rathaus. Sie erhoffte sich, dadurch am wenigsten Aufmerksamkeit zu erregen.

Nachdem sie mehr als die Hälfte des Platzes gekehrt hatte, kam jedoch Leben in die Reichsstadt. Die ersten Bürger liefen zur Frühmesse oder zogen ihre beladenen Handkarren zum Markt.

»Ach, das ist ja eine Überraschung!«, rief Heidrun. »Wie fühlt es sich an nach so langer Zeit im Feilturm?« Katharina ignorierte sie. Doch Heidrun kam näher.

»Also ich hab das niemandem erzählt. Nicht dass du meinst, ich kann meinen Mund nicht halten.«

Eine weitere Frau, die Katharina nicht kannte, kam hinzu.

»Aha, die Apothekerin ist also diese liederliche Dirne. Eine Schande ist das für ihre ganze Familie. Der alte Riesinger würde sich im Grabe umdrehen, wenn er das wüsste!«

»Ja, und von den Hofmeisters ganz zu schweigen«, stimmte Heidrun mit ein. »Deren Ruf ist ja dadurch auch ruiniert. Die Frau Bürgermeisterin eine Ehebrecherin.«

»Ha, wenn das mal kein Zufall ist! Hier bringen sie ihre Mutter, die Trosshure und Brandstifterin!« Die unbekannte Frau zeigte auf den vergitterten Schinderkarren, in dem Elena zum Feilturm gebracht wurde.

»Für ihre Strafe reichen aber ein Besen und eine Glöckleinmütze nicht aus. Auf die wird der Galgen warten!«, fügte Heidrun hinzu. Katharina wischte mit dem Handrücken die Tränen von ihren Wangen. So eine Demütigung musste sie noch nie über sich ergehen lassen. Und das war erst der Anfang. Katharina wollte nur noch weg aus dieser beschämenden Situation.

Währenddessen klopfte Michael am Pfarrhaus.

»Doktor Riesinger? Was führt Euch zu mir?«, fragte Widmann verwundert.

»Es geht um meine Schwester, Hochwürden. Sie verbüßt gerade die Glöckleinstrafe, weil sie die 15 Gulden nicht aufbringen kann. Ich konnte ihr leider auch nicht aushelfen. Ich kaufte doch das Haus vom alten Stadtmedicus.«

»Ihr wollt Geld von mir?«

»Nein. Katharina soll in der Kirche um Verzeihung für ihren Ehebruch bitten und Ablass bezahlen. Da gibt es doch sicherlich Wege, dies zu umgehen.«

»Die Kirche ist kein Basar, auf dem man verhandeln kann, Doktor Riesinger. Wie stellt Ihr euch das vor?«

»Sagt, wollt Ihr heiraten, Hochwürden?«

»Worauf wollt Ihr hinaus?«

»Nun, in der Reichsstadt Nördlingen steht auf Hurerei eine Haftstrafe mit anschließender Zwangsverheiratung.«

Widmann schluckte.

»Wollt Ihr mich, einen Mann der Kirche, der Hurerei bezichtigen?«

»Nun, ich denke, ihr habt mit Heidrun nicht in der Bibel gelesen, als sie nackt auf Euch saß. Aber das muss niemand erfahren, wenn Ihr mir entgegenkommt.«

»Gut. Das Vorführen in der Kirche soll ihr erspart werden. Anstelle des Ablasses wäre eine großzügige Spende auch in Ordnung.«

»Ihr seid nicht in der Position, Forderungen zu stellen, Widmann! Und da Ihr nicht nur *einen* Ehebrecher für Euren Ablass vorführen könnt, gilt das natürlich auch für Mühlbichler. Überlegt es Euch gut, was Euch das wert ist.«

Mittags im Ärztehaus nahmen Katharina und Simon schweigend ihr Mahl ein. Michael wurde zu einem dringenden Hausbesuch gerufen. Das schabende Geräusch der Löffel in den Holztellern war das Einzige, was die Stille unterbrach.

»Ich werde Nördlingen verlassen«, knallte Katharina ihrem Liebsten vor den Latz. Simon stoppte in seiner Bewegung und starrte sie an.

»Was? Wohin willst du denn?«

»Ich werde nach Salerno gehen und Medizin studieren.«

»Wohin?«

»Nach Salerno. Das ist in der Republik Neapel. Südlich der Alpen.«

»Eine Frau allein mit einem Kleinkind über die Alpen?«

Katharina sah Simon mit treuem Hundeblick an.

»Nein, dieses Mal werde ich dich nicht begleiten. Was soll ich da auch? Dort ist das ganze Jahr über eine brütende Hitze, ich verstehe deren Sprache nicht und hab hier schon genug Sorgen und Nöte. Ich hab gestern eine Lehre beim Bader angefangen.«

»Du hast *was*?«, lachte Katharina. »Mein Simon ein Baderlehrling?«

»Meine Katharina eine Studentin? Haha«, spottete er. »Bist du dir überhaupt sicher, dass du dort als Frau zugelassen wirst? Es ist Jahre her, dass du mir davon erzählt hast.«

»Zumindest habe ich noch nichts Gegenteiliges gehört. Ich muss es versuchen.«

»Und wo soll Magdalena hin, wenn du beim Studieren bist?«

»Das weiß ich noch nicht. Das ergibt sich schon, wenn ich erst mal dort bin.«

»So, das ergibt sich. Du stellst dir das alles viel zu einfach vor. Unser Kind wird nicht bei Ausländern aufwachsen. Falls ich sie jemals wiedersehe, verstehe ich meine eigene Tochter nicht, weil sie ausländisch spricht«, schimpfte er und lief im Raum auf und ab.

»Ich bleibe dort keine Jahrzehnte. Wenn alles gut geht, bin ich in sechs Jahren wieder zurück.«

»Sechs Jahre!« Simon ließ sich in den Stuhl fallen.

»Weißt du noch, als ich dir im Baumhaus beim schiefen Baum von meinem Besuch beim Stadtmedicus erzählte?«

Simon nickte.

»Einige Zeit dachte ich wirklich, eine Frau wäre dazu nicht in der Lage, Ärztin zu werden. Ich habe unter Benedikts Sachen die Abschrift eines Buches über Frauenheilkunde gefunden. Das hatte ein Weib namens Tortula geschrieben. Vor über 450 Jahren.«

»Selbst wenn, du kannst nicht allein dort hin. Du würdest diese Schule nicht einmal lebend erreichen. Das ist so sicher wie der Torschluss nach Sonnenuntergang!«

»Gestern kamen Gaukler aus Florenz in die Stadt. Sie dürfen bis zum Frühjahr in Nördlingen bleiben. Ich könnte sie fragen, ob ich mich ihnen anschließen kann.« Simon fuhr sich mit beiden Händen durch die Haare.

»Wovon willst du in der Zeit leben? So eine Schule kostet Geld.«

»Ich konnte einiges von meinen und Benedikts Sachen verkaufen. Für das Mikroskop bekam ich 20 Gulden«, freute sie sich.

»Und davon willst du sechs Jahre lang leben? Und was dann, wenn du wirklich fertig wärst mit der Schule? In Nördlingen gibt es einen Medicus und einen Bader! Bald sogar zwei.«

»Wer weiß, was in sechs Jahren ist. Vielleicht geht Michael wieder zurück nach Augsburg.«

»Meinen Segen bekommst du nicht dafür. Du denkst nur an dich! Du solltest Verantwortung für unser Kind zeigen, aber du gehst lieber deinen Hirngespinsten nach!« Simon war wieder aufgestanden und lief im Raum auf und ab.

»So? Hirngespinste sind das für dich?« Katharina sprang auf und lief mit aufgerissenen Augen auf Simon zu. »Du glaubst also auch, wir Weiber sind nur zum Kinderkriegen und für den Haushalt da. Ich dumme Kuh dachte, du bist anders. Da habe ich mich gewaltig getäuscht. Aber du hast mir nichts zu sagen! Ich werde schon allein klarkommen, Herr Baderlehrling!« Katharina knallte die Türe hinter sich zu. Sie wischte sich mit dem Handrücken die Tränen aus dem Gesicht, als sie zum Marktplatz zu den Gauklern ging.

Kapitel 24

Nördlingen, 18. April Anno Domini 1650

DER SCHNEE DER vergangenen Monate ergoss sich in kleinen Rinnsalen am Wegesrand. Daneben blühten Schneeglöckchen und Krokusse. Langsam, aber stetig zog Adonis den Karren hinter sich her. Katharina saß allein auf dem Bock, während Magdalena im Inneren schlief. Sie hatte ihre Tochter seit der Trennung täglich bei den Hofmeisters abgeholt, um mit ihr zu spielen. Am Tag ihrer Abreise hatte sie Magdalena einfach nicht mehr zurückgebracht.

Fünf Tage war es nun her, dass sie mit den Gauklern aufgebrochen war. Über Donauwörth ging es nach Augsburg. Von dort über Landsberg, Schongau nach Steingaden. Katharina war dem Gebirge noch nie so nahe. Das Tal verengte sich zunehmend. Mit jedem Schritt, den Adonis machte, hatte sie das Gefühl, dass die Berge näher an sie heranrückten, um sie zu erdrücken.

Kinder rannten neben dem bunt bemalten Gauklerwagen her, als sie Reutte erreichten.

»Hier bleiben wir für heute«, rief Antonio, den Katharina als Anführer der Truppe kennenlernte. »Ich werde versuchen, eine Genehmigung im Rathaus zu bekommen. Dann geben wir gleich noch eine Vorstellung.« Neben Antonio waren noch zwei weitere Gaukler dabei. Salvatore, ein Baum von einem Mann. Mit Vollbart und Glatze. Und Gino, ein eher knabenhafter Typ mit schwarzgelocktem, nackenlangem Haar. Eine junge schwarzhaarige Frau namens Viola war ebenfalls Mitglied der Truppe. Katharina schätzte sie einige Jahre jünger als sie selbst.

»Na los, ihr habt gehört, was Antonio sagte. Macht euch bereit für die Vorstellung«, trieb Salvatore seine Kameraden an.

»Und du kannst dich auch nützlich machen, wenn du schon mit uns reisen willst«, murrte der Glatzkopf Katharina an. »Du wirst nach der Vorstellung mit dem Hut durch die Menge gehen und den Herren schöne Augen machen, damit es ordentlich klimpert in der Kasse. Und geize nicht mit deinen Reizen!« *Das hat gerade noch gefehlt. Mit geöffnetem Mieder, den wollüstigen Blicken der Männer ausgeliefert und wie eine Hure nach Geld betteln,* dachte sie sich.

Immer mehr Neugierige strömten heran, um die ungewöhnlichen Besucher aus der Nähe zu betrachten.

»Kommt näher! Tretet heran, verehrtes Publikum!«, begann Antonio die Vorstellung, während

Viola die Flöte spielte. In graziösen Bewegungen verbog sie ihren Körper wie eine Schlange. Ihr dünnes Seidengewand zeigte viel Haut, was die männlichen Zuschauer zum Mitklatschen und Jubeln animierte. Gino jonglierte mit bunten Kugeln, während er einen großen Ball auf seiner Stirn balancierte.

»Und nun einen Applaus für Salvatore, den stärksten Mann weit und breit«, rief Antonio. Der Hüne trat aus dem Hintergrund. Mit freiem Oberkörper und kirschroten Hosen und streckte eine fingerdicke Eisenstange in die Luft, damit sie auch jeder sehen konnte. Mit bloßen Händen bog er sie zu einem U.

»Der bricht dir mit einer Hand das Genick«, lachte ein Halbwüchsiger und stieß seinem Kameraden den Ellbogen in die Rippen.

Mit wiegenden Hüften schlenderte Katharina durch die Zuschauermenge. Im Gedränge spürte sie die ein oder andere Hand auf ihrem Hintern. Sie ignorierte es, um kein Aufsehen zu erregen.

»Nicht so geizig, meine Herren!«, versuchte Katharina, den Zuschauern ihre Münzen zu entlocken. »Es gibt noch einiges mehr zu sehen.« Antonio hielt ein kleines Fläschchen in die Luft.

»Hier die neueste Entdeckung! Venezianischer Theriak. Hilft gegen sämtliche Krankheiten und Gebrechen. Das Stück nur einen halben Gulden. Fünf Stück nur zwei Gulden!«

Als Katharina zur Kirche blickte, schien ihr das Blut in den Adern zu gefrieren.

Der Zottelhaarige mit der Augenklappe!

»Hier, Mädchen! Der Auftritt war grandios!«, lachte ein Zuschauer und warf ihr ein paar Kreuzer in den Hut.

»Danke, edler Herr!« Katharina machte einen höfischen Knicks. Sofort schaute sie wieder zur Kirche. Der Vorplatz war menschenleer. *Konnte das wirklich sein? Er war doch tot!*

Kurze Zeit später zählte Antonio die Gage mit einem Lächeln im Gesicht.

»Lange hatten wir keine Tageseinnahmen wie heute. Das tut gut. Wir werden eine Weile davon leben müssen. Niemand ist so verrückt wie wir und überquert zu dieser Jahreszeit die Alpen. Aber ich habe es meinem Bruder versprochen. Dann bin ich auch zu seiner Hochzeit wieder zu Hause.« Viola schleppte einen vollen Wassereimer ans Feuer, um eine Suppe zu kochen.

»Warte, ich helfe dir!« Katharina eilte ihr zu Hilfe.

»Danke, es geht schon.«

»Hier sitzen Männer, die Eisenstangen wie Haarnadeln verbiegen, und das schmächtige Weib muss den Wassereimer schleppen. Das ist nicht gerecht!«, machte sie ihrem Ärger Luft.

»Hilf ihr beim nächsten Mal!«, wies Antonio den

Glatzkopf an. Salvatores Blick auf Katharina glich einer Morddrohung.

Viola und Magdalena verstanden sich auf Anhieb. Das sonst zu Fremden schüchterne Mädchen verliebte sich in die Südländerin. Viola sang Lieder und tollte mit ihr durch das Gras.

In der Morgendämmerung setzten sie ihre Reise fort. Da Magdalena von Viola kaum zu trennen war, nahm die Südländerin auf Katharinas Fuhrwerk Platz. Nach der Zollstation Ehrenberger Klause näherten sie sich der Rottstatt.

»Was sind das für Gebäude? Werden hier unsere Sachen wieder durchsucht?«, fragte Katharina. Viola musste lachen.

»Nein, keine Angst. Das sind Warenlager und Stallungen für die Pferde der Rottfuhrleute*.« Männer führten Zugpferde an die Fuhrwerke heran. Nachdem Antonio ihren Lohn bezahlt hatte, wurden zusätzlich je zwei Pferde vorgespannt.

»Es wurde verboten, die Passstraße ohne Vorspanner zu nutzen. Ein Wagen, der nicht mehr vorwärtskommt, würde den Weg über Stunden blockieren. Und das ist eine der wichtigsten Handelsrouten«, erklärte Viola.

---

* Fuhrleute, die ihre Pferde vor andere Fuhrwerke spannten, um Steigungen zu bewältigen. Teilweise wurden Waren komplett auf Pferde verladen.

Der Weg glich zunehmend einem Geröllfeld. Faustgroße Steine ließen die Fuhrwerke bedrohlich hin und her schaukeln. Und auch das Aprilwetter machte seinem Namen alle Ehre. Schien vor wenigen Minuten noch die Sonne, traf nun ein Graupelschauer die Reisenden mit voller Wucht. Wie kleine Nadelstiche fühlten sich die gefrorenen Körner auf Katharinas Haut an. Sie zog ihre Kapuze weiter ins Gesicht und sendete ein Stoßgebet zum Himmel.

Zorn und Ärger stiegen in ihr auf, als sie an Simon dachte. War er anfangs zuvorkommend und verständnisvoll, so zeigte er nun sein wahres Gesicht. Er war ein Mann wie all die anderen auch.

Ein Aufschrei riss Katharina aus ihren Gedanken.

»Himmelherrgottsack!«, fluchte einer der Rottfuhrmänner. Ein Bär richtete sich vor ihnen auf. Sein Brüllen übertönte das Rumpeln der Wagenräder. Die Rottpferde stellten sich wiehernd auf die Hinterbeine und rissen dem Fuhrmann die Zügel aus der Hand.

»Porca puttana!*«, schrie Antonio und wühlte in einer Kiste nach seiner Radschlosspistole. Als der Bär mit der Pranke durch die Luft fuchtelte, gingen die Pferde durch. Auf dem schmalen Pfad gab es keine Möglichkeit auszuweichen. Katharina fuhr der Schrecken durch ihren Leib und sie zerrte verkrampft an den Zügeln. Die Rottpferde steuerten geradewegs auf den Abgrund zu und rissen das Fuhr-

* ital. Heilige Scheiße!

werk der Gaukler mit sich. Antonio und Salvatore sprangen noch rechtzeitig ab. Der Karren zerschellte etwa einen Steinwurf unterhalb des Weges an einem Felsen. Die scheinbar unverletzten Zugtiere zerrten panisch am Geschirr in unterschiedliche Richtungen. Katharina sprang vom Bock, um Adonis zu beruhigen.

»Mach den Vorspanner los! Schnell!«, befahl sie ihrem Rottfuhrmann. »Ich will nicht auch noch alles verlieren, nur weil ihr eure Gäule nicht im Griff habt!« Wieder brüllte der Bär. Antonio und Salvatore lagen nur wenige Schritte vor ihm auf dem Weg.

»Verschwinde!«, schrie Antonio und zielte auf das Untier und drückte ab. Doch es war nur ein leises Klicken zu hören. Er spannte erneut. Nichts. Der gereizte Bär ging zum Angriff über und fetzte mit der Pranke über Antonios Gesicht und Brust. Sein Schmerzensschrei hallte durch den Bergwald. Salvatore zog seinen Dolch und stürmte brüllend auf den Bären zu, der seinen Kameraden zu Boden riss. Die langen Zähne bohrten sich in Antonios Kehle. Das Tier brüllte erneut, als es Salvatores Dolch zwischen den Rippen spürte. Mehrmals stach der Hüne durch das Fell des Tieres, bis es keuchend auf dem Weg zusammenbrach.

»Mamma mia! Antonio!« Salvatore zerrte den erlegten Bären beiseite, der Antonio unter sich begrub. Blut quoll im Rhythmus seines Herzschlages aus dem Hals des Anführers. Das Tier hatte ihm die Schlagader durchtrennt. Salvatore drückte mit der Hand auf die Wunde, um die Blutung zu stoppen.

»Ihr könnt mir nicht mehr helfen!«, röchelte der Verwundete. »Seht lieber zu, dass ihr von diesem verfluchten Berg kommt!« Sein Atem verlangsamte sich, dann sackte der Kopf zur Seite. Salvatore schluckte.

»Aber was soll aus unserer Truppe werden ohne dich?«, schrie der Hüne, als er seinen Kopf in den Nacken legte. So, als wolle er Gott für Antonios Tod verantwortlich machen. Katharina legte ihre Hand auf Salvatores Schulter.

»Wir müssen weiter. Auch wenn es schwerfällt. Es wird bald dunkel.«

»Es gibt leider noch einen Toten«, ergriff einer der Rottfuhrleute das Wort. »Euer Kamerad ist mit dem Fuhrwerk am Felsen zerschellt.«

»Gino?« Salvatores Blicke suchten die Umgebung ab, ob die Worte des Rottfuhrmanns etwa gelogen waren.

»Mamma mia, Gino!« Er senkte den Kopf und ließ seinen Gefühlen freien Lauf.

Nachdem sie die Toten mit Steinen bedeckt und die wenigen Habseligkeiten von Salvatore auf dem Pferd verstaut hatten, begannen Katharina und ein Rottfuhrmann, den Bären zu zerlegen.

»Das wird uns nicht nur einmal eine leckere Mahlzeit bescheren«, freute sich dieser.

»Wie könnt ihr davon nur essen?«, fragte Salvatore entsetzt. »Dieses Vieh hat unsere Freunde auf dem Gewissen.«

»Ich weiß schon gar nicht mehr, wann ich das letzte Mal Fleisch gegessen habe«, erklärte sich Katharina. »Und lieber fressen wir doch ihn als er uns.«

Obwohl die Sonne noch längst nicht ihren höchsten Stand erreicht hatte, klebte Katharinas Kleid an ihrer Haut, als wäre sie in einen Regenschauer geraten. Unter der Haube, die züchtig ihr Haar verdeckte, staute sich die Hitze. Magdalena quengelte. Anscheinend hatte sie es auch satt, den ganzen Tag auf dem wackligen Fuhrwerk zu verbringen, obwohl Viola ihr einiges an Abwechslung bot. Sie sang Lieder und spielte für Magdalena Flöte. Salvatore, der seit dem Verlust seiner Freunde kaum noch sprach, ritt wie jeden Tag voraus. Die Straßen rund um Florenz kannte er wie kein anderer. Mehr als sein halbes Leben verbrachte er hier. Die Häuser, die ganz anders aussahen als in Nördlingen, drängten sich dicht aneinander. Dass bei den meisten Bauherren Geld keine Rolle spielte, stellten sie ungeniert zur Schau. Dagegen kam Katharina Nördlingen wie ein Fliegenschiss auf der Landkarte vor.

»Was hast du vor, wenn wir in Florenz angekommen sind?«, fragte Katharina Viola wehmütig. Die zuckte mit den Schultern.

»Die Gauklertruppe war meine Familie. Ich habe sonst niemanden. Vielleicht kann ich bei Freunden eine Weile unterkommen.«

»Du könntest mit uns nach Salerno kommen. Ich weiß bis jetzt noch nicht, wohin mit Magdalena, wenn ich bei den Vorlesungen bin. Und ihr versteht euch doch so gut, ihr beiden.«

»Du würdest mich wirklich mitnehmen?« Violas Gesichtszüge erhellten sich. »Aber wovon sollen wir leben? Ich kann außer tanzen nichts.«

»Dann wirst du eben in Salerno tanzen. Irgendetwas werden wir schon finden. Und bis dahin leben wir von meinen Reserven. Und was sagt Magdalena dazu? Soll die Tante Viola bei uns bleiben?« Die Kleine strahlte bis über beide Ohren.

Salvatore führte sie vorbei an der Kathedrale di Santa Maria del Fiore direkt zum Piazza della Signoria.

»Wenn du jemanden finden kannst, der dich mitnimmt bis Neapel oder Salerno, dann hier«, erklärte er. Überall auf dem Platz standen Fuhrwerke, Stände und sogar Holzbuden, an denen um Waren aus der ganzen Welt gefeilscht wurde. Hunderte von Menschen drängten sich dazwischen und handelten, wild mit den Armen rudernd, um den besten Preis. Katharina zog mit Salvatore los, um einen Händler zu finden, der die nächsten Tage in Richtung Süden reiste. Viola blieb mit Magdalena zurück und passte auf den Wagen und die Pferde auf.

»Was sagte er?«, fragte Katharina aufgeregt, als Salvatore den ersten Händler befragte.

»Er sagte, in Neapel grassiert die schlimmste Pestwelle seit über 300 Jahren. Zudem kämpfen die Spanier und Franzosen gegeneinander im Süden. Und jeder, der freiwillig dort hinwill, muss nicht ganz richtig im Kopf sein.« Diese Nachricht war für die Apothekerin derart niederschmetternd, dass ihr Tränen in die Augen schossen. Sollte ihr großer Traum hier enden? War die ganze Mühe umsonst?

»Lass uns noch jemanden fragen. Es muss doch jemanden geben, der dort hinfährt!«

Salvatore schüttelte den Kopf.

»Es ist sinnlos, aber ich tu dir den Gefallen.« Katharina verstand zwar kein Wort von dem, was er mit den Händlern sprach, aber ihre Gesten waren eindeutig. Der letzte, den er fragte, tippte mit dem Zeigefinger an seine Stirn. Die schlechten Nachrichten hatten sich schneller verbreitet, als Katharina dachte.

»Dann fahren wir eben allein!« Ihr Begleiter schaute sie an, als hätte sie seine Mutter ermordet.

»Es grenzt unter normalen Bedingungen für zwei Frauen und ein Kind schon an Selbstmord, nach Neapel zu reisen, aber ich kann dir nur einen guten Rat geben. Mich geht das nichts an.« Katharina nickte nachdenklich. Als sie den Blick ein letztes Mal über den belebten Platz schweifen ließ, schien ihr das Blut in den Adern zu gefrieren.

Der Zottelhaarige mit der Augenklappe!

»Bin gleich wieder da!«, sagte sie zu Salvatore und bahnte sich einen Weg durch die Menge. Einige, die sie schubste, schimpften ihr unverständliche Worte hinterher. Nur wenige Schritte trennten sie von ihrem Peiniger.

Sie packte ihn am Ellbogen und riss ihn zu sich herum. Ein ihr fremder Mann sah sie entgeistert an.

»Che cazzo volette da me*?« Da Katharina ihn nicht verstand, blickte sie ihn ebenso verwirrt an.

»Tu puzzi come un cane morto**.« Nachdenklich und doch innerlich aufgewühlt ließ sie von ihm ab und ging zurück zu Salvatore.

»Vecchia scema***!«, rief der Fremde ihr nach.

»Ich mache es kurz«, erklärte ihr Salvatore. »Ich bin kein Freund von langen Verabschiedungen. Viola habe ich schon Lebewohl gesagt. Passt auf euch auf!« Er nahm Katharina in den Arm. Danach verschwand

---

* ital. Was zum Teufel wollt Ihr von mir?
** ital. Du stinkst wie ein toter Hund!
*** ital. Dumme Pute!

er, ohne sich noch einmal umzudrehen, in der Menschenmenge.

Als Katharina zum Wagen zurückkehrte, unterhielt sich Viola mit einem gutgekleideten Herren, den sie auf etwas mehr als 40 Jahre schätzte.

»Das ist Signor Francesco de Manzoni«, berichtete Viola aufgeregt. »Er reist noch heute nach Neapel!«

»Wirklich?«

»Ciao bella donna*!«, begrüßte er sie und deutete einen Handkuss an. Katharina konnte ihr Glück kaum fassen und wusste gar nicht, was sie sagen sollte. Der gut einen Kopf kleinere Mann blickte zu ihr auf, als er fortfuhr:

»Ihr fragt Euch bestimmt, ob ich verrückt bin, in den Süden zu reisen, Signora Katharina. Ich muss meine Familie mit dem Notwendigsten versorgen. Es fahren schon lange keine Händler mehr nach Neapel.«

»Oh, ich bin überrascht, dass Ihr unsere Sprache beherrscht. Dazu noch so akzentfrei. Das heißt, wir dürfen uns Euch anschließen?«

»Si, Signora. Sehr gerne!«

---

* ital. Hallo, schöne Frau.

Kapitel 25

Republik Neapel, 21. Mai Anno Domini 1650

Die vorausfahrende Kutsche von Francesco de Manzoni zog einen staubigen Schweif wie eine Sternschnuppe hinter sich her. Als Katharina Rock und Mieder ausklopfte, stieg eine weitere Wolke auf. Körnchen knirschten zwischen ihren Zähnen. Sie trank einen Schluck aus dem Wasserschlauch und reichte ihn an Viola weiter. Der Gestank von verbranntem Fleisch wie bei der Brandmarkung eines Hundswutkranken lag seit Stunden in der Luft. Ihr war übel. Noch weit vor Neapel waren Rauchsäulen zu sehen, die in den wolkenlosen Himmel emporstiegen.

»Oh nein!«, stöhnte Viola. »Wir fahren direkt an die Kriegsfront. Ich weiß nicht, ob das eine so gute Idee war, hierherzukommen.«

»Vielleicht ist aber auch nur ein Feuer ausgebrochen. Bei der Hitze und Trockenheit wäre das kein Wunder«, beschwichtigte Katharina.

»Aber weshalb stinkt das so gotterbärmlich?«

Nach einer weiteren Stunde Fahrt bekam Viola die Antwort auf ihre Frage. Francesco de Manzoni stieg von seiner Kutsche und starrte auf das mehr als hundert Schritt entfernte Inferno.

»Purgatorio*«, murmelte er. Viola hielt sich beide Hände entsetzt vor den Mund. Katharina versteckte ihre Nase in der Armbeuge, da sie den Gestank kaum noch aushielt.

»Was ist das?«, fragte Katharina.

»Purgatorio! Das Fegefeuer!«, erklärte Francesco. »So viele sind es schon? Das müssen mehr als hunderttausend Leichen sein, die hier brennen! Diese zu begraben ist eine unlösbare Aufgabe. Daher schichten sie die Pesttoten aufeinander und verbrennen sie zusammen mit Holz und Unrat.« Katharina bekreuzigte sich.

Nach nur kurzer Zeit erreichten sie die ersten Häuser. Nicht wenige waren abgebrannt, andere schienen verlassen. Die Hitze ließ die Luft flimmern. Bis auf ein paar streunende Köter waren die Straßen leer. Der Gestank von Tod, Verwesung und verbranntem Fleisch stand wie eine unsichtbare Mauer in den Gassen. Manzoni hielt vor einem zweistöckigen Steinhaus, das mit Sicherheit keine armen Besitzer haben konnte.

»Francesco!«, rief eine alte Frau aus dem Nachbarhaus. »Geht nicht hinein! Das große Sterben hat

* ital. Fegefeuer.

alle geholt. Schon vor Tagen. Sie konnten sie noch nicht wegbringen. Es sind einfach zu viele!« Wortlos sackte Manzoni auf die Treppenstufen vor dem Eingang und vergrub sein Gesicht in den Handflächen.

»Geht weg von hier! Das ist kein Ort für Lebende! Früher oder später werden wir alle auf dem brennenden Haufen landen.«

Katharina legte Francesco ihre Hand auf die Schulter.

»Es tut mir leid.« Nur schwer fand die Apothekerin tröstende Worte.

»Schon gut. Lasst uns von hier verschwinden!«

»Was habt Ihr vor?«

»Ich werde euch nach Salerno bringen und hoffen, dass uns meine Schwester aufnimmt.«

Nach zwei weiteren kräftezehrenden Tagen ließen sie die Hügelkette hinter sich, die Salerno einschloss. Katharina ging das letzte Stück zu Fuß. Ihr Körper weigerte sich, noch länger auf dem holprigen Bock zu sitzen. Mehrmals begegneten ihnen auf dem Weg spanische Soldaten, die sie misstrauisch beäugten. Durch den zu erwartenden Angriff der Franzosen prüften sie vorsichtiger denn je, wer sich ihnen näherte.

Die Häuser des kleinen Städtchens drängten sich gerade in der Hafengegend dicht aneinander. Durch einige Gassen konnte man nur noch zu Fuß weiterkommen. Die Sonne stand schon knapp über dem

Horizont und die Hitze des Tages wich einer kühlen Brise des Mittelmeers. Es kam wieder Leben in die Stadt. Fensterläden wurden geöffnet, Kaufleute öffneten ihre Geschäfte, in den Tavernen wurde gekocht und Fischer fuhren zum letzten Fang des Tages auf das Meer hinaus.

»Francesco!«, rief eine beleibte Frau und hielt sich beide Hände vor den Mund.

»Ciao Elenora! Das ist meine Schwester Elenora«, erklärte Francesco, nachdem er sich aus der Umarmung gelöst hatte. Misstrauisch musterte diese Katharina und Viola.

»Entschuldige, das ist Katharina mit ihrer Tochter und das ist Viola. Die wollen sich an der Universität einschreiben. Können wir einige Tage bleiben, bis wir eine Unterkunft gefunden haben?«

»Si. Ihr könnt so lange bleiben, wie ihr wollt!« Während sie Katharina und Viola vorausschickte, hielt sie ihren Bruder am Arm fest.

»Zwei Frauen mit einem Kind? Wo hast du die denn aufgegabelt? Das musst du mir später genauer erklären! Jetzt kommt erst mal rein. Ihr müsst hungrig sein nach der langen Reise.«

Elenora richtete eine Platte mit Brot, Speck und Käse und stellte einen Krug Wein auf den Tisch.

»Pietro, mein Mann, kommt erst nächste Woche von seiner Geschäftsreise zurück«, erzählte Francescos Schwester. »Ich hoffe nur, dass er rechtzeitig aus Konstantinopel zurück ist, bevor das mit den Franzosen losgeht.«

»Wenigstens kommt er über den Seeweg und muss nicht durch Neapel. Elenora, sie haben es nicht geschafft. Dort lebt keiner mehr von den Unsren«, erwiderte Francesco und drückte die Hände seiner Schwester. Sie nickte nur und starrte ins Leere. Wortlos nahmen sie den Rest des Mahles zu sich.

»Jetzt zeig ich euch, wo ihr schlafen könnt«, unterbrach Elenora die Stille und führte die Reisenden in das obere Stockwerk.

Am nächsten Morgen, nachdem sie das Frühmahl zu sich genommen hatten, machten sich Katharina, Viola und Magdalena auf den Weg zur Universität. Nach weniger als einer halben Stunde Fußmarsch erreichten sie die berühmte Medizinschule von Salerno. Ein einzelner Student, in einen schwarzen Talar gekleidet, stolperte eilig durch den giebelseitigen Arkadengang zum Eingang.

»Irgendwie habe ich mir das größer vorgestellt«, bemerkte Viola enttäuscht.

»Jetzt lass uns erst mal hineingehen. Im Grunde ist es mir egal, wie groß oder klein es ist«, beschwichtigte Katharina. Die Eingangshalle war menschenleer. Zwei breite Steintreppen führten in das Obergeschoss. Magdalena kniete sich auf den Fußboden und fuhr mit ihren Fingern über die bunten Steinchen des Mosaiks.

»Hier, Secretariatus! Da müssen wir hin. Magdalena, steh auf und komm!«, wies Viola die Kleine an.

»Si!«, vernahm Katharina, nachdem sie angeklopft hatte. An einem Schreibtisch saß ein älterer Mann mit einer Schreibfeder in der Hand, der wohl gerade Eintragungen in ein Buch vornahm.

»Katharina Hofmeister est nomen meum. Latine loqui?*«, stammelte Katharina. Der Sekretär legte den Gänsekiel zur Seite und lehnte sich lächelnd in seinem Stuhl zurück.

»Frau Hofmeister, Ihr seid hier an einer Universität und nicht in einer Schenke. Natürlich spreche ich Latein, ebenso wie Französisch, Griechisch und Eure Sprache. Es würde mich nicht wundern, wenn Ihr aus dem Schwabenland kommt.«

»Woher wisst Ihr …?«

»Keine Frau, die Latein spricht, würde sich kleiden wie eine Magd. Außer einem sparsamen Schwabenweib!« Katharina lächelte, räusperte sich und strich mit beiden Händen die Falten aus Rock und Mieder.

»Wir haben eine lange Reise hinter uns. Verzeiht! Ich würde mich gerne für ein Medizinstudium eintragen.«

Das Lächeln des Sekretärs wich aus seinem Gesicht.

* lat. Mein Name ist Katharina Hofmeister. Sprechen sie Latein?

»Habt Ihr denn nicht mitbekommen, was hier in den nächsten Tagen los sein wird?«

Katharina blickte zwischen Viola und dem Sekretär hin und her.

»Wir erwarten jeden Augenblick den Angriff der Franzosen. Die spanischen Besatzer gaben den Befehl, dass sich jeder Medicus, Bader, Feldscher und auch alle unsere Studenten bereithalten sollen, um medizinische Hilfe zu leisten. Auch solche, die nur geringe Vorkenntnisse aufweisen können!«

»Aber das kann doch nicht …!« Katharina war wie vor den Kopf gestoßen.

»Habt Ihr denn Vorkenntnisse?«, hakte der Sekretär nach.

»Ich bin Apothekerin.«

»Sehr gut. Apotheker haben wir kaum. Ihr werdet Euch nach dem Sturmläuten der Kirchenglocken hier melden. Ich trage Euch gleich in die Liste ein. Wie war Euer Vorname noch mal?«

»Katharina. Katharina Hofmeister.« Mit kratzendem Geräusch trug er ihren Namen in das Buch ein. »War noch etwas, Frau Hofmeister?«

Kopfschüttelnd verließ Katharina das Sekretariat, gefolgt von ihren Begleitern.

»Was willst du denn jetzt nur machen?«, fragte Viola.

»Herrgott, das weiß ich doch auch noch nicht! Ich muss überlegen!« Katharina kochte vor Wut und Enttäuschung. Wortlos marschierten sie denselben Weg zurück, den sie gekommen waren. Nach etwa der Hälfte der Strecke fielen Schüsse. Menschen rannten schreiend nach Hause und verriegelten Türen und Fensterläden. Kinder weinten und riefen nach ihren Eltern. Magdalena bemerkte wohl auch, dass etwas nicht stimmte, und begann zu schluchzen.

»Il Francese*!«, schrie eine Frau und hielt sich beide Hände vor den Mund.

»Jetzt aber nichts wie zu Elenora. Hoffentlich öffnet sie uns noch!«, befürchtete Katharina.

»Musst du nicht zur Universität?«

»Doch erst, wenn sie Sturm läuten!« Kaum hatte sie den Satz beendet, da läuteten die Kirchenglocken.

»Verdammt!« Katharina stampfte wie ein zorniges Mädchen mit dem Fuß auf den Boden.

»Kannst du nicht einfach mit uns kommen? Die haben doch bestimmt genügend Helfer!«

»Der Sekretär hat mich registriert. Wenn ich nicht helfe, dann ist mein Studium beendet, bevor es begonnen hat. Wir sehen uns später bei Francesco! Und nun lauft!« Katharina machte auf dem Absatz kehrt und eilte zur Medizinschule.

Sie hatte mit mehreren Dutzend Studenten und Ärzten gerechnet, aber ihr war weder jemand auf

* ital. Die Franzosen.

dem Weg begegnet noch war jemand vor der Türe im Arkadengang. Auch im Secretariatus war diesmal niemand. Sie hörte Stimmen und Geräusche am anderen Ende der Eingangshalle und ging unverzüglich dorthin.

»Ah, das Weib aus dem Schwabenländle!«, rief ein Mann, den Katharina als den Sekretär erkannte. »Ihr könnt gleich Dottore Morelli zur Hand gehen.«

»Aber wo sind all die anderen Studenten und Ärzte?«, fragte Katharina überrascht.

»Bis jetzt sind wir allein. Den Bader haben wir für die Zivilbevölkerung zu Hause gelassen und die spanischen Feldschere haben bereits alle Hände voll zu tun. Und ich befürchte, dass nicht mehr viele kommen werden. Ich bring euch gleich Verbandsleinen, Wundarztbesteck und was ich noch so alles finde!«

Morelli und der Sekretär hatten im Lehrsaal ein behelfsmäßiges Lazarett eingerichtet. Auf zwei zusammengeschobenen Tischen lag ein bewusstloser spanischer Soldat, dessen Unterschenkel abgerissen war. Er mochte gerade einmal halb so alt wie Katharina sein. Mit einem Hanfstrick war der Oberschenkel abgebunden.

»Wir können von Glück reden, dass er bewusstlos ist!«, sagte Morelli, als er die zerfetzte Kleidung um das Bein des Patienten entfernte.

»Ihr sprecht ja meine Sprache! Ich befürchtete

schon, mich mit Latein, Händen und Füßen verständigen zu müssen.«

»Meine Mutter stammt aus Würzburg. Wie war doch gleich Euer Name?«

»Katharina Hofmeister, Apothekerin aus Nördlingen.« Im nächsten Moment schlug die Türe des Lehrsaals auf und weitere Verletzte wurden hereingetragen. Einer schrie wie vom Dämon besessen, die anderen stöhnten nur leise.

»Hierher!«, wies Morelli die Soldaten an. »Katharina, Ihr habt bestimmt schon einmal einen Riss in Eurem Kleid genäht!«

»Ja, aber …?«

»Das Bein hier ist schon abgetrennt. Vernäht die Wunde. Stellt Euch einfach vor, es wäre nur ein Stück Stoff. Das macht es Euch leichter.«

Der Sekretär hatte inzwischen allerlei Brauchbares in den Lehrsaal geschleppt. Darunter auch Branntwein. Katharina entkorkte die Tonflasche, roch daran und nahm einen kräftigen Schluck. Hustend wischte sie sich mit dem Handrücken über den Mund. Dottore Morelli wandte sich dem immer noch lauthals schreienden Soldaten zu. Nur durch die Hilfe seines Kameraden quollen seine Gedärme nicht aus dem zerfetzten Leib.

»Katharina, wie weit seid Ihr? Könnt Ihr mir hier helfen?«, rief Morelli.

»Äh, ja. Ich konnte noch gar nicht richtig anfangen.« Der beinamputierte Soldat erwachte und packte Katharinas Hand. Sie erschrak, als hätte der Leibhaftige selbst ihre Hand ergriffen.

»Nicht mein Bein abnehmen!«, stöhnte er.

»Katharina! Wo bleibt Ihr? Ich brauche Eure Hilfe!«

»Ja, ich komme schon, Dottore!«

»Hier, trink einen Schluck! Das nimmt dir den Schmerz!« Katharina reichte dem Beinamputierten den Branntwein und eilte zu Morelli.

»Vernäht ihm die Bauchdecke! Wie weit seid Ihr mit dem Jungen?«

»Ich hab noch nicht begonnen. Er ist wieder zu sich gekommen und er will sein Bein nicht verlieren.«

»Das muss schneller gehen! Wir können zwar nicht alle retten, aber umso mehr, je schneller wir arbeiten!« Mit zittrigen Händen begann sie, die Bauchdecke des mittlerweile bewusstlosen Spaniers zu vernähen. Sie zuckte erneut zusammen, als die Branntweinflasche auf dem Boden zerschellte. Der Beinamputierte wurde wieder bewusstlos.

»Habt Ihr ihm den Branntwein gegeben?« Morellis Augen verengten sich zu schmalen Schlitzen.

»Ja, er hatte Schmerzen.«

»Wir brauchen ihn zur Wundreinigung! Und, um Himmels willen, vernäht jetzt endlich seinen Stumpf und löst das Seil, sonst stirbt der Oberschenkel auch noch ab!«

Katharina schwirrte der Kopf und ihre Hände zitterten noch mehr als vorhin. Sie konnte über viele Stunden ohne eine Pause arbeiten. Aber diesen steten Zeitdruck und die Notwendigkeit, mehrere Dinge gleichzeitig zu tun, hielt sie nur kurze Zeit durch.

Während sie die ersten Stiche des Beinstumpfes setzte, stellte sie sich vor, wie sie in der Küche des Apothekerhauses Simons Hosen flickte. Simon! Der Gedanke an ihn versetzte ihrem Herzen einen Stich. Würde er ihr je verzeihen? Katharina vermisste seine zärtlichen Berührungen. Sein Lachen. Sie konnte sich genau erinnern, wie er gerochen hatte.

»Ahhhhh!« Der Schrei eines Verletzten riss sie zurück in die Realität. Sie löste das Seil am Oberschenkel des Jungen und massierte die gequetschte Haut.

Jetzt können wir nur hoffen, dass die Wunde nicht brandig wird, dachte sie sich. *Die Wundsalbe von Schwester Judith! Die steht bei Michael in Nördlingen*. Das Rezept steckte sie in Saint Hubert achtlos in die Rocktasche. Sofort begann sie darin zu wühlen. Neben Brauchbarem befand sich auch Einiges an unnützem Kram in der Tasche. Sie fand, wonach sie suchte.

Hoffentlich kann man noch alles lesen! Das Kleid wurde auf ihren Reisen nicht nur einmal nass. Wie konnte sie nur so fahrlässig mit der so wertvollen Rezeptur umgehen.

Zwiebel, Knoblauch und Ochsengalle für 9 Tage in einem Kupferkessel ziehen lassen. Danach durch ein Tuch pressen. Mit Schweinefett zu einer Salbe anrühren.

Ochsengalle! Woher soll ich Ochsengalle nehmen?

»Secretarius! Gut, dass Ihr gerade kommt. Könnt Ihr mir Ochsengalle besorgen? Ich brauche die für eine äußerst wirkungsvolle Wundsalbe.«

»Ochsengalle? Leichter treibe ich in diesen Tagen ein Fass französischen Landwein oder Brot aus Weißmehl auf. Gut, ich will sehen, was ich machen kann. Geht jetzt nach Hause und schlaft ein paar Stunden. Ihr seht furchtbar aus.«

Kapitel 26

Salerno, 12. Juni Anno Domini 1650

IN LEUCHTENDEM ROT versank die Sonne im Meer. Sand rieselte durch Katharinas Finger und bildete einen kleinen Hügel zwischen ihren Füßen. Gedankenversunken lauschte sie dem Rauschen der Brandung und beobachtete die letzten Sonnenstrahlen, ehe die Sonne gänzlich im Meer verschwand.

Die Waffenruhe zwischen den Franzosen und den spanischen Besatzern gönnte Katharina eine Verschnaufpause im Lazarett.

Seit mehr als einer Woche hatte sie mit Dottore Morelli die Kriegsverletzten im Lehrsaal der Universität versorgt. Bis auf eine Handvoll Studenten waren keine weiteren Helfer erschienen. Dutzende von Soldaten, die oft mehr tot als lebendig zur Medizinschule gebracht wurden, brauchten Hilfe. Abgerissene Gliedmaßen, zerfetzte Leiber und markerschütternde Schreie waren zur Normalität geworden.

Magdalenas Lachen riss sie aus ihren Gedanken. Viola suchte am Strand nach Muscheln für das Kind und tauchte dessen Beinchen in die Wellen. Katharina schenkte ihnen ein gequältes Lächeln, ehe sie ihr Tagtraum wieder einfing.

Wer entzündet die Sonne am Morgen wieder, wenn sie abends im Wasser erlischt? Ist es vielleicht jeden Tag eine neue Sonne? Wie ist das dann in Nördlingen? Dort geht sie hinter dem Wald unter!

Weshalb dieser dann nicht Feuer fing, konnte sich Katharina nicht erklären.

Oder warum werden bei manchen Verletzten die Wunden brandig und bei anderen wiederum nicht? Wie genau wirken die Zutaten aus Schwester Judiths Wundsalbe?

Katharina war so wissbegierig und dennoch müde und erschöpft von den Erlebnissen im Lazarett. Mehrfach erwachte sie in den vergangenen Nächten, von Träumen geplagt. Simon, der sich mit einer anderen vergnügte, träumte sie letzte Nacht. Magdalena, die blutüberströmt in den Lehrsaal gebracht wurde, war das schlimmste Szenario. Das Bild ihrer leidenden Tochter vor Augen brachte sie fast um den Verstand.

So hatte sich Katharina die Zeit hier in Salerno nicht vorgestellt. Sie träumte, in feinem Talar den Worten der Professoren zu lauschen oder in Büchern von Galen* und Hippokrates** zu lesen. Den Urinbe-

---

* Einer der bedeutendsten Ärzte des Altertums. Seine Lehren beherrschten etwa 1500 Jahre die gesamte Heilkunde.
** Er gilt als der Vater der modernen Medizin und entwickelte die Theorie der Viersäftelehre.

schau zu erlernen und wie man Patienten zur Ader ließ. Dieser Krieg und die drohende Gefahr der Pestwelle aus dem Norden konnten noch Jahre andauern. Was, wenn Magdalena oder Viola zu Schaden kämen oder gar getötet würden? Das könnte sie sich nie verzeihen!

Was, wenn sie zurück nach Nördlingen gingen? Was würde sie dort erwarten? Die Apotheke war nun im Besitz ihres Gatten. Vielleicht könnte sie aber auch im Ärztehaus einen Neuanfang wagen. Michael bräuchte bestimmt für seine Patienten Medikamente. Sie war davongelaufen wie ein zorniges Mädchen. Wegen eines Hirngespinstes. Ja, Simon hatte schon recht. Wie konnte sie nur so dumm sein? Jetzt hieß es, den Schaden zu minimieren! Sie mussten weg von hier. Und zwar so schnell wie möglich, bevor der Waffenstillstand wieder aufgehoben würde!

Das schon bekannte Sturmläuten der Kirche holte Katharina in die Realität zurück. Sie sahen sich wortlos an.

»Nach Hause!«, rief Katharina. »Beeilung!« Viola nahm Magdalena auf den Arm und rannte los. Die Apothekerin stolperte hinterher. Die spanische Kavallerie rückte aus und preschte mit ihren Schlachtrössern zum Hafen. Nicht wenige Passanten konnten sich nur durch einen beherzten Sprung zur Seite vor Schlimmerem retten. Ein Eselskarren wurde in letzter Sekunde zum Straßenrand gezerrt.

Da passierte es. Viola stolperte über einen Haufen Pferdeäpfel und stürzte mit Magdalena auf dem Arm auf die Straße. Die ersten herannahenden Reiter konnten noch ausweichen. Durch den aufgewirbelten Staub waren sie für die nachfolgenden nicht erkennbar. Katharinas entsetzter Schrei blieb lautlos in ihrer Kehle stecken. Viola wimmerte und legte sich schützend über Magdalena. Katharina versuchte einzugreifen, doch die Staubwolke war zu dicht. Sie hätte sich selbst in größte Gefahr begeben.

Nachdem die letzten Reiter vorbeigeritten waren, besserte sich die Sicht rasch. Katharina stürmte zu den beiden. Viola hatte außer ein paar Schrammen keine ernsthaften Verletzungen und tätschelte Magdalenas Wange.

»Magdalena! Magdalena! Magdalenaaaaaaa!« Violas Schuldgefühle gegenüber Katharina verstärkten ihr hysterisches Schreien.

»Ganz ruhig! Panik ist kein guter Ratgeber!« Regungslos lag das Kind in den Armen der Südländerin. Violas Handfläche, die Magdalenas Kopf stützte, war blutig und das Kleid des Mädchens färbte sich in Höhe der Oberschenkel rot. Katharina schob den Stoff zur Seite. Ein Hufabdruck war deutlich zu sehen.

»Wir müssen sie sofort in die Universität zu Dottore Morelli bringen!«, stammelte Viola mit zittriger Stimme.

»Die Wunden sehen schlimmer aus, als sie sind. Das muss nicht einmal genäht werden! Wir bringen sie zu Elenora. Dort kann ich sie versorgen.«

Kurz darauf kam das Kind wieder zu sich und riss die Augen auf, als müsste sie sich noch immer vor Huftritten in Acht nehmen. Dann erbrach sie sich.

Zu Hause bei Elenora versorgte Katharina die Wunden und blieb noch so lange am Bett von Magdalena sitzen, bis sie eingeschlafen war.

Als Katharina in die Küche zurückkehrte, saß Francesco allein am Tisch und trank einen Becher Wein.

»Den Brummschädel wird sie noch ein paar Tage spüren, aber die Schrammen werden ohne Narben verheilen«, berichtete Katharina.

»Gut! Ich hatte schon das Schlimmste befürchtet.«

»Wo sind Viola und Elenora?«

»Sie schlafen bereits. Es ist schon spät. Setzt Euch und trinkt einen Schluck Wein mit mir. Das wird Euch auf andere Gedanken bringen.« Francesco füllte einen Becher und fuhr fort: »Ich hörte, es gibt Probleme mit Eurem Studium? Wie soll es nun weitergehen?«

»Ich bin mir nicht sicher, ob ich überhaupt noch studieren soll.« Francesco hob eine Augenbraue.

»Seit ich denken kann, befanden wir uns im Krieg. Erst seit zwei Jahren herrscht Frieden. Jetzt bin ich wieder mitten im Krieg und es ist nur eine Frage der Zeit, wann die Pest von Neapel nach Salerno eingeschleppt wird. Ich habe Verantwortung für meine Tochter.«

»Das heißt, Ihr werdet zurück in Eure Heimat gehen?«

»Es wird für alle das Beste sein. Eine neue Unterkunft habe ich bis jetzt auch noch nicht gefunden. Die Gastfreundschaft Eurer Schwester in allen Ehren, aber ich will das nicht auf Dauer.«

»Das ist sehr schade, Signora Katharina.«

Sie nickte fast unmerklich.

»Ich habe auf ganzer Linie versagt. Sie hatten recht! Alle hatten sie recht! Eine Frau, die Medizin studiert? Absolut lächerlich!«

»Das dürft Ihr nicht sagen, Signora! Ich bewundere Euren Mut und Eure Klugheit.«

»Was wisst Ihr schon von mir, Francesco? Würdet Ihr mich näher kennen, würdet Ihr mich nicht mehr bewundern! Ich bin die Tochter eines reichen Mannes. Mein Gatte ist Bürgermeister einer Reichsstadt und ein wohlhabender Kaufmann. Das Erbe meines Vaters hat er sich unter den Nagel gerissen! Was für mich übrig blieb, passt alles auf den Pferdekarren dort draußen! Und meine Tochter ist nicht vom Bürgermeister, sondern von einem Zimmermann, und selbst der will von mir nichts mehr wissen!«

»Es tut mir leid. Ich wollte Euch nicht zu nahe treten. Ich …«

»Wegen des Ehebruchs bin ich vier Wochen im Feilturm gesessen und musste mich demütigen lassen! Und? Seid Ihr immer noch stolz auf mich?«

Katharinas Augen füllten sich mit Tränen. Sie senkte den Blick. »Ich möchte nach Hause.«

Francesco legte seinen Arm um sie. Es tat gut, jemandem sein Herz auszuschütten. Sie lehnte ihren Kopf an seine Schulter und ließ ihren Gefühlen freien Lauf.

Nachdem sie sich etwas beruhigt hatte, wischte sie mit dem Handrücken die Tränen von den Wangen und lächelte verlegen, während sie ihm in die Augen blickte.

»Einem so wunderschönen Gesicht steht ein freundlicher Gesichtsausdruck wesentlich besser.«

»Ihr wisst, wie man einer Frau Komplimente macht, Francesco. Und Ihr könnt Euch so vornehm ausdrücken. Da merkt man sofort, dass Ihr aus gutem Hause seid. Und Ihr riecht so gut.« Wortlos blickten sie sich in die Augen. Ihre Lippen näherten sich. Katharina drehte ihren Kopf zur Seite. Francesco küsste sie auf die Wange.

»Das dürfen wir nicht«, hauchte Katharina. Sie spürte seinen warmen Atem an ihrem Ohr und ihrem Hals. Dann verwarf sie die guten Vorsätze. Sie küsste ihn und umklammerte seinen Körper dabei wie eine

Ertrinkende. Wie sehr hatte sie dieses Gefühl vermisst. Es tat so gut.

Erst nach einer gefühlten Ewigkeit lösten sie sich voneinander. Katharina trank ihren Wein aus, schenkte Francesco ein Lächeln und erhob sich.

»Wir sollten jetzt schlafen gehen. Es war ein anstrengender Tag.«

»Lasst mich heute Nacht nicht allein, Signora Katharina.« Ohne zu antworten, griff sie nach seiner Hand und führte ihn ins Obergeschoss.

Francesco entzündete eine Kerze, die seine Schlafkammer in ein diffuses Gelb färbte. Mit ein paar wenigen Handgriffen öffnete Katharina ihr Mieder und ließ ihr Kleid zu Boden sinken.

»Ihr seid wunderschön, Signora Katharina«, hauchte er ihr ins Ohr und küsste sie. Hektisch entledigte sich Francesco seiner Kleidung. Gemeinsam schlüpften sie unter sein Leintuch. Während ihre Küsse immer leidenschaftlicher wurden, erforschten ihre Hände die fremde Haut. Katharina erschauerte, als er ihren Körper mit Küssen bedeckte.

Er legte sich auf sie. Angetrieben von Lust und Leidenschaft, bewegten sie sich, bis Glück und Wärme sie durchströmte. Schweißperlen klebten wie Morgentau an Katharinas Haut. Verschwitzt, aber zufrieden schliefen sie nebeneinander ein.

Geplagt durch die Notdurft, erwachte Katharina und bemerkte, dass Francesco nicht mehr neben ihr lag.

Es war noch immer dunkel und die Hitze des vergangenen Tages hielt sich hartnäckig in der kleinen Kammer. Jetzt erst wurde ihr klar, was sie vor nur wenigen Stunden getan hatte. Sie hatte nicht nur ihren Gatten betrogen, sondern auch Simon, den sie doch so liebte. Wie konnte das nur passieren? Der ungewohnt viele Wein war ihr zu Kopf gestiegen. Sie schämte sich, wenn sie könnte, würde sie die Tat ungeschehen machen.

Um niemanden zu wecken, schlich Katharina auf Zehenspitzen in Richtung Abortgrube. Als sie aus der Küche Kerzenschein und Stimmen wahrnahm, blieb sie an der Treppe stehen.

»Niemand außer den Fuggern hat eigene Minen. Irgendwoher muss er das Silber kaufen«, sagte eine ihr unbekannte Männerstimme.

»Das Silber der Fugger besitzt aber nicht diese Reinheit und Güte! So etwas habe ich nirgendwo anders bisher gesehen«, hörte sie Francesco sagen.

»Finde heraus, woher es stammt! Sie muss etwas davon wissen! Hofmeister ist trotz alledem ihr Ehemann. Sie vertraut dir doch, wenn du schon mit ihr das Bett geteilt hast, oder?«

»Ich denke schon, aber ich versteh immer noch nicht ganz, was du vorhast.«

»Die Minen der Fugger sind mit Dutzenden von Landsknechten und Söldnern gesichert. Aber ein unbekanntes Bergwerk … Kannst du dir vorstellen, wie viel Silber jeden Tag aus einem Berg gefördert werden kann? Dein Gaul würde zusammenbrechen, wenn du ihm das auf den Rücken schnallen würdest. Wenn nur die Ausbeute eines einzigen Tages seinen Bestimmungsort nicht erreicht, unsere Familien müssten für sehr lange Zeit nicht mehr arbeiten.«

»Du willst einen Silbertransport überfallen?«

»Was bleibt uns denn anderes übrig? Dieser Wucherer will jedes Mal noch mehr!«

Katharina wurde schwindlig und sie musste sich am Treppengeländer festhalten. Hatte sie Francesco also nur benutzt, um an Informationen zu gelangen? Dann war es auch kein Zufall gewesen, dass sie ihn in Florenz getroffen hatten! Und Wilhelm hat wieder einmal die Finger im Spiel. Ein geheimes Silberbergwerk!

Nachdem der Druck ihrer Blase kaum noch auszuhalten war, schlich sie zurück zur Kammer, knallte die Türe zu und ging über die Treppe zur Küche. Francesco saß allein am Tisch.

»Was machst du hier? Warum liegst du nicht im Bett?«, fragte ihn Katharina.

»Ich konnte nicht schlafen wegen der Hitze!« Francesco starrte in seinen leeren Weinbecher.

Als Katharina von der Abortgrube zurückkehrte, hörte sie Magdalena weinen. Viola war bereits bei ihr, um sie zu trösten.

»Ihre Wunde am Bein ist ganz heiß!«, berichtete Viola besorgt.

»Lass mich mal sehen.« Katharina entfernte den

Verband. Der Oberschenkel von Magdalena war angeschwollen und der Huftritt gerötet. Als Katharina leicht drückte, schrie das Kind auf und Eiter spritzte aus der aufgeplatztzten Wunde.

»Das gefällt mir gar nicht! Und erst übermorgen ist die Wundsalbe fertig, die ich angesetzt habe. Jetzt hoffen wir mal, dass der Eiter den Dreck aus der Wunde gespült hat, und verbinden das Bein mit frischem Verbandsleinen. Mehr können wir momentan nicht für sie tun.«

Erneut hatten die spanischen Besatzer und die Franzosen einen Waffenstillstand vereinbart. Dennoch waren die Menschen verunsichert und fragten sich, wie lange es wohl dieses Mal dauern würde, bis die ersten Schüsse fielen.

Francesco folgte Katharina seit ihrer gemeinsamen Nacht vor zwei Tagen wie ein Hündchen auf Schritt und Tritt. All ihre Versuche, ihn abzuwimmeln, waren gescheitert, denn verärgern wollte sie ihn nicht. Sie alle waren noch einige Zeit von seinem Wohlwollen abhängig.

Der Zustand von Magdalena hatte sich drastisch verschlechtert. Die Wunde an ihrem Bein eiterte weiterhin und dazu kam noch ein Fieber, das sich nicht senken ließ. Die Wadenwickel hatten nicht angeschlagen und es waren schlichtweg keine Weiden zu finden oder gar fertige Weidenrinde zu bekommen, was Katharina als Fiebersenker kannte.

»Meine Güte, stinkt das!« Viola wandte sich ab, während Katharina die Brühe aus dem Kupferkessel absiebte.

»Ich bin mir nicht sicher, ob die Ochsengalle vom Secretarius auch wirklich frisch war«, befürchtete Katharina. »Aber wir haben keine Wahl. Wenn wir die Entzündung aus dem Bein nicht herausbekommen, dann …« Daran wollte sie nicht einmal denken. Tränen liefen über ihre Wangen, als sie die letzten Tropfen des Gebräus durch das Tuch goss.

»Magdalena wird es schaffen. Ich spüre es, wie sie kämpft«, tröstete Viola sie, die trotz ihres Brechreizes Katharina den Rücken streichelte.

Als das Schweinefett, vermengt mit der Flüssigkeit, erkaltet war, traten sie an Magdalenas Bettchen. Schweißperlen standen auf ihrer Stirn. Ihr Haar klebte auf der Kopfhaut.

Beim Entfernen des Verbandsleinens floss erneut Eiter aus ihrem Beinchen.

»Die Wunde ist brandig! Oh nein!«, wimmerte Viola.

»Jetzt wird es sich zeigen, ob Schwester Judiths Wunderheilmittel wirklich Wunder vollbringen kann. Jeder noch so einfältige Feldscher würde sofort das Bein amputieren.«

Die Apothekerin verdrehte die Augen, weil Francesco sich wieder näherte.

»Katharina? Soll ich nicht doch den Bader holen?«, fragte er.

»Der würde ihr das Bein abnehmen. Das werde ich nicht zulassen! Sie kann es schaffen. Du kannst aber auch für sie beten, wie wir es jetzt tun werden.«

»Dann werde ich jetzt den Pfarrer holen!«

»Wir sind Protestanten! Ich lass keinen Katholischen an Magdalenas Bett.«

»Protestanten gibt es hier nicht. Die ganze Region ist katholisch«, versicherte Francesco.

»Das Kind erhielt bisher auch keine Taufe«, gestand Katharina. »Was sollen wir nur tun?«

»Was? Aber warum nicht?«, fragte Viola entsetzt.

»Es wurde schlichtweg vergessen. Sie kam unterwegs auf einer Reise zur Welt und danach hatte keiner mehr daran gedacht.«

»Soll sie in der Hölle schmoren wegen deiner Vergesslichkeit und weil du einen katholischen Pfarrer ablehnst?«, schimpfte Francesco.

»Katholiken sind Ketzer!«, verteidigte sie sich. »Anstatt zu Gott beten sie zu allen möglichen Heiligen.«

»Was ist ein König wert ohne seine Armee? Was glaubst du, wie viele Taten er allein vollbringen könnte?«, konterte Francesco. »Die Heiligen helfen nur unserem Gott bei seiner Arbeit.«

»Bitte lass sie taufen, bevor es zu spät ist!«, bat Viola.

»Also gut. Holt den Ketzerpfarrer.«

Das Läuten der Kirchenglocken verkündete das Ende eines weiteren Gottesdienstes, den Katharina ohne Bedauern versäumte. Warum sie den evangelischen Glauben so verteidigte, wusste sie selbst nicht.

Kurz nach der Taufe wechselte Katharina den Verband von Magdalena und brachte die Wundsalbe erneut auf. Sie dachte daran, wie Simon reagieren würde, wenn sie die Todesnachricht ihres gemeinsamen Kindes überbringen müsste. Nein, daran durfte man nicht denken!

»Dein Gatte, Katharina«, begann Francesco, »mit welchen Waren handelt er?«

»Was? Mit Stoffen und Tuchwaren. Was interessiert dich mein Gatte?«

»Nun, ich bin Kaufmann. Man kann nicht genügend gute Kontakte haben.« Francesco de Manzoni lächelte. »Vertreibt er noch andere Waren?«

»Nicht dass ich wüsste. Aber wie ich dir schon sagte, habe ich so gut wie keinen Kontakt zu ihm, und ehrlich gesagt ist es mir auch egal, was er tut.«

Katharina wusste genau, worauf er hinauswollte. Aber den Gefallen würde sie ihm nicht tun. Er hatte sie nur benutzt. Wäre Magdalena gesund, hätten sie Salerno längst hinter sich gelassen.

Am darauffolgenden Tag staunte Katharina über die Wirkung der Wundsalbe. Das Fieber war gesunken und die Wunde sah besser aus als noch am Tag zuvor. Um die Wirkung noch zu verstärken, goss sie einen Schluck von der Rohflüssigkeit in einen Kräutersud und gab es Magdalena zu trinken.

In der Hoffnung, weiteren Menschen das Leben zu retten, suchte sie Dottore Morelli auf, um ihm einen Teil der Wundsalbe für die Kriegsverletzten zu überlassen.

»So etwas habe ich noch nicht gesehen«, staunte Morelli. »Und Ihr seid euch sicher, dass die Wunde Eurer Tochter brandig war?«

»Ja, die Wunde war heiß, die Ränder rot und eitrig. Ich werde Euch genügend davon hierlassen.«

»Ich danke Euch. Ihr habt das Herz am rechten Fleck, Katharina. Eure Worte klingen so nach Abschied. Habe ich das richtig gedeutet?«

»Ja, wenn meine Tochter gesund ist, werden wir uns auf den Nachhauseweg machen.«

»Jammerschade. Aus Euch wäre eine hervorragende Ärztin geworden.« Katharina verspürte Wehmut. War die Entscheidung, zurück nach Nördlingen zu gehen, doch zu voreilig?

Kapitel 27

Nördlingen, 26. Juli Anno Domini 1650

WIE FAST JEDEN MONTAG, herrschte beim Bader Nepomuk Fromme reger Betrieb. Krankheiten und Verletzungen, die am Wochenende passierten und nicht lebensbedrohlich waren, wurden erst jetzt behandelt.

Auf der Wartebank saßen drei Patienten. Der Metzger, der sich das Schlachtermesser ins Bein gerammt hatte, ein Bub, der sich wegen seiner Zahnschmerzen die Wange hielt, und Heidrun, die Base der verstorbenen Bäckerin, mit einem geschwollenen Zeh.

Die einfachen Leiden konnte Simon mittlerweile allein versorgen. Weil der Bader mit einer ausgekugelten Schulter beschäftigt war, wurde Heidrun zu Simon geschickt. Mit schmerzverzerrtem Gesicht humpelte sie ins Behandlungszimmer.

»Einen wunderschönen guten Morgen wünsche ich!«, begrüßte Heidrun den Baderlehrling.

»Heidrun? Guten Morgen.«

»Eigentlich wollte ich zu Fromme. Ein Holzbein werde ich hoffentlich noch nicht brauchen.«

»Der ist mit einem schwierigen Fall beschäftigt. Aber vielleicht kann ich dir ja auch weiterhelfen. Was ist denn passiert? Ist dir deine schwere Geldkatze auf den Fuß gefallen?«, spottete Simon. Heidrun hob eine Augenbraue und presste ihre Lippen aufeinander.

»Nein. Ein Pferd von den Stadtwachen ist mir auf den Fuß getreten. Jetzt ist der große Zeh dick und pocht.«

»Wie konnte so etwas denn geschehen?«

»Na, ich musste recht nah ran an das Pferd, damit der Reiter mich erreichen konnte.«

»Jetzt machst du mich aber neugierig!«

Heidruns Blick senkte sich lächelnd und sie nestelte an ihrer Schürze herum.

»Konrad gab mir einen Abschiedskuss und wollte deswegen nicht mehr absteigen. Da ist es passiert.« Ihre Wangen röteten sich.

»Aha. Dafür brauchst du dich doch nicht zu schämen. Solange es nicht der Pastor war?«

Erschrocken schaute sie zu Mühlbichler auf.

»Nein, Gott bewahre!«

»Nun, dann zeig mir doch deine Verletzung einmal.« Nachdem Heidrun sich gesetzt hatte, bog Simon den Zeh vorsichtig hin und her.

»Gebrochen scheint er jedenfalls nicht zu sein. Der Nagel wird dir wohl abgehen. Wir sollten ihn aufbohren, damit der Druck herauskann.« Als Simon den Handbohrer an ihrem Zehennagel ansetzte, riss Heidrun ängstlich die Augen auf.

»Keine Angst. Damit kann ich umgehen. Mit dem habe ich schon viele Bretter und Balken durchbohrt. Es wird nur kurz wehtun.« Während der Bohrer sich durch ihren Nagel fräste, wimmerte sie und zuckte leicht mit dem Fuß.

»Stillhalten! Sonst brauchst du doch noch ein Holzbein!«

»Was? Wirklich?« Schmunzelnd machte Simon weiter. Als der Bohrer durch war, schrie Heidrun auf und ihr Blut spritzte mehrere Handbreit in die Höhe.

»So, das war's schon. Es wird bald aufhören zu bluten. Das macht dann 30 Kreuzer.« Während Heidrun nach dem Geld kramte, bemerkte sie, dass sie völlig schmerzfrei war.

»Das tut ja gar nicht mehr weh! Du verstehst was von deinem Handwerk!« Sie überreichte Simon die Münzen, umarmte ihn und gab ihm einen Kuss auf die Wange. »Vielen Dank!« Simon, der nicht wusste, wie ihm geschah, ließ es einfach über sich ergehen.

»Das ist ja der Gipfel! Ich glaube, ich seh nicht recht!«, schimpfte eine Frau vor dem Fenster. Die beiden drehten sich um. Simon blieb der Mund offen stehen.

»Katharina? Du?« Ohne ein Wort drehte sie sich um und lief weg.

»So warte doch einen Augenblick!«, rief Mühlbichler ihr hinterher. Er ließ Heidrun stehen und rannte aus dem Baderhaus. Rasch holte er sie ein.

»Jetzt bleib doch endlich mal stehen!«

»Ausgerechnet mit der!«, schrie sie ihn an. »Mir war klar, dass du nicht treu sein wirst, wenn ich fort bin. Aber musste es unbedingt dieses Miststück sein? Schon vergessen, dass sie uns erpresst hat?«

»Ich will doch von der gar nichts! Es ist auch nicht das, wonach es ausgesehen hat!« Wortlos lief Katharina weiter und würdigte Simon keines Blickes mehr.

»Mühlbichler!«, rief Fromme. »Was ist jetzt mit dir? Der Junge hat Schmerzen. Zieh ihm den Zahn!«

»Herrgott, ja. Ich bin ja gleich da!«, schimpfte Simon und verschwand kopfschüttelnd im Baderhaus.

Katharina hatte Elenora klargemacht, dass es wohl besser sein würde, sich ohne große Verabschiedung von Francesco auf den Heimweg zu machen. Sie hatten die Zeit genutzt, als er für mehrere Stunden außer Haus war, um alles für die Reise vorzubereiten.

Dottore Morelli hatte von einem Rücktransport der Kriegsversehrten in den Norden erfahren und es organisiert, dass sich Katharina mit ihren Begleitern ihnen anschließen konnte.

In Venedig spielte sich ein kleines Drama ab, als Viola sich verabschiedete. Noch Stunden später weinte Magdalena bitterlich wegen des Verlustes ihrer liebgewonnenen Spielgefährtin. In der Lagunenstadt waren schnell Kaufleute gefunden, deren Handelsreise sie über die Alpen geführt hatte und die sich nun wieder auf den Heimweg machen wollten.

Nur für die letzten beiden Tagesreisen war auch nach langer Suche kein Reisender zu finden, dem sie sich hätten anschließen können. Wohl war Katharina so allein nicht gewesen, aber so dicht vor der eigenen Haustüre fühlte sie sich sicherer als in der Ferne.

Ohne einen Umweg hatte Katharina ihr Fuhrwerk zum Mühlbichlerhaus gelenkt. Simon hatte sie dort aber nicht vorgefunden und vermutete ihn beim Bader. Was sich dort aber abgespielt hatte, war für sie wie ein Schlag in die Magengrube gewesen.

Womöglich hatten Simon und Heidrun schon länger eine Affäre und hatten sich mit ihren Gulden eine angenehme Zeit gegönnt.

»Katharina!« Michael strahlte, als die Schwester das Ärztehaus betrat. »Seit wann bist du zurück?«

»Ich bin eigentlich noch gar nicht richtig da. Und trotzdem musste ich schon mit ansehen, wie Simon mit einer anderen poussiert!«

»Simon? Mit wem?« Der Medicus legte seine Stirn in Falten.

»Mit Heidrun, diesem Miststück!«

»Mit der? Bist du dir da sicher?«

»So sicher wie der Tod auf dem Scheiterhaufen. Ausgerechnet mit der!«

»Die habe ich erst vor ein paar Tagen mit dem Stadthauptmann gesehen. Dann hat sie sich aber schnell umentschieden. Sie macht sich wohl nicht so viel daraus, was die Leute sagen. Vor einigen Monaten habe ich sie sogar mit Pastor Widmann erwischt. Und er las ihr dabei nicht die 95 Thesen Luthers vor.«

»So ein liederliches Weibsbild!«

»Rede mit Simon. Das ist das Beste.« Katharina nickte, während sie sich eine Träne von der Wange wischte.

»Michael, ich würde gerne wieder als Apothekerin arbeiten. Aber offiziell darf ich das ja nicht mehr.« Der Medicus überlegte kurz.

»Du könntest die Waren über mich verkaufen. Platz genug ist hier im Haus. Richte dir alles so ein, wie du es gerne hättest.«

»Das würdest du wirklich für mich tun?« Katharina umarmte und drückte ihren Bruder, als hätte er sie von einer scheußlichen Krankheit geheilt. »Danke! Das werde ich dir nie vergessen!« Während sie sich aus der Umarmung lösten, klopfte es an der Türe. Langsam schob sich ein Kopf durch den Türspalt.

»Elfriede?«

»Ich hoffe, ich komme nicht ungelegen«, fragte sie stockend. »Darf man eintreten?«

»Was führt dich zu mir? Geht's dir nicht gut?«, wollte Michael wissen.

»Ähm, nein. Es geht mir gut. Ich hörte, dass Katharina wieder in Nördlingen ist und ich wollte mich bei ihr entschuldigen.«

»Entschuldigen? Wofür?«

»Ich hätte nicht so überstürzt euer Haus verlassen dürfen. Ihr seid immer gut zu mir gewesen. Was man von den Hofmeisters nicht sagen kann.«

»Ach nein?«

»Die Mägde könnten meine Enkel sein und meinen, sie müssten mir Befehle erteilen. So weit käme es noch!«

»Das heißt, du willst weg vom Bürgermeisterhaus?«

Elfriede nickte und schaute beschämt zu Boden.

»Deshalb wollte ich auch fragen, ob ihr mich wieder in eurem Haushalt gebrauchen könnt.«

Katharina blickte zu Michael, dann wieder zu Elfriede.

»Wie du bestimmt weißt, wird mir der Zutritt ins Apothekerhaus verweigert. Ich habe keinen eigenen Haushalt mehr. Ich hoffe selbst auf die Gunst meines Bruders.« Michael räusperte sich.

»Was wäre ich für ein Mensch, meine eigene Schwester auf die Straße zu setzen? Selbstverständlich kannst du wieder hier wohnen. Und wenn du hier eine Apotheke einrichtest, wirst du auch keine

Zeit mehr für einen Haushalt aufbringen. Da wäre Elfriedes Hilfe schon sehr willkommen. Vor allem wissen wir, was wir an ihr haben.«

»Da hast du recht!«, stimmte ihm Katharina zu. »Wenn ich nur an die leckeren Surhaxn denke. Fast wie vom ›Ochsenwirt‹.« Michael schluckte unwillkürlich. Elfriede blickte aufgeregt zwischen den beiden hin und her.

»Das heißt, ich kann bei euch anfangen?«

»Ja, das heißt es!«, entschied Michael. Vor Freude umarmte sie den Medicus und drückte ihm einen Kuss auf die Wange. Dieser verzog das Gesicht und wischte sich trocken.

Katharina schöpfte wieder Hoffnung, ihr Leben in geordnete Bahnen zu lenken. Sie war zurück in ihrem geliebten Nördlingen und sie hatte bereits einen Plan im Kopf, wie die neue Offizin im Hause ihres Bruders auszusehen hätte. Nur allzu viel durfte das allerdings nicht kosten. An Regale aus Nussbaumholz, wie die ihres Vaters waren, war gar nicht zu denken. Ihre finanziellen Mittel waren gleich null.

»Wenn man die Einrichtung nur selbst irgendwie herstellen könnte«, murmelte sie vor sich hin, während sie den großen Raum im Erdgeschoss mit einem abgenutzten Reisigbesen fegte. »Simon!« Für ihn wäre das eine einfache Sache. Vielleicht hätte er sogar noch genug Bauholz, das seit der Schließung der Zimmerei nur nutzlos vor sich hin gammelte, zum Verheizen aber zu schade war. Gleich nach seinem Feierabend würde sie beim Bader auf ihn warten und mit ihm reden.

Die dampfende Suppenschüssel, die Elfriede auf den Tisch stellte, verbreitete einen unverschämt guten Geruch im ganzen Haus. Erst jetzt erinnerte sich Katharina, dass sie kaum etwas gegessen hatte am heutigen Tag. Geräuschvoll meldete sich jetzt auch ihr Magen.

»Das ist ja Eintopf!«, bemerkte sie. »Mit Zwiebel und Speck! Ich kann mich kaum erinnern, wann ich das zum letzten Mal gegessen hab.«

»Dann war meine Entscheidung wohl richtig, Elfriede einzustellen«, schmunzelte Michael.

»Jetzt übertreibt mal nicht!«, stellte sich Elfriede selbst in den Hintergrund. »Die Speis des Herrn Medicus sollte dringend aufgefüllt werden. Das war alles, was sich draus machen ließ.« Wortlos löffelten sie die Suppe, bis Katharina das Schweigen brach.

»Wisst ihr, dass sich der Todestag unseres Vaters vor kurzem zum zweiten Mal gejährt hat?«

»So lange ist das schon wieder her?«, stutzte Elfriede. »Mein Gott, wie die Zeit vergeht.«

»Und wir wissen immer noch nicht, was damals genau passiert war. Ich hoffte, dass man weiter an der Aufklärung arbeitet und irgendwann ein Schuldiger gefunden wird.«

»Wurden die Ermittlungen denn offiziell eingestellt?«, fragte Michael.

»Ts, die wurden erst gar nicht aufgenommen!«, schimpfte Katharina. »Weil es keine Hinweise gab und es somit jeder gewesen sein könnte. Das war die Aussage vom damaligen Stadthauptmann Stracke.«

»Was hatte Benedikt auch mitten in der Nacht und ohne Laterne noch in den Gassen zu suchen!«, murrte Elfriede mit vollem Mund. »Die Sache mit dem Pferd ist mir noch immer nicht geheuer. Bis heute hat sich der Besitzer nicht gemeldet.«

»Und ich frage mich, wo die Taschenuhr unseres Vaters hingekommen ist. Er muss sie an diesem Abend an seinem Wams getragen haben. Er ging nie ohne sie aus dem Haus. Und zur Ratssitzung gleich zweimal nicht.«

»Die wurde ihm in der besagten Nacht gestohlen?«, wunderte sich Michael. »Hast du mir nicht mal erzählt, seine gefüllte Geldkatze hing noch an seinem Gürtel?«

»Das ist ja das Seltsame. Wer stiehlt eine Uhr und lässt das Geld zurück?« Katharina presste ihre Lippen aufeinander und schüttelte den Kopf.

»Vielleicht hat der Dieb das Geld übersehen? Im Dunkeln kann das schon mal vorkommen«, gab Michael zu bedenken. Elfriede schüttelte energisch den Kopf.

»Nein, nein. Könnt ihr euch vorstellen, dass eine Uhr mehr wert sein kann als das ganze Geld, das in seine Geldkatze gepasst hätte?«

»Was willst du damit sagen? Was weißt du über diese Uhr?«

»Ich hab es Benedikt versprochen, nichts davon zu erzählen!«, versuchte die Haushälterin sich herauszureden.

»Elfriede, du musst es uns sagen!«

»Die Uhr gehörte Ferdinand dem Dritten.«

»Was? Unserem römisch-deutschen Kaiser?« Katharina fiel aus allen Wolken. »Warum sagst du uns das erst jetzt?«

»Es hat mich bisher niemand danach gefragt!«

»Ts, woher sollten wir auch wissen, dass unser Herr Papa die Taschenuhr des Kaisers spazieren trägt? Wie war er an diese Uhr gekommen? Hatte der Kaiser sie verloren?«

»Nein. Als die Kaiserlichen die Stadt übernommen hatten, war Ferdinand hier in Nördlingen. Allerdings war er zu der Zeit noch nicht Kaiser, sondern Erzherzog. Und wer ihn je zu Gesicht bekommen hat, kann sich vorstellen, dass er Schmerzen im Rücken erleiden muss.«

»Was ist mit seinem Rücken?«, fragte Michael.

»Er ist krumm wie der eines alten Bauernweibes. Man sagt, das komme durch die Blutschande der Hochwohlgeborenen.

Benedikt hatte über den Rat erfahren, dass sie jemanden suchten, der ihm Linderung verschaffen könne. Da brachte er ihm seinen Theriak. Schon am nächsten Tag ließ er seinen Dank ausrichten und ein Bote überbrachte Benedikt diese Taschenuhr.«

»Wer außer uns weiß davon?«, fragte Katharina.

»Ich hab es niemandem erzählt. Ich bin doch kein Waschweib!«, entrüstete sich Elfriede. Michael lächelte seine Schwester nur an. Katharina überlegte und strich sich eine Haarsträhne hinter das Ohr.

»Wir werden weiterhin keinem davon erzählen, was es mit der Uhr auf sich hat«, erklärte die Apothekerin. »Posaunen wir das jetzt durch die Gegend, wird der Mörder versuchen, die Uhr loszuwerden. Finden wir die Uhr, finden wir auch den Mörder!«

»Oder zumindest denjenigen, dem der Mörder die Uhr verkauft hat«, berichtigte Michael sie. »Würdest du sie denn wiedererkennen?«

»Unter tausenden anderen Uhren würde ich sie wiedererkennen. Auf dem Deckel ist ein Wappen eingraviert. Mit einem Adler, der zwei Köpfe hat.«

»Der Doppeladler!«, erklärte Michael.

Kapitel 28

Mit selbstgepflückten Wiesenblumen und einem kleinen Geschenk stand Simon Mühlbichler vor dem Ärztehaus. Auf dem Weg dorthin hatte er sich die Worte schon zurechtgelegt, wie er das Missverständnis mit Heidrun aufklären konnte. Er räusperte sich, wischte seine feuchten Hände an seinem Wams ab und klopfte an die Türe. Michael hatte ihn längst bemerkt und rief nach seiner Schwester.

»Katharina! Vor der Türe ist jemand für dich!« Die Apothekerin legte ihre Stirn in Falten, während sie zum Eingang lief.

»Katharina«, begann Simon zu erklären, »ich weiß, wonach das ausgesehen hatte beim Bader, aber ich kann dir versichern …« Ohne ihn ausreden zu lassen, warf sie sich an seinen Hals und küsste ihn.

»Schhhhhht, ich weiß es doch längst!« Wieder küsste sie ihn.

»Ich hab dich so vermisst!«, flüsterte Katharina in sein Ohr.

»Ich dich auch. Sehr sogar! Ich hab dir was mitgebracht.«

»Blumen! Ach, wie schön! Und was ist das?« Eingeschlagen in ein Stück Leinen überreichte er ihr das Geschenk.

»Danke! Aber jetzt komm doch erst einmal herein. Lass uns in die Küche gehen.«

Michael saß am Tisch und las in einer medizinischen Abhandlung, während Elfriede im Hintergrund ihren häuslichen Pflichten nachging.

»Simon, schön, dich zu sehen!«, begrüßte der Medicus den Baderlehrling.

»Gott zum Gruße!« Simon hob eine Augenbraue, als er Elfriede sah. Katharina zuckte mit den Achseln. »Sie hat eingesehen, dass sie es bei uns besser hat als beim Bürgermeister!«

»Jetzt pack doch endlich dein Geschenk aus!« Simon wurde ungeduldig.

»Was ist das?«, fragte Katharina, als aus dem Tuch ein brauner Würfel hervorkam.

»Man nennt es Schokolade«, erklärte Simon. »Brich ein kleines Stück ab und probiere es einfach.«

»Mmh. Das schmeckt süß! Sehr lecker. Woher hast du das? Das hat bestimmt ein Vermögen gekostet!«

»Das bleibt mein Geheimnis«, schmunzelte Mühlbichler.

Katharinas Miene wurde wieder ernst. Sie dachte an ihren Ehemann.

»Wenn wir gerade alle beisammen sind: Was hat

Wilhelm Hofmeister mit einer geheimen Silbermine zu tun?«, fragte Katharina in die Runde.

Jeder überlegte, keiner hatte eine Antwort.

»Auf der Strecke von Florenz nach Salerno schlossen wir uns einem Kaufmann Namens Francesco de Manzoni an. Dieser besagte de Manzoni kauft Silber von Wilhelm Hofmeister. Und weil Wilhelm mit dem Preis immer unverschämter wird, müssen sie den Handel bald einstellen. Ich hörte sogar etwas von einem Überfall, der auf einen Silbertransport stattfinden soll.«

»Hofmeister verkauft Silber aus geheimen Minen?« Michael schüttelte den Kopf.

»Die einzige geheime Mine, die ich kenne, ist in Längental. Dort war ich doch ein paar Tage Zwangsarbeiter. Aber Hofmeister habe ich dort nicht gesehen«, versicherte Simon.

»Falls euch das weiterhilft«, warf Elfriede aus dem Hintergrund ein, »zu den Hofmeisters kam etwa alle vier Wochen ein Fuhrwerk, von dem eine Kiste abgeladen wurde. Die war gerade mal so groß, dass ein Krautkopf darin Platz gehabt hätte. Aber sie war wohl schwer, denn sie hatten sie immer zu zweit getragen.«

»Wie sah der Kutscher aus, der die Kiste brachte?«, fragte Simon.

»Der war so mittelgroß, rotblond und hatte ganz helle Wimpern. Und was mir sofort auffiel: Seine riesige Nase.«

»Berger!« Simon hatte keine Zweifel.

»Du kennst ihn?«, fragte Katharina ungläubig.

»Obersteiger Berger, das Schweinegesicht. Der leitet das Bergwerk. Eigentümer ist offiziell das Kloster Schäftlarn.«

»Dann bekommt Wilhelm das Silber aus dem Bergwerk mit den Zwangsarbeitern und Leibeigenen«, schlussfolgerte Katharina. »Und den Nachschub an Arbeitskräften holt er sich aus dem Augsburger Eisenhaus. Ich habe ihn selbst gesehen, wie er die zum Tode Verurteilten wegbrachte.«

»Jetzt ergibt das Ganze einen Sinn!«, Michael fuhr sich mit der flachen Hand über die Stirn. »Ich war heute beim Altbürgermeister. Er erzählte mir, dass er und Hofmeister vom ehemaligen Stadthauptmann Stracke erpresst wurden wegen einer Silbermine. Ich dachte bis eben noch, er rede wieder wirres Zeug!«

»Dann hatte Stracke Wind davon bekommen, dass Schillinger und Wilhelm haufenweise Geld aus der Silbermine scheffelten, und wollte auch ein Stück vom Braten abhaben!«, erklärte Katharina.

»Da werden die beiden nicht traurig gewesen sein, dass der Stadthauptmann nicht mehr vom Kuhkrieg zurückgekehrt war«, spottete Simon.

»Was, wenn Hofmeister Stracke niedergeschossen hat bei dem Gefecht. Das wäre im Chaos des Scharmützels bestimmt nicht aufgefallen!«, sinnierte Michael.

»Zutrauen würde ich es ihm«, gestand Katharina.

»Das werden wir ihm nie nachweisen können. Aber allein die Sache mit der Silbermine wird ihn den Kopf kosten«, freute sich Simon. »Ja, da kommt einiges zusammen: Menschenhandel, Sklaverei und das Silber wurde bestimmt nicht versteuert!«

»Ich wusste, dass mein Gatte Dreck am Stecken hat. Dieses Mal kommt er nicht ungeschoren davon.«

»Aber wie willst du das vor Gericht beweisen? Der ganze Rat kuscht vor Hofmeister!«, gab Simon zu bedenken.

»*Fast* der ganze Rat!«, berichtigte Michael.

»Indem wir bei ihm genau dieses Silber finden!«, antwortete Katharina.

»Wir sollten damit aber noch warten. Hofmeister ist mit Seefried nach Frankfurt gereist, um das dortige Messegelände zu besichtigen. Und der Stadtrichter ist der Einzige, dem ich im Rat noch traue«, gestand Michael. Er rieb sich mit Daumen und Zeigefinger sein Kinn.

»Was, wenn unser Vater ebenfalls von der Silbermine wusste. Wäre das nicht ein Motiv für einen Mord? Womöglich ließ er sich nicht bestechen und wurde Hofmeister und Schillinger zu gefährlich?«

»Dann sollten wir herausfinden, ob einer der beiden im Besitz der Taschenuhr ist«, meinte Simon.

»Wilhelm war doch zum Zeitpunkt des Mordes gar nicht in der Stadt. Der ist ja erst Wochen später aufgetaucht. Er kann es nicht gewesen sein«, merkte Katharina an.

»Und Stracke wird man die Uhr wohl nicht mit ins Grab gelegt haben. Hatte er Erben?«, wollte Michael wissen.

»Soviel ich weiß, nicht«, erklärte Katharina. »Somit hat das Erbe die Stadt bekommen. Aber was wäre, wenn einer der Stadtwachen die Uhr an sich genommen hätte? Noch bevor Griebel ihn wegbrachte. Oder gar Griebel selbst! Seht ihr, wie viele plötzlich als Täter wieder infrage kommen? Ich würde vorschlagen, dass Michael noch mal versucht, etwas aus Schillinger herauszubringen, und ich forsche nach, wer in der Mordnacht Dienst bei den Stadtwachen hatte. Vielleicht bringt uns das ja ein Stück weiter.«

Am nächsten Vormittag suchte Katharina den Lodweber Weihrater auf.

Der Stadthauptmann hatte ihr kurz zuvor bestätigt, dass vor zwei Jahren zu den üblichen Tor- und Turmwachen drei weitere Nachtwächter eingeteilt waren. Dies las er aus dem Dienstbericht des 8. Mai 1648 vor. Erich Stracke, Konrad, der heutige Stadthauptmann selbst, und ein Bürger der Stadt, Lodweber Weihrater. Außer dem mysteriösen Todesfall waren in der Nacht keine weiteren Vorkommnisse eingetragen.

Am Loderanger beim Löpsinger Tor fand sie nach mehrmaligem Nachfragen das gesuchte Haus. Ein rhythmisches Hämmern drang aus dem Inneren des Gebäudes. Weil man ihr Anklopfen ohnehin nicht hören würde, betrat sie die Werkstatt, ohne sich bemerkbar zu machen.

Ein seltsamer Geruch hing in der Luft. Mehrere Holzhämmer einer Mechanik stampften auf einen nassen Lodenstoff ein. Der Bediener dieser Apparatur war Meister Weihrater, der seine Augen zu Schlitzen formte, als er zu Katharina aufschaute. Mit einer Handbewegung forderte er einen seiner Gesellen auf, seine Arbeit fortzuführen.

»Was wollt Ihr?«, schrie er.

»Können wir einen Augenblick ungestört reden? Es ist wichtig!«, rief sie ihm entgegen. Er ging nach draußen und wartete vor dem Haus auf sie. Nachdem der Lodweber die Türe geschlossen hatte, blieb der meiste Lärm in der Werkstatt.

»Was gibt es so Wichtiges? Ihr seid doch die Hofmeisterin, nicht wahr?«

»Ja, Katharina Hofmeister. Vor kurzem hatte sich der Todestag meines Vaters, Benedikt Ricsinger, zum zweiten Mal gejährt. Leider konnte man bis heute keinen Schuldigen finden!«

»Und was hab ich damit zu tun?«

»Ich war heute beim Stadthauptmann. Ihr hattet in dieser Nacht Wachdienst mit Konrad und Erich Stracke.«

»Das kann schon sein. Und?«

»Könnt Ihr Euch an diese Nacht noch erinnern? So ein Mord passiert ja nicht bei jedem Wachdienst. War irgendetwas anders als in anderen Nächten, als Ihr Wache hattet? Wurde vielleicht jemand ins Narrenhäuschen gesperrt?«

»Mein Gott, das ist mehr als zwei Jahre her. Das weiß ich doch jetzt nicht mehr!«

»Bitte, werter Weihrater, versucht Euch zu erinnern, sonst wird der Mord wohl nie aufgeklärt!« Katharinas bittende Stimme klang zunehmend wie ein Weinen. »Wurde vielleicht jemand nach Torschluss in die Stadt gelassen?« Der Lodweber räusperte sich und scharrte mit dem Fuß einige Kieselsteine zur Seite.

»Gut, weil ich weiß, dass Ihr mit dem Lumpen gerade so viel zu tun habt wie ich, werde ich Euch etwas verraten. Wilhelm Hofmeister wollte in dieser Nacht spät abends noch in die Stadt.«

»Was? Und habt Ihr ihm das Tor geöffnet?« Wieder scharrte er mit dem Fuß im Dreck und betrachtete die Steinchen.

»Er hielt mir einen Gulden hin, wenn ich ihn einlasse. Und einen zweiten, wenn ich ihm später das Tor noch einmal öffne.«

»Was wollte er? Aber warum nur so kurz? Hatte er etwas dabei? War er zu Fuß oder zu Ross?« Katharina war aufgeregt wie seit langem nicht.

»Langsam, langsam. Eins nach dem anderen. Er kam auf einem braunen Gaul, der schwitzte und dampfte. Er muss ihn höllisch angetrieben haben.«

»Adonis!«

»Wie? Hofmeister blutete am Knie, hatte überall Schrammen und war voll Dreck. Er fluchte, dass er zweimal abgeworfen wurde.«

»Mein Adonis hat ein Gespür für Lumpen. Er merkte, dass er kein guter Mensch ist.«

»Verlassen hatte er die Stadt einige Zeit später mit einem schwarzen Pferd. Ob er noch etwas dabeihatte, kann ich nicht mehr sagen.«

»Würdet Ihr das vor Gericht wiederholen?«

»Wenn es ihn hinter Gitter bringt, ja. Ich muss wieder an die Walkmühle. Die Arbeit macht sich nicht von allein.« Katharina bedankte sich und machte sich hastig auf den Heimweg, um Michael die Neuigkeit zu überbringen. Ihr Gatte könnte also doch der Mörder ihres Vaters sein.

Kapitel 29

Nördlingen, 26. Oktober Anno Domini 1650

Die Sonne erwärmte den Tag nur unzureichend. Ein kalter Ostwind pfiff über den Galgenberg. Am Hexenfelsen warteten unzählige Menschen auf das Spektakel, das sich ihnen gleich bieten würde. Die letzte Hinrichtung war einige Jahre her und wurde aus Mangel an Beweisen in letzter Minute abgebrochen. Katharina stand mit Simon und Michael etwas abseits, um sich den neugierigen Blicken ihrer Widersacher zu entziehen. Während ihrer Glöckleinstrafe wurde sie nur allzu oft beschimpft und verspottet.

Jubel brach aus, als der Scharfrichter Jörg Egger den Schinderkarren auf die Anhöhe lenkte. Elena saß mit gefesselten Händen und in zerlumptem Gewand hinter den Gitterstäben. Ihr Haar war kurzgeschoren. Das Gesicht wirkte müde und war zerschunden.

»Was haben die mit ihr nur gemacht? Sie sieht ja fürchterlich aus!«, bemerkte Katharina.

»Sie wurde hochnotpeinlich befragt und wird erst einmal alles bestritten haben«, erwiderte Simon. Nachdem sich die Verurteilte neben den Henker gekniet hatte, verlas der Stadtschreiber die Urteilsverkündung.

»Im Namen des Kaisers wurde die hier anwesende Elena Rittmeister durch das Reichsstadtgericht Nördlingen der Brandstiftung, des Betruges, der Verleumdung und der Erbschleicherei überführt und zum Tode durch Erhängen verurteilt. Sie hat sämtliche Forderungen ihrer Erbansprüche zurückgezogen und verleumderische Verwandtschaftsverhältnisse zu lebenden und bereits verstorbenen Nördlinger Bürgern widerrufen.«

Er blickte zum Henker und nickte. Egger half der Verurteilten auf einen Holzklotz, auf dem sie zu stehen hatte, und legte ihr die Schlinge um den Hals.

»Solange ich hier noch atme, hoffe ich, dass der Teufel von mir ablässt und Gott mir für meine Sünden vergibt«, rief Elena.

Solange ich atme, hoffe ich … Dum spiro spero … Steter Tropfen höhlt den Stein … Gutta cavat Lapidem. Die Worte drangen in Katharinas Kopf, als hätte man sie ihr mit einem Hammer in den Kopf gemeißelt. *Der Hexenfelsen! Natürlich! Hier muss das Schwedengold versteckt sein!* Egger trat gegen den Holzklotz unter ihren Füßen. Elena fiel in das Seil. Die Menge verstummte.

Katharina wollte das nicht mit ansehen und drückte sich an Simons Schulter. Die Verurteilte pendelte am Seil. Ihre Augen waren weit aufgerissen.

»Lasst uns bitte gehen«, bat Katharina ihre Begleiter.

Als sie sich ein Stück von der Menge entfernt hatten, drehte sich Katharina noch einmal um, um sich zu vergewissern, dass ihnen auch niemand gefolgt war.

»Habt ihr das gehört, was Elena vor ihrem Tod gesagt hat?«, fragte sie die beiden.

»Ja, und ich glaube, wir denken das Gleiche«, flüsterte Simon und grinste verschmitzt. »Das müssen wir uns dringend genauer ansehen.«

»Wir sollten uns zuerst den wichtigen Dingen widmen«, unterbrach Michael die Goldgräberstimmung. »Lasst uns lieber beraten, wie wir das heute Nacht anstellen.«

In der Dunkelheit schlichen Katharina, Michael und Simon mit einer abgedunkelten Sturmlaterne wie Diebe durch die Gassen. Der Nebel hing wie ein Leichentuch zwischen den Häusern.

Mühlbichler ging ein Stück voraus, um nach dem Nachtwächter Ausschau zu halten. Bellende Hunde, die sie verraten würden, hatten die drei nicht zu befürchten. Der Rat hatte vor einigen Jahren das Halten von Hunden, mit Ausnahmen für Metzger und Gerber, verboten. Ein Versuch, die Hundswut auszurotten, was dem Altbürgermeister aber auch nicht half.

Simon gab den Geschwistern ein Zeichen zum Weitergehen. Nur noch wenige Schritte trennten sie vom Hofmeisteranwesen.

»Unter dem Stein hier muss der Schlüssel für den Hintereingang liegen«, flüsterte Katharina. Als Michael aufschließen wollte, fiel ihm der Schlüssel klimpernd zu Boden.

»Schhhhht, willst du die ganze Stadt aufwecken? Mein Gott, gib her, du Tollpatsch«, schimpfte Katharina. Knarzend öffnete sie die Türe. Michael verdrehte die Augen.

»Viel leiser bist du aber auch nicht!« Im Schein der Laterne schlichen sie in Hofmeisters Arbeitszimmer. Simon schloss die Türe hinter sich.

»Alles, was von Wert ist, hatte er immer in den Schreibtisch eingeschlossen. Irgendwo in diesem Raum muss ein Schlüssel sein, so groß wie mein kleiner Finger.«

»Also nicht sehr groß«, scherzte Simon.

»Los, sucht! Wir haben nicht viel Zeit. Hier kann jeden Moment jemand reinkommen!«, trieb Michel die beiden an. Katharina durchwühlte Schubladen, Simon zog ein Buch nach dem anderen aus dem Regal, um dahinter vielleicht den ersehnten Schlüssel zu finden.

Dann öffnete sich die Türe.

»Ahhhhhh! Einbrecher!«, schrie eine Frau. Michael hielt ihr den Mund zu. Doch sie wehrte sich. Ein gedämpftes Kreischen war immer noch durch ihren geschlossenen Mund zu hören.

»Ich bin's, Katharina Hofmeister. Du hast mir doch schon einmal geholfen. Erinnerst du dich?« Kurz darauf beruhigte sich Maria.

»Was macht ihr hier mitten in der Nacht? Ihr habt mich zu Tode erschreckt!«

»Dein Hausherr ist in krumme Geschäfte verwickelt und womöglich sogar ein Mörder. Wir brauchen nur noch die Beweise dafür. Deswegen sind wir hier«, erklärte ihr Katharina.

»Der Bürgermeister ein Mörder? Dass ich nicht lache! Nach was sucht ihr eigentlich?«

»Den Schlüssel vom Schreibtisch.«

»Na, der hängt am Nagel hinter dem Vorhang.« Auf dem Flur war plötzlich Licht, das schnell näher kam.

Hofmeister betrat verwundert sein Arbeitszimmer.

»Was machst du hier drin, mitten in der Nacht!«

»Ich habe ein Geräusch gehört und dachte, es sind Einbrecher im Haus«, rechtfertigte sich die Magd.

»Was ist das für eine Sturmlaterne?«

»Das ist meine. Wusste ja nicht, ob ich draußen auch noch nachsehen muss.« Wilhelms Blick schweifte durch sein Arbeitszimmer, als ob er kontrollieren wollte, ob etwas gestohlen wurde. Katharinas Herz schlug ihr bis zum Hals. In letzter Sekunde konnte sie sich, wie auch Michael und Simon, hinter einem der schweren Brokatvorhänge verstecken.

»Geh schlafen! Hier ist niemand!«

»Ja. Gute Nacht, Herr Hofmeister.«

»Vergiss deine Laterne nicht, sonst brichst du dir noch das Genick.«

»Ah, ja. Gute Nacht.« Als die Türe hinter den beiden ins Schloss fiel, blies Katharina die angehaltene Luft zwischen ihren Zähnen hindurch.

»Pffffft. Das war knapp.«

»Allerdings. Hat jemand einen Kienspan?«, fragte Simon.

»Ja, ich hab einen in meinem Leinenbeutel.« Nachdem es wieder hell war im Raum, sperrte Katharina den Schreibtisch auf. Alle drei reckten sie neugierig ihre Hälse, um ins Innere des Schreibtischs zu sehen.

»Ach du Scheiße!«, flüsterte Simon. »Mich wundert, dass der Boden vom Schreibtisch noch nicht durchgebrochen ist.« Hinter dem Türchen stapelte sich Silberbarren an Silberbarren. Katharina nahm einen an sich und steckte ihn in ihren Beutel.

»Sicher, dass du nur einen mitnehmen willst?«, fragte Simon überrascht.

»An dem Silber klebt Blut. Benedikt musste deswegen sterben. Wir lassen es hier. Das ist doch …«, Katharina stutzte. »Das ist Vaters Taschenuhr!«

»Dann hat Hofmeister unseren Vater umgebracht und seine Uhr gestohlen«, schlussfolgerte Michael. »Nimm sie mit.«

»Nein, man wird uns nicht glauben. Wir lassen sie hier. Die soll der Stadthauptmann finden«, entschied Katharina. »Jetzt aber nichts wie raus hier!«

Der Medicus besuchte jetzt täglich den Hundswutkranken Schillinger. Zeitweise war er bei klarem Verstand, doch urplötzlich dann wieder völlig verwirrt. Seinem Wunsch, Katharina noch einmal zu sehen und ihr zu danken, kam Michael gerne nach und erschien wenig später mit seiner Schwester bei ihm. Glücklicherweise hatte er auch diesmal einen lichten Moment.

Er lächelte, als er die Apothekerin sah.

»Ihr seid so eine hübsche Frau. Da strahlt mein Herz bei jedem Anblick, liebe Katharina. Ich freue mich so, Euch noch einmal zu sehen.«

»Danke, Herr Bürgermeister. Wie geht es Euch heute?«

»Ach, wie soll es einem alten Esel wie mir schon gehen?«, lachte er. »Ich hatte noch nicht einmal die Gelegenheit, mich bei Euch für die Mühen, die Ihr mit der Reise auf Euch genommen habt, zu bedanken. Das war nicht selbstverständlich.«

»Ehrlich gesagt hatte ich die Hoffnung, dass Ihr mir auch helfen könnt, was die Sache mit dem Erbe meines verstorbenen Vaters betrifft, wenn Ihr wieder ganz genesen seid.«

»Machen wir uns doch nichts vor. Es ist ja nur noch eine Frage der Zeit, bis ich das Zeitliche segne. Von Heilung kann hier wohl nicht die Rede sein.«

Katharina nahm seine Hand und streichelte den Altbürgermeister. Ihre Augen waren kurz davor, überzulaufen.

»In der Vergangenheit ist einiges nicht ganz richtig gelaufen. Ich habe mich auf Dinge eingelassen, auf die ich heute nicht stolz bin. Aber die Zeit lässt sich nun mal nicht zurückdrehen.«

»Was meint Ihr damit?«, fragte Katharina.

»In Längental in der Nähe von Tölz gibt es eine Silbermine. Dort arbeiten hauptsächlich Männer, die zum Tode verurteilt wurden. Aber anstelle sie hinzurichten, wurden sie dorthin deportiert, um das Silber aus dem Berg zu holen. Ein lukratives Geschäft. Die Idee dazu hatte kein Geringerer als Wilhelm Hofmeister.«

»Das wissen wir mittlerweile, dass mein Mann Dreck am Stecken hat! Verzeihung, Herr Bürgermeister!«

»Ich bin da irgendwie mit reingeschlittert in das Ganze. Hofmeister besorgte die Todeskandidaten aus dem Augsburger Eisenhaus. Unbekannte, die keiner vermissen würde.«

»Eine Augsburger Hebamme namens Martha Stützle hatte schon die Vermutung!«, unterbrach ihn Katharina wieder.

»Leider kam uns Erich Stracke auf die Schliche und hat Hofmeister und mich erpresst. Er würde alles an die große Glocke hängen und uns aufs Schafott bringen, wenn wir seinen Forderungen nicht nachkommen. Er wollte immer mehr Geld. Hofmeister versuchte mehrfach, den Stadthauptmann aus dem Weg zu räumen, aber der war ständig auf der Hut und wusste sich zu verteidigen. Hofmeister war kurz vor der Pleite. Da hatte er die Idee, Euren Vater umzubringen, um frühzeitig an das Erbe heranzukommen.«

»Das haben wir fast vermutet. Wir hatten die wertvolle Taschenuhr meines Vaters bei Wilhelm gefunden«, erklärte Michael.

»Ich wusste lange nicht, dass Hofmeister etwas mit dem Mord an Eurem Vater zu tun hatte. Und ich war selbst so verstrickt in die ganze Sache, dass ich ihn nicht dranbringen konnte, ohne mich selbst schwer zu belasten. Mir tut das alles so unendlich leid.« Schillinger knetete seine Bettdecke mit den Händen, während er erzählte. Tränen rannen über seine Wangen.

»Daraufhin witterte Stracke seine Chance. Er

wusste, dass Hofmeister noch einige Monate in Augsburg zu tun hatte, und erpresste mich wieder. Er wollte das Apothekerhaus. Ich sollte Hofmeister eine Frist von 12 Wochen setzen, sein Erbe einzufordern. Danach sollte das Erbe an die Stadt gehen.«

»Und Stracke hätte es von der Stadt, also von Euch, offiziell und umsonst bekommen«, fügte Michael hinzu.

»Richtig. Und weil Stracke wusste, dass Katharina alles daransetzen würde, Wilhelm zu finden, damit das Erbe nicht verloren geht, ließ er sie und Mühlbichler verfolgen.«

»Die beiden Söldner Heinrich und Timo. Ich hatte sie am Feuer belauscht, als sie davon redeten«, berichtete Katharina.

»Sie sollten Katharina 12 Wochen in eine abgelegene Hütte sperren und bewachen. Doch dazu hatten die beiden keine Lust und brachten dich einfach ins Augsburger Eisenhaus. Dass du allerdings dort auf Wilhelm stoßen würdest, konnten die beiden ja nicht wissen. Simon Mühlbichler wurde nur leicht verletzt und war so eine gute Arbeitskraft im Silberbergwerk.«

»Mein Gott, wie krank war dieser Erich Stracke im Kopf!«, schimpfte Michael.

»Stracke wollte aber noch mehr. Er wollte dich, Katharina.«

»Deshalb die Geschichte mit der Hochzeit mit ihm?« Katharina hob eine Augenbraue.

»Ja. Der nächste Schritt wäre ein Mord an Hofmeister gewesen, um dich zu ehelichen, wäre da nicht der dumme Zufall mit dem Kuhkrieg und seinem eigenen Tod dazwischengekommen.«

»Mittlerweile glaube ich nicht mehr an Zufälle.«

»Das ist ja unglaublich«, schüttelte Michael den Kopf. »Stracke können wir nicht mehr zur Rechenschaft ziehen, aber Wilhelm schon.«

»Und wie willst du ihm das nachweisen nach all den Jahren?«, fragte Katharina.

»Für den Mord kann man ihn wohl nicht mehr belangen, aber für die Verbindung zum Silberbergwerk mit den Zwangsarbeitern«, erklärte Schillinger. »Selbst hierfür wird man ihn hängen. Er muss in seinem Haus Silberbarren haben, die vom Kloster Schäftlarn gestempelt wurden. Die sind der offizielle Betreiber des Bergwerks.«

»Die haben wir bereits gefunden. Der Schreibtisch war voll davon bis obenhin.«

»Oha. Dann werden einige hohe Köpfe rollen«, meinte Michael.

»Wendet euch an Gundelfinger und Seefried. Die sind auf eurer Seite. Jetzt wird es aber Zeit, meine Lieben. Ich muss mich ankleiden. In einer halben Stunde beginnt die Ratssitzung. Meine Frau soll mir mein Wams bringen!«

»Selbstverständlich, Herr Bürgermeister. Wir sagen ihr gleich Bescheid«, sagte Katharina mit betrübtem Gesichtsausdruck.

Der Horizont, hinter dem sich die Sonne noch immer verbarg, leuchtete blutrot. Ihre Schritte knirschten leise unter den Schuhen, als Katharina mit Michael zur Richtstätte lief. Der Pfiff eines Vogels unterbrach das monotone Atmen der beiden. Jetzt sollte es sich herausstellen, ob Katharina mit ihrer Vermutung richtig lag und das Schwedengold am Hexenfelsen versteckt worden war.

Die gestern gehenkte Elena hing noch immer am Galgen. Ihr Körper schaukelte leicht im Wind und war mit Raureif überzogen. Krähen hatten sich bereits an ihr gütlich getan und boten den beiden einen grausigen Anblick.

Simon suchte Gundelfinger auf, um ihn über die Machenschaften des Bürgermeisters aufzuklären.

»Glaubst du, dass sie das Gold vergraben hatten? Oder wo sollen wir anfangen zu suchen?«, fragte Michael.

»Nein, ich habe da eine ganz andere Vermutung. Siehst du die kleine Höhle an der Unterseite des Felsens? Ich meine, die war früher tiefer.«

»Du glaubst, die Schweden haben da einfach einen Steinbrocken davorgestellt?«

»Wir werden es gleich herausfinden.«

»Dachte ich's mir doch, dass ich euch hier finde«, lachte Wilhelm Hofmeister. »Dum spiro spero. Solange ich atme, hoffe ich. Ihr habt gute Arbeit geleistet. Aber das hilft euch jetzt auch nicht mehr weiter. Öffnet die Höhle!«

»Was, wenn nicht?«, fragte Katharina trotzig. »Bringst du uns dann auch einfach um wie meinen Vater? Das warst doch du, nicht wahr?«

»Der alte Narr saß auf seinem Geld wie eine Glucke auf ihren Eiern. Außerdem fing er an, seine Nase in Dinge zu stecken, die ihn nichts angingen.«

»Oh, er ist dir wohl auf die Schliche gekommen mit deinem miesen Sklavenhandel und der Silbermine?«

»Schillinger ließ sich viel zu sehr von ihm einlullen. Ja, die Hundswut ist schon eine schlimme Krankheit. Und leider nicht heilbar!«, lachte er. »Zu viele Köpfe hoher Herren wären gerollt. Und so war es nur einer. Beziehungsweise zwei, denn du bist auch viel zu neugierig.« Wilhelm zog seine Radschlosspistole und zielte auf Katharina.

»Öffnet jetzt dieses Loch!« Nachdem Michael den Felsbrocken vor dem Höhleneingang weggerollt hatte, reckte Wilhelm ungeduldig den Hals.

»Da ist nichts!«, rief der Medicus. »Es sieht zwar so aus, als wäre hier bis vor kurzem etwas gelegen, aber da ist nichts.«

»Geh zur Seite, Kurpfuscher! Das kann nicht

sein!«, brüllte Hofmeister und trat ein paar Schritte näher, um selbst nachzusehen.

»Dir ging es doch nie um mich!«, schrie Katharina. »Alles was für dich zählt, ist Geld und Macht. Menschen sind für dich alle austauschbar.«

»Wie viele Meuchelmörder muss ich dir noch schicken, damit du endlich dein verdammtes Maul hältst, Weib? Wie viele Leben hast du? Hä? Ach, wenn man nicht alles selber macht. Sag Lebewohl zu deinem Gatten, Weib!«, lachte er und spannte den Hahn.

»Hofmeister!«, schrie Simon. »Du hast nur eine Kugel im Lauf. Wie willst du uns damit alle umbringen?«

Wilhelm drehte sich kurz um und sah Mühlbichler mit der Armbrust auf ihn zielen. Ein dumpfer Knall erschallte und zauberte Wilhelm ein schelmisches Grinsen in sein Gesicht.

Katharina brach reglos zusammen. Nur Sekundenbruchteile später schlug ein Armbrustbolzen in Hofmeisters Rücken ein.

»Die Waffen weg! Alle!«, schrie der Stadthauptmann. Simon ließ die Armbrust fallen und rannte zu Katharina. Er kniete sich neben sie, um ihren Kopf zu stützen.

»Mir ist so kalt, Simon!«, flüsterte sie kaum hörbar. Ihre Lippen bebten. Katharinas Gesichtsfarbe wechselte in ein fahles Grau. Knapp unterhalb ihres

Schlüsselbeins war das Einschussloch zu erkennen. Blut sickerte aus der Wunde.

»Wir müssen sie sofort nach Hause bringen und die Kugel entfernen! Simon, hilf mir!« Mühlbichler zog seinen Mantel aus, um damit Katharina warm zu halten. Zwei Büttel kümmerten sich um den schwerverletzten Hofmeister.

»Bringt ihn ins Rathausloch. Der Henker soll seine Wunde versorgen«, entschied Konrad.

»Halt durch, Schwesterchen! Wir bringen dich jetzt nach Hause.« So schnell sie nur konnten, schleppten die beiden die Verletzte in die Stadt.

Keuchend erreichten sie das Ärztehaus.

»Ich hol Fromme!«, hechelte Simon.

»Das dauert zu lange. Wir müssen die Kugel selber entfernen. Hilf mir! Mach Wasser heiß! Und bring mir meine Tasche mit dem Wundarztbesteck.«

»Die hier?«

»Ja. Lege alles eine Weile in heißes Wasser! Und dann wasch dir gründlich die Hände, bevor du das Besteck wieder anfasst!«

Nachdem Michael die Kugel entfernt hatte, vernähte er die Wunde, wie er es bei seiner Schwester gesehen hatte. Danach brachte er Judiths Heilsalbe auf.

»Jetzt können wir nur noch beten! Wir haben unser Möglichstes getan.« Michael wischte sich mit der Armbeuge den Schweiß von der Stirn und wusch seine blutverschmierten Hände in der Waschschüssel.

Simon wich Katharina keine Minute von der Seite. Nachts döste er nur zeitweise auf dem Stuhl, den er sich neben das Krankenbett gestellt hatte. In den wenigen wachen Momenten der letzten Tage verlangte Katharina nach Wasser.

»Simon, ich habe Hunger!«, flüsterte Katharina fast lautlos. Mühlbichler zuckte vor Schreck, als er aus seinem Minutenschlaf gerissen wurde.

»Was?«

»Ich bin hungrig! Ich habe von einer Surhaxe geträumt«, sagte sie und lächelte.

»Eine Surhaxe habe ich zwar nicht, aber vielleicht tut es für den Anfang auch eine Hühnersuppe. Die wird dir deine Kraft zurückbringen.«

Nachdem Katharina eine Schüssel Suppe gelöffelt hatte, klopfte es an der Türe und Elfriede betrat mit Magdalena auf dem Arm die Kammer.

»Mama«, brabbelte die Kleine und zeigte auf Katharina.

»Magdalena!« Freudentränen rannen der Mutter über die Wangen. Erneut klopfte es an der Türe und Gundelfinger streckte vorsichtig seinen Kopf hinein.

»Darf man stören?«, fragte er höflich.

»Kommt herein, noch ist genug Platz hier drin.«

»Wie ich sehe, seid Ihr auf dem Wege der Besserung. Das freut mich. Ich möchte Euch in erster Linie meinen Dank aussprechen. Ohne Euch wären wir wohl nicht darauf gekommen, in welche Machenschaften Wilhelm Hofmeister verstrickt war. Der Stadthauptmann hat mir auch berichtet, dass bei Hofmeister die verschwundene Taschenuhr Eures Vaters gefunden wurde. Das ist ein wichtiges Indiz für den Mord an Benedikt.«

»Das heißt, er wird sich auch wegen Mordes verantworten müssen? Lebt er überhaupt noch?«, fragte Katharina.

»Unkraut vergeht nicht. Er hat bereits alles gestanden. Nun, ein unglücklicher Zufall hatte dazu geführt.«

»Was meint Ihr damit?«

»Nachdem Hofmeister verhaftet worden war, sollte sich der Scharfrichter um seine Verletzung kümmern. Als Egger auf das Klopfen nicht reagierte, betrat der Stadthauptmann sein Haus. Er überraschte ihn dabei, wie er sich gerade an einem Mädchen verging. Sie war zuvor durch einen Schlafschwamm betäubt worden. Der Henker hatte gerade begonnen, dem Mädchen dieses Wiedergängerzeichen einzuritzen. Wir haben also den Serienmörder!«

»Der Henker ein Mörder und Vergewaltiger, der jetzt selbst hingerichtet wird. Welch Ironie des Schicksals.« Katharina schüttelte den Kopf.

»Egger brach noch in seinem Haus weinend zusammen. Wegen der grässlichen Narbe in seinem entstellten Gesicht wollte keine Frau mit ihm zu tun haben. Das hatte ihn dazu verleitet, sich an den Mädchen zu vergehen. Er habe sie nicht töten wollen, nur sei die richtige Dosis bei Schlafschwämmen nicht ganz einfach.« Katharina schluckte. Auch sie hätte tot sein können. Doch das behielt sie lieber für sich.

»Nun, wir haben keinen Henker mehr. Und wer soll Hofmeister und Egger aufs Rad flechten? Seefried hatte seine guten Beziehungen nach Schongau spielen lassen und den verdammt besten seiner Zunft ausgeliehen. Diesen Jakob Kuisl. Ein Hüne, fast sechs Fuß groß. Da muss allein der Anblick des Scharfrichters sein Geständnis bewirkt haben.«

»Und sonst so eine große Klappe«, lächelte Simon.

»Bis Neuwahlen durchgeführt werden können, werde ich das Amt des Bürgermeisters übernehmen«, berichtete Gundelfinger stolz.

»Oh, meinen Glückwunsch!«, lächelte Katharina.

»Ich habe den Anlass gleich genutzt und erlassen, dass Frauen wieder Geschäfte auf eigene Rechnung führen können. Ihr könnt also wieder als Apothekerin arbeiten!«

»Halleluja!«, freute sie sich und blickte zum Himmel, als wolle sie Gott dafür danken.

»Ich komme aber auch mit schlechten Neuigkeiten.« Gundelfingers Miene verdunkelte sich.

»Sagt jetzt bitte nicht, ich bekomme mein Erbe wieder nicht zugesprochen!«, befürchtete Katharina.

»Ich mache die Gesetze nicht, Frau Hofmeister. Ihr seid bald ohne Vormund. Da kann die Erbschaft nicht zugesprochen werden!«

»Was, wenn ich nach Wilhelms Hinrichtung Mühlbichler heirate?« Simon zuckte bei ihren Worten zusammen.

»Seid Ihr Euch sicher, Frau Hofmeister? Ihr würdet Euer Bürgerrecht verlieren, wenn Ihr einen ehrlosen Bader ehelicht. Die Apotheke könntet Ihr dann nicht mehr führen.«

»Das bedeutet, ich muss mich bald entscheiden, ob ich ehrlos werde und reich oder ein Bürger ohne Geld und Besitz! Das sind ja tolle Aussichten!«

Kapitel 30

Nördlingen glich einer Geisterstadt. Die Wirtshäuser waren geschlossen und die Handwerker ließen ihre Arbeit ruhen. Vereinzelt patrouillierten Stadtwachen durch die Gassen, um Plünderungen zu verhindern. Der Menschenstrom in Richtung Schindanger riss nicht ab.

Hinrichtungen gab es nicht oft zu sehen, aber gleich zwei an einem Tag waren auch in der Freien Reichsstadt selten. Heute sollte nicht nur der verurteilte Mörder und Sklavenhändler Wilhelm Hofmeister hingerichtet werden, sondern auch der Scharfrichter selbst. So viele hatte er vom Leben zum Tode befördert und jetzt sollte ihm dasselbe Schicksal zuteilwerden.

Die Menge jubelte, als der Schongauer Henker Jakob Kuisl den Schinderkarren zur Richtstätte lenkte. Katharina stand mit Simon und Michael etwas abseits. So genau wollte sie diese Unmenschlichkeit nun doch nicht mit ansehen. Ganz anders Elfriede, die mit ihrer seelenverwandten Mühlbichlerin in erster Reihe stand und den Beginn der Hinrichtung kaum erwarten konnte.

Als der Stadtrichter Seefried den Hexenfelsen betrat, verstummte die Menge.

»Im Namen des Kaisers wurde der hier anwesende Malefikant, Wilhelm Hofmeister, durch das Reichsstadtgericht Nördlingen des Mordes, der Sklaverei und des Menschenhandels für schuldig gesprochen. Er hatte am 8. Mai 1648 den ehrwürdigen Apotheker Benedikt Riesinger auf heimtückische Weise überfallen, beraubt und regelrecht hingerichtet. Durch seine Verbindungen nach Augsburg hatte er zum Tode Verurteilte verschleppt und versklavt. Hierfür soll er mit dem Rad durch Zerstoßung seiner Glieder, und zwar zuerst mit dem Gnadenstoß, vom Leben zum Tod gerichtet werden, wonach sein Körper auf das Rad geflochten werden soll. Dies zu seiner wohlverdienten Strafe, anderen aber zum Abscheu und Exempel.«

»Wofür hat dieser Lump den Gnadenstoß verdient?«, schrie ein aufgebrachter Zuschauer.

»Genau! Der Tyrann hat uns lange genug das Leben schwergemacht!«, rief eine Frau.

Seefried fuhr unbeirrt fort.

»Ebenso wurde im Namen des Kaisers unser Henker Jörg Egger des Mordes und der Notzucht in mehreren Fällen für schuldig gesprochen und zum Tod durch das Rad verurteilt.«

»Und warum bekommt er keinen Gnadenstoß?«, fragte Katharina verwundert. Michael hob eine Augenbraue.

»Selbst auf dem Schafott werden noch Unterschiede zwischen Ehrlosen und Patriziern gemacht.«

»Kaum zu glauben!« Katharina schüttelte den Kopf. »Aber wenn dieser Kuisl nur einen Funken Ehre hat, wird er seinen Vetter nicht leiden lassen.«

Auf das Zeichen des Richters hin fesselte der Schongauer Henker die Malefikanten auf die am Boden liegenden Holzkreuze, die eigens für die Hinrichtung hergestellt wurden. Hofmeister wehrte sich jedoch.

»Ihr verdammten Hunde! Verflucht seid ihr alle! Der Teufel soll euch nächtens holen! Ich bin immer noch euer Bürgermeister!« Doch es war sinnlos, sich gegen die Bärenkräfte des Schongauers zu wehren. Egger hingegen gab sich reumütig seinem Schicksal hin.

Nach einem weiteren Nicken Seefrieds begann der erste Akt der Hinrichtung.

Jetzt geriet Hofmeister in Panik. Er schrie, so laut er konnte, und verfluchte die ganze Stadt und jeden einzelnen Bürger.

Der Schongauer Henker trat vor die gefesselten Delinquenten. Er überragte den Stadtrichter um mehr als zwei Köpfe. Sein schwarzes Haar hing zottelig in sein Gesicht. Von seinem Vollbart tropfte der Schweiß auf sein rotes Wams.

»Ich bitte euch um Verzeihung! Doch tue ich nur, was das Gesetz von mir verlangt!«, rief er und blickte dabei starr in die Ferne. Danach drehte er sich zu den Zuschauern. »Ich gelobe, den hier befindlichen

Wilhelm Hofmeister, einen Mörder, der verurteilt wurde, von Rechts wegen zu rädern, dass er es nicht mehr tun soll!«

Kuisl hievte das eisenbeschlagene Richtrad weit über seinen Kopf und zielte auf Hofmeisters Genick. Katharina drehte sich an Simons Schulter.

Die Rufe und Flüche Hofmeisters verstummten. Die Menge jubelte. Im zweiten Akt sollten die Knochen der Arme und Beine gebrochen werden.

Erneut hob er das Rad. Weitere Jubelrufe waren zu hören, wenn das Folterinstrument wieder und wieder auf den toten Leib einschlug.

Im dritten Akt flocht der Scharfrichter den toten Körper durch die Speichen des Richtrads. Zusammen mit seinem Knecht steckte er dieses auf eine Holzstange und richtete sie auf.

Wieder jubelte die Menge.

Beim Nördlinger Henker war keine Regung zu erkennen. Katharina vermutete, dass ihm sein Vetter aus Schongau längst ein Gift verabreicht hatte.

»Herr Richter, habe ich recht gerichtet, wie Urteil und Recht spricht? Wie Urteil und Recht gegeben hat? Wie es der arme Mann verschuldet hat?«

»Ja, du hast recht gerichtet, wie Urteil und Recht spricht!«

»Das danke ich Gott und meinem Meister, der mich diese Kunst gelehrt!«

»Bürgermeistersgattin! Du kannst mir nicht entkommen! Irgendwann treffen wir uns wieder mal allein. Ich war noch nicht fertig mit dir!« Katharina fuhr herum und blickte entsetzt in die Gesichter der Menschen, die hinter ihr standen. Dann sah sie am mehr als 30 Schritt entfernten Waldrand den Zottelhaarigen mit der Augenklappe. Er hob seine Hand zum Gruße und verschwand hinter einem Baum.

Wie in Trance ging Katharina auf ihn zu. Simon, der eine Notdurft von Katharina vermutete, kümmerte sich nicht weiter um ihr Verschwinden.

Sie griff unwillkürlich nach ihrem Messer, das sie seit der Reise nach Saint Hubert unter ihrem Rock trug. Die ständige Angst, von ihm verfolgt oder gar noch einmal missbraucht zu werden, musste jetzt und hier ein Ende finden. Schon oft hatte sie gedacht, ihn zu erkennen, was sich später als falsch erwiesen hatte. Doch dieses Mal war sie sich ganz sicher.

Bürgermeistersgattin …

Nur einer hatte sie bisher so genannt.

Katharinas Herz pochte in ihrer Brust wie Paukenschläge.

Ihr Atem beschleunigte sich.

Sie umklammerte den Griff des Messers, als würde sie so seine Kehle zerquetschen können. Der Zorn, der in ihr aufstieg, verlieh ihr den Mut, weiterzugehen. Sie hatte noch nie einen so abgrundtiefen Hass gegenüber einem Menschen verspürt. Trotz des Gegröles der Menschenmenge versuchte sie, leise zu gehen und keinesfalls auf einen Ast oder Zweig zu treten.

Nur einen Schritt vor dem Baum, hinter dem der Zottelhaarige verschwunden war, blieb sie stehen.

Sie beugte sich etwas vor und ging leicht in die Knie. Sprungbereit wie eine Katze, die eine Maus im Visier hat.

Mit einem Satz sprang sie hinter den Baum und stach zu.

Sie traf ins Leere. Er war weg.

Verwundert suchte sie hinter weiteren Bäumen nach ihrem Peiniger, doch er war nicht aufzufinden.

Nachdenklich stapfte Katharina zurück zu Simon und Michael.

»Ist dir beim Pinkeln ein Geist begegnet?«, fragte Simon spöttisch.

»Ein Geist war es nicht, aber dieser Irre mit der Augenklappe! Du hattest ihn beim Überfall nicht getötet.«

Simons Blick wurde ernst.

»Das kann doch nicht sein! Er hatte einen Armbrustbolzen im Rücken!«

»Hatte das Hofmeister nicht auch?«

»Und du bist dir absolut sicher, dass er es auch wirklich war? Du hast mir erzählt, dass du schon mehrmals geglaubt hast, ihn zu erkennen.«

»Ich war ihm seither nie wieder so nahe wie gerade eben. Er war es!«

»Lasst uns nach Hause gehen«, schlug Michael vor. »Wahrscheinlich war die Hinrichtung zu viel für dich.«

Katharina umarmte ihren Simon und weinte.

»Ich spinne doch nicht! Ich habe ihn klar und deutlich gesehen!«

Der Stadtrichter Seefried trat zu ihnen. Simon und Michael begrüßte er mit einem Nicken.

»Frau Hofmeister, es tut mir leid, Euch in dieser schweren Stunde belästigen zu müssen, aber es gibt etwas Wichtiges zu bereden.« Der Stadtrichter trat etwas näher und blickte mehrfach um sich, damit niemand mithörte.

»Heute Nacht ereignete sich ein mysteriöser Todesfall im Hofmeisteranwesen. Die letzte darin noch wohnende Magd vom Gesinde, Maria, ein junges Weib, wurde heute früh vom Stadthauptmann tot aufgefunden.«

»Oh nein, das ist ja schrecklich!«, bedauerte Katharina. »Sie war die einzige gute Seele in diesem Haus. Sie hatte mir mehrfach geholfen.«

»Ich glaube, es war kein Zufall, dass sie in der letzten Nacht sterben musste.«

»Aber warum erzählt Ihr mir das alles?«

»Ich will keinen Hehl draus machen. Unsere Stadtwachen inklusive unserem Stadthauptmann sind hervorragende Kämpfer, aber ihnen fehlt es hier.« Seefried tippte mit dem Zeigefinger an seine Schläfe. »Wenn ich nur daran denke, wie lange sie vergebens nach dem Mörder Eures Vaters suchten. Euch hingegen haben wir alle zu verdanken, dass der Täter verurteilt und zur Rechenschaft gezogen werden konnte.«

»Das soll heißen, ich soll die Todesumstände der Frau für Euch herausfinden?«

»Ihr seid der einzige Mensch, dem ich das zutraue. Solltet Ihr es wirklich schaffen, den Täter zu finden, soll es Euer Schaden nicht sein.«

»Was springt dabei für mich heraus? Ich denke, das wird nicht ganz ungefährlich werden!«

»Mühlbichlers Bürgerrecht, wenn er aufhört, als Bader zu arbeiten.« Katharina sah, wie Simon die Lippen aufeinanderpresste und leicht nickte.

»Gut. Ich geh darauf ein!«

»Eure Ermittlungen laufen inoffiziell. Sollte etwas schiefgehen, werde ich leugnen müssen, dass wir uns unterhalten haben. Ihr bekommt keine Sonderrechte. Wenn Euch der Nachtwächter ins Narrenhäuschen sperrt, erwartet von mir keine Hilfe!«

»Arbeiten unter erschwerten Umständen. Das liebe ich!«, murrte Katharina und dachte dabei an den Zeitdruck, dem sie im Lazarett ausgeliefert war.

»Ihr müsst heute noch ins Hofmeisteranwesen, falls Ihr den Tatort genauer anschauen wollt. Griebel will den Leichnam abholen. Übrigens habt Ihr ab heute zwölf Wochen Zeit, den Täter zu finden oder einen Vormund zu ehelichen, ansonsten freut sich die Freie Reichsstadt Nördlingen über ein umfangreiches Erbe.«

»Das kommt mir bekannt vor.« Die Apothekerin hob eine Augenbraue. Mit einem weiteren Nicken verabschiedete sich Seefried.

»Bist du dir bewusst, in welche Gefahr du dich damit begibst?«, schimpfte Michael.

»Mir bleibt keine Wahl! Ich muss wieder heiraten, wenn ich das Erbe nicht der Stadt schenken will. Und wenn schon, dann doch meinen Simon, den ich liebe.«

»Ich kann mich gar nicht erinnern, dass du mir einen Antrag gemacht hast!«, schmunzelte Simon. »Vielleicht will ich dich ja gar nicht.«

Kapitel 31

Der voranschreitende Herbst hatte das Laub gelb verfärbt. Einige Bäume standen bereits kahl im Wind, der eisig aus dem Norden über die freie Reichsstadt fegte. Obwohl sich der Tag noch nicht dem Ende neigte, war es düster und feiner Nieselregen durchweichte Katharinas und Simons Kleidung. Die Apothekerin zog die Kapuze ihres Umhangs tiefer ins Gesicht und ging gebückt, als bekäme sie somit weniger Regen ab.

Geräuschlos öffnete sich die Türe des Hofmeisteranwesens, nachdem Simon das Schloss entriegelt hatte. Ein Geruch von Verwesung, Erbrochenem und Moder schlug ihnen entgegen. Im fensterlosen Hausflur war es dunkel wie in den Katakomben Roms. Katharina entzündete die Kerze und eine Sturmlaterne, die auf der kleinen Kommode neben dem Eingang standen.

Am Fuße der Treppe, die ins obere Stockwerk führte, lag der leblose Körper von Maria. Ihre Glieder waren unnatürlich verdreht, als wäre bei ihrem Sturz kein Knochen heil geblieben. Während Simon mit der Kerze leuchtete, untersuchte Katharina die Tote.

»Sie hat sich übergeben«, stellte Katharina fest. »Sieh mal oben nach, ob du noch mehr Erbrochenes findest.« Simon nickte. Die Holztreppe knarzte unter Simons Gewicht. Sie hatte ihre Glanzzeiten schon hinter sich.

»Die Stufen sind ganz schön ausgetreten. Kein Wunder, dass hier jemand stürzt. Ach du lieber Himmel! Die hat sich hier oben richtig ausgekotzt. Vor dem Bett und auf dem Flur ist alles voll! Und was für eine komische Farbe das hat!«

»So genau wollte ich es gar nicht wissen!« Katharina hielt sich den Handrücken unter die Nase, um den Brechreiz zu unterdrücken.

»Warum sind ihre Hände zu Fäusten geballt und der ganze Körper so zusammengekauert?«, fragte Simon.

»Ich habe da einen Verdacht. Riechst du das Bittere?« Katharina beugte sich über das Gesicht der Leiche. »Teufelswurz! Maria wurde vergiftet!«

»Was ist Teufelswurz?«

»Der blaue Eisenhut. Damit hatten schon die alten Römer unliebsame Widersacher aus dem Weg geräumt. Von der Wurzel ist ein Stück so groß wie Mäusekot tödlich.«

»Ach du Scheiße!«

»Eine grausame Methode, einen Menschen zu töten! Schon nach ein paar Minuten brennt und kribbelt es im Mund, was sich in kurzer Zeit auf den gesamten Körper bis zur Gefühllosigkeit ausweitet. Danach erbricht sich der Mensch, es folgen schwere Durchfälle.«

»Deshalb stinkt die so!« Katharina verdrehte die Augen.

»Die Vergifteten haben Sehstörungen, extreme Schmerzen und schließlich Lähmungen und Atemstillstand.«

»Ein Teufelszeug!«

»Daher hat er seinen Namen. Kannst du sämtliche Fenster und Türen auf Einbruchspuren kontrollieren? Ich seh mich mal im Haus um.«

»Sehr gerne!« Simon lächelte sie an, bevor er das Haus verließ.

»Warum bringt man jemanden um?«, dachte Katharina laut nach. »Aus Hass? Oder weil man etwas zu vertuschen hat? Hatte Maria etwas gesehen oder gehört, was niemand erfahren durfte?«

»Fenster und Türen sind alle fest verschlossen. Spuren von einem Einbruch sind nirgendwo zu sehen«, berichtete Simon.

»Dann hatte sie ihren Mörder womöglich gekannt und freiwillig ins Haus gelassen. Vielleicht hatten sie sogar etwas zusammen gegessen oder getrunken.« Katharina roch an jedem Becher, die benutzt in der Küche standen. »Hier! Riechst du das?« Simon schüttelte den Kopf.

»Nein?« Sie zog eine Augenbraue hoch. »Haben dir die Dämpfe in Frommes Baderstube schon den Geruchssinn vernebelt? Da drin war eindeutig das Gift!«

Sie gingen in Richtung Arbeitszimmer.

»Was könnte das sein, was es zu vertuschen gab? Ein Diebstahl, der es wert war zu morden?«

»Vor allem, geplant zu morden!«, verbesserte Simon sie. »Kein Einbrecher, der überrascht wird, verabreicht ein Gift, sondern hätte sie wahrscheinlich erschlagen!« Simon öffnete den Schreibtisch, wo sie vor einiger Zeit das Silber entdeckt hatten. Außer Luft war nichts hinter dem Türchen, was zu erwarten war.

»Schwer zu sagen, ob hier etwas gestohlen wurde«, stöhnte Simon, der nun einige schwere Bücher aus dem Regal zog und darin blätterte. »Wonach suchen wir eigentlich?«

»Es muss doch einen Hinweis geben, warum Maria sterben musste!« Katharina stöberte in Wilhelms Notizbuch, als ihr plötzlich etwas auffiel.

»Hier fehlt eine Seite. Die letzte Seite wurde herausgerissen!« Sie steckte das Buch in ihren Leinenbeutel, um es später genauer zu untersuchen.

»Dort draußen ist jemand!«, flüsterte Simon und deutete mit seinem Kinn in Richtung Fenster. »Mach die Kerze aus!«

Zwei Männer in langen Mänteln und großkrempigen Hüten huschten wie dunkle Schatten ums

Haus. Nur wenig später bewegte sich die Türklinke am Eingang. Simon hatte jedoch nach dem Betreten des Anwesens den Riegel vorgeschoben. Ein guter Einfall, wie sich jetzt herausstellte.

Ein lautes Klirren, gefolgt von Poltern ließ die beiden hochfahren. Ein faustgroßer Stein blieb vor Wilhelms Schreibtisch liegen. Katharina zitterte vor Angst. Sie wagte nicht mehr zu atmen.

Die Unbekannten stiegen durch das Fenster in den dunklen Raum, wobei Simon unter dem Mantel des ersten Mannes ein Schwert aufblitzen sah. Dieser entzündete einen Kienspan und kurz darauf die Kerze, die Katharina auf dem Schreibtisch abgestellt hatte. Mit Schrecken fiel ihr das bestimmt noch flüssige Wachs ein, mit dem sie sich nun verraten würden. Doch es passierte vorerst nichts Außergewöhnliches.

Die Männer zogen jedes einzelne Buch aus dem Regal und blätterten es Seite für Seite durch. Es schien fast, als suchten die Einbrecher ein einzelnes Stück Papier. Einen Vertrag oder sonst ein wichtiges Dokument. Die Männer verließen kurz darauf das Arbeitszimmer, suchten noch in den anderen Räumen und verschwanden dann durch die Eingangstüre in die mittlerweile dunkle Stadt.

Katharina taumelte hinter dem Brokatvorhang hervor, hinter dem sie die ganze Zeit gestanden hatte, setzte sich auf einen Stuhl und vergrub ihr Gesicht in den Handflächen.

»Verdammt! Ich hatte noch nie solche Angst wie eben! Was waren das für Männer? Und wonach hatten sie gesucht?«

»Ich hab keine Ahnung!«, gestand Simon. »Hatte Hofmeister Geld verliehen? Suchten sie die Schuldscheine?«

»Ich möchte nach Hause. Magdalena kennt mich schon bald nicht mehr, so selten sehe ich sie. Ich würde sie gerne ins Bett bringen.«

»Und ich muss noch zu Griebel. Er kann die Tote doch jetzt abholen, oder?«

Maria hatte als letzte Angestellte von Wilhelm Hofmeister dem Stadtrichter zugesagt, das Anwesen bis zur Hinrichtung ihres Herren zu verwalten. Etwas mulmig war ihr schon, in dem sonst so belebten Haus allein zu sein. Umso mehr erschrak sie, als am letzten Abend jemand anklopfte.

»Wer ist da, bitte?«, fragte sie mit zittriger Stimme.

»Ich bin ein alter Freund der Familie. Wilhelm hat einen Folianten von mir geliehen, den hätte ich gerne zurück, ehe die Erbschleicher hier auftauchen!« Seine Stimme klang freundlich. Der Besucher schien ein aufrichtiger Mensch zu sein. Maria öffnete die Türe und erblickte einen gut gekleideten Herren, der höflich grüßte.*

---

* Ein Buch im Folio-Format, ca. 30 x 40 cm. Seine Maße ergeben sich durch Halbierung des traditionellen römischen Pergamentbogens.

»Ich hoffe, Ihr wisst, um welches Buch es sich handelt. Ich kann leider nicht lesen«, entschuldigte sie sich.

»Selbstverständlich!«

Maria führte den Herren vor das Bücherregal.

»Eigentlich geht es nicht wirklich um ein Buch, sondern um den Schlüssel. Gebt ihn mir zurück und keinem wird etwas geschehen!«

»Was für ein Schlüssel?«

»Verstell dich nicht, du hast ihn eigenhändig gestohlen!«

»Aber ich weiß nichts von einem Schlüssel! Zu welcher Türe soll der denn passen?« Der zuerst freundliche Herr schlug ihr ins Gesicht, dass ihre Lippe aufplatzte. Sie schmeckte ihr eigenes Blut.

»Halte mich nicht zum Narren! Du hast gegen das siebte Gebot verstoßen! Wie heißt es?«

»Du sollst nicht stehlen«, flüsterte Maria.

»Wie bitte? Ich kann dich nicht hören!«, schrie er.

»Du sollst nicht stehlen! Bitte! Ihr müsst mich verwechseln. Ich habe nicht die leiseste Ahnung, was Ihr wollt!« Sie wischte sich das Blut mit dem Handrücken vom Mund. Erneut schlug er ihr ins Gesicht.

»Setz dich hin!«, befahl er ihr. Er reichte ihr einen Becher. »Trink und dann erzählst du mir, wo der Schlüssel ist!« Nachdem Maria zwei kräftige Schluck getrunken hatte, spie sie den Rest wieder aus.

»Was habt Ihr mir da zu trinken gegeben?«

»Sagen wir mal so: Ein Mittel zur Wahrheitsfindung«, lachte der edle Herr. »Also, ich werde hier nicht weggehen, bis du es mir verraten hast. Dazu ist der Schlüssel einfach zu kostbar.« Maria sprang auf und rannte über den Flur die Treppe hinauf. Sie hastete in ihre Kammer, verriegelte sie und schob ihre Kleidertruhe an die Türe. Sie würgte, als ihre Finger tief im Hals waren.

»Es ist zu spät! Sag mir, wo der Schlüssel ist, solange du noch sprechen kannst!« Maria wollte antworten, sie konnte aber ihren Mund nicht mehr bewegen.

Kopfschüttelnd verließ der Fremde das Anwesen.

Panik stieg in ihr auf. Geschüttelt von Krämpfen, schaffte sie es mit letzter Kraft, die Truhe zur Seite zu schieben und auf den Flur zu taumeln. Dann brach sie zusammen.

»Ich muss Wasser trinken, um das Gift aus dem Körper zu spülen«, war ihr einziger Gedanke. Wie eine Schlange kroch sie die wenigen Schritte bis zur Treppe. Beim Versuch, sich aufzurichten, stürzte sie, überschlug sich mehrfach und blieb reglos am Ende der letzten Stufe liegen.

»Magdalena, du bist ja immer noch nicht im Bett!«, schimpfte Katharina gespielt streng. »Anständige Mädchen gehen mit den Hühnern schlafen und stehen mit ihnen wieder auf.« Die Kleine lachte, als würde sie jedes Wort verstehen.

»Was malst du denn Schönes? Ist das der Papa? Oder die Elfriede?« Michael hatte ihr einige Bogen Papier gegeben, die nur einseitig beschrieben waren, und ein Stück Kohle, damit seine Nichte eine Weile beschäftigt war. Als Katharina Magdalenas Werk genauer betrachtete, stutzte sie. Eine Münze, die wohl unter dem Blatt lag, zeichnete sich ab, als hätte sie Leonardo da Vinci persönlich Strich für Strich abgemalt.

»Wie hast du das gemacht?« Aufgeregt hob sie das Blatt. Es lag tatsächlich eine Münze unter der Zeichnung.

Das Notizbuch …

Katharina legte ein frisches Blatt in die Aufzeichnungen von Wilhelm und fuhr mit der Kohle vorsichtig darüber. Wie von Geisterhand erschienen Buchstaben und Zahlen.

CODEX GIGAS 10.11. 10 Uhr Ochsenwirt

»Was hat das zu bedeuten?«

»Griebel wird Maria erst morgen früh abholen. Im Dunkeln macht er nichts mehr«, erzählte Simon, als er zurück ins Arzthaus kam. »Ist alles in Ordnung? Du bist so … nachdenklich.«

»Sieh dir das an! Das war der letzte Eintrag von Wilhelm.«

»Was ist Codex Gigas?« Auch Michael interessierte sich jetzt dafür.

»Wenn es sich hier um *den* Codex Gigas handelt, weiß ich schon, was das ist.« Katharina und Simon blickten ihn fragend an. Auch Elfriede spitzte im Hintergrund ihre Ohren, um etwas Interessantes zu erfahren.

»Der Codex, auch Teufelsbibel genannt, ist das größte Buch, das je geschrieben wurde. Es ist fast einen Schritt lang und einen halben Schritt breit. Es besteht aus mehr als 600 Pergamentseiten und wiegt so viel wie ein erwachsener Mann.«

»Sapperlot! Vielleicht wollte Wilhelm es kaufen?«

»Das wage ich zu bezweifeln. Es wurde vor einigen Jahren als Kriegsbeute aus der Sammlung Kaiser Rudolfs II. gestohlen und nach Stockholm gebracht.«

»Was ist an dem Buch so besonders? Und warum nennt man es Teufelsbibel?«, wollte Simon wissen.

»Es ist mehr als 400 Jahre alt und es soll ein Selbstbildnis des Leibhaftigen enthalten.«

»Ein Selbstbildnis? Das soll heißen, der Teufel hat das Buch geschrieben?« Katharina runzelte ungläubig die Stirn.

»Die Benediktiner hatten im 13. Jahrhundert ein Kloster in Böhmen. Und ihr wisst, dass der Verzicht auf alles Weltliche deren Lebensinhalt ist. Ein junger Mönch, Hermanus Inclusus, hatte sich nicht an die Regeln gehalten und sollte zur Strafe bei lebendigem Leibe eingemauert werden. Um der Strafe zu entgehen, schwor er, in nur einer Nacht ein Buch zu schreiben, das jegliches Wissen der damaligen Menschheit enthalten würde.«

»In nur einer Nacht? Wie soll so etwas gehen?«, bezweifelte Simon.

»Das hatte der Mönch auch sehr bald bemerkt, dass er es nicht schafft. Er bat den Teufel um Hilfe und gab ihm dafür seine Seele.«

»Und was wollte Hofmeister dann, wenn er es nicht kaufen konnte?« Simon schüttelte den Kopf.

»Was die wenigsten wissen: Die wichtigsten acht Seiten des Buches fehlen. Darauf steht, wie man den Teufel beschwört und zu undenkbarem Reichtum und zu Macht gelangt.«

»Aha, daher weht der Wind!«, krähte Elfriede aus dem Hintergrund. »Dem Hofmeister war das Amt des Bürgermeisters nicht gut genug! Und jetzt fressen ihn die Raben.«

»Elfriede!«, ermahnte sie Katharina. »Wilhelm wollte diese acht Seiten für sich haben. Das schreit förmlich danach.«

»Oder er hatte sie schon und wollte sie an den Ochsenwirt verkaufen«, schlussfolgerte Simon.

»Ich denke eher, an jemanden, den er dort treffen wollte«, berichtigte ihn Michael.

Kapitel 32

Der üble Geruch im Hofmeisteranwesen hatte sich nur unwesentlich verbessert. Griebel hatte die Tote zwar abgeholt, aber um das Erbrochene machten sogar Ratten und Mäuse wegen des Gifts einen großen Bogen und fraßen lieber die letzten Krümel von Hofmeisters Weißbrot.

Katharina durchstöberte erneut Wilhelms Arbeitszimmer. Sie hatte so ein Gefühl, dass sie irgendetwas übersehen hatte. Nachdem sie gestern von den bewaffneten Männern überrascht worden waren, wollte sie nur noch nach Hause.

»Katharina! Du wirst es kaum glauben, was ich dir zu erzählen habe!«, rief Simon, als er zur Tür hereinkam.

»Mein Gott, erschreck mich doch nicht so!« Sie schaute ihn böse an. »Na, dann erzähl schon!«

»Ich war gerade im ›Roten Ochsen‹ und habe den Wirt gefragt, ob er sich vielleicht daran erinnern kann, ob an diesem 10. November jemand gewartet hatte oder lange allein in der Gaststube saß.«

»Ja und?«

»Der Ochsenwirt hatte wegen der Hinrichtung am Vormittag geschlossen. Außerdem hatte er die Laufscheiße und blieb zu Hause. Kurz vor 10 Uhr hatte jemand wie von Sinnen geklopft. Ich fragte ihn, wie der aussah. Langes schütteres Haar und er hatte eine Augenklappe!«

Katharina schluckte.

Der Zottelhaarige mit der Augenklappe …

»Glaubst du mir jetzt? Der Spinner ist hier in Nördlingen! Und er hat noch eine Rechnung offen mit mir. Wir müssen ihn finden, bevor er uns findet!«

»Aber wo willst du nach ihm suchen?«

Der Holzboden über ihnen knarzte. Und es waren Schritte zu hören.

»Da ist schon wieder jemand im Haus!«, flüsterte Katharina. Sie öffnete ihren Leinenbeutel und holte eine Radschlosspistole hervor.

»Woher hast du die Waffe?« Simons Augen formten sich zu Schlitzen.

»Sie gehörte Wilhelm. Die Stadtwachen haben sie am Hexenfelsen vergessen. Michael meinte, es wäre besser, ich wäre bewaffnet, bis der Mord geklärt ist. Er hat sie mir sogar geladen.«

Simon musste schmunzeln.

»Wie ein professioneller Schnüffler!«

Mühlbichler schlich hinter Katharina die Treppe hinauf.

Ein leises Knarzen der Stufen ließ sich nicht vermeiden.

Mit vorgehaltener Waffe blieb sie vor Marias geöffneter Kammertüre stehen.

»Bitte! Ich … bin unbewaffnet!«, stotterte ein Geistlicher.

»Vinzenz von Hüttenstein? Ihr?« Katharina glaubte zu träumen. »Was macht Ihr hier?«

Der Abt schien verwirrt und musterte die Apothekerin.

»Katharina Hofmeister? Das … kann doch nicht sein! Ihr lebt?« Der Geistliche schluckte.

»Ja. Natürlich lebe ich.«

Von Hüttensteins Miene verdüsterte sich.

»Ihr habt den Hubertus-Schlüssel gestohlen! Schwester Judith hat es mir gebeichtet.«

Katharina biss sich auf ihre Unterlippe und sah beschämt zu Boden.

»Wir haben ihn nur ausgeliehen und wollten ihn wieder zurückbringen. Ehrlich!«

»Wollt Ihr mich auf den Arm nehmen? Euretwegen musste eine Unschuldige …« Er stockte. Bei Katharina fiel nun der Groschen.

»*Ihr* habt Maria vergiftet! *Ihr* seid der Mörder! Dafür wird man Euch hängen!«, rief sie empört.

»Ja, gleich neben euch beiden! Reliquiendiebe werden genauso hart bestraft wie Mörder!« Eine Weile sagte keiner etwas.

»Dann habt Ihr auch die Männer mit den Schwertern geschickt, die das ganze Haus durchsuchten!«

»Ich bin allein auf meiner Reise.« Der Abt erhob sich. »Ihr bringt mir den Hubertus-Schlüssel in den ›Roten Ochsen‹. Dort findet Ihr mich noch ein paar Tage. Dominus vobiscum*.«

»Et cum spiritu tuo**«, murmelten Simon und Katharina.

Krachend flog die Haustüre ins Schloss. Die beiden sahen sich nachdenklich an.

»So ein Mist!«, rief Katharina und stieß vor Wut mit dem Fuß gegen die Kleidertruhe.

»Ich verstehe deinen Unmut nicht. Zumindest haben wir den Mörder gefunden. Schneller als erwartet.«

»Und was hilft es uns?« Katharina verschränkte ihre Arme. »Wir können ihn nicht ausliefern, ohne selbst am Galgen zu baumeln. Und was mir richtig Angst macht: Er wollte eigentlich mich umbringen.«

»Ihr seht euch aber auch zum Verwechseln ähnlich.«

»Dieser Ketzerabt hat eine Unschuldige auf dem Gewissen! Hoppla, hab dich verwechselt! Und du nimmst ihn auch noch in Schutz, weil wir uns ähnlich sehen?«

---

* lat. Der Herr sei mit euch.
** lat. Und mit deinem Geiste.

»Ich nehme ihn doch nicht in Schutz! Lass uns nach Hause gehen.« Simon nahm Katharina in den Arm und drückte ihr einen dicken Kuss auf die Lippen.

»Du hast recht. Außerdem wird es schon wieder dunkel.«

Nachdem sie das Hofmeisterhaus verriegelt hatten, entzündete Simon die Sturmlaterne, um nicht im Narrenhäuschen zu landen.

»Weißt du, was ich aber nicht verstehe? Wer waren dann die bewaffneten Männer?«, fragte Mühlbichler auf dem Heimweg.

»Die gehören mit Sicherheit zum Zottelhaarigen. Er wollte mit Wilhelm Geschäfte im ›Roten Ochsen‹ machen.«

Katharina zuckte zusammen, als sie einen seltsamen Druck im Rücken spürte.

»Wenn ihr euch umdreht, seid ihr tot! Es ist genug Pulver im Lauf, um euch beide wegzublasen!« Simon hob seine Hände, um zu zeigen, dass er nicht bewaffnet war.

»Wer seid Ihr? Und was wollt Ihr von uns?«, fragte Simon.

»Ich will die acht fehlenden Seiten! Gebt sie mir, wenn ihr leben wollt!«

»Was für fehlende Seiten?«, bluffte Katharina.

»Du weißt genau, wovon ich rede! Hofmeister hat sie mir verkauft. Sie gehören mir!«

»Herrgott, wir wissen nichts von fehlenden Codex-Seiten!«

Simon schloss die Augen, als er bemerkte, dass sie sich verplappert hatte.

»Von Codex-Seiten war nie die Rede.« Der Unbekannte lachte leise. Katharina drehte sich um, um endlich zu wissen, wer der Angreifer war. Sie stieß einen spitzen Schrei aus, als sie den Zottelhaarigen mit der Augenklappe vor sich sah. Sie kniff die Augen zusammen.

»F ... Francesco?«

Jetzt drehte sich auch Simon um.

»Du kennst ihn?« Simon konnte es kaum glauben.

»Ja, ich ...«, stotterte Katharina. De Manzoni nahm die Augenklappe und seine Perücke ab.

»Warum warst du so plötzlich verschwunden? Hast dich nicht mehr wohlgefühlt in meiner Anwesenheit?«, fragte Francesco, während er Katharina eine Haarsträhne mit dem Lauf seiner Pistole aus dem Gesicht strich.

»Was soll das heißen?«, wollte Mühlbichler wissen.

»Ah, er ist wohl der eifersüchtige Kindsvater«, spottete de Manzoni.

»Und nicht zu Unrecht, wie mir scheint!« Simons Blick huschte zwischen Katharina und Francesco hin und her.

»Oh, du hast deinem zukünftigen Gatten wohl noch nicht alle Geheimnisse gebeichtet?« Francesco musste erneut lachen. »Ja, wir sind uns in Salerno etwas nähergekommen. Die Abende sind lang und warm am Mittelmeer.«

»Sag, dass das nicht stimmt!« Simon kochte vor Wut und Enttäuschung. Katharina schüttelte fast unmerklich den Kopf, während sich ihre Augen mit Tränen füllten.

»Du glaubst mir nicht, Kindsvater? Woher weiß ich dann von dem eingeritzten Zeichen an ihrem Hintern?«

Jetzt fiel Katharina ein, dass auch Francesco eine Narbe am Rücken hatte.

Der Armbrustbolzen …

»Du verdammtes Schwein hast uns überfallen auf unserer Reise nach Saint Hubert und mir Gewalt angetan! Die Narbe an deinem Rücken stammt von Simons Armbrustbolzen! Richtig?«, schrie Katharina. Francesco sagte nichts. Er nahm die Waffe runter.

»In Salerno warst du plötzlich der liebevolle Francesco und jetzt tauchst du wieder hier mit dieser Maskerade auf und versetzt mich in Todesangst. Warum tust du mir das an?« Katharina schlug ihm mit der Faust gegen die Brust.

Simon hatte genug gehört.

»Ich werde euer trautes Glück nicht mehr länger stören. Mir reicht's!«, schrie Simon. »Ich scheiße auf deine Erbschaft und deine Apotheke!« Er drehte sich um und lief weg.

»Simon! Bitte!«, versuchte Katharina, ihn zu beruhigen.

»Lass mich in Ruhe! Werdet glücklich mit euren Codex-Seiten!« Mühlbichler verschwand in der Dunkelheit.

»Du verdammter Idiot! Konntest du nicht dein Maul halten?«, schrie Katharina und schlug mit den Fäusten auf den Südländer ein. »Verschwinde endlich aus meinem Leben!«

»Gib mir die Pergamentseiten, dann siehst du mich nie wieder.«

»Ich habe sie nicht! Kapier das doch endlich!«

Katharina machte auf dem Absatz kehrt, wischte sich die Tränen von den Wangen und ging im Schein der Laterne zurück ins Ärztehaus.

Simons Schädel brummte, als er zu sich kam. Es roch nach feuchter Erde und Moder. Wasser sickerte aus den Fugen der Steinwände, die ihn umgaben. Eine stinkende Unschlittkerze* brannte vor ihm auf einem Krautfass. An der Decke hing ein Stück Schinken, der mit Schimmel überzogen war. Der Versuch aufzustehen scheiterte. Erst jetzt bemerkte Simon, dass er gefesselt war.

* Kerzen, die aus Rindernierenfett oder Hammeltalg hergestellt wurden. Sie rochen ranzig, qualmten und rußten.

Was war nur geschehen? Jemand musste ihn niedergeschlagen haben, als er wutentbrannt nach Hause laufen wollte.

Die Bodenluke am Ende der Kellertreppe öffnete sich, eine Gestalt mit schwarzen Lederstiefeln stieg die steile Holzstiege herab und stellte ein Kohlebecken neben ihm ab. Der Unbekannte trug eine Haube über dem Kopf, die nur seine Augen frei ließ.

»Was soll das werden? Was wollt Ihr von mir?«, stammelte Simon.

»Du wirst uns jetzt verraten, wo ihr die fehlenden Seiten des Codex versteckt habt!«, antwortete der Vermummte.

»Seid Ihr schwer von Begriff? Wir haben sie nicht! Das hat Katharina deinem einäugigen Kameraden bereits erklärt!«

»Wir haben keine Zeit für dumme Spielchen! Glaub mir, du wirst dich sehr schnell daran erinnern!« Der Vermummte zog ein glühendes Messer aus dem Kohlebecken und hielt es Simon vors Gesicht.

»Zuerst verspürst du nur ein Brennen an den Augenlidern. Diese schützen aber nicht lange vor der Hitze. Es muss ein grässliches Gefühl sein, wenn das Wasser in den Augen kocht und eins nach dem anderen platzt, weil der Druck im Inneren zu groß wird!«

Simon schluckte. Es hatte ganz den Anschein, dass dieser Verrückte es ernst meinte.

»Was macht Euch so sicher, dass wir die Codex-

Seiten haben? Nur durch den Eintrag in Hofmeisters Notizbuch wissen wir überhaupt etwas davon!«

»Halte mich nicht zum Narren!«, schrie der Folterknecht und drückte das glühende Metall gegen Simons Brust.

Durchgeschwitzt und mit pochendem Herzen erwachte Katharina aus einem Alptraum. Es war noch dunkel und wahrscheinlich mitten in der Nacht. Mit zitternden Händen entzündete sie einen Kienspan, um sich zu beruhigen. Die Bilder ihres Traumes wirkten so real, als hätte sie die Szenen gerade wirklich erlebt.

Sie träumte von Simon, der übel zugerichtet und bewusstlos am Boden lag. Neben ihm kniete Magdalena, die weinend sein nassgeschwitztes Haar streichelte. Katharina kamen die Tränen, so rührend wirkte das Ganze auf sie.

Das hätte alles nicht passieren dürfen mit Francesco in Salerno, warf sie sich vor. Spätestens nach ihrer Rückkehr wäre eine Beichte ihres Seitensprungs das einzig Richtige gewesen. Aber wer dachte schon, dass er ihr bis nach Nördlingen folgen würde? Sie war sich sicher, dass sie, sobald der Morgen dämmerte, mit Simon reden musste. Allein schon Magdalena zuliebe.

Als Nächstes mussten diese fehlenden Seiten des Codex gefunden werden. Nur dann würde Francesco endlich aus ihrem Leben verschwinden. Entweder bluffte Hofmeister nur und besaß sie niemals, oder er hatte sie wirklich so gut versteckt, dass sie bisher nicht gefunden werden konnten. An Schlafen war jetzt nicht mehr zu denken. Katharinas Gehirn arbeitete auf Hochtouren.

In der Küche traf sie auf Michael, der am Tisch über einer medizinischen Abhandlung eingeschlafen war.

»Warum gehst du nicht ins Bett, wenn du müde bist?«

Michael schreckte auf und es dauerte einen Moment, bis er begriff, wo er war.

»Was machst du hier mitten in der Nacht?«, fragte er, rieb sich die Augen und streckte sich.

»Ich habe heute noch einiges vor. Kannst du mich zum Hofmeisteranwesen begleiten? Vier Augen sehen mehr als zwei.«

»Ja, wenn ich bei Schillinger war, hab ich sonst nichts vor. Ich komme dann nach.«

Dankend nickte sie ihrem Bruder zu.

Nachdem Katharina Mühlbichler weder zu Hause noch bei Fromme antraf, war sie zum Hofmeisteranwesen gelaufen, um erneut nach den fehlenden Codex-Seiten zu suchen. Heute würde sie systematisch vorgehen und jeden noch so unscheinbaren Ort des Hauses genauer untersuchen.

Um nicht zu frieren, entzündete sie den Kamin in Wilhelms Arbeitszimmer und setzte sich an den Schreibtisch.

»Wo hast du diese vermaledeiten Buchseiten versteckt!«, murmelte Katharina. »Wenn sie echt waren, sind sie wertvoll und müssen eingeschlossen oder gut versteckt werden. Verschließbar ist nur der Schreibtisch.« Sie öffnete das Türchen, wo das Silber und die Uhr ihres Vaters gefunden wurden. Ihr Blick blieb an einem Astloch hängen, das im Boden des Faches war. Sie steckte den Finger hinein und zog daran. Der Fachboden ließ sich anheben.

»Ich glaub es nicht!« Mehrere Schriftrollen kamen zum Vorschein. Eine davon enthielt die Namen und die ausbezahlten Gelder an das Augsburger Eisenhaus für die Todeskandidaten. Katharina schüttelte den Kopf über so eine Unverfrorenheit. Eine weitere Rolle Pergament waren die Codex-Seiten.

Die Haustüre wurde geöffnet und Schritte waren im Hausflur zu hören.

»Michael?«, rief Katharina. »Ich bin im Arbeitszimmer.« Aber nicht ihr Bruder, sondern Francesco betrat den Raum.

»Was willst du hier!«, fauchte sie ihn an.

»Wie mir scheint, komme ich im richtigen Augenblick. Gib sie mir!«

»Und wer garantiert mir, dass du Wilhelm das Geld dafür schon gegeben hast? Ich bin seine Erbin.«

Francesco lachte.

»Willst *du* mich daran hindern, mit der Pergamentrolle durch diese Türe zu gehen?«

»Wegen mir kannst du gerne durch diese Türe gehen, aber dann ohne die Codex-Seiten.«

»Du hast deinen Kindsvater heute nicht angetroffen, nicht wahr? Es könnte sich noch eine Weile hinziehen bis zum nächsten Treffen.«

»Was habt ihr mit ihm gemacht? Wo ist er?«

»Er ist in guten Händen! Keine Sorge! Und jetzt gib mir die Pergamente!«

»Keinen Schritt näher!« Katharina stand am Kamin und drohte, die Rolle ins Feuer zu werfen. »Du sollst die Codex-Seiten haben, aber nur im Austausch gegen Simon. Bring ihn hierher!«

»Du bist nicht in der Lage, um Forderungen zu stellen.« Francesco lachte wieder.

»Oh doch, das bin ich!«, widersprach die Apothekerin, nachdem sie Michael hinter seinem Rücken sah. De Manzoni stürmte auf Katharina zu und ergriff ihre Arme. Sie wand sich und zerrte, versuchte, sich zu befreien, doch ihre Kräfte reichten nicht aus. Nach einem Tritt gegen sein Schienbein konnte sie sich jedoch losreißen und schleuderte die Pergamentrolle ins Feuer. Eine Stichflamme, als hätte sie Schießpulver in die Glut gekippt, loderte auf.

»Nein! Nicht!«, schrie Francesco, hechtete vor den Kamin und griff ins Feuer, um zu retten, was von der Teufelsbibel noch übrig war. Mit der flachen Hand löschte er zuerst die brennende Schriftrolle, anschließend seinen Ärmel. Mehr als einen schwarzen Klumpen konnte er den Flammen nicht entreißen. Der Gestank von verbranntem Fleisch erfüllte den Raum.

Michael drehte Francescos Arm nach hinten, drückte ihn zu Boden und fixierte ihn mit dem Knie auf dem Rücken. Der Südländer stöhnte vor Schmerz. Seine verbrannte Hand zitterte.

»Warum hast du das getan?«, schrie de Manzoni. »Kannst du dir vorstellen, wie wertvoll diese Pergamentblätter sind?«

»Wertvoll für wen?«, entgegnete ihm Katharina. »Du hast gerade meinen Ehevertrag mit Wilhelm Hofmeister gerettet. Danke dafür!«

Michael sah seiner Schwester in die Augen und prustete los.

»Und jetzt erzählst du mir, was du mit Simon gemacht hast!«, blaffte Katharina de Manzoni an und trat auf seine verbrannte Hand. »Wo ist er?« Schmerzverzerrt verzog dieser sein Gesicht.

»Los! Rede!«

»Ihr könnt ihm nicht mehr helfen! Mein Knecht ist ein Meister seines Faches!«

»Du wirst schon noch reden, Freundchen!« Michael riss eine Kordel vom Brokatvorhang und fesselte de Manzoni. »Wir werfen ihn ins Kellerloch.«

Gemeinsam zerrten sie ihn über den Flur in die Küche. Katharina öffnete die Bodenluke.

»Ein letztes Mal: Wo ist Simon?« Francesco schwieg. »Dann verrecke in dem Dreckloch!«, schrie sie und trat ihm in den Rücken. Der Gefesselte stürzte polternd die morsche Holztreppe in den Erdkeller und blieb stöhnend liegen. Michael schloss die Bodenluke und schob den schweren Eichentisch darauf.

»Wir müssen Simon finden, bevor es zu spät ist! Aber wo sollen wir anfangen zu suchen?«, keuchte Michael.

»Wahrscheinlich haben sie ihm schon gestern Abend auf dem Heimweg aufgelauert. Also ist er innerhalb der Stadtmauer. Aber wo genau?«

Seit mehreren Stunden suchten Katharina und Michael jetzt schon nach Mühlbichler. Es schien, als hätte er sich in Luft aufgelöst. Die meisten leerstehenden Gebäude waren verschlossen. Mehr als der Blick durch ein Fenster oder ein Rufen war nicht möglich.

»Es ist sinnlos«, resignierte Michael. »Er kann theoretisch überall sein. Den finden wir nie!«

»Aufgeben kommt nicht infrage! Ich suche so lange, bis ich ihn gefunden habe. Das bin ich Simon schuldig.«

»Wir müssen zwischendurch mal was essen. Was hilft es, wenn wir ihn finden, uns aber gegen seine Widersacher nicht mehr wehren können vor Schwäche?«

»Also gut. Eine kurze Pause zum Essen. Danach suchen wir weiter.«

Kapitel 33

Elfriede hatte die Speisekammer in ihrem neuen Haushalt, nicht ganz uneigennützig, zum Bersten aufgefüllt. »Wie die Verpflegung, so die Bewegung«, lautete ihre Devise.

»Hühnersuppe? Ist jemand krank?«, fragte Katharina verwundert.

»Nein«, erklärte die Haushälterin, »aber sie macht nicht nur gesund, sondern hält auch gesund. Und das war so ein schönes Suppenhuhn, da konnte ich nicht widerstehen.«

»Wo sollen wir noch suchen?«, wechselte Michael das Thema. Als Elfriede fragend dreinschaute, klärten sie die Haushälterin über die Ereignisse des Vormittags auf.

»Welche Häuser werden nicht täglich betreten in der Stadt? Wo würdet ihr jemanden verstecken?«, fragte Katharina.

»Wachtürme der Stadtbefestigung vielleicht noch?«, fiel Michael ein.

»Wie sollen wir die durchsuchen? Wir haben keine Sonderrechte und können schlecht am helllichten

Tag in Gebäude einbrechen, die der Stadt gehören!«, stellte Katharina fest.

»Jetzt fällt mir was ein!«, unterbrach sie Elfriede. »Die Mühlbichlerin war heute früh hier. Sie glaubt, dass die Seele vom Henker Egger noch in seinem Haus herumspukt. Sie hätte ihn schreien gehört, als sie an der verlassenen Bruchbude vorbeiging.«

»Das leerstehende Scharfrichterhaus! Warum sind wir nicht gleich draufgekommen?«, freute sich Michael.

»Und niemand würde sie dort überraschen, denn kein ehrenwerter Bürger geht freiwillig ins Henkerhaus«, schlussfolgerte Katharina. »Dann nichts wie los. Wir haben keine Zeit zu verlieren!«

»Hast du deine Pistole geladen?«, fragte Michael, nachdem er die Türe hinter sich zugezogen hatte.

Katharina nickte.

»Ohne gehe ich schon gar nicht mehr aus dem Haus.«

Nach wenigen Minuten erreichten sie das ärmliche Anwesen. Michael schirmte mit seinen Händen die Sonne ab, während er seine Nase an ein Fenster des Henkerhauses drückte.

»Die Scheiben sind so dreckig, dass man kaum was sieht«, flüsterte er.

»Wir gehen einfach rein!« Mit vorgehaltener Waffe öffnete Katharina die Eingangstüre und schlich in den Flur. Es roch nach faulem Holz und Verwesung.

Michael blieb mit seinem Hirschfänger in der Hand nur einen Schritt hinter ihr. Die losen Dielenbretter knarzten verräterisch.

Katharina spürte einen dumpfen Schlag im Nacken. Ein Schuss löste sich aus der Radschlosspistole und schlug im Wandregal ein. Ein Krug zersplitterte. Erst wurde ihr schwindlig, dann schwarz vor Augen und sie sackte bewusstlos auf den Dielenboden.

Michael konnte den Angreifer, der mit seinem Messer umzugehen wusste, auf Distanz halten.

Grinsend und leicht gebückt umkreiste dieser den Medicus, bereit, ihm das blanke Metall zwischen die Rippen zu stoßen. Michael hatte durch die längere Klinge einen Vorteil, war aber der wesentlich schlechtere Kämpfer. Sein Gegner ging zum Angriff über und drängte ihn rückwärts. Dabei stolperte Michael über einen Schemel und stürzte. Mit wenigen Handgriffen war der ungeübte Kämpfer entwaffnet. Der Angreifer setzte sich auf seine Brust und fixierte die Hände mit den Knien. Dann spürte Michael das kalte Metall seiner Klinge am Hals.

Ein blechernes dumpfes Scheppern ertönte plötzlich und sein Widersacher kippte bewusstlos zur Seite. Verwundert schaute Michael auf. Katharina stand schmunzelnd mit einer Schaufel in der Hand über ihm.

»Das wurde höchste Zeit! Danke!«

Die Eingangstüre wurde aufgetreten und ihre Haushälterin stapfte mit dem Stadthauptmann und zwei weiteren Bütteln ins Haus.

»Elfriede? Was willst du denn hier?«, fragte Katharina verwundert.

»Da sind wir gerade noch mal rechtzeitig gekommen, wie mir scheint. Ich hatte so ein Gefühl, dass ihr es allein nicht schafft.« Elfriede stemmte ihre Hände in die Hüften und musterte den Bewusstlosen.

»Ts, was sagt man dazu?« Katharina presste ihre Lippen aufeinander und schüttelte den Kopf.

»Durchsucht das Haus!«, befahl der Stadthauptmann. »Und den Kameraden hier nehmen wir in Gewahrsam.« Michael hatte Mühe, sich vom Gewicht des Südländers zu befreien. Katharina stützte sich auf den Schaufelstiel und rieb sich mit verzerrtem Gesicht ihren Nacken.

»Alles in Ordnung bei dir?«, fragte der Medicus.

»Mein Genick fühlt sich zwar an, ob es gebrochen wäre, aber ich kann mich auf den Beinen halten.«

»Den hier haben wir im Keller gefunden, Hauptmann!«, berichteten die Büttel.

»Simon! Mein Gott, was haben sie dir nur angetan?« Katharina stürzte auf ihren Liebsten zu, umarmte und küsste ihn. Er sah aus, als wäre er unter ein Fuhrwerk samt Zugpferden geraten.

»Alles halb so schlimm«, beruhigte sie ihr Bruder. »Den bekommen wir schon wieder hin.« Simons rechtes Auge war zugeschwollen und seine Brust zierte eine nässende Brandwunde.

»Bist du mir immer noch böse?«, fragte Katharina ihn kleinlaut. Simon lächelte und schloss sein gesundes Auge.

»Ich kann ja schlecht Ja sagen. Wer soll mich denn sonst gesundpflegen?«

»Ja!« Sie stieß einen spitzen Schrei aus und warf sich Mühlbichler um den Hals, der vor Schmerz aufschrie.

»Oh, Entschuldigung!« Sie senkte ihren Blick und streichelte ihm vorsichtig über die Wange.

Den wieder zu sich gekommenen Folterknecht führten die Büttel ab.

»Seinen Kompagnon findet ihr im Hofmeisteranwesen im Keller unter der Küche!«, rief Michael den Wachen hinterher. Der Stadthauptmann hob eine Augenbraue.

Nachdem alle das Haus verlassen hatten, kam Konrad, der Stadthauptmann, auf Katharina zu.

»Kann ich Euch kurz sprechen, Frau Hofmeister?«

Die Apothekerin legte ihre Stirn in Falten.

»Worum geht es denn?«

»Wir wurden heute in den ›Roten Ochsen‹ gerufen, weil sich ein Fremder selbst gerichtet und einen seltsamen Abschiedsbrief hinterlassen hat.«

»Und was hat das mit mir zu tun?«

»In dem Abschiedsbrief werdet Ihr erwähnt.«

»Was?«

»Ja, er schrieb, er musste sein jämmerliches Leben beenden, weil er einen unschuldigen Menschen getötet habe. Die vermeintliche Katharina Hofmeister. Wisst Ihr, was das zu bedeuten hat?«

»Sein Name ist Vinzenz von Hüttenstein, Abt der Abtei in Saint Hubert. Er hat die Hofmeistermagd vergiftet, nachdem er sie mit mir verwechselt hatte.«

»Er wollte Euch töten? Was habt Ihr ihm getan?«

»Das ist eine längere Geschichte. Zuerst muss ich mich aber um meinen zukünftigen Gatten kümmern.«

Im Amtszimmer des Nördlinger Stadtrichters setzte sich Simon neben Katharina auf den Besucherstuhl und krempelte seine Ärmel hoch. Hinter Seefrieds Schreibtisch bullerte ein Ofen, dass sich Katharina am liebsten die Kleider vom Leib gerissen hätte.

»Wie, Frau Hofmeister, erklärt Ihr Euch, dass ein Abt aus der Republik der sieben vereinten Provinzen Euch grundlos ermorden wollte?«, fragte Seefried, ohne aus dem Abschiedsbrief des Kirchenmannes aufzuschauen.

»Das weiß ich nicht. Aber in dieser Sache geht es ja vermutlich um den Hubertus-Schlüssel, den wir dort ausgeliehen haben.«

»Ausgeliehen? Ich lese hier eindeutig das Wort ›gestohlen‹!« Seefried blickte Katharina in die Augen. »Ist Euch bekannt, dass Reliquiendiebstahl mit dem Tode bestraft wird?«

Eine Schweißperle rann der Apothekerin über die Schläfe.

»Das ist mir durchaus bekannt. Allerdings haben wir diesen Schlüssel nicht von Vinzenz von Hüttenstein, sondern von Schwester Judith erhalten. Womöglich hatte sie vergessen, es ihrem Oberhaupt zu sagen.« Der Stuhl des Stadtrichters knarzte, als er sich zurücklehnte und mit der Hand über sein Gesicht fuhr.

»Was sich jetzt nur noch schwer beweisen lässt. Was mach ich nur mit Euch?«

Katharina richtete den Blick auf ihre neuen Lederschuhe und hob ihre Augenbrauen.

»Da die Tat, wenn es denn wirklich eine war, außerhalb unseres Machtbereichs stattgefunden hat, denke ich, kann von einer Anklage abgesehen werden.«

Ein Seufzen kam über die Lippen der jungen Frau.

»Allerdings werdet Ihr die Reliquie umgehend zurückbringen!«

»Das wollten wir ohnehin«, bestätigte Simon.

»Euer Verdienst, die Aufklärung des Mordfalls, hat nicht unwesentlich zu meiner Entscheidung beigetragen. Mühlbichlers Antrag auf Erteilung des Bürgerrechts der Freien Reichsstadt Nördlingen wurde bereits zugestimmt.« Lächelnd schauten sich Katharina und Simon in die Augen. »Und solltet ihr immer noch gewillt sein zu heiraten, steht der Übertragung des Erbes nichts mehr im Wege.«

»Das sind wir«, bestätigte Katharina, erhob sich und griff nach Simons Hand. »Wir werden gleich im Anschluss bei Pater Widmann das Aufgebot bestellen. Und danke für Eure Großherzigkeit.«

Vor dem Pfarrhaus saß Heidrun, die Base der verstorbenen Bäckerin aus der Judengasse. Katharina schloss kurz ihre Augen, als sie sie sah.

»Die hat mir heute noch gefehlt!«, murrte die Apothekerin.

»Jetzt sei doch nicht so. Seit sie mit Konrad liiert ist, lässt sie uns doch in Ruhe«, beschwichtigte Simon.

»Dieses Miststück hat mir in meiner schwersten Zeit die letzten Gulden geraubt!«

Heidrun erhob sich, als die beiden sich näherten.

»Ach, das ist ja eine Überraschung! Einen wunderschönen Tag wünsche ich euch! Ihr werdet doch nicht beim Pastor euer Aufgebot bestellen?« Nachdem keiner etwas sagte, fuhr sie fort: »Ich freu mich so für euch! Leider ist Konrad noch nicht hier. Das Gleiche haben wir heute nämlich auch vor.«

»Mit Konrad?«, wiederholte Katharina. »Ich hätte schwören können, du heiratest den Pastor!«

Heidrun erbleichte.

»Wie kommst du darauf? Nein! Gott bewahre!«

»Mein Bruder hat euch doch gesehen, Heidrun. Mir ist das auch egal. Aber da fällt mir gerade etwas ein. Du schuldest mir noch Geld.«

Heidrun biss sich auf ihre Unterlippe.

»Ich denke, mein Schweigen sollte dir ruhig etwas wert sein! Ich will drei Gulden im Monat.«

»Was? So viel habe ich nie verlangt! Das ist nicht richtig! Außerdem habe ich selbst keine Einkünfte mehr, wenn wir verheiratet sind!«

»Na dann. Du kennst die Gesetze der Stadt ja. Zwangsverheiratung, bitte um Ablass vor Gott in der St. Georgskirche ...! Aber das kann dir Widmann ja vielleicht ersparen.«

Als der Stadthauptmann um die Ecke bog, ließ Katharina ihre ehemalige Erpresserin stehen und ging mit Simon schmunzelnd in Richtung Rathaus.

Sie hatte nicht vor, Heidrun öffentlich zu demütigen. Was sie selbst erdulden musste, wünschte sie ihrer größten Feindin nicht.

»Hast du das Gesicht gesehen von ihr, als du den Pastor erwähnt hast?«, lachte Simon.

»Ja, aber jetzt tut sie mir fast leid.«

Vor dem Rathaus stand der Schinderkarren. Francesco und sein Knecht starrten zwischen den Gitterstäben hindurch auf Katharina und Simon. Ihre Erscheinung war erbärmlich. Sie trugen Büßergewänder aus grobem Leinen, die Gesichter blutig und aufgequollen. Der Blick Francescos war reumütig, als der Wagen an ihnen vorbeifuhr. Keiner sagte etwas.

»Haben wir einen neuen Scharfrichter, oder wer saß da eben auf dem Bock?«, fragte Simon.

»Das ist Albrecht Staudinger aus Kempten«, verriet der Büttel. »Ausgerechnet ein Allgäuer hat es sein müssen. Die Schweden hab ich besser verstanden als den.« Kopfschüttelnd verschwanden die Stadtwachen im Rathauskeller.

Lachend umarmte Simon Katharina.

»Meinst du, wir dürfen schon wieder ins Apothekerhaus? So ganz gehört es uns ja noch nicht«, bedauerte Simon.

»Es gibt aber auch bestimmt keinen, der sich daran stören würde, wenn wir unser neues Heim auf Vordermann bringen. Wir könnten aber vorher noch einen kleinen Abstecher in die Baldinger Straße machen.«

»Du meinst, zum ›Roten Ochsen‹?«

Katharina nickte.

»Surhaxe?«

»Mein Simon weiß halt, was gut für mich ist!«

ENDE

Nachwort

Eine der ältesten Familiengeschlechter Nördlingens, deren Geschichte mehre Jahrhunderte zurückreicht, gab mir den Anstoß, diesen Roman zu schreiben. Aus Respekt gegenüber den noch lebenden Nachfahren wurde ihr Name sowie der von weiteren fünf historischen Persönlichkeiten geändert. Katharina und ihr Vater Benedikt sind meiner Fantasie entsprungen. Ihr Denken und Handeln sind frei erfunden.

Die Verwaltung der ehemals Freien Reichsstadt war wesentlich komplizierter, als dies im Buch dargestellt wurde. Nördlingen hatte drei sich abwechselnde Bürgermeister, die auf Lebenszeit eingesetzt waren. Nach vier Monaten endete der Vorsitz des Amtsbürgermeisters. Zusammen mit zwei ebenfalls auf Lebenszeit eingesetzten Räten bildeten sie den »Geheimen Rat«, der die gesamte Macht und somit alle Gerichtsbarkeiten innehatte. Dieser Umstand erleichterte das Vorgehen des Bürgermeisters Johannes Pferinger, der als erklärter Hexenverfolger galt. Der Advokat Sebastian Röttinger, Stadtschreiber

Paul Mayer und Wolfgang Graf standen ihrem Bürgermeister im Glauben an Hexen und Schadenszauberer in nichts nach. Zwischen 1589 und 1598 wurden 34 Frauen und ein Mann der Hexerei schuldig gesprochen und auf dem Hexenfelsen der Marienhöhe verbrannt. Im Gesamten sollen etwa 88 Prozesse geführt worden sein, wobei 41 tödlich für die Angeklagten endeten. Waren zu Anfang hauptsächlich einfache Menschen betroffen, zogen sich die Anklagen bald bis in die höchsten Kreise. Die über ein Jahr inhaftierte Kronenwirtin, Maria Holl, blieb während 62 Folterungen standhaft. Nachdem sich die Bevölkerung für sie einsetzte, musste man sie freilassen. Daraufhin ließ die Prozesswelle nach. Sie war eine der letzten verurteilten Hexen in Nördlingen und überlebte alle ihre Peiniger.

Auf Ehebruch stand in der Regel der Tod der fehlgeleiteten Frau. Männer kamen meist mit Geldstrafen oder straffreien Ermahnungen davon. Wurde ein Nördlinger Bürgermädchen durch ehelosen Beischlaf geschwängert, wurde sie Dirne genannt. Sie soll nach abgebüßter Gefängnisstrafe von vier Wochen aus dem Haus, worin der Fehltritt geschah, vom Gassenvogt öffentlich zur Kirche geführt worden sein, um sie zu verheiraten. Dabei hatten die Brautleute Kränze aus Stroh auf den Köpfen zu tragen. Reichten ihre Geldmittel nicht aus, um einen eigenen Hausstand zu gründen, verwies man beide unverheiratet der Stadt.

Wurde unter Ledigen eine Schwangerschaft das Resultat, hatte sie eine vierwöchige, er eine zweiwöchige Gefängnisstrafe zu erwarten, die nicht mit Geld abgegolten werden konnte. Zudem hatte jeder 15 Gulden zu zahlen. »Liederliche Schanddirnen«, die nicht über diese Geldmittel verfügten, mussten mehrere Tage Gassen und Plätze mit einem Besen kehren, während sie eine mit Glöckchen versehene Mütze zu tragen hatten. Nach Ableisten der Strafe wurden sie unter klingenden Beckenschlägen aus der Stadt geführt. Die sogenannte »Glöckleinstrafe« wurde bis 1792 in Nördlingen verhängt. Das öffentliche Kehren noch bis 1800.

Die Mordserie des Scharfrichters im Roman entspricht nicht der Realität. Ebenso hatte er keine Narbe, die quer über sein Gesicht verlief. Interessant ist allerdings, was über den Nördlinger Henker aufgezeichnet wurde. Er soll wegen »schuldhaftem Mord an seinem Knecht« 1674 zum Tode verurteilt worden sein. Wer ihn allerdings vom Leben zum Tod beförderte, konnte nicht mehr geklärt werden. Die Ironie seines Schicksals gab mir den Anstoß, ihn im Roman zum Serienmörder werden zu lassen. Ein Dankeschön an dieser Stelle an den Bestsellerautor Oliver Pötzsch, mit dessen Genehmigung sein Henker, Jakob Kuisl aus Schongau, die Hinrichtung von Wilhelm Hofmeister und Jörg Egger vornahm.

An körperlichen Züchtigungen in Schulen hatte zur damaligen Zeit niemand Anstoß genommen. Dass aber auch im 17. Jahrhundert Grenzen überschritten werden konnten, zeigt eine Aufzeichnung eines Nördlinger Geschichtsdokuments: *Der Rektor Theophilus Regner wurde stark bestraft und in das Loch gelegt, weil er einem Knaben tyrannischer Weise eine Ribbe entzwey schlug …*

Schüler der Lateinschule waren angehalten, auch in ihrer Freizeit nur Latein zu sprechen. Der Unterricht begann um fünf Uhr. Mädchen wurden fünf Minuten früher entlassen als Jungen, damit der Nachhauseweg sittsam vonstattenging. Sollte dem Schüler auf dem Heimweg ein Ratsmitglied oder deren Verwandte, ein Geistlicher oder eine Lehrkraft oder dessen Verwandter begegnen, hatte er den Hut oder die Mütze abzunehmen und freundlich zu grüßen.

Auch waren viele Verbote in den Schulordnungen zu finden. Fischen, das Fangen von Vögeln, Schlittenfahren, Schneeballwerfen und das gefährliche Baden in stehenden und fließenden Gewässern. Diese Verbote galten selbstverständlich auch außerhalb der Schule.

Schwester Judiths Wundersalbe hat es tatsächlich gegeben. Forscher für Mittelaltermedizin der Universität Nottingham fanden in *Bald's Leechbook*, einer altenglischen Handschrift aus dem 9. Jahrhundert, ein Rezept zur Herstellung eines äußerst wirkungsvollen Antibiotikums. Die Zutaten, Knoblauch, Zwiebel, Ochsengalle und Wein, die auch mehr als tausend Jahre später noch einfach zu beschaffen sind, töteten im Labor selbst multiresistente Keime ab. Die Mischung, die nach 9 Tagen in einem Kupferkessel durch ein Tuch gepresst wird, war ursprünglich als Augensalbe hergestellt worden. Durch weitere Tests werde geprüft, ob die Rezeptur im Kampf gegen Krankenhauskeime eingesetzt werden kann.

Erwähnenswert sind auch der Hubertusschlüssel und die heilige Stola. Der Legende nach war Pfalzgraf Hubert (geb. ca. 655) verbotenerweise am Karfreitag jagen. Zur Mahnung erschien ihm ein mächtiger Hirsch mit einem leuchtend weißen Kreuz im Geweih. Hubert bekehrte sich und wurde später Bischof von Lüttich. Zur Bischofsweihe vergaß Hubert seine Stola. Im Auftrag der Muttergottes sollen Engel sie ihm nach Rom gebracht haben.

Nach seinem Tod wurde er heiliggesprochen und galt als Schutzpatron der Jäger und Jagdhunde und half bei Tollwut. Mit dem Hubertus-Schlüssel wurde nach dem Biss durch ein infiziertes Tier die Wunde ausgebrannt. Er fand bei Mensch und Tier Anwendung. Erst 1828 wurde er kirchlich verboten. Auch das Ritual der heiligen Stola ist keine Erfindung in diesem Roman. Es wurde tatsächlich ein winziges Stück Silberfaden in einen Schnitt am Kopf eines Tollwutkranken eingebracht. Der eiserne Ring in der Basilika Saint Hubert diente zur Fixierung der Tollwutkranken. Auch die Genesungsprobe, wie sie im Roman dargestellt wurde, war Teil des Rituals. Dass die eingemeißelten Buchstaben der Bodenfliese D.C.P. »Dignus corpus probare« bedeuten, ist nicht gesichert. Seit der Französischen Revolution sind die Reliquien des heiligen Hubertus unauffindbar. Seine Gebeine wurden vor den anrückenden Soldaten versteckt und konnten danach nicht wiedergefunden werden. Die heilige Stola wird heute noch in der Basilika Saint Hubert aufbewahrt und verehrt.

Kaum ein Buch in der Geschichte hat so viel Aufsehen erregt wie der »Codex Gigas«. Seine Legenden und Mythen sind so vielseitig wie sein Inhalt. Es umfasst das komplette alte und neue Testament, geschichtliche Daten, medizinische Abhandlungen, Beschwörungen und magische Zaubersprüche, geschrieben auf über 160 Kalbshäuten. Eine weitere Besonderheit ist die Ganzkörperdarstellung des Teufels, die eine gesamte Seite einnimmt. Das einzigartige Manuskript aus dem 13. Jahrhundert hat gigantische Ausmaße von 92 x 50 cm und ein Gewicht von rund 75 kg. Es ist das größte handgeschriebene Buch der Welt. Es umfasst 310 Pergamentseiten und hat eine

Dicke von 22 cm. Der Legende nach soll es ein einziger Mönch mit Hilfe des Teufels in nur einer Nacht verfasst haben, um seiner Strafe nach einer Verfehlung zu entgehen. Daher wird es auch »Teufelsbibel« genannt.

Wissenschaftliche Untersuchungen deuten darauf hin, dass der Codex von einer einzigen Person geschrieben wurde. Das Schriftbild und die Zusammensetzung der Tinte sind durch das gesamte Werk gleichbleibend. Eine erstaunliche Leistung, wenn man von einer Verfassungsdauer von etwa 30 Jahren ausgeht. Die Sehkraft des Autors hätte nachgelassen in dieser Zeit und seine Hand wäre zittriger geworden.

Die Teufelsbibel wechselte über die Jahrhunderte mehrfach seinen Besitzer und landete schließlich als Geschenk, einige Jahre vor Beginn des 30-jährigen Krieges, in der Kuriositätensammlung des damaligen Kaisers Rudolf II. Seine Leidenschaft galt der Alchemie und dem Okkultismus, ausgelöst durch den Erhalt eines Horoskops durch keinen Geringeren als den Franzosen Nostradamus. Sein Interesse am Studium des Codex wechselte in Besessenheit. Er mied zunehmend die Öffentlichkeit und es dauerte nicht lange, bis seine Regierungsfähigkeit infrage gestellt und er von seiner eigenen Familie des Thrones enthoben wurde. Nachdem er kinderlos starb, fiel das Königreich in die Hände seiner Feinde. Die schwedischen Soldaten plünderten sein Schloss und konfiszierten die Teufelsbibel. Der Codex befindet sich heute in der Nationalbibliothek in Stockholm, geschützt vor Staub, Licht und Wärme in einer eigens hierfür hergestellten Vitrine.

Weitere Titel finden Sie auf den folgenden Seiten und im Internet:

WWW.GMEINER-VERLAG.DE

© Jonas / adobestock, Marion van Goethem / shutterstock, Antony McAulay / shutterstock

Anne Nordby
Eis. Kalt. Tot.
Thriller
505 Seiten
13,5 x 21 cm,
Premium-Klappenbroschur
ISBN 978-3-8392-0024-7
€ 16,00 [D] / € 16,50 [A]

Wenn sich die beschaulichen Gassen von Kopenhagen in einen Ort des Grauens verwandeln und du nicht weißt, ob du das nächste Opfer bist …

Ein bizarrer Fall für die Super-Recognizerin Marit Rauch Iversen und ihre Kollegen von der Mordkommission.

Zwischen Abscheu und Faszination – Anne Nørdby besitzt das einzigartige Talent, das Unaussprechliche in Worte zu fassen. Verbunden mit einer gehörigen Portion Adrenalin.

GMEINER SPANNUNG

WWW.GMEINER-VERLAG.DE
Wir machen's spannend

DIE NEUEN Lieblings-plätze

ISBN 978-3-8392-2730-5

ISBN 978-3-8392-2929-3

ISBN 978-3-8392-2614-8

ISBN 978-3-8392-2930-9

ISBN 978-3-8392-2927-9

ISBN 978-3-8392-0043-8

ISBN 978-3-8392-2926-2

ISBN 978-3-8392-2925-5

ISBN 978-3-8392-0044-5

ISBN 978-3-8392-2932-3

ISBN 978-3-8392-2924-8

ISBN 978-3-8392-2624-7

ISBN 978-3-8392-2628-5

ISBN 978-3-8392-2931-6

ISBN 978-3-8392-2634-6

ISBN 978-3-8392-2928-6

GMEINER KULTUR

WWW.GMEINER-VERLAG.DE

Mensch, Kultur, Region